DEIN COACH ZUM ERFOLG!

Dein ActiveBook auf MySTARK:

Du kannst auf alle digitalen Inhalte zu diesem Band online zugreifen. Registriere dich [...] unter **www.stark-verlag**[...] mit deinem **persönlichen** [...]

C09540-006427

W0341391

Die Inhalte dieser Auflage stehen bis Schuljahresende zur Verfügung.

MySTARK

Das ActiveBook bietet dir:

- Original-Prüfungsaufgaben von 2022 mit vollständigen Lösungsvorschlägen
- Kleinschrittige Aufgaben zur Analyse von literarischen und pragmatischen Texten
- Videos zur Veranschaulichung des Vorgehens bei der Textanalyse
- Sofortige Ergebnisauswertung und Feedback zu einzelnen Aufgaben

DEIN COACH ZUM ERFOLG!

So kannst du interaktiv lernen:

Interaktive Aufgaben

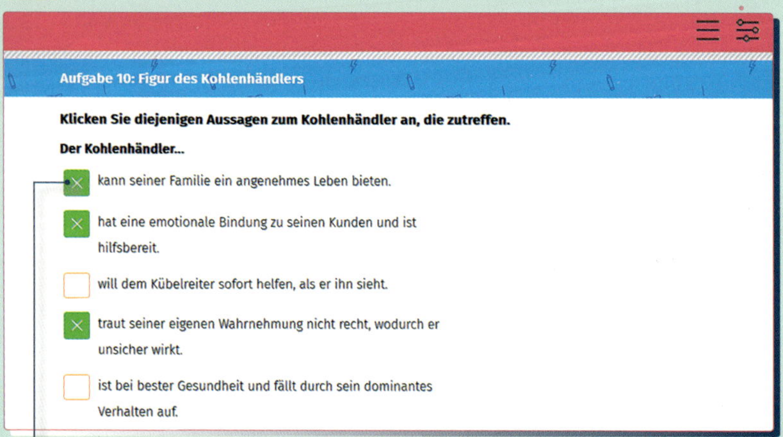

Sofortige Ergebnisauswertung

Lernvideos

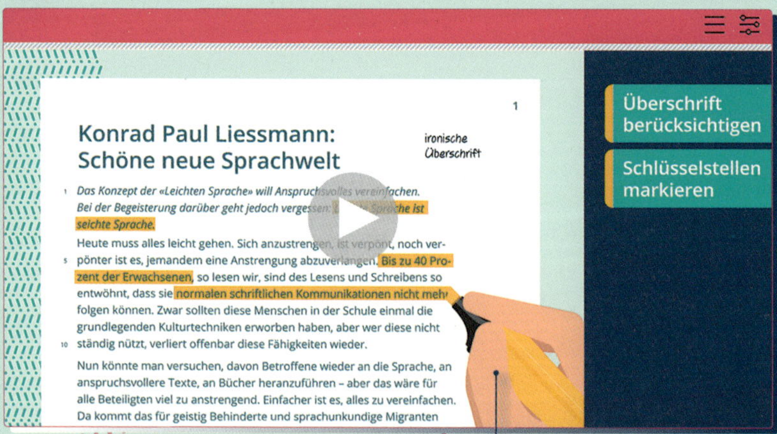

Anschauliche Erklärungen zur Textanalyse

Systemvoraussetzungen:
- Mindestens 1024×768 Pixel Bildschirmauflösung
- Chrome, Firefox oder ähnlicher Webbrowser
- Internetzugang

2023

Abitur

Original-Prüfungsaufgaben
mit Lösungen

Gymnasium · Bayern

Deutsch

STARK

13. ergänzte Auflage
www.stark-verlag.de

Inhalt

Abiturprüfung 2021

Sobald die Original-Prüfungsaufgaben 2022 freigegeben sind, können sie als PDF auf der Plattform MyStark heruntergeladen werden (Zugangscode vgl. Farbseiten vorne im Buch).

Autorinnen und Autoren:

Lösungen 2019: Sigrid Deinzer-Kneip (Aufg. 1), Christine Langer (Aufg. 3),
Dr. Monika Lindinger (Aufg. 4), Barbara Zeller (Aufg. 2, 5)
Lösungen 2020: Dr. Andreas Bernhardt (Aufg. 2), Sigrid Deinzer-Kneip (Aufg. 4),
Christine Langer (Aufg. 3), Dr. Monika Lindinger (Aufg. 1), Barbara Zeller (Aufg. 5)
Lösungen 2021: Sigrid Deinzer-Kneip (Aufg. 4), Christine Langer (Aufg. 3),
Dr. Monika Lindinger (Aufg. 1), Barbara Zeller (Aufg. 2, 5)

Vorwort

Liebe Abiturientinnen und Abiturienten,

Sie werden 2023 die schriftliche Abiturprüfung im Fach Deutsch ablegen. Dieser Band wird Ihnen dabei helfen, sich optimal auf diese Prüfungen vorzubereiten!

Das einführende Kapitel „**Hinweise und Tipps**“ informiert Sie über die offiziellen Rahmenvorgaben, macht Sie mit dem Prüfungsstoff sowie den Aufgabenarten vertraut und erläutert die Arbeitsanweisungen (Operatoren). Hier erhalten Sie auch konkrete Hinweise, wie Sie die verschiedenen Aufgabenarten am besten lösen können. Praktische Tipps sowie Hinweise zu den Bewertungskriterien runden diesen Teil ab.

Die **Original-Prüfungsaufgaben 2019 bis 2022** zeigen, was im Abitur auf Sie zukommt, und sind optimales Trainingsmaterial.

Zu jeder Aufgabe finden Sie einen möglichen **strukturierten Schreibplan** sowie einen ausführlichen **Lösungsvorschlag**, mit dem Sie Ihren eigenen Aufsatz vergleichen können. Den Lösungsvorschlägen vorangestellt sind **Hinweise und Tipps**, die Ihnen bei der Erschließung der einzelnen Arbeitsanweisungen helfen. Wesentliche **Fachbegriffe** in den Lösungsvorschlägen sind durch Fettdruck hervorgehoben, die Angabe der **Gliederungsebene am Rand** erleichtert Ihnen die Orientierung im Musteraufsatz.

Sollten nach Erscheinen dieses Bandes noch wichtige Änderungen in der Abiturprüfung 2023 vom Kultusministerium bekannt gegeben werden, finden Sie aktuelle Informationen dazu im Internet unter: *www.stark-verlag.de/mystark.*

Viel Erfolg bei Ihrer Abiturprüfung!

Hinweise und Tipps zum Abitur

1 Grundlagen

1.1 Vorgaben für die Abiturprüfung in Deutsch

Für alle bayerischen Schülerinnen und Schüler ist die schriftliche Abiturprüfung im Fach Deutsch noch verbindlich vorgeschrieben. Die Anforderungen für die Prüfung ergeben sich vor allem aus den beiden Kapiteln „Schreiben“ und „Sich mit Literatur und Sachtexten auseinandersetzen“ im Fachlehrplan Deutsch.[1] Die Schreibaufgaben der Abiturprüfung sind kompetenzorientiert angelegt. Dabei sind die drei Gattungen die Grundlage für das **Interpretieren literarischer Texte**. Pragmatische Texte und Materialien führen zu Aufgaben, die analysierende, informierende und argumentierende Schreibformen verlangen. Neben der **Analyse von Sachtexten** und dem **Verfassen von informierenden Texten** spielen auch **adressatenorientierte und freiere Formen des Argumentierens** eine Rolle. Themen, die für die Abituraufgaben IV und V relevant sind, kommen aus den Bereichen „Literatur“, „Sprache“ und „Kommunikation/Medien“. Da sich die Bundesländer in ihren Anforderungen und Aufgabenstellungen immer weiter annähern, ist es durchaus ratsam, sich die Prüfungsaufgaben auch außerhalb der bayerischen Grenzen einmal genauer anzuschauen.[2] Seit 2017 gelten für alle Bundesländer die *Bildungsstandards im Fach Deutsch für die Allgemeine Hochschulreife*, die bereits im Herbst 2012 von der Kultusministerkonferenz erlassen wurden und seitdem die Weiterentwicklung des Faches begleitet haben. Die Bildungsstandards sind online zu finden unter:
http://www.kmk.org/fileadmin/Dateien/veroeffentlichungen_beschluesse/2012/2012_10_18-Bildungsstandards-Deutsch-Abi.pdf

Seit 2017 werden in den Kernfächern Deutsch, Mathematik und Englisch/ Französisch sogenannte **Aufgabenpools** zur Verfügung gestellt. Die Bundesländer entnehmen diesen Pools einzelne Aufgaben. Konkret ändert sich dadurch aber die Abiturprüfung nicht, denn die Anforderungen entsprechen deutschlandweit den Bildungsstandards. In Bayern werden weiterhin fünf Aufgaben zur Auswahl gestellt.

1 Den Lehrplan kann man in seiner jeweils aktuellen Fassung einsehen unter: Fachlehrplan Deutsch, München: Bayerisches Staatsministerium für Unterricht und Kultus, als Online-Version verfügbar unter: www.isb.bayern.de

2 Musterbeispiele finden sich u. a. bei den Bildungsservern der jeweiligen Länder und in den einschlägigen Veröffentlichungen des Stark Verlags.

Bei den Aufgaben zu den drei literarischen Gattungen kann man immer von einer **Zweiteilung** ausgehen: Die erste Teilaufgabe erfordert die Interpretation des vorgelegten Textes (auf Grundlage der Analyse von Inhalt, Form, Sprache und Gestaltung), während die zweite Teilaufgabe die Deutung vertieft. Sie finden in der sogenannten B-Aufgabe oft auch deutliche Hinweise, worauf Sie bei der Interpretation achten sollen.

Neben der Interpretation eines literarischen Textes werden im Abitur 2023 zwei weitere Aufgabentypen zur Wahl stehen: materialgestütztes Verfassen eines informierenden Textes und Argumentieren (mit der journalistischen Variante eines Kommentars).

1.2 Zeitrahmen und Hilfsmittel

In der Abiturprüfung im Fach Deutsch werden Ihnen fünf Aufgaben vorgelegt, von denen Sie **eine** auswählen und bearbeiten müssen. Dafür stehen Ihnen **315 Minuten** (einschließlich Auswahl- und Einlesezeit) zur Verfügung. Als Hilfsmittel ist ein Wörterbuch der deutschen Rechtschreibung zugelassen.

Entscheidend ist die richtige Planung Ihrer Schreibarbeit! Alles beginnt mit der **Wahl des Themas:** Von der „richtigen" Aufgabe hängt ganz wesentlich der Erfolg der Arbeit ab. Aus Ihren Erfahrungen im Unterricht wissen Sie schon, welche Aufgabenstellungen Ihnen liegen. Legen Sie sich dennoch nicht von Vornherein kategorisch fest. Sie sollten **alle fünf Prüfungsaufgaben** wenigstens **überfliegen** und genau **überlegen:**

- Bei welcher Aufgabe kann ich meine Stärken und Kenntnisse einbringen?
- Spricht mich ein Text inhaltlich oder aufgrund der Entstehungszeit, des Verfassers oder der Gattung besonders an?
- Welche Schwerpunkte des Interpretationsauftrags lassen sich erkennen? Liegen sie mir?
- Kommt die Erörterungsaufgabe meinen Interessen und meinem Wissen entgegen?

Ausschlaggebend sollte nicht die vermeintliche Leichtigkeit der Aufgabe sein, sondern die Möglichkeit, sie auf ergiebige Weise zu lösen. Auch die Gelegenheit, Kenntnisse aus dem Unterricht einzubringen, ist ein Aspekt bei der **Entscheidungsfindung**. Legen Sie sich nicht vorschnell fest, aber versuchen Sie, sich in etwa innerhalb einer *halben Stunde* zu entscheiden. Und ist die Wahl dann getroffen, sollten Sie möglichst nicht mehr wechseln, das wäre verschenkte Zeit. **Der weitere Verlauf der Prüfung** könnte sich wie folgt darstellen:

Sie haben eine Aufgabe ausgewählt. **Lesen** Sie die Aufgabenstellung **genau** durch!

Sichten Sie das Textmaterial – konzentrieren Sie sich dabei erst einmal auf die Informationen, die für die Aufgabe wichtig sind. Machen Sie sich **erste Notizen**.

→ *Für die ersten Schritte sollten Sie sich ungefähr 30 Minuten Zeit nehmen.*

Gehen Sie anschließend an die **genaue Textarbeit**! Arbeiten Sie mit den Ihnen vertrauten Markierungen, mit Farben und Randnotizen.

→ *Dafür sind ca. 60 Minuten reserviert.*

Ihre Notizzettel sind nun schon gut gefüllt. Ergänzen Sie, versuchen Sie Ordnung in die Aufzeichnungen zu bekommen. Lesen Sie, wenn nötig, einzelne Textpassagen noch einmal gründlich durch. Entwerfen Sie eine vorläufige **Struktur für Ihren Text**!

→ *Das müsste in 45 Minuten machbar sein.*

Beginnen Sie mit einem **ersten Entwurf**! (Jeder Schreiber hat eine eigene Strategie – schreiben Sie aber nie einfach darauf los.) Arbeiten Sie Punkt für Punkt Ihres Schreibplans ab. Vergewissern Sie sich immer wieder am Text, ob die Argumentation bzw. Gedankenführung stimmig und überzeugend ist.

→ *Dafür müssen Sie mindestens 120 Minuten einplanen.*

Jetzt geht es an den **Feinschliff: Prüfen** Sie Ihre **Ausarbeitung** und ergänzen Sie unvollständige Absätze. Bestimmte Aufgaben fordern einen ganz besonderen **Sprachstil**. Hier müssen Sie sicher nachbessern!

Am Ende der Arbeitszeit können Sie noch **Rechtschreibung und Grammatik** kritisch durchgehen.

→ *Nutzen Sie für die letzten Schritte die restliche verbleibende Zeit (ca. 60 Minuten).*

Beruhigt geben Sie die Arbeit dann ab.

2 Prüfungsstoff

Sie haben sich in den letzten beiden Jahren Ihrer gymnasialen Schullaufbahn mit literarischen (und kulturellen bzw. kulturgeschichtlichen) Entwicklungen von der Klassik bis hin zur Gegenwart beschäftigt. In der Jahrgangsstufe 10 haben Sie entweder die Aufklärung oder den Sturm und Drang näher kennengelernt. Die einzelnen Epochen der deutschen Literaturgeschichte wurden im Unterricht an ausgewählten Textbeispielen besprochen, es wurden typische Merkmale herausgearbeitet und Verbindungen zwischen den Strömungen hergestellt. Einen verbindlichen Literaturkanon hat es dabei nicht gegeben, sieht man einmal davon ab, dass in Bayern von jedem Abiturienten verlangt wird, dass er „seinen" Faust studiert hat. Sie sollten in der Lage sein, ein romantisches von einem expressionistischen Gedicht zu unterscheiden, und Sie sollten die Kennzeichen der Epochen im Überblick beherrschen. Vermeiden Sie aber, dieses Wissen den vorgelegten Texten aufzuzwingen! Vielmehr geht es **bei den ersten drei Prüfungsaufgaben** darum, **die literarischen Texte in ihrer Eigenart zu erfassen**. Dazu müssen Sie nicht nur einen Einblick in Epochentypisches haben, sondern vor allem sicher über das Handwerkszeug der Textinterpretation verfügen.

Wie gesagt, einen Kanon gibt es nicht. Wenn Sie aber dennoch eine **Lektüreliste** abarbeiten wollen, dann lesen Sie: Georg Büchners Drama „Woyzeck", ein Drama des Naturalismus, z. B. Gerhart Hauptmanns „Vor Sonnenaufgang", und ein episches Drama von Bert Brecht („Der gute Mensch von Sezuan"; „Mutter Courage"). Relevante epische Texte sind z. B. Theodor Fontanes „Effi Briest“, Alfred Döblins „Berlin Alexanderplatz“ und Franz Kafkas Erzählungen. Es schadet auch nicht, wenn Sie den ein oder anderen aktuellen Roman gelesen haben und sich vergegenwärtigen, worum es in diesen Büchern geht, etwa „Schlafes Bruder“ von Robert Schneider, „Der Vorleser“ von Bernhard Schlink, „Die Vermessung der Welt“ oder „Ruhm“ von Daniel Kehlmann. Die Reihe ließe sich natürlich unendlich fortsetzen, Sie sollten nur wissen, dass es Ihnen viel **leichter** fallen wird, die **Aufgaben 1 bis 3 zu bearbeiten**, wenn Sie das ein oder andere **Werk aus der Literaturgeschichte und der aktuellen Literatur kennen**.

Übrigens: Sie haben ja seit der 8. Klasse immer wieder Lektüren besprochen, nicht nur im Deutschunterricht. Stellen Sie einmal eine Liste zusammen, die Ihnen vor Augen führt, was alles gelesen wurde, und frischen Sie Ihre Erinnerungen ein wenig auf. Unter Umständen können Sie Ihre **Privatlektüre** gewinnbringend einsetzen. Dazu gehören auch Beispiele aus der Jugendliteratur oder Werke der sogenannten Trivialliteratur. Darüber hinaus könnte die Aufgabenstellung auch erlauben, einen bedeutenden **Kinofilm** oder eine bestimmte **Theaterinszenierung** als Vergleichswerk heranzuziehen. Achten Sie genau auf die Formulierung in der Aufgabe!

In der Abiturprüfung steht traditionell die Interpretation eines **Gedichts** am Anfang. Das Handwerkszeug für diese Interpretationsaufgabe haben Sie seit der fünften Klasse erworben. Vor allem die formale Beschreibung eines lyrischen Textes ist Ihnen geläufig, zumal alle Schulbücher das entsprechende Grundwissen (Reim, Versmaß, Strophenformen) ausführlich einüben. Daneben ist es wichtig zu wissen, dass

- ein lyrischer Sprecher als „Ich“ explizit oder implizit im Gedicht anwesend ist,
- Klang und Rhythmus eines Gedichts für die Interpretation wichtig sind,
- sprachliche Bilder und rhetorische Figuren in Gedichten intensiver eingesetzt werden als bei den anderen Gattungen,
- formale Beobachtungen erst in Bezug auf inhaltliche Aussagen Sinn ergeben.

Die zweite Aufgabe widmet sich dem **Drama**. Sie haben neben Goethes „Faust“ vermutlich ein Drama aus dem 19. oder dem 20. Jahrhundert analysiert. Hier sollten Sie unter anderem gelernt haben, dass

- die Gattung unterteilt werden kann in Tragödie, Komödie, bürgerliches Trauerspiel und andere Formen,
- ein Drama eine Handlung in Dialogen und Monologen vorstellt,
- die Figuren vor allem durch Gespräche charakterisiert werden,
- die Aussagen der Figuren immer auch kritisch geprüft werden sollten (Gibt es zwischen den Zeilen noch eine versteckte Botschaft?),
- die Beziehungen der Figuren in der Kommunikationssituation deutlich werden,
- der Autor Regieanweisungen gibt, um die Aussage zu verstärken,
- Mittel der Theatersprache eingesetzt werden, z. B. die Teichoskopie, das Beiseitesprechen, das Sprechen in Sentenzen …,
- jede Epoche eine eigene Theatersprache entwickelt hat.

Wenn Sie auch ein Drama aus der Zeit nach 1945 kennen gelernt haben, dann wissen Sie, dass moderne Dramatik neue Wege sucht, und – manchmal radikal – mit den Traditionen des Theaters bricht. Achten Sie darauf, ob in der Ihnen vorgelegten Szene eine Handlung rekonstruiert wird oder ob nur eine Aussage auf die Bühne gebracht werden soll (Postdramatik).

Neben Gedichten und Dramen haben Sie eine längere Erzählung (oder eine Novelle oder einen Roman) des 19. Jahrhunderts und mit Sicherheit Romane und Erzählungen des 20. bzw. 21. Jahrhunderts gelesen. Sie haben unter anderem gelernt, dass

- ein **epischer Text** einen Erzähler hat, der die Geschichte in seiner Art und Weise und aus seiner Perspektive dem Leser vermittelt,
- Erzählzeit und erzählte Zeit in der Regel nicht identisch sind,
- die Figuren direkt und indirekt charakterisiert werden,
- neben den dargestellten Figuren auch Raum und Zeit Bedeutung konstituieren,
- der historische Kontext des Werkes eine große Rolle spielen kann.

Bei epischen Texten muss die inhaltliche Zusammenfassung gut beherrscht werden, denn eine Erzählung entwickelt eine Geschichte stringent aus dem Erzählverlauf. (Das heißt aber nicht, dass die Chronologie immer eingehalten wird!)

Bei **allen Formen der literarischen Textinterpretation** geht es darum, Hypothesen zur Textaussage durch **überzeugende Textbelege** so zu untermauern, dass der Leser der Interpretation zustimmen kann. Das Schöne daran ist: Die eine richtige Interpretation gibt es nicht! Achten Sie bei der Interpretation aber auch auf die **Forderungen der Aufgabenstellung**. Es kann durchaus vorkommen, dass weitere Texte ausgewertet werden müssen. Dieses Zusatzmaterial soll Ihnen dabei helfen, bestimmte Aspekte genauer zu beleuchten.

Wer sich nicht so recht für literarische Fragestellungen erwärmen kann, hat in der Abiturprüfung die Möglichkeit, sich mit Problemstellungen allgemeiner Art auseinanderzusetzen. Dafür werden Ihnen die **beiden letzten Aufgaben** angeboten. Diesen liegen pragmatische Texte und nicht-lineare Texte (Grafiken, Diagramme, Bilder etc.) zugrunde. Bei den nicht-literarischen Aufgaben geht es um verschiedene Kompetenzen:

Sie müssen zum einen zeigen, dass Sie einen **Sachtext auswerten** können. Dazu zählen

- die innere Gliederung eines Textes,
- die Informationsentnahme,
- die genaue Darstellung von Inhalt und Aufbau,
- das Erkennen der Argumentationsstruktur und der Intention.

Zum anderen müssen Sie beweisen, dass Sie in der Lage sind, **selbst überzeugend zu informieren oder zu argumentieren:** Im Format IV gilt es, einen **Sachtext zu analysieren**. Dazu müssen Sie sich detailliert mit dem Aufbau, der Argumentationsstruktur und der sprachlich-stilistischen Gestaltung des Textes beschäftigen. Wichtig ist dabei, dass Sie die zentrale Aussage des Textes im Auge behalten. Hinzu kommt ein Schlussstatement, in dem Sie kurz Stellung nehmen zu den Thesen des Sachtextes, z. B. indem Sie die Aktualität der Aussagen prüfen oder auf einzelne Thesen gesondert eingehen. Aufgabe V ist für einen **argumentierenden Text** reserviert. In der Regel haben Sie hier auch die Möglichkeit, einen journalistischen Text (wie z. B. einen Kommentar oder Essay) zu verfassen.

3 Aufgabenarten

Die Abituraufgaben sind nach den Bildungsstandards entweder textbezogen oder materialgestützt. Das heißt im Umkehrschluss, dass es Aufgaben ohne Texte und/ oder Materialien nicht geben wird. Die folgende tabellarische Zusammenstellung aus den Bildungsstandards illustriert die **möglichen Schreibformate:**

	Textbezogenes Schreiben				**Materialgestütztes Schreiben**	
Aufgabenart	Interpretation literarischer Texte	Analyse pragmatischer Texte	Erörterung literarischer Texte	Erörterung pragmatischer Texte	Materialgestütztes Verfassen informierender Texte	Materialgestütztes Verfassen argumentierender Texte

Quelle: Bildungsstandards im Fach Deutsch für die Allgemeine Hochschulreife (Beschluss der KMK vom 18. 10. 2012), S. 24

Für die bayerische Abiturprüfung bleiben die drei Textinterpretationen der literarischen Gattungen Lyrik, Epik und Drama bestehen. Eine bloße Erörterung eines literarischen Textes ist dabei sehr unwahrscheinlich.

Die **zweiteiligen Aufgaben 1 bis 3** präsentieren jeweils einen Text oder Textausschnitt aus einer der **drei Literaturgattungen**, den Sie in **Teilaufgabe a)** zunächst **interpretieren** sollen, sei es unter selbst gewählten oder vorgegebenen Schwerpunkten. Der **zweite Teil** der Aufgabe gibt Ihnen die Möglichkeit, den **Text in einen größeren Zusammenhang zu stellen**. Dies kann z. B. dadurch geschehen, dass Sie weiterführendes Textmaterial vorgelegt bekommen, das Ihnen einen bestimmten Blick auf den Primärtext eröffnet. So ist denkbar, dass in einem Sachtext Zusatzinformationen stehen, die den zu interpretierenden Text in einem bestimmten Licht erscheinen lassen. Dabei ist auch die Untersuchung eines **poetologischen Aspekts** möglich: Es kann z. B. um die Gattungszugehörigkeit oder die Mehrdeutigkeit des zuvor interpretieren Textes gehen. Oder es wird ein zweiter Text (des gleichen oder eines anderen Autors) vorgelegt, der eine ganz andere Sicht auf ein Thema erkennen lässt und deshalb die Interpretation in eine andere Richtung lenkt. Der **Schwerpunkt** liegt auf der **ersten Teilaufgabe**, d. h. der Interpretation des literarischen Textes.

Häufig werden Sie aber auch einfach aufgefordert, die von Ihnen erarbeitete Deutung mit einem **selbst gewählten Beispiel** aus der Literaturgeschichte zu vergleichen. Beachten Sie die **Aufgabenformulierung** immer ganz genau: Wenn etwa aufgezeigt werden soll, „wie in einem anderen literarischen Werk *ein Liebesbekenntnis* gestaltet wird" (Abitur Bayern 2021, Aufgabe II), dann sind Sie in Ihrer Wahl tatsächlich sehr frei: Sie bestimmen Autor, Werk und Epoche ganz allein. Es spricht auch nichts dagegen, ein Werk aus der fremdsprachigen Literatur zu wählen. Wichtig ist bei dieser Aufgabenstellung auch, dass es nicht allein um einen inhaltlichen Vergleich geht, sondern die Art und Weise der Darstellung eine Rolle spielen muss.

Die **Teilaufgabe b)** gibt Ihnen in der Regel die Gelegenheit, Ihr literarisches Wissen und Ihre Fähigkeit zur literarischen Argumentation vorzuführen. Es ist sehr wichtig zu wissen, dass es kein Verbot gibt: Vielleicht sind Sie auf Science-Fiction spezialisiert oder auf Kriminalliteratur oder Sie haben eben eine Vorliebe für französische Literatur – auch mit diesen Pfunden können Sie wuchern!

Die **Aufgaben 4 und 5** sind den **Sachtexten** und dem **Argumentieren** vorbehalten. Diese sollen unten genauer vorgestellt werden.

3.1 Interpretieren eines literarischen Textes

Verlangt ist hier, einen Text nach **Form und Inhalt** zu analysieren, häufig unter vorgegebenen Schwerpunktsetzungen. Sie müssen also eine **Textinterpretation** verfassen (vgl. auch Abschnitt 4: „Anforderungsbereiche und Operatoren"). Zugrunde liegt ein Textausschnitt aus einem lyrischen, epischen oder dramatischen Werk, der meist zusammenzufassen und zu interpretieren ist. Es geht darum, ihn in seiner Besonderheit zu verstehen und dieses Verständnis sprachlich angemessen auszudrücken. Sie beginnen damit, dass Sie den Text mehrfach lesen, Auffälliges markieren, Beobachtungen – v. a. hinsichtlich der angegebenen Schwerpunktsetzungen – notieren, Fragen an den Text stellen und sich überlegen, was charakteristisch und wesentlich daran ist. Erschrecken Sie nicht, wenn Ihnen zunächst nicht alles sofort klar ist: Gerade gute Texte möchten, dass sich der Leser schon etwas anstrengt! Wichtig ist in jedem Fall die **strukturierte und nachvollziehbare Darstellung Ihres Gedankengangs und Ihrer Ergebnisse**. Zeigen Sie auf, wie Sie zu diesen gelangen, indem Sie Belege anführen. Diese sind zunächst v. a. **Textbelege**. Erst wenn dieser Fundus ausgeschöpft ist, können Sie anfangen, außertextuelle Bezüge herzustellen.

3.2 Analysieren von Sachtexten

Neben der Auseinandersetzung mit poetischen Texten (= Aufgaben I, II und III) wird Ihnen angeboten, dass Sie sich in der Abiturprüfung mit Sachtexten (sog. pragmatischen Texten) beschäftigen. Falls Sie sich für die Aufgaben IV oder V entscheiden, müssen Sie sich zunächst auf den jeweils vorgegebenen Schwerpunkt in der Aufgabenstellung konzentrieren: Geht es darum, die **Argumentationsstruktur** eines Textes zu erfassen? Soll die **Intention** des Autors herausgearbeitet werden? Muss auch die **sprachliche Struktur** des Textes, sein **Stil** berücksichtigt werden? In der Regel wird nach der Analyse verlangt, dass Sie zum Thema des Textes dann auch selbst Stellung beziehen. Meist wird diese Teilaufgabe eingeleitet mit der Formulierung: „Erörtern Sie die Position des Autors!"

Grundsätzlich können Sie davon ausgehen, dass Ihnen die Aufgabenstellung konkrete Hilfen zur Bearbeitung des Themas gibt. Wenn es z. B. darum geht, zwei längere Sachtexte miteinander zu vergleichen, wird mit großer Wahrscheinlichkeit der inhaltliche Fokus des Vergleichs in der Aufgabe schon formuliert.

3.3 Erörtern

Der Deutsch-Lehrplan für das achtjährige Gymnasium unterscheidet im Lernbereich „Schreiben" zwischen **zwei Formen des Erörterns:** Erörtern in **vorgegebenen** und in **freieren** Formen. Beide beziehen sich in der Abiturprüfung auf vorgelegte Texte bzw. Materialien. Es kommt nach der **Auswertung dieser Textgrundlagen** darauf an, einen komplexen Sachverhalt – oft aus dem Bereich der Sprachbetrachtung oder des literarischen bzw. des kulturellen Lebens – von verschiedenen Seiten zu beleuchten, mögliche Betrachtungsweisen abzuwägen und einen **eigenen, kritisch reflektierten Standpunkt** zu entwickeln.

Unter „**vorgegebenen Formen**" versteht der Lehrplan die klassische Erörterung, eine Form der Meinungsfindung also, die streng nach Argumenten aufgebaut ist und die oft beide Seiten abwägt und dadurch abschließend zu einem eigenständigen Urteil gelangt. Man nennt diese Herangehensweise „antithetisch". Die „**freieren Formen**" des Erörterns erkennen Sie immer an der Angabe einer bestimmten Textsorte, die von Ihnen verlangt wird. Es heißt also z. B. „Schreiben Sie einen Kommentar", „Verfassen Sie einen Essay" usw. Diese Schreibformen haben Sie im Unterricht seit der neunten Jahrgangsstufe eingeübt. Sollten Sie sich dennoch unsicher fühlen, werden Sie die Aufgabe kaum adäquat bearbeiten können.

Im Grunde genommen ist der Unterschied zwischen den freieren und den vorgegebenen Formen aber nicht so groß. Beide Aufsatzarten fordern eine **überzeugende Argumentation zu einer Leitthese**, die der Schreiber aufstellt. Die freieren Formen gehen nur bei der Beweisführung auf den Adressaten genauer ein, sie versuchen das oft mit bestimmten sprachlichen Mitteln. Dazu zählen beispielsweise rhetorische Fragen, ironische Wendungen und/oder bildhaftes Sprechen. Allerdings darf man diese Möglichkeiten nicht übertreiben, weil sonst die Überzeugungskraft darunter leidet.

3.4. Materialgestütztes Schreiben

Grundsätzlich muss angemerkt werden, dass es in der Abiturprüfung kein Aufgabenformat mehr gibt, das sich nicht auf Texte und Materialien bezieht. Sie müssen sich also immer mit den vorgelegten Quellen auseinandersetzen.

Unter dem Begriff „materialgestütztes Schreiben" verstehen die Bildungsstandards zwei Varianten: Zum einen geht es darum, „Leser über einen Sachverhalt so zu **informieren**, dass sie eine Vorstellung über seine wesentlichen Aspekte entwickeln können" (BiSta, S. 25). Zum anderen kann verlangt werden, „zu strittigen oder erklärungsbedürftigen Fragen, Sachverhalten und Texten **differenzierte Argumentati-**

onen zu entwickeln“ (BiSta, S. 26). In beiden Fällen sind Materialien (kurze Texte, Tabellen, Grafiken, Diagramme) vorgegeben, die entsprechend der Fragestellung ausgewertet werden müssen. Selbstverständlich sind Sie auch aufgefordert, auf **eigenes Wissen** zurückzugreifen.

Beim materialgestützten Schreiben geht es deshalb nicht darum, die vorgegebenen Texte, Bilder oder Grafiken möglichst vollständig zu analysieren, sondern viel eher darum, die Informationen und Aussagen für das eigene Schreibziel zu nutzen. Sie beweisen so vor dem Schreiben eine **vertiefte Lesekompetenz**, denn Sie müssen ja belegen, dass Sie in der Lage sind, die Aspekte des Materials zu identifizieren, die Sie für Ihren eigenen Text brauchen. Als Nächstes müssen Sie zeigen, dass Sie die ausgewählten Komponenten **sachgerecht wiedergeben** können, z. B. durch direkte oder indirekte Textzitate. Und schließlich wird bewertet, ob aus der durch die Bearbeitung der Materialien entstandenen Stoffsammlung ein **geschlossener**, stringent **aufgebauter und überzeugender Text** entstanden ist (oder – im negativen Sinn – nur Aussagen und Informationen unverbunden aneinandergereiht wurden). Strukturieren und Gliedern sind für alle Schreibformen von zentraler Bedeutung, aber beim materialgestützten Schreiben müssen Sie Ihren Text besonders sorgfältig planen.

Die Wahl einer materialgestützten Schreibaufgabe ist v. a. dann attraktiv, wenn Sie das Thema anspricht, Sie darüber schon etwas wissen und Sie eine klar definierbare Position entwickeln können. In diesem Fall werden die Materialien dazu beitragen, einen informierenden oder argumentierenden Text auf hohem Niveau zu verfassen.

3.5 Textlänge

Manchmal findet man bei den Aufgaben des Lernbereichs „Schreiben“ Textlängenbegrenzungen. Dies gilt vor allem für die freieren Formen des Argumentierens. Es heißt in der Aufgabenstellung z. B.: „Ihr Text sollte 1 200 bis 1 500 Wörter enthalten.“ Diese Bandbreite kann ausgenutzt werden, sollte aber nicht allzu deutlich unter- bzw. überschritten werden. Der Sinn einer Begrenzung besteht darin, dass der Schreiber so gezwungen ist, mehr Energie und Konzentration auf die **sprachliche Ausarbeitung** zu verwenden. Sie sollten nicht einfach zu schreiben beginnen und Ihr gesamtes Wissen ausbreiten, sondern **bewusst auswählen** und auch bei den Formulierungen genau überlegen, was passend ist und worauf eventuell verzichtet werden kann.

Nun ist der entscheidende Punkt bei einer Vorgabe der Textlänge, dass man seine Handschrift einschätzen kann: Wie viele Wörter passen bei mir auf eine geschriebene Seite? Schreibe ich gleichmäßig oder werden es am Ende mehr oder weniger Wörter pro Seite? Wenn Sie es ein paar Mal ausprobiert haben, dann werden Sie ein sicheres Gespür dafür entwickelt haben. Auch bei der Planung Ihres Textes sollten Sie die Längenbegrenzung schon im Auge haben: Wie viel Raum nimmt der Hauptpunkt ein? Wie viel verwende ich für die Einleitung, wie viel für den Schluss? Wie immer gilt auch hier: Übung macht den Meister!

Übrigens: Wie viele Wörter hat dieses Teilkapitel 3.5? *(Lösung auf Seite XVII)*

3.6 Weitere Tipps zur Arbeit mit Texten

Jeder gelungene Deutschaufsatz entsteht aus einem Zusammenspiel von genauem **Eingehen auf die Aufgabenstellung** und **individuellem Zugang**, also der Fähigkeit, das eigene Textverständnis und die eigene Problemerfassung überzeugend darzustellen. Für die Prüfungssituation ist es deshalb wichtig, die **Besonderheiten** der Aufgabenformate im Blick zu haben und über ein **Repertoire an Fragen** zu verfügen, mit denen man an literarische Texte und an Sachtexte herangeht.

Gedichtinterpretation

- Was drückt das Metrum aus, was bewirkt es?
- Aus welcher Perspektive wird im Gedicht gesprochen?
- Welche Entwicklung findet vom ersten bis zum letzten Vers statt? (Denn auch in Gedichten „passiert" etwas.)
- Welche Versgruppen gehören zusammen?
- Wie ist ein Motiv verwendet und inwieweit wandelt es sich?
- Was ist mit dem lyrischen Ich, das implizit oder explizit sich und seine Sicht der Welt zum Ausdruck bringt? Wie spricht es? Welche Sprache wählt es?
- Ergibt sich eher fließend ein Erlebniszusammenhang mit einer spürbaren Atmosphäre? Oder ist es ein eher spröder, intellektuell gedachter und gebauter Text, durchsetzt von Konjunktionen, Einsprüchen und Antithesen?

Sie sollten hinhören, überlegen, wie das Gedicht wirkt, und untersuchen, wodurch diese Wirkung zustande kommt. In der ersten halben Stunde einer Gedichtinterpretation sollten Sie den Text auf sich wirken lassen, Fragen sammeln und noch nicht losschreiben. Und noch etwas: Wie das eine oder andere letztlich zu verstehen ist, ist nicht immer eindeutig zu entscheiden. Gedichte haben einen offenen Deutungsraum um sich herum. Die Interpretation muss daher nach Plausibilität streben, indem sie sich nahe am Gedicht bewegt und die Thesen durch konkrete Textbelege stützt.

Interpretation einer dramatischen Szene

- Welche Kommunikationssituation liegt vor? Wie sind die Redeanteile der Figuren verteilt?
- Welche Spannung liegt in der Szene? Wie spitzt sich die Auseinandersetzung zu?
- Wo ist eventuell ein Höhe- und Wendepunkt?
- Welche Rolle spielen der Schauplatz, ein etwaiges Requisit oder ein Gang beziehungsweise eine Geste?
- Was tragen die Regieanmerkungen zum Verständnis bei?
- Was bleibt hinter dem gesprochenen Wort unausgesprochen, ist mitzudenken und lässt uns ahnen, wie es in der Figur wirklich aussieht und was sie vielleicht plant?
- Welchen Platz hat die Szene im Handlungszusammenhang und welche Funktion kommt ihr zu? (Was wäre, wenn man sie streichen würde?)

Interpretation von epischen Texten

- Welche Hinweise auf den Kontext des Textauszugs liefert die Vorbemerkung? (Eine Einbettung in den Gesamthandlungsverlauf wird nicht gefordert und ist auch nicht möglich, da es sich in der Regel um einen Textausschnitt eines Werkes handelt, dessen Kenntnis nicht vorausgesetzt wird.)
- Was ist das Thema der Textstelle? (Konzentrieren Sie sich zunächst auf das Wesentliche des Textauszugs!)
- Entscheidend für das Verständnis ist oft, die Erzählperspektive und Haltung des Erzählers zu erkennen und zu deuten: Weiß er nicht mehr, als die einzelne Figur wissen kann, erzählt er gleichsam aus ihr heraus personal? Oder hat er den Überblick und ist allwissend? Verschwindet er ganz hinter einem erzählenden Ich? Hegt der Erzähler Sympathie für seine Helden oder bleibt er ironisch distanziert?
- Wird linear-chronologisch erzählt oder gebrochen in Zeitsplittern, Facetten, Vorwegnahmen und Rückblicken?
- Entsteht ein Abbild unserer Wirklichkeit oder erscheint sie ins Artifizielle, Groteske, Absurde verfremdet?
- Welches Bild von der erzählten Zeit wird entworfen, mit welchen Fragen setzt sich der Autor in seinem Text auseinander?

Einen guten Eindruck macht es immer, wenn **korrekt zitiert** wird – egal, ob Sie nun lyrische, dramatische oder epische Texte analysieren und interpretieren. Sie sollten nicht zu umfangreich zitieren oder dem Leser das Zitat wortlos „vor die Füße schmeißen“. Zitate, oft nur ein Teilsatz oder ein besonderes Wort, werden gewählt, weil sie aufschlussreich und vielsagend sind: Man muss also mit ihnen arbeiten, sie erläutern und kommentieren. Überhaupt ist das A und O jeder Interpretation, in die eigene Sprache hineinzuholen, was man vorfindet. Wer sprachfaul nur wiederholt, was der Autor sagt, bleibt bei der Nacherzählung. Eine Interpretation verlangt immer auch einen abstrahierenden Zugriff auf den Text. Die Anstrengung, **Fremdes selbstständig in der eigenen Sprache wiederzugeben**, wirft unwillkürlich Fragen auf und bedeutet damit den ersten Schritt zum Verständnis eines Textes.

Sehr ratsam ist es, über ein paar **Fachbegriffe** so zu verfügen, dass über Erzähltes und Dargestelltes **präzise** gesprochen werden kann. Man sollte etwa schreiben können: „Die Figur tritt an dieser Stelle wie ein deus ex machina auf.“ Oder: „Hier wird der Beziehungsaspekt wichtiger als der Inhalt.“ Oder: „In diesen Ellipsen, diesen Kurzsätzen ohne Prädikat, drückt sich aus, wie …“ – Wichtig ist, dass Sie Wortarten, Satzteile und Nebensatztypen korrekt bezeichnen können. Üben Sie sich darin, die wichtigsten rhetorischen Figuren zu erkennen, die gestalteter Sprache ihre Wirkung verleihen und darüber hinaus auch zusätzliche Aussagekraft entwickeln.

Eine gute Übersicht über rhetorische Figuren findet sich in dem Band *Prüfungswissen Oberstufe* von Werner Winkler (Stark Verlag 2015, Titelnr. 94406, S. 23–26).

Analysieren von Sachtexten

Sachtexte sind keine fiktionalen Texte. Der Autor schreibt „direkt" über die Welt, er zeigt Zusammenhänge, stellt Thesen und Behauptungen auf und versucht, Fragen zu beantworten. Es gibt also **keine Zwischeninstanz** (wie den Erzähler), die interpretierend herausgearbeitet werden muss. Inhalt und Aufbau eines Sachtextes müssen **strukturiert wiedergegeben** werden. Deshalb ist es oft nötig, die einzelnen Abschnitte einem jeweiligen **Verwendungszweck** zuzuordnen. Man kann nämlich davon ausgehen, dass der Autor mit seinem Text ein bestimmtes **Ziel** verfolgt und diesem entsprechend seine Gedanken strukturiert und sprachlich gestaltet. In der Regel will der Verfasser seine Leser von seinem Standpunkt überzeugen und vertritt eine **Hauptthese** und ggf. mehrere **Unterthesen**, die einen Bezug zur Hauptthese haben. Eine These wird mit Argumenten untermauert, welche besonders überzeugend sind, wenn sie aus Behauptung, Begründung und Beispiel bestehen. Nach diesen Bestandteilen sollten Sie also in einem Text suchen. Mit der Frage nach den im Text vorliegenden **Sprechakten** können Sie ebenfalls die **Argumentationsstruktur** des Textes klären. Diese sollten Sie in Ihrer Zusammenfassung benennen: „Der Autor behauptet, schlägt vor, kritisiert, polemisiert, wägt ab, bezieht sich auf, erkennt …" usw.

Stellen Sie sich z. B. folgende Fragen:

- Welche Funktion hat ein Textabschnitt?
- Welche Intention verfolgt der Text insgesamt?
- Stellt der Verfasser begründete Thesen auf? Wo stellt er seine Thesen auf?
- An welcher Stelle begründet er sie?
- Wo finden sich Belege oder Beispiele für seine Behauptungen?
- Bezieht sich der Autor auf Autoritäten?
- Welche Sprechakte liegen vor?
- Wie (mit welcher Argumentationsstruktur und welchen sprachlichen Mitteln) und wie erfolgreich erreicht der Verfasser sein Ziel?

Wie bei der Interpretation literarischer Texte ist auch bei der Analyse der Sachtexte die **korrekte Zitierweise** zu beachten. Rein inhaltliche Zusammenfassungen verzichten am besten ganz auf Zitate, weil so die Gefahr der bloßen Wiederholung des Ausgangstextes vermieden werden kann. Schlüsselstellen werden jedoch wörtlich zitiert, aber immer mit der Vorgabe, dass das Zitat auch im Zusammenhang erklärt und dann in seiner Funktion analysiert werden muss.

Erörtern

Die Schreibform des Erörterns wird genutzt, um eine Behauptung (eine These) oder ein Problem kritisch abzuwägen und am Ende zu einem Ergebnis oder zu einem Urteil zu gelangen. Dies setzt voraus, dass man eine Aussage identifizieren kann, die überhaupt strittig ist (man kann z. B. nicht ernsthaft darüber streiten, ob die Farbe Rot schön oder hässlich ist). Weil es darum geht, den Leser von der eigenen Meinung zu überzeugen, muss jede These durch entsprechende Begründungen belegt werden. Daraus ergeben sich folgende Bewertungskriterien, die Sie leicht selbst überprüfen können:

- Wird die **Hauptthese** meiner Erörterung deutlich?
- Ist ggf. klar erkennbar, gegen welche Behauptung ich Stellung beziehe?
- Habe ich die Hauptthese und alle anderen Behauptungen jeweils **gut begründet**?
- Stimmen die Aussagen des Textes **logisch** überein?
- Ist meine Argumentation auch **sprachlich überzeugend**?
- Sind die **Beispiele**, die die Begründungen untermauern sollen, tragfähig?
- Komme ich zu einem für den Leser **nachvollziehbaren Schluss**?

Materialgestütztes Schreiben

Beim materialgestützten Schreiben wird in der Aufgabenstellung in der Regel ein **Adressat** genannt, an den sich der Text richten soll. Der informierende wie auch der argumentierende Text muss sich deshalb erkennbar am (potentiellen) Leser orientieren. Darüber hinaus achten Sie auf folgende Aspekte:

- Haben Sie **alle Materialien** ausgewertet?
- Sind die **Informationen und Erkenntnisse der Materialien passend** in Ihre Argumentationskette bzw. in die sachlogische Gliederung eines informierenden Textes **eingefügt**?
- Wird **richtig zitiert**? (Achten Sie auf die Angaben in der Aufgabe. Nicht immer muss wissenschaftlich korrekt zitiert werden!)
- Ist ein in sich geschlossener Text entstanden, der eine **klare und eindeutige Aussage** transportiert **oder** der einen **nachvollziehbaren und überzeugenden Standpunkt** vertritt?
- Sind alle **Bedingungen erfüllt**, die sich aus der **Aufgabenstellung** ergeben? (Wenn Sie z. B. aufgefordert werden, eine bestimmte Rolle zu erfüllen, dann müssen Sie prüfen, ob Sie Ihren Aufsatz tatsächlich aus deren Sicht verfasst haben!)

4 Anforderungsbereiche und Operatoren

4.1 Anforderungsbereiche (AFB)

In den Bildungsstandards werden drei Anforderungsbereiche definiert, die sich auch in den unterschiedlichen Aufgaben wiederfinden. Sie müssen zeigen, dass Sie in der Lage sind, Texte und Problemstellungen zu verstehen, die Aufgabe argumentativ zu lösen und Ihre Überlegungen überzeugend darzustellen:

- **Anforderungsbereich I** betrifft die **Reproduktion**, meint also die bloße Wiedergabe von Sachverhalten und Kenntnissen aus dem Unterricht. Lektürewissen, Kennen und Anwenden der gängigen Fachbegriffe und der Einsatz von Arbeitstechniken und Verfahren gehören hier dazu. Wie gehe ich bei einer Textinterpretation vor? Mit welchem Vokabular beschreibe ich die vorliegenden Texte? Wie baue ich ein überzeugendes Argument auf? All das findet auf dieser Stufe statt.
- **Anforderungsbereich II** zielt auf die **Anwendung** des erworbenen Wissens und der eingeübten Arbeitsweisen. Je nach Aufgabenstellung müssen Sie bestimmtes Wissen und passende Fertigkeiten abrufen. Allerdings sind Ihnen die Zusammenhänge auf dieser Stufe noch bekannt; Sachverhalte werden unter vorgegebenen

Gesichtspunkten erklärt und dargestellt. Gerade deshalb ist es sehr wichtig, dass man die Aufgabenstellung wirklich aufmerksam liest, denn hier finden sich deutliche Hilfen. So gelingt die Übertragung auf neue Zusammenhänge und Sachverhalte.

- **Anforderungsbereich III** betrifft die **gedankliche Selbstständigkeit** der Leistung. Hier sind komplexere Sachverhalte eigenständig zu erfassen und auch unbekannte Aufgaben zu lösen. Schwierige Texte müssen gedeutet, weitreichende Behauptungen begründet und eigenständige Werturteile müssen abgegeben werden. Die Prüflinge wählen dabei selbstständig geeignete Arbeitstechniken und Verfahren zur Bewältigung der Aufgabe. Sie reflektieren ihre Vorgehensweise und können so ihre Ergebnisse auch sicher herleiten.

Nach den Allgemeinen Bildungsstandards liegt in den Abiturprüfungen der **Schwerpunkt** der zu erbringenden Leistungen **im Anforderungsbereich II**. Je nach Aufgabe ergeben sich dann Ausweitungen nach unten (Bereich I) und oben (Bereich III).

Oftmals wird jedoch nur *ein* umfassender Operator (Arbeitsanweisung) wie „erörtern", „interpretieren" oder „analysieren" eingesetzt, der Leistungen in *allen* drei Anforderungsbereichen verlangt. Wird die Aufgabe nicht weiter differenziert, entfällt eine erste Strukturierungshilfe, die die einzelnen Teilaufträge sonst bieten. So haben Sie zwar weniger Orientierungspunkte, aber auch mehr Freiraum beim Strukturieren des Aufsatzes.

4.2 Operatoren

Operatoren sind **Arbeitsanweisungen**. Sie machen deutlich, welche Art von Aufgabenstellung gemeint ist, lassen sich den einzelnen Anforderungsbereichen zuordnen und geben einen Hinweis auf das Gewicht der Aufgabe. Durch ihre konkreten Vorgaben dienen Operatoren sowohl dazu, Arbeitsaufträge eindeutig zu formulieren und voneinander abzugrenzen, als auch dazu, einheitliche Bewertungs- und Korrekturmaßstäbe zu setzen.

Die folgende **Operatorenliste** wurde durch das Berliner Institut IQB vorgeschlagen und dient als Grundlage für die Arbeit an den länderübergreifenden Abituraufgaben. Die Liste ist alphabetisch aufgebaut und weist den einzelnen Operatoren jeweils die Anforderungsbereiche zu. Ausdrücklich wird darauf hingewiesen, dass natürlich noch andere Operatoren möglich sind, vor allem dann, wenn sie auch umgangssprachlich eindeutig verstanden werden.

Operator	**Definition**	**Beispiel**
analysieren (I, II, III)	einen Text als Ganzes oder aspektorientiert unter Wahrung des funktionalen Zusammenhangs von Inhalt, Form und Sprache erschließen und das Ergebnis der Erschließung darlegen	*Analysieren Sie den vorliegenden Essay.* *Analysieren Sie den Text im Hinblick auf die Wirkung der sprachlichen Mittel.*
beschreiben (I, II)	Sachverhalte, Situationen, Vorgänge, Merkmale von Personen bzw. Figuren sachlich darlegen	*Beschreiben Sie die äußere Situation des Protagonisten.*
beurteilen (II, III)	einen Sachverhalt, eine Aussage, eine Figur auf Basis von Kriterien bzw. begründeten Wertmaßstäben einschätzen	*Beurteilen Sie auf der Grundlage der vorliegenden Texte die Entwicklungstendenzen der deutschen Gegenwartssprache.*
charakterisieren (II, III)	die jeweilige Eigenart von Figuren/Sachverhalten herausarbeiten	*Charakterisieren Sie den Protagonisten im vorliegenden Textauszug.*
darstellen (I, II)	Inhalte, Probleme, Sachverhalte und deren Zusammenhänge aufzeigen	*Stellen Sie die wesentlichen Elemente des vorliegenden Kommunikationsmodells dar.*
einordnen (I, II)	eine Aussage, einen Text, einen Sachverhalt unter Verwendung von Kontextwissen begründet in einen vorgegebenen Zusammenhang stellen	*Ordnen Sie den folgenden Szenenausschnitt in den Handlungsverlauf des Dramas ein.*
erläutern (II, III)	Materialien, Sachverhalte, Zusammenhänge, Thesen in einen Begründungszusammenhang stellen und mit zusätzlichen Informationen und Beispielen veranschaulichen	*Erläutern Sie anhand der Textvorlage die wesentlichen Elemente der aristotelischen Dramentheorie.*
erörtern (I, II, III)	auf der Grundlage einer Materialanalyse oder -auswertung eine These oder Problemstellung unter Abwägung von Argumenten hinterfragen und zu einem Urteil gelangen	*Erörtern Sie die Position der Autorin.*
in Beziehung setzen (II, III)	Zusammenhänge unter vorgegebenen oder selbst gewählten Gesichtspunkten begründet herstellen	*Setzen Sie die Position des Autors in Beziehung zum Frauenbild des vorliegenden Textauszugs.*

interpretieren (I, II, III)	auf der Grundlage einer Analyse im Ganzen oder aspektorientiert Sinnzusammenhänge erschließen und unter Einbeziehung der Wechselwirkung zwischen Inhalt, Form und Sprache zu einer schlüssigen (Gesamt-)Deutung gelangen	*Interpretieren Sie das vorliegende Gedicht.* *Interpretieren Sie das Gedicht unter besonderer Berücksichtigung der Identitätsproblematik.*
sich auseinandersetzen mit (II, III)	eine Aussage, eine Problemstellung argumentativ und urteilend abwägen	*Setzen Sie sich mit der Auffassung des Autors auseinander.*
überprüfen (II, III)	Aussagen/Behauptungen kritisch hinterfragen und ihre Gültigkeit kriterienorientiert und begründet einschätzen	*Überprüfen Sie, inwieweit die These zutrifft, die Kunstauffassung der Autorin spiegle sich im vorliegenden Text wider.*
verfassen (I, II, III)	auf der Grundlage einer Auswertung von Materialien wesentliche Aspekte eines Sachverhaltes in informierender oder argumentierender Form adressatenbezogen und zielorientiert darlegen	*Verfassen Sie auf der Grundlage der Materialien einen Kommentar für eine Tageszeitung.*
vergleichen (II, III)	nach vorgegebenen oder selbst gewählten Gesichtspunkten Gemeinsamkeiten, Ähnlichkeiten und Unterschiede herausarbeiten und gegeneinander abwägen	*Vergleichen Sie die Naturschilderungen in den beiden Gedichten.*
zusammenfassen (I, II)	Inhalte oder Aussagen komprimiert wiedergeben	*Fassen Sie die Handlung der vorliegenden Szene zusammen.*

Quelle: IQB, *Grundstock von Operatoren*, unter: https://www.iqb.hu-berlin.de/bista/abi/deutsch/dokumente

5 Tipps und Hinweise zu den Bewertungskriterien

5.1 Praktische Tipps

Um einen gut durchdachten, **sinnvoll aufgebauten und gegliederten Aufsatz** zu schreiben, ist es unverzichtbar, dass Sie diesen zuvor **konzipieren** bzw. sich einen **Plan** zurechtlegen. Fertigen Sie dazu einen Schreibplan, eine Mindmap oder Ähnliches an. Diese Vorarbeiten sind zusammen mit Ihrer Arbeit abzugeben und können sogar (positiv) in die Bewertung einfließen. Eine gesonderte **Gliederung** als Inhaltsübersicht ist dagegen **nicht mehr verpflichtend** anzufertigen. Als Hilfestellung für den eigenen Aufsatz ist sie trotzdem durchaus sinnvoll. Deshalb finden Sie in diesem Buch weiterhin Beispiele für alphanumerische Gliederungen (A-B-C) und numerische Gliederungen (1-2-3-4) im Nominal- oder Verbalstil.

Schreiben ist immer ein **Prozess**. Wer die einzelnen Phasen konzentriert angeht, wird am Ende ein vorzeigbares Produkt haben. **Bereiten** Sie die Arbeit gut **vor**, indem Sie z. B. die Texte farbig markieren und sinnvolle Randnotizen machen. **Sammeln** Sie Ihre Ideen in Clustern, Mindmaps oder in Stichworten. **Verfassen** Sie dann einen gut gegliederten und durchdachten Aufsatz, den Sie am Ende sorgfältig **überarbeiten**.

5.2 Hinweise zu den Bewertungskriterien

Wie bei allen Aufsätzen an bayerischen Gymnasien wird auch die Abiturnote *nicht* durch Addition der auf die Anforderungsbereiche bezogenen Teilnoten errechnet, sondern stellt eine Gesamtwürdigung der erbrachten Leistungen dar. Bei der Punktevergabe werden folgende **Bewertungskategorien** berücksichtigt:

- **inhaltliche** Leistung,
- **methodische** Leistung,
- **sprachliche** Leistung/Darstellungsleistung: Bei den freieren Formen des Argumentierens spielt die sprachliche Leistung eine große Rolle. Es wird darauf geachtet, dass Ihr Text eine gewisse Attraktivität hat, dass er Sprachwitz wagt und den Leser zu unterhalten vermag. Aber keine Angst: Niemand wird von Ihnen einen perfekten Text verlangen. Es geht vielmehr darum, dass Sie den Mut haben, Ihre Ideen auch sprachlich entsprechend zu pointieren.

Besonders viel Gewicht wird in der Bewertung darauf gelegt, dass

- Ihre Ausführungen sachlich richtig sind,
- Ihre Aussagen folgerichtig und begründet sind,
- Ihre Darstellung und Ihr Verständnis der Thematik den prinzipiellen Ansprüchen des Deutschunterrichts in der Oberstufe entsprechen,
- Ihre Arbeit einen bestimmten Grad an Selbständigkeit, etwa in der Entwicklung von Gedankengängen, aufweist,
- der Aufsatz verständlich aufgebaut und klar formuliert ist,
- eine grundlegende Sicherheit im Umgang mit der Fachsprache und den entsprechenden Methoden unter Beweis gestellt wird,
- Ihre Ausführungen sprachlich richtig sind und
- die äußere Form Ihres Aufsatzes den Erwartungen entspricht.

Bei der **Erörterungsaufgabe** wird besonders darauf geachtet, dass

- das Thema präzise erschlossen ist,
- der Aufsatz schlüssig aufgebaut ist,
- plausibel argumentiert wird,
- ein angemessener Grad der Reflexion erreicht ist,
- die verwendete Begrifflichkeit angemessen und korrekt eingesetzt ist,
- Sie sich sprachlich korrekt und gewandt auszudrücken vermögen.

Viel Erfolg!

(Lösung der Frage auf Seite IX: 203 Wörter)

Deutsch Bayern – Abiturprüfung 2019: Aufgabe 1: Interpretieren eines literarischen Textes

a) Interpretieren Sie das Gedicht „Wonne der Einsamkeit“ von Ludwig Tieck!

b) Vergleichen Sie die Gestaltung des Themas Einsamkeit in den Gedichten „Wonne der Einsamkeit“ von Ludwig Tieck und „Kleines Solo“ von Erich Kästner! Berücksichtigen Sie dabei sowohl inhaltliche als auch sprachlich-formale Aspekte!

Der Schwerpunkt der Aufgabenstellung liegt auf Teilaufgabe a).

Ludwig Tieck (1773–1853)
Wonne der Einsamkeit (erschienen 1802)

O holde Einsamkeit,
O süßer Waldschatten,
Ihr grüne Wiesen, stille Matten[1],
Bei euch nur wohnt die Herzensfreudigkeit.

Ihr kleinen Vögelein
Sollt immer meine Gespielen sein,
Ziehende Schmetterlinge,
Sind meiner Freundschaft nicht zu geringe.

Unbefangen
Zieht ihr des Himmels blaue Luft,
Der Blumen Duft
In euch mit sehnendem Verlangen.
Ihr baut euch euer kleines Haus,
Haucht in den Zweigen Gesänge aus
Von Himmels-Ruhe rings umfangen.

Weit! weit!
Liegst du Welt hinab,
Ein fernes Grab.
O holde Einsamkeit!
O süße Herzensfreudigkeit!

Kommt ihr Beengten
Herzbedrängten,
Entfliehet, entreißt euch der Quaal,
Es beut[2] die gute Natur,
Der freundliche Himmel,
Den hohen gewölbten Saal,
Mit Wolken gedeckt, die grüne Flur:
Entflieht dem Getümmel![3]

O holde Einsamkeit!
O süße Freudigkeit!

Aus: Ludwig Tieck, Schriften in zwölf Bänden, hrsg. von Manfred Frank u. a., Bd. 7: Gedichte, hrsg. von Ruprecht Wimmer, Frankfurt a. M. 1995, S. 471. Orthografie nach dieser Ausgabe.

Worterläuterungen:
1 *Matten:* Bergwiesen
2 *beut:* bietet
3 Danach beginnt eine neue Strophe.

Erich Kästner (1899–1974)
Kleines Solo (erschienen 1947)

Einsam bist du sehr alleine.
Aus der Wanduhr tropft die Zeit.
Stehst am Fenster. Starrst auf Steine.
Träumst von Liebe. Glaubst an keine.
Kennst das Leben. Weißt Bescheid.
Einsam bist du sehr alleine –
und am schlimmsten ist die Einsamkeit zu zweit.

Wünsche gehen auf die Freite[1].
Glück ist ein verhexter Ort.
Kommt dir nahe. Weicht zur Seite.
Sucht vor Suchenden das Weite.

Ist nie hier. Ist immer dort.
Stehst am Fenster. Starrst auf Steine.
Sehnsucht krallt sich in dein Kleid.
Einsam bist du sehr alleine –
und am schlimmsten ist die Einsamkeit zu zweit.

Schenkst dich hin. Mit Haut und Haaren.
Magst nicht bleiben, wer du bist.
Liebe treibt die Welt zu Paaren.
Wirst getrieben. Mußt erfahren,
daß es *nicht* die Liebe ist …
Bist sogar im Kuß alleine.
Aus der Wanduhr tropft die Zeit.
Gehst ans Fenster. Starrst auf Steine.
Brauchtest Liebe. Findest keine.
Träumst vom Glück. Und lebst im Leid.
Einsam bist du sehr alleine –
und am schlimmsten ist die Einsamkeit zu zweit.

Aus: Erich Kästner: Der tägliche Kram, Chansons und Prosa 1945–1948, Zürich: Rascher 1948. Die Orthografie und die Einzüge der 1., 3. und 4. Strophe entsprechend dieser Ausgabe.

Worterläuterung:
1 *auf Freite gehen:* auf Brautschau gehen, sich eine Frau suchen; allgemeiner: um jemanden werben

Hinweise und Tipps

- ***Welche Aufgabenart liegt vor und wie sind die Teilaufgaben gewichtet?***
  Die Aufgabenstellung ist zweigeteilt in eine ***Gedichtinterpretation*** *(Teilaufgabe a) und einen davon ausgehenden* ***Motivvergleich mit einem zweiten Gedicht*** *(Teilaufgabe b). Der Schwerpunkt der Arbeit liegt auf der Teilaufgabe a).*
- ***Was verlangt die Aufgabenstellung?***
  Der in der Teilaufgabe a) gesetzte ***Operator „interpretieren Sie"*** *verlangt für das erste Gedicht (Tiecks „Wonne der Einsamkeit") die umfassende Untersuchung von* ***Inhalt und Aufbau sowie formaler und sprachlich-stilistischer Gestaltung****. Aus der gründlichen Arbeit am Text sollen Sie schlüssige Deutungsansätze entwickeln und das Gedicht interpretieren.*
  Ausgehend von Ihren Ergebnissen sollen Sie dann in Teilaufgabe b) einen ***Gedichtvergleich*** *vornehmen, also* ***Gemeinsamkeiten und Unterschiede*** *aus Tiecks Text und Erich Kästners „Kleines Solo" herausarbeiten. Der Fokus liegt auf dem gemeinsamen* ***Thema „Einsamkeit"****: Welche Qualität wird der Einsamkeit in beiden Gedichten zugeschrieben? Auf welche Weise geschieht das jeweils? Die Aufgabenstellung fordert hier ausdrücklich, dass Sie inhaltliche sowie ausgewählte sprachliche und formale Aspekte berücksichtigen. Das Kästner-Gedicht muss dabei nicht vollständig interpretiert werden, sondern in der Motivgestaltung anhand von* ***klar benannten, selbstgewählten Vergleichskriterien*** *dem ersten Gedicht gegenübergestellt werden.*
- ***Wie gehe ich bei der Bearbeitung der Aufgaben vor und wie kann ich meinen Aufsatz strukturieren?***
  Planen Sie Ihren Text eingehend und halten Sie Ihre Gedanken in einem ***strukturierten Schreibplan*** *fest, der als Gerüst für Ihren Aufsatz dient. Das hilft auch, den für den Textzusammenhang wichtigen roten Faden zu entwickeln und die einzelnen Aufsatzteile aufeinander zu beziehen.*
  Um einen geschlossenen Eindruck zu erreichen, ist es wichtig, auch die ***Einleitung*** *und den* ***Schluss*** *auf den Wesenskern des Gedichts abzustimmen. Im vorliegenden Fall bieten sich dabei Querverbindungen zum* ***Phänomen der Einsamkeit*** *in der heutigen Gesellschaft an. Auch über eine Abgrenzung der Begriffe „Einsamkeit" als subjektive Empfindung und „Alleinsein" als objektiver Zustand kann ein passender Zugang zum Themenfokus erreicht werden. Im Schlussteil könnten auch Parallelen zu eventuell im Unterricht behandelten Texten im Hinblick auf das Einsamkeits-Motiv gezogen werden. Oft ist aber auch das* ***Fazit aus dem Motivvergleich*** *ein geeigneter Schlussgedanke, dem nichts mehr weiter hinzugefügt werden muss.*
  In der ***Überleitung zum Hauptteil*** *sollten Sie die wichtigsten Rahmeninformationen (Autor, Titel, Erscheinungsjahr) zu dem ersten Text nennen und die Grundsituation des Gedichts in einem Satz umreißen, also die Sprechsituation klären und auf den Punkt bringen, worum es eigentlich geht.*
  Der ***Hauptteil*** *Ihres Aufsatzes beginnt vor der eigentlichen Interpretation mit einer knappen* ***strukturierten Inhaltsangabe****, die den gedanklichen Aufbau des Gedichts in eigenen Worten wiedergibt. Daher sind in diesem überblicksartigen, informierenden Teil noch keine Zitate aus dem Gedicht aufzuführen. Nach dieser inhaltlichen Klärung wählen Sie geeignete* ***Interpretationsschwerpunkte*** *und überprüfen diese am*

Text. Die Erschließung der ***formalen*** *und* ***sprachlich-stilistischen Gestaltung*** *sollte nicht getrennt von der Interpretation erfolgen, vielmehr besteht die Hauptaufgabe einer Gedichtinterpretation darin, die* ***Leistung der Form und Sprache für die Aussage des Gedichts*** *herauszuarbeiten. Auch in Tiecks Gedicht ergibt sich die Textaussage sowohl aus inhaltlichen wie formalen und sprachlichen Aspekten. Versuchen Sie am besten, nach* ***Leitaspekten*** *(Rolle der Natur, Haltung des lyrischen Ichs gegenüber der Gesellschaft …) vorzugehen und deren Bedeutung für die Textaussage anhand der charakteristischen stilistischen Ausdrucksmittel zu erschließen. Am Ende dieses Abschnitts lassen sich die erarbeiteten Ergebnisse zu einer* ***abschließenden zusammenhängenden Deutung*** *zusammenführen, bei der man ggf. auch auf den Epochenhintergrund der Romantik eingehen kann. In jedem Fall müssen Sie* ***Ihre Thesen mithilfe von Textbelegen genau begründen****. Achten Sie dabei auch auf eine korrekte Zitierweise und eine grammatikalisch saubere Einbindung der Textbelege in Ihre Darstellung.*

Die ***Vergleichsaufgabe*** *schließt sich nahtlos an. Achten Sie auf eine entsprechende* ***Überleitung****. Eine naheliegende Möglichkeit bietet z. B. die Gegenüberstellung der beiden* ***Gedichttitel****. Bereits hier zeichnet sich der unterschiedliche Wesenskern der beiden Gedichte ab. Bei der Analyse der Unterschiede sind Sie in der* ***Wahl der Vergleichskriterien*** *frei. Allerdings ist ein Rückgriff auf die zentralen Ergebnisse der Untersuchung von Text 1 empfehlenswert (z. B. Blickrichtung des lyrischen Ichs, Rolle des Raums, Grundstimmung der Sprechhaltung). Da die Aufgabenstellung ausdrücklich auch auf* ***sprachlich-formale Aspekte*** *abzielt, müssen Sie besonders aussagekräftige Auffälligkeiten in Ihre Darstellung einbeziehen.*

– ***Was gibt es noch zu beachten?***

Die Erscheinungsdaten der beiden Gedichte 1802 bzw. 1947 geben keinen klaren Hinweis auf eine Epochenzuordnung und könnten dazu verleiten, die Autoren der Klassik oder der „Trümmerliteratur“ zuzuweisen, was den Texten nicht gerecht würde. Die Gedichte können aber sehr gut vor dem ***Hintergrund ihrer Geisteshaltung*** *(Romantik und Neue Sachlichkeit) interpretiert werden. Diese ist bei beiden Texten für die Deutung aufschlussreich und würde dem Motivvergleich noch zusätzliche gedankliche Tiefe verleihen. Da eine Epochenzuordnung aber nicht explizit in der Aufgabenstellung verlangt ist, genügt hier auch ein rein* ***textbezogener Motivvergleich****.*

Falls Ihnen ein bestimmter ***Begriff*** *des Textes nicht geläufig ist (z. B. „Wonne“), sollten Sie diesen im Wörterbuch nachschlagen, das als Hilfsmittel zugelassen ist, um Missverständnisse zu vermeiden. Achten Sie auch immer auf eine mögliche Fortsetzung des Textes auf der nächsten Seite.*

Strukturierter Schreibplan

1 Einleitungsgedanke: Einsamkeit – Mangel oder Chance?

2 Interpretation des Gedichts „Wonne der Einsamkeit“ von Ludwig Tieck

2.1 Inhalt und gedanklicher Aufbau des Gedichts
- Lobpreis der einsamen Naturszenerie, die als Ursache des Glücksempfindens bewertet wird
- Gegenüberstellung dieser Idylle mit der als negativ empfundenen Gesellschaft
- Aufforderung an die Mitmenschen, sich der Natur zuzuwenden

2.2 Untersuchung der formalen und sprachlichen Gestaltung nach Leitaspekten

2.2.1 unregelmäßiger Strophenbau und wechselndes Versmaß und Reimschema als Ausdruck eines Bruchs mit Konventionen

2.2.2 Sprechsituation und Sprechhaltung: begeisterte Gefühlsaussprache und engagierter Appell als syntaktisches Leitprinzip

2.2.3 Kontrastierung von *Gesellschaft* und *Natur* durch bildhafte Illustrierung, metaphorische Überhöhung und hyperbolische Wortwahl

2.3 Zusammenfassende Interpretation: Rückzug in die Natur als Ausdruck einer Sehnsucht nach Sinnerfüllung und Befreiung von Zwängen

3 Gedichtvergleich: Das Thema „Einsamkeit“ bei Tiecks „Wonne der Einsamkeit“ – Kästners „Kleines Solo“
- programmatischer Titel – deutungsoffener Titel
- unterschiedliche Sprechersituation und Perspektive
- Bedeutung des jeweiligen Raums für die Aussage
- Dynamik und Euphorie – Passivität und Stagnation

4 Schlussgedanke: Das Phänomen der „Einsamkeit“ in der Gesellschaft heute

Lösungsvorschlag

Einsamkeit – für die meisten ist dies ein bedauernswerter Zustand von Men- 1
schen, die ohne Freunde und Familie abgeschieden von der Gesellschaft ein trauriges Dasein fristen. Vor unserem inneren Auge erscheinen hier vor allem alte Menschen, die sozial isoliert kaum mehr Kontakte zu ihren Mitmenschen haben. In der Literatur ist die Einsamkeit ein Motiv, das immer wieder in unterschiedlichen Kontexten aufgegriffen und thematisiert wird. Vor allem in Texten der Moderne, wie z. B. in Hauptmanns Drama „Einsame Menschen“ oder auch in den Parabeln von Kafka, steht der allein auf sich gestellte Mensch im Mittelpunkt. Heißt Einsam-Sein jedoch auch zwangsläufig Unglücklich-Sein? Schon immer suchen Menschen auch ganz gezielt die Abgeschiedenheit, um beispielsweise als Eremit oder Einsiedler eine meditative Gotteserfahrung zu erleben.

Dass die Einsamkeit auch eine Chance, ja ein ausgesprochen erstrebenswerter 2
Zustand sein kann, zeigt sich in Texten des Barock, der Romantik oder des Biedermeier. Bereits der Titel von Ludwig Tiecks 1802 erschienenem Gedicht „Wonne der Einsamkeit“ schließt mit dem ersten Wort „Wonne“ gleich von Anfang an jede negative Assoziation aus und bewertet die vom lyrischen Ich erlebte Einsamkeit in der Natur als einen Glückszustand.

Das sechsstrophige Gedicht lässt sich in **drei gedankliche Abschnitte** glie- 2.1
dern. Im ersten Teil, der die erste bis dritte Strophe umfasst, betrachtet das lyrische Ich voll leidenschaftlicher Empathie die Natur, die dem Leser als idyllische, weiträumige Landschaft zwischen Wiesen und Wald vorgeführt wird. Gleich zu Beginn erfolgt der **Lobpreis der in diesem Naturraum erfahrenen Einsamkeit**, die auch als Grund für sein Glücksempfinden benannt wird. Daraufhin erfolgt eine Ansprache an die Vögel und Schmetterlinge als Bewohner dieser friedlichen Idylle, denen sich der Sprecher in besonderer Weise verbunden fühlt (V. 1–15). Ein thematischer Einschnitt geschieht zu Beginn der vierten Strophe, wo das Glücksempfinden in der Natur mit der Enge der **Zivilisation** kontrastiert wird (V. 16–20). Aus dem Bewusstsein einer beglückenden Distanz zu dieser als lebensfeindlich beschriebenen Menschenwelt heraus wendet sich der Sprecher im dritten Abschnitt mit einem **Appell direkt an die Stadtbewohner**. Die beiden letzten Strophen sind eine Aufforderung, es ihm gleichzutun und sich aus gesellschaftlichen Zwängen zu befreien, um in der Einsamkeit der Natur Erfüllung zu finden. Bekräftigt wird dies durch eine zusammenfassende **Verherrlichung der Glückserfahrung in der Einsamkeit** (V. 21–30).

Ungewöhnlich für die Entstehungszeit um 1800, in der die Orientierung an der 2.2
klassisch-harmonischen Form die Regel war, sind die im Strophenbau und auch 2.2.1
in der Versgestaltung auffälligen **Abweichungen von und Brüche mit lyrischen Mustern**. Das Erleben der Natur wird nicht nur inhaltlich als befreiend von gesellschaftlichen Zwängen empfunden, sondern spiegelt sich auch in der zwanglosen formalen Darstellung. Die unverstellte, direkte Gefühlsaussprache korrespondiert mit der Aussage des Textes, welcher **Freiheit und natürliche Ungebundenheit** einfordert. Mit den vielen Apostrophen und Interjektionen (vgl. V. 1 f., 16) orientiert sich die sprachliche Gestaltung eher an den hymnischen Naturgedichten des Sturm und Drang als an der Regelmäßigkeit klassischer Gedichte. Abgesehen von den zwei vierzeiligen Strophen zu Beginn lässt sich im formalen Aufbau **kein einheitliches Kompositionsprinzip** erkennen, lange und kurze Strophen wechseln sich ab. Die beiden Vierzeiler bewirken dabei einen dynamisch-fließenden Einstieg in die Naturszenerie. Auch durch Enjambements innerhalb der Strophen (vgl. V. 11 f.) erweckt das Gedicht den Eindruck einer **spontanen Gefühlsaussprache**. Zudem ist das **Metrum** nah an der gesprochenen Sprache. Das wechselnde Versmaß mit unregelmäßiger Hebungszahl lässt dabei sowohl Ausrufe der Begeisterung wie Kommentierungen der Naturszenerie zu. Die Interjektion „O“ erscheint insgesamt sechs Mal jeweils gedoppelt in der ersten, vierten und sechsten Strophe und ist dadurch

unmittelbarer Ausdruck von Pathos und Emotion. Das **Reimschema** variiert stark und zeugt im unregelmäßigen Wechsel zwischen unbetonten und betonten Kadenzen von der Impulsivität des Sprechers. Die Verflechtung der Verse geschieht jeweils durch die Verbindung mit mindestens einem anderen Vers durch einen Paarreim, Kreuzreim oder umarmenden Reim. Trotz der offenbar spontanen Gefühlsaussprache des lyrischen Ichs erhält das Gedicht so eine fast unbewusst scheinende formale Struktur.

Der Gedankengang des Gedichts ist damit wesentlich geprägt durch die **Blickrichtung des Sprechers** und durch den Raum, in dem er sich befindet – die einsame Natur. Das lyrische Ich tritt im Text jedoch nicht direkt in der „Ich“-Aussprache auf. Seine Gegenwart in der Naturidylle erschließt sich vielmehr zunächst indirekt durch die Verwendung von Possessivpronomina („meine Gespielen“, V. 6; „meiner Freundschaft“, V. 8) und in der **direkten empathischen Ansprache** der Umgebung. Eine innige Vertrautheit zeigt sich bei der Anrede der „kleinen Vögelein“ (V. 5) im Diminutiv und der Schmetterlinge in der zweiten Person Plural (vgl. V. 10). Diese dadurch personifizierten Lebewesen werden so zu einem **lyrischen Du**, mit dem der Sprecher gleichsam einen Dialog führt. Deren Lebensfreude macht diese Tiere, die Lebendigkeit wie Zartheit verkörpern, zum Inbegriff des sorglosen Glücks. In ihrer „[u]nbefangen[en]“ (V. 9) Naivität und bedingungslosen Zuversicht zeigt sich, „umfangen“ (V. 15) von „Himmels-Ruhe“ (V. 15), das Ideal eines Aufgehobenseins in der Natur. Durch den Begriff „Freundschaft“ (V. 8) findet auch hier eine Übertragung in den menschlichen Bereich statt. 2.2.2

Um seine **Haltung und Anschauung zu objektivieren**, wird die Anrede durchgehend im Indikativ Präsens formuliert. Damit erhält das Glücksempfinden in der einsamen Natur den Rang einer allgemeingültigen Tatsache. Der **Sprecherstandpunkt** in der beschriebenen Natur wird auch durch die ausholende sprachliche Verweisgeste mit dem gedoppelten, adverbial gebrauchten Adjektiv „Weit! weit!“ (V. 16) deutlich gemacht. Die stark verkürzte, atemlose Exclamatio betont die Distanz zwischen seinem Standort oben („Luft“, „Himme[l]“, V. 10) und der Menschenwelt unten („hinab“, V. 17) und verstärkt den **Gegensatz zwischen diesen beiden so unterschiedlichen Sphären**. Die metaphorische Herabwürdigung der Welt als „fernes Grab“ (V. 18) könnte den Kontrast zu der „süße[n] Herzensfreudigkeit“ (V. 20) kaum größer machen. Die Position des lyrischen Ichs wirkt hier wie die eines euphorischen Wanderers auf einer baumbestandenen Lichtung, fern vom Alltagsgeschehen der Stadt. Vor allem im zweiten Teil des Gedichts bekommt die Sprechhaltung einen enthusiastischen, beinahe missionarischen Gestus, wenn das lyrische Ich vom fast intimen Gespräch mit Vögeln und Schmetterlingen zur direkten, wenn auch nur fiktiven **Ansprache an die Stadtbewohner** wechselt. Mittels Interjektionen (V. 16, 19 f.) und einer Häufung von Imperativen (V. 21, 23, 28) wird eine geradezu **euphorische** Stimmung für den **Appell** erzeugt, aus dem Leben in der Zivilisation auszubrechen und Befreiung inmitten der Natur zu suchen.

Die Schmetterlinge und Vögel dienen dabei als Vorbilder für ein ungezwungenes, seelenruhiges und freies Leben in **aktiver Selbstverwirklichung**. Das Adjektiv „[u]nbefangen" (V. 9) beschreibt sie nicht nur als physisch frei in der Luft, sondern auch als frei in ihrem Urteil, fern von allen gesellschaftlichen Zwängen und (Vor-)Urteilen. Mit der Synästhesie „blaue Luft" (V. 10), der „Blumen Duft" (V. 11) und dem „sehnende[n] Verlangen" (V. 12) wird das **romantische Zentralmotiv der „blauen Blume"** anzitiert. Dieser Inbegriff der Sehnsucht nach einem Ausbrechen aus der bürgerlichen Existenz erscheint in der Sphäre des Himmlischen gestillt. Ein religiöser Hintergrund zeigt sich auch in der Vorstellung von der **Natur als idealem Wohnraum**. Verben und Partizipien, die Behaglichkeit und das „Zu-Hause-Sein" ausdrücken (vgl. V. 4, 13, 26 f.), verleihen dem Gedicht durch nahezu alle Strophen eine thematische Verklammerung. Bereits in Strophe 1 wird der Aufenthalt auf Wiesen mit dem Verb „wohnen" (vgl. V. 4) verbunden. Die Vögel bauen ein „kleines Haus" (V. 13) statt eines Nestes, das ein Zufriedensein mit dem zum Leben Nötigen andeutet. Dagegen erhält der Naturraum in der vorletzten Strophe einen fast schon **sakralen Charakter**. Der Himmel wird zu einem „hohen gewölbten Saal" (V. 26), der einer Kathedrale gleicht. Die Natur bietet durch ein „[m]it Wolken gedeckt[es]" (V. 27) Himmelszelt eine architektonische Schönheit, die die städtischen Behausungen mit künstlich eingezogenen Zimmerdecken nicht bieten können. Freiheit und Schönheit der einsamen Landschaft steht auch hier gegen das mit der Metonymie „Getümmel" (V. 28) abgewertete Leben der Stadtbewohner. 2.2.3

Die **Wortwahl** bedient sich häufig des Mittels der Kontrastierung durch extrem negative bzw. positive Konnotationen. Die Verben „[e]ntfliehet" (V. 23, vgl. V. 28) und „entreißt" (V. 23) wecken Assoziationen an ein Gefängnis und lassen die Stadt als Ort der Freiheitsberaubung erscheinen. Auch die metaphorische Gleichsetzung mit einem „ferne[n] Grab" (V. 18) und „Quaal" (V. 23) degradiert die menschliche Gesellschaft zu einem Platz des Leidens und der Tötung jeder Lebensfreude. Die Bezeichnung der Stadtbewohner als „Beengt[e]" (V. 21) spielt dabei einerseits auf die städtebauliche Enge an, umfasst andererseits aber auch die durch die gesellschaftlichen Ansprüche und Regeln innerlich „Herzbedrängten" (V. 22). Dieser negativ konnotierte **Neologismus** wird begrifflich direkt der „Herzensfreudigkeit" (V. 20) gegenübergestellt. Die Wortneuschöpfung aus Vers 4 wird hier aufgegriffen und als thematische Klammer zu dem zu Beginn evozierten Glücksgefühl in der Natur genutzt. Die Kräfte der Natur erzeugen so nicht nur ein subjektives Glücksempfinden, sondern auch sprachschöpferische Kraft, um den euphorisierenden Zustand auch adäquat benennen zu können. Bei der Überhöhung der Natur dienen Adjektive wie „hold" und „süß" (vgl. V. 1 f.) sowie die Fügungen „gute Natur" (V. 24) und „freundliche[r] Himmel" (V. 25) als Lobpreis in einem volksliedhaften – „natürlichen" – Ton. Sogar die Verortung des Sprechers im „Waldschatten" (V. 2) erhält durch das Adjektiv „süß" eine positive Zuschreibung im Sinne einer erfrischenden Kühle.

Zusammenfassend lässt sich Tiecks Gedicht als enthusiastische Aufforderung 2.3
an seine Zeitgenossen begreifen, zur Erfahrungsreise in die Natur aufzubrechen und die eigene Lebenssituation zu verändern. Die **Hingabe des Einzelnen an die einsame Natur** erhält hier eine **heilende Kraft**, da er den sozialen Zwängen in der Stadt entkommt. Einsamkeit wird zum Weg der Selbstfindung und der **Verwirklichung eines umfassenden Glücksempfindens** auch im Sinne eines romantischen Universalitätsanspruchs. „Wonne der Einsamkeit" hat damit einen starken appellativen Charakter; der Text liest sich als eine Art Ratgeber zu einem besseren Leben in der Natur, das ganz im romantischen Sinne als eine bessere und musterhafte Alternativlösung für alle vorgeführt wird, die unter dem Zustand der Welt als „Quaal" (V. 23) leiden. Im Entstehungsjahr 1802, während der Napoleonischen Kriege, könnte dies für viele ein mehr als nachvollziehbarer Gedanke gewesen sein. Die Abwendung vom gegenwärtigen Geschehen wird damit zu einer **Weltflucht** und Flucht in die **Natur, die religiös überhöht als Seelenlandschaft** und Sinnbild „süßer" (V. 30) Empfindungen und poetischer Anmutung erscheint. Einsamkeit, d. h. die Ferne von jeglicher menschlichen Gesellschaft, verhilft zum wohltuenden „Wonne"-Glück, das man mit den Naturgeschöpfen als Seelenverwandten teilt und mit dem man selbst in der universalen Schöpfung aufgeht.

Auch in Erich Kästners Gedicht „Kleines Solo" (1947) ist die Erfahrung von **3**
Einsamkeit Anlass einer intensiven Reflexion. Wie bei Tieck weist der **Titel** auf das Thema hin, bleibt dabei aber sehr viel offener. Der Begriff „Solo" lässt zunächst an ein Musikstück denken, das allein durch einen Solisten ausgeführt wird. Durch die Attribuierung „klein" erhält der Titel etwas Beiläufiges, wenig Bedeutungsvolles. Die Erwartungshaltung für das folgende Gedicht wird eher im Ungefähren gelassen im Gegensatz zu Tieck, der bereits mit der programmatischen Überschrift „Wonne der Einsamkeit" die Kernaussage seines Textes ankündigt – ein Harmonie und Behaglichkeit ausstrahlendes Glücksgefühl, das durch Einsamkeit hervorgerufen wird. Beide Gedichte beschreiben eine Szenerie, in der weitere Personen fehlen, die Sprecher sind alleine, fern von anderen Menschen.

Allerdings unterscheiden sich sowohl **Sprechsituation wie Perspektive** in beiden Texten ganz wesentlich voneinander. Während der Sprecher in Tiecks Naturpreis inmitten seiner „Gespielen" (V. 6) alles andere als alleine ist, trifft Kästners Gedicht gleich im ersten Vers die entschiedene Feststellung: „Einsam bist du sehr alleine." Aber auch hier bleibt der Text allgemeiner als bei der konkreten Situierung bei Tieck. Die „Du"-Ansprache wird zur Selbstreflexion im Stil eines Monologs, die jedoch eine Übertragung auf andere Personen zulässt und so einen Allgemeingültigkeitsanspruch erhält. Auch im Tieck-Gedicht wird ein **lyrisches Du** angesprochen, jedoch viel konkreter. Zunächst ist das Gegenüber die Natur und die darin befindlichen Lebewesen, im appellativen Teil dann die Leser des Textes als mögliche Gefolgsleute auf dem Weg in die glücksbringende Einsamkeit.

Bestimmend für die unterschiedliche Sprechhaltung sind die **Räume**, in denen sich die Sprecher befinden und die in beiden Texten eine symbolische Bedeutung haben. Die geistige und persönliche Entfaltungsmöglichkeit erhält der Sprecher in „Wonne der Einsamkeit“ durch die grenzenlose Weite des Naturraums in einer waldumsäumten Wiesenlandschaft. Das „Solo“ wird in einem begrenzten Zimmer gesprochen, das lyrische Ich steht „am Fenster“ (V. 3, 13, 24) und wendet dem Raum den Rücken zu. Das gerade in der Romantik so beliebte Fenstermotiv als Ausdruck unstillbarer Sehnsucht nach Freiheit und Grenzüberschreitung wird hier zur Metapher für eine ausweglose Situation. Der Blick trifft nicht wie bei Tieck auf eine paradiesische Idylle, sondern „starrt auf Steine“ (vgl. V. 3, 13, 24). Auch im modernen Text wird die Sehnsucht benannt, aber personifiziert als Leidenserfahrung („Sehnsucht krallt sich in dein Kleid“, V. 14). Einsamkeit, die durch das **Alleine-Sein des Sprechers** auch objektiv vorgeführt wird, erhält in dieser Perspektivlosigkeit eine zutiefst **pessimistische und negative Bewertung**. Die Unüberwindbarkeit dieser als existenziell beschriebenen Erfahrung wird durch die paradox erscheinende, dreimal wiederholte Feststellung „und am schlimmsten ist die Einsamkeit zu zweit“ (V. 7, 16, 28) potenziert. Der Kästner-Text erhält durch die Ausweitung des Themas auf die **innerlich erlebte Einsamkeit in einer Paarbeziehung** eine neue Dimension. Der Zustand „alleine“ wird sogar zur Steigerung des „Einsam-Seins“, wenn er auf paradoxe Weise die Situation eines intimen Zusammenseins beschreibt: „Bist sogar im Kuß alleine.“ (V. 22) Das „Kleine Solo“ beschreibt damit das **Nebeneinanderherleben vieler moderner Paare**, bei denen der Austausch über die Gedanken und die Anteilnahme an den Gefühlen des anderen verloren gegangen sind. Sprachlich wird dies durch **plastische Bilder** illustriert: So beschreibt die Metapher einer Wanduhr, aus der die Zeit „tropft“ (V. 2, 23), die quälende Unausweichlichkeit einer erkalteten Paarbeziehung. Bei Tieck dienen sprachliche Bilder vor allem seiner Argumentationsführung im fiktiven Dialog mit dem Leser. Verherrlichende Personifizierungen der Natur und abschreckende Metaphern für die menschliche Gesellschaft sollen einen möglichst großen Kontrast dieser beiden Welten aufmachen und den Leser dadurch von der Glückserfahrung in der einsamen Natur überzeugen. „Wonne der Einsamkeit“ will zur Umkehr der Lebensweise aufrufen, ja durch seinen enthusiastischen Sprachduktus wie in einer Predigt den Leser dazu bekehren, es dem lyrischen Ich gleichzutun.

So unterscheidet sich auch der **Grundton beider Texte**, was sowohl in der Versgestaltung als auch im Versmaß sichtbar wird. Kästners Gedicht konstatiert in knappen, parataktischen Aussagesätzen nüchtern und lakonisch die Vereinsamung des modernen Menschen als Gesetzmäßigkeit. Seinen Ausdruck findet das formal in der Wiederholung von Versen und Versteilen, insbesondere beim Eingangsvers „Einsam bist du sehr alleine“ (V. 1, 6, 15, 27), der gleichsam als Refrain erscheint und so die Ausweglosigkeit zementiert. Zudem verleiht der alternierende Versfuß des Trochäus dem Text eine Schwere und Nachdrücklichkeit, die die Monotonie der alltagssprachlich gehaltenen kurzen, teils elliptischen Sätze unterstreicht. Auch bei Tieck sind Wiederholungen von Versteilen Gestaltungsprinzip, hier werden jedoch Ausrufe und direkte Gefühlsaussprache als Bekräftigung einer empathischen Grundhaltung gebraucht.

Beiden Gedichten ist die Feststellung gemeinsam, dass das **Zusammenleben mit anderen Menschen keine Befriedigung und Erfüllung** bietet. Im Gegensatz zu Tiecks Gedicht, das in der Besinnung auf die heilenden Kräfte der Natur nicht nur einen **Lösungsansatz** bietet, sondern sogar „Herzensfreudigkeit" (V. 4, V. 20) verspricht, bleibt im modernen Text Kästners nur **Resignation und passives Sich-Fügen** in das als unvermeidlich Erkannte. Die Einsamkeit ist hier unüberwindlich, der Mensch ist auf sich allein gestellt, das Lebensglück ist fern, ja es meidet sogar die Menschen, sucht „vor Suchenden das Weite" (V. 11). Die Fokussierung auf die Zweierbeziehung der Moderne, in der man sich körperlich nah und emotional doch so fern ist, ist typisch für die Strömung der „Neuen Sachlichkeit". Vordergründig kühl und sachlich wird in Aussagesätzen die gesellschaftliche Realität beschrieben und doch schwingt gerade in dieser Kühle auch **Melancholie und tiefes Bedauern über die verloren gegangenen Gefühle** mit: „Träumst vom Glück. Und lebst im Leid." (V. 26)

Die Bewertung von Einsamkeit als sinnstiftende Chance oder als deprimierende Erfahrung hängt wohl zuallererst von der Lebenseinstellung jedes Einzelnen ab. „Ich bin sehr gerne mit mir alleine", verkünden wohl eher die Menschen, die in einem stabilen sozialen Umfeld leben und das Gefühl der Einsamkeit nicht als Verlassenheit erleben. Einsamkeit im negativen Verständnis nimmt jedoch gerade in unserer modernen Medienwelt auch bei jungen Menschen immer mehr zu. Soziale Netzwerke und mediale Kontaktbörsen sind offensichtlich kein Ersatz für persönlichen Austausch und für reale soziale Beziehungen. Das im „Kleinen Solo" vorgeführte lähmende Gefühl der Einsamkeit kann insbesondere jene treffen, die unreflektiert nur ein gesellschaftlich normiertes Leben führen, anstatt die Tieck'sche „Herzensfreudigkeit" wahrzunehmen, die nicht nur im intensiven Erleben der Natur, sondern auch im bewussten Anteilnehmen am Leben des Gegenübers entsteht. 4

Deutsch Bayern – Abiturprüfung 2019:
Aufgabe 2: Interpretieren eines literarischen Textes

a) Interpretieren Sie den folgenden Ausschnitt aus Hugo von Hofmannsthals Drama „Elektra“! Arbeiten Sie dabei insbesondere heraus, wie die beiden Töchter mit der durch die Ermordung des Vaters ausgelösten Situation umgehen!

b) Zeigen Sie ausgehend von Ihren Ergebnissen vergleichend auf, wie in einem anderen literarischen Werk die Reaktion auf eine erschütternde Erfahrung gestaltet wird!

Der Schwerpunkt der Aufgabenstellung liegt auf Teilaufgabe a).

Vorbemerkung
Hugo von Hofmannsthals Tragödie greift einen berühmten mythologischen Stoff auf und basiert auf folgender Vorgeschichte: Um den Beistand der Götter für den Kriegszug nach Troja zu erlangen, ist der griechische König und Feldherr Agamemnon bereit, seine älteste Tochter Iphigenie auf dem Altar der Göttin Artemis zu opfern. Dieses Opfer rächt seine Frau Klytämnestra gemeinsam mit ihrem Liebhaber Ägisth, indem sie Agamemnon nach dessen Rückkehr aus dem Krieg tötet. Agamemnons Sohn Orest wird daraufhin zu seinem eigenen Schutz heimlich aus dem Palast gebracht, die Töchter Elektra und Chrysothemis stehen unter Hausarrest.
Einige Jahre später – hier setzt das Drama ein – leben die inzwischen herangewachsenen Schwestern immer noch eingesperrt in einem abgeschotteten Teil des Palastes, nicht zuletzt weil Elektra nicht aufhört, den Mord am Vater lauthals zu beklagen und beständig anzuprangern. Kurz nach Beginn der Dramenhandlung steht folgender Dialog.

Hugo von Hofmannsthal (1874–1929)
Elektra. Tragödie in einem Aufzug frei nach Sophokles[1] (Uraufführung 1903)

[…]

CHRYSOTHEMIS *die jüngere Schwester, steht in der Haustür. Sie sieht angstvoll auf Elektra, ruft leise* Elektra!

Elektra fährt zusammen, wie der Nachtwandler, der seinen Namen rufen hört. Sie taumelt. Ihre Augen sehen um sich, als fänden sie sich nicht gleich zurecht. Ihr Gesicht verzerrt sich, wie sie die ängstliche Miene der Schwester ansieht. Chrysothemis steht an die Türe gedrückt.

ELEKTRA. Ah, das Gesicht!

CHRYSOTHEMIS. Ist mein Gesicht dir so verhaßt?

ELEKTRA. Was willst du? Rede, sprich, ergieße dich,
dann geh und laß mich!

Chrysothemis hebt wie abwehrend die Hände.

ELEKTRA. Was hebst d u die Hände?
So hob der Vater seine beiden Hände,
da fuhr das Beil hinab und spaltete
sein Fleisch.[2] Was willst du, Tochter meiner Mutter?
CHRYSOTHEMIS. Sie haben etwas Fürchterliches vor.
ELEKTRA. Die beiden Weiber?
CHRYSOTHEMIS. Wer?
ELEKTRA. Nun, meine Mutter
und jenes andre Weib, die Memme[3], ei
Ägisth, der tapfre Meuchelmörder, er,
der Heldentaten nur im Bett vollführt.
Was haben sie denn vor?
CHRYSOTHEMIS. Sie werfen dich
in einen Turm, wo du von Sonn und Mond
das Licht nicht sehen wirst.
Elektra lacht.
CHRYSOTHEMIS. Sie tuns, ich weiß es,
ich habs gehört.
ELEKTRA. Mir ist, i c h hätts gehört.
Wars nicht bei Tisch, so bei der letzten Schüssel?
Da hebt er gern die Stimm und prahlt, ich wette,
es nützt seiner Verdauung.
CHRYSOTHEMIS. Nicht bei Tisch.
Nicht um zu prahlen. Er und sie, allein
bereden sies.
ELEKTRA. Allein? Wie hast dann du
es hören können?
CHRYSOTHEMIS. An der Tür, Elektra.
ELEKTRA. Mach keine Türen auf in diesem Haus!
Gepreßter Atem, pfui! und Röcheln von Erwürgten,
nichts andres gibts in diesen Kammern. Laß
die Tür, dahinter du ein Stöhnen hörst:
sie bringen ja nicht immer einen um,
zuweilen sind sie auch allein zusammen!
Mach keine Türen auf! Schleich nicht herum.
Sitz an der Erd wie ich und wünsch den Tod
und das Gericht herbei auf sie und ihn.
CHRYSOTHEMIS. Ich kann nicht sitzen und ins Dunkel starren
wie du. Ich habs wie Feuer in der Brust,
es treibt mich immerfort herum im Haus,
in keiner Kammer leidets mich, ich muß
von einer Schwelle auf die andre, ach!
treppauf, treppab, mir ist, als rief' es mich,
und komm ich hin, so stiert ein leeres Zimmer
mich an. Ich habe solche Angst, mir zittern

die Knie bei Tag und Nacht, mir ist die Kehle
wie zugeschnürt, ich kann nicht einmal weinen,
wie Stein ist alles! Schwester, hab Erbarmen!
ELEKTRA. Mit wem?
CHRYSOTHEMIS. Du bist es, die mit Eisenklammern
mich an den Boden schmiedet. Wärst nicht du,
sie ließen uns hinaus. Wär nicht dein Haß,
dein schlafloses unbändiges Gemüt,
vor dem sie zittern, ah, so ließen sie
uns ja heraus aus diesem Kerker, Schwester!
Ich will heraus! Ich will nicht jede Nacht
bis an den Tod hier schlafen! Eh ich sterbe,
will ich auch leben! Kinder will ich haben,
bevor mein Leib verwelkt, und wärs ein Bauer,
dem sie mich geben, Kinder will ich ihm
gebären und mit meinem Leib sie wärmen
in kalten Nächten, wenn der Sturm die Hütte
zusammenschüttelt! Aber dies ertrag ich
nicht länger, hier zu lungern bei den Knechten
und doch nicht ihresgleichen, eingesperrt
mit meiner Todesangst bei Tag und Nacht!
Hörst du mich an? Sprich zu mir, Schwester!
ELEKTRA. Armes
Geschöpf!
CHRYSOTHEMIS. Hab Mitleid mit dir selber und mit mir.
Wem frommt[4] denn diese Qual? Dem Vater etwa?
Der Vater, der ist tot. Der Bruder kommt nicht heim.
Du siehst ja doch, daß er nicht kommt. Mit Messern
gräbt Tag um Tag in dein und mein Gesicht
sein Mal[5], und draußen geht die Sonne auf
und ab, und Frauen, die ich schlank gekannt hab,
sind schwer von Segen[6], mühen sich zum Brunnen
und heben kaum den Eimer, und auf einmal
sind sie entbunden ihrer Last und kommen
zum Brunnen wieder und aus ihnen selber
rinnt süßer Trank, und säugend hängt ein Leben
an ihnen, und die Kinder werden groß –
und immer sitzen wir hier auf der Stange
wie angehängte Vögel, wenden links
und rechts den Kopf, und niemand kommt, kein Bruder,
kein Bote von dem Bruder, nicht der Bote
von einem Boten, nichts! Viel lieber tot,
als leben und nicht leben. Nein, ich bin
ein Weib und will ein Weiberschicksal.

ELEKTRA. Pfui,
die's denkt, pfui, die's mit Namen nennt! Die Höhle
zu sein, drin nach dem Mord dem Mörder wohl ist;
das Tier zu spielen, das dem schlimmern Tier
Ergetzung[7] bietet. Ah, mit einem schläft sie,
preßt ihre Brüste ihm auf beide Augen
und winkt dem zweiten, der mit Netz und Beil
hervorkriecht hinterm Bett[8].

CHRYSOTHEMIS. Du bist entsetzlich!

ELEKTRA. Warum entsetzlich? Bist du solch ein Weib?
Du willsts erst werden.

CHRYSOTHEMIS. Kannst du nicht vergessen?
Mein Kopf ist immer wüst[9]. Ich kann von heut
auf morgen nichts behalten. Manchmal lieg ich
so da, dann bin ich was ich früher war,
und kanns nicht fassen, daß ich nicht mehr jung bin.
Wo ist denn alles hingekommen, wo denn?
Es ist ja nicht ein Wasser, das vorbeirinnt,
es ist ja nicht ein Garn, das von der Spule
herunter fliegt und fliegt, ich bins ja, ich!
Ich möchte beten, daß ein Gott ein Licht
mir in der Brust anstecke, daß ich mich
in mir kann wiederfinden! Wär ich fort,
wie schnell vergäß ich alle bösen Träume –

ELEKTRA. Vergessen? Was! bin ich ein Tier? vergessen?
Das Vieh schläft ein, von halbgefreßner Beute
die Lefze noch behängt, das Vieh vergißt sich
und fängt zu käuen an, indes der Tod
schon würgend auf ihm sitzt, das Vieh vergißt,
was aus dem Leib ihm kroch, und stillt den Hunger
am eignen Kind – ich bin kein Vieh, i c h k a n n n i c h t
v e r g e s s e n !

CHRYSOTHEMIS. Oh, muß meine Seele immer
von dieser Speise essen, die ihr widert[10],
die ihr so widert! die zu riechen nur
sie schaudert, die sie nie und nimmer hätte
anrühren sollen, nie und nimmer wissen,
daß es so etwas Grauenvolles gibt,
nie wissen! nie mit Augen sehn! nie hören!
Das Fürchterliche ist nicht für das Herz
des Menschen! Wenn es kommt, wenn es sich anzeigt,
so muß man flüchten aus den Häusern, flüchten
in die Weingärten, flüchten auf die Berge!
und steigt es auf die Berge, muß man wieder
herab und sich verkriechen in den Häusern:

nie darf man bei ihm bleiben, nie mit ihm
in einem Hause sein! Ich will hinaus!
Ich will empfangen und gebären Kinder,
die nichts von diesem wissen, meinen Leib
wasch ich in jedem Wasser, tauch mich tief
hinab in jedes Wasser, alles wasch ich
mir ab, das Hohle meiner beiden Augen
wasch ich mir rein – sie sollen sich nicht schrecken,
wenn sie der Mutter in die Augen schaun!

ELEKTRA *höhnisch.* Wenn sie der Mutter in die Augen schaun!
Und wie schaust du dem Vater in die Augen?

CHRYSOTHEMIS. Hör auf!

ELEKTRA. Ich wünsch dir, wenn du Kinder hast,
sie mögen an dir tun, wie du am Vater!

Chrysothemis weint auf.

ELEKTRA. Was heulst du? Fort! Hinein! Dort ist dein Platz.
[…]

Aus: Hugo von Hofmannsthal, Elektra, in: ders., Gesammelte Werke in zehn Einzelbänden, Bd.: Dramen II 1892–1905, hrsg. von Bernd Schoeller, Frankfurt a. M. 1979, S. 192–196. Orthografie und Interpunktion nach der Werkausgabe von 1979.

Worterläuterungen:
1 *Sophokles:* altgriechischer Dichter (497/496–406/405 v. Chr.), der in seinem Drama „Elektra" beschreibt, wie durch Akte der Blutrache ein Kreislauf des Leids entsteht.
2 *spaltete sein Fleisch:* Gemeint ist die Ermordung Agamemnons.
3 *Memme:* abwertender Begriff für „Feigling"
4 *frommt:* veraltet für „nützt"
5 *Mal:* hier im Sinne von „Zeichen" bzw. „Spur"
6 *schwer von Segen:* schwanger
7 *Ergetzung:* Ergötzung, Freude, Lust
8 Schilderung der Ermordung Agamemnons
9 *wüst:* hier im Sinne von „leer"
10 *ihr widert:* sie abstößt

Hinweise und Tipps

- ***Welche Aufgabenart liegt vor und wie sind die Teilaufgaben gewichtet?***
  Die Aufgabe gehört zum Kompetenzbereich „Literarische Texte lesen, verstehen und interpretieren". Schwerpunkt ist die ***Interpretation****, die von einer genauen Textlektüre ausgeht und das eigene Textverständnis darlegen und argumentativ absichern soll. Schon die Aufgabenstellung macht deutlich, dass der* ***Fokus*** *auf der Reaktion der beiden Schwestern auf die Ermordung ihres Vaters Agamemnon liegen soll. Im zweiten Teil, der b-Aufgabe, geht es darum, den Blick auf ein* ***anderes Werk*** *hin zu erweitern. Auch hier findet eine Themenfokussierung statt: Wie reagieren literarische Figuren auf eine „erschütternde Erfahrung"?*
- ***Was verlangt die Aufgabenstellung?***
  Die Aufgabenstellung verlangt zunächst die ***genaue Analyse*** *der Szene. Die Kriterien für die Erschließung und auch die Reihenfolge der Analyseschritte können Sie selbst wählen. Der* ***Inhalt*** *des Dialogs sollte möglichst in eigenen Worten wiedergegeben werden. Darüber hinaus sollen Sie auch den gedanklichen* ***Aufbau*** *sowie die* ***dramaturgische*** *und die* ***sprachliche Gestaltung*** *der Szene erfassen. Wie bereits erwähnt, gibt die Themenstellung einen klaren Hinweis darauf, dass der Dialog die jeweiligen Reaktionen der Figuren auf die Vorgeschichte vorführt. Aus dem Unterricht dürfte der Fluch der Tantaliden bekannt sein. Wie so oft in der griechischen Mythologie geht es auch hier um Rache und die Folgen.*
  Die ***Vergleichsaufgabe*** *ist auf ein weiteres literarisches Werk bezogen. Dabei gibt es weder eine Gattungs- noch eine Epochenbegrenzung, d. h. dass neben einem weiteren Drama auch Gedichte und epische Texte verwendet werden dürfen. Reaktionen auf „erschütternde Ereignisse" sind in nahezu allen Werken zu finden, in Goethes Faust natürlich, wo der Kindsmord solch eine Erfahrung darstellt. Woyzeck verzweifelt an seiner Situation und an Maries Untreue und Bahnwärter Thiel muss sich mit gleich zwei Unglücken auseinandersetzen.*
- ***Wie kann ich meinen Aufsatz strukturieren?***
  Für die ***Einleitung*** *bietet sich ein Blick auf die Entstehungszeit des Textes an. Gerade der Epochenumbruch um 1900 war geprägt von Verunsicherung in allen Lebensbereichen, sodass sich hier sehr gut eine Beziehung herstellen lässt zur Identitätssuche der beiden Figuren des Dramenauszugs. Im Anschluss und als Überleitung zum Hauptteil der Arbeit breiten Sie Ihre* ***Interpretationshypothese*** *aus. Diese dient als roter Faden bei der Erschließung des Szenenausschnitts. Kriterien für die Erschließung des Textes und deren Reihenfolge sind nicht explizit vorgegeben. Allerdings werden die bekannten Aspekte wie Inhalt und Aufbau, dramaturgische (Redeanteile, Regieanweisungen, Requisiten) und sprachlich-stilistische Mittel sowie die Dialoganalyse im Mittelpunkt der Untersuchung stehen.*
  Bei der ***inhaltlich-strukturellen Erschließung*** *der Szene, die üblicherweise nach der Interpretationshypothese steht, können Sie den Dialog zunächst abschnittsweise knapp und in eigenen Worten zusammenfassen. Wichtig ist, dass Sie hier noch keine Textbelege und wörtlichen Zitate einbauen. Am Anfang oder Ende der Zusammenfassung jedes Sinnabschnitts sollten Sie dessen Grenzen definieren, indem Sie in*

Klammern die entsprechenden Zeilen nennen. Klären Sie dann die ***Gesprächssituation:*** *Erläutern Sie Gesprächszusammenhang (die Vorbemerkung gibt Ihnen dafür wichtige Hinweise), Anlass, Ort und Zeitpunkt des Gesprächs.*
Bei der ***Interpretation*** *können Sie wiederum nach den einzelnen Sinnabschnitten vorgehen oder nach einzelnen für die Interpretation der Szene relevanten Aspekten. Entscheiden müssen Sie dabei, ob Sie die sprachlich-stilistischen Beobachtungen in die Interpretation integrieren oder in einem eigenen Punkt bearbeiten wollen. Wichtig bei diesem Kernstück ist die argumentative Vorgehensweise. Dies bedeutet, dass Sie Ihre Thesen mit direkten oder indirekten Zitaten am Text belegen müssen. Eine literaturgeschichtliche Einordnung ist nicht verlangt, kann aber – wie hier vorgeschlagen – über die Einleitung oder auch im Schluss erfolgen.*
Abschließend können Sie auf Gedanken der Einleitung zurückgreifen oder Strategien der Traumabewältigung anhand von Kinofilmen oder weiteren literarischen Werken ansprechen.

Strukturierter Schreibplan

1 Identitätssuche in der Moderne

2 Interpretationshypothese zu Auszug aus Hofmannsthals „Elektra“: misslungene Kommunikation über zwei unterschiedliche Reaktionen auf traumatische Erlebnisse
2.1 (Inhalt und Aufbau) Gescheiterte Kommunikation
2.2 (Gesprächssituation) Gespräch zwischen den Schwestern über ihre Lebenssituation
2.3 Interpretation (chronologisch-integrativ): unvereinbare Positionen über den Umgang mit der Ermordung des Vaters
- Aggression Elektras gegen Schwester und Mutter: Hass als Lebensinhalt
- Chrysothemis' Gefühlslage: Wunsch nach Neuanfang
- Streit der Schwestern über das Vergessen
- Reflexion über den Umgang mit dem Schrecklichen

2.4 Fazit: Festhalten an Rache vs. Neubeginn

3 Vergleich mit Bahnwärter Thiel
3.1 Inhalt
3.2 Gemeinsamkeiten und Unterschiede in der Reaktion

4 Traumata

Lösungsvorschlag

Die Wende zum 20. Jahrhundert ist gekennzeichnet durch umfassende technische, mediale und weltanschauliche Veränderungen. Dieser **kulturelle Umbruch** spiegelt sich auch in der Literatur der Zeit. Man glaubte nicht mehr daran, die Wirklichkeit mehr oder weniger realistisch abbilden zu können, wie noch im Naturalismus oder Realismus. Nun ging es immer mehr um subjektive Eindrücke, um die „Wirklichkeit der Seele". Das Vertrauen in das Ich, aber auch in die Sprache war stark erschüttert, da es keine einheitlichen Sinnorientierungen und kein verbindliches Wertesystem mehr gab. 1

Hugo von Hofmannsthal hat dies in seinem „**Chandos-Brief**" (1902) formuliert, der als eine Art Gründungsurkunde der modernen Literatur bezeichnet werden kann. Er bezweifelt darin, dass Wirklichkeit objektiv erfassbar und mithilfe von Sprache abbildbar sei.
Ein Jahr später wurde Hofmannsthals Einakter „Elektra", eine Tragödie frei nach Sophokles, uraufgeführt. Die Psychoanalyse Sigmund Freuds, mit der Hofmannsthal vertraut und die zur Entstehungszeit des Dramas sehr populär war, beeinflusste sicherlich sein Drama. Darin werden Figuren vorgestellt, die um ihre Identität ringen und auf der Suche nach einem Lebenssinn sind.

Auch wenn das Drama im klassischen Versmaß, dem **Blankvers**, verfasst ist und der hohe Sprachduktus verwendet wird, ist es eher als **Gegenentwurf zum Humanitätsideal der Weimarer Klassik** zu sehen. Der antike Mythos bildet hier nur die Folie: Elektras Vater Agamemnon hat ihre Schwester Iphigenie geopfert, um auf dem Weg in den Trojanischen Krieg guten Wind zu erlangen. Nach dem Sieg der Griechen ist der Heimkehrer von seiner Frau Klytämnestra und ihrem Liebhaber Ägisth aus Rache ermordet worden. Sein Sohn Orest wird aus dem Palast gebracht und die Töchter Elektra und Chrysothemis stehen in einem abgelegenen Teil des Palastes unter Hausarrest. Hier setzt das Drama ein. 2
Die vorliegende Szene vom **Beginn des Dramas** zeigt, wie **unterschiedlich** die beiden **Schwestern mit dem traumatischen Ereignis**, der Ermordung ihres Vaters, **umgehen**. Elektra hält die Erinnerung an Klytämnestras Verbrechen wach und hofft auf Rache für den Mord an Agamemnon. Chrysothemis hingegen will ein eigenes, nicht von Hass und Leid geprägtes Leben führen. Im Laufe des Gesprächs zeigt sich immer deutlicher, wie unvereinbar beide Positionen sind, sodass die **Kommunikation** zwischen beiden Schwestern schließlich **scheitert**.

Der Dialog lässt sich in mehrere **Sinnabschnitte** unterteilen: Chrysothemis sucht ihre ältere Schwester auf, um mit ihr über die Zukunft zu sprechen. Elektra weist sie jedoch unwirsch zurück und vergegenwärtigt ihr den Mord an ihrem Vater (Z. 1–15). Chrysothemis möchte sie allerdings vor einer geplanten Einkerkerung warnen (Z. 16–36). Elektra rät ihr, nicht an Türen zu lauschen, sondern sich ausschließlich auf die herbeigesehnte Rache zu konzentrieren. Daraufhin kann Chrysothemis ihre Gefühle nicht mehr im Zaum halten und 2.1

offenbart der Schwester ihre innersten Gefühle. Sie beschuldigt dabei Elektra, dass sie der Grund für ihr tristes Leben sei, und bittet sie, ihre unversöhnliche Haltung aufzugeben. Das erscheint ihr als Voraussetzung für eine Beendigung des quälenden Hausarrests (Z. 37–66). Sie äußert ihren sehnlichen Wunsch, ein Leben ohne Angst als Ehefrau und Mutter zu führen. Zudem glaubt sie nicht, dass der Bruder Orest je wieder nach Hause komme. Deshalb sei Elektras Racheplan auch hinfällig. Elektra weist ihre Bitte jedoch entsetzt zurück und führt der Schwester erneut die Ermordung Agamemnons vor Augen (Z. 67–111). Im folgenden Sinnabschnitt stellen die beiden Schwestern ihre unterschiedlichen Vorstellungen von Vergessen gegenüber: Chrysothemis will mit dem Vergangenen abschließen, Elektra aber vertritt die Ansicht, dass Menschen im Unterschied zu Tieren gar nicht vergessen können (Z. 112–132). Chrysothemis erklärt daraufhin noch einmal ausführlich, dass sie ein neues Leben beginnen möchte, wird jedoch von ihrer Schwester brüsk zurechtgewiesen (Z. 133–161).

Dieser Dialog zwischen den beiden Schwestern findet in einem **abgeschotteten Teil des Palastes** an der Haustür statt. Sie sind ausgegrenzt vom restlichen Leben der Familie. Die Atmosphäre der Szene wirkt **düster**; bereits die **Regieanweisungen** verraten, dass die beiden Protagonistinnen ängstlich bzw. gereizt sind: Chrysothemis steht „an die Türe gedrückt“ (Z. 6). Elektra „fährt zusammen, wie der Nachtwandler, der seinen Namen rufen hört“ (Z. 3), ihr „Gesicht verzerrt sich“ (Z. 5), als sie ihre Schwester erblickt. 2.2

Initiiert wird der Dialog von Chrysothemis, die mit ängstlicher Miene leise „Elektra!“ (Z. 2) ruft. Das sich anschließende Gespräch ist von Anfang an von **Aggression** geprägt. Der erste kurze Wortwechsel besteht vor allem aus knappen Äußerungen in Form von **Antilaben**, was zeigt, dass beide Frauen das Gespräch schnell beendet haben wollen. Als Elektra fragt, warum sie gestört wird, „hebt [Chrysothemis] wie abwehrend die Hände“ (Z. 11) – eine Geste, die auf eine gewisse **Angst** vor ihrer verbitterten Schwester schließen lässt. Und tatsächlich reagiert Elektra schroff. Sie macht ihre Ablehnung auch dadurch deutlich, dass sie Chrysothemis die Sinnlosigkeit ihrer Bewegung vorwirft und den Mord am Vater mit einem drastischen Bild („das Beil [...] spaltete / sein Fleisch“, Z. 14 f.) vergegenwärtigt: Auch Agamemnon habe zum Schutz beide Hände erhoben, als er von Klytämnestra ermordet wurde (vgl. Z. 12–15). 2.3

Die in diesem kurzen Wortwechsel deutlich werdenden **gegensätzlichen Haltungen** der Schwestern prägen die ganze Szene: **Elektra** ist **die hasserfüllte Mahnerin**, **Chrysothemis** die **verzweifelt Bittende**. Vermutlich hofft die Jüngere, die Zuwendung der Schwester zu gewinnen, indem sie ihr ein Geheimnis verrät und andeutet, dass man „etwas Fürchterliches“ (Z. 16) vorhabe. Elektra ahnt gleich, dass sie von der Mutter und ihrem Liebhaber spricht, den sie als „Weib“ (Z. 20), „Memme“ (Z. 20) und mit einem höhnischen Oxymoron als „tapfre[n] Meuchelmörder“ (Z. 21) beschimpft. Als Held könne er „nur im Bett“ (Z. 22) gelten. Nach diesem **Hassausbruch** interessiert sie sich aber doch für das Vorhaben der beiden. Die Schwester berichtet erregt vom **Plan der Mutter**, Elektra in einen Turm zu werfen, in dem sie das Licht „von Sonn und Mond“ (Z. 25) nicht sehen könne. Sie selbst habe es an der Tür lauschend gehört. Doch Elektra „lacht“ (Z. 27) nur und zeigt so, dass sie **sich überlegen fühlt**. Sie interessiert sich nicht für die Nachricht, sondern ermahnt ihre Schwester, nicht an Türen zu lauschen: In den Räumen dieses Palastes könne man entweder nur den „[g]epreßte[n] Atem“ der miteinander schlafenden Ehebrecher oder aber „Röcheln von Erwürgten“ (Z. 41), also Morde mitanhören. Beide Beschreibungen des Atems sind **Anklagen der Mutter**. So wie Elektra selbst solle auch Chrysothemis an einem Ort verharren und Klytämnestra und ihrem Liebhaber „Tod / und das Gericht“ (Z. 47 f.) wünschen.

Die zuvor verängstigte **Chrysothemis** gewinnt nun die Oberhand im Gespräch, als ihre aufgestauten Emotionen aus ihr herausbrechen und sie in einem **Monolog** ihre Position klarstellt. Anders als Elektra verspüre sie immer noch **Lebensdurst**, metaphorisch beschrieben als „Feuer in der Brust“ (Z. 50), welches so stark brenne, dass sie angetrieben werde, „treppauf, treppab“ (Z. 54) zu laufen. Die Personifikation des leeren Zimmers, das sie immer nur anstiere (vgl. Z. 55 f.), verrät, wie sehr sie darunter **leidet**, abgeschnitten von anderen Menschen leben zu müssen. Ihre „Todesangst“ (Z. 77) und Rastlosigkeit, aber auch das Gefühl, emotional zu versteinern (vgl. Z. 58 f.), sind offenbar die **Folgen des erlittenen Traumas**.

Ihr Flehen „Schwester, hab Erbarmen!“ (Z. 59) deutet an, dass sie Elektra zutraut, den Zustand zu ändern. Da die aber nur sarkastisch reagiert („Mit wem?“, Z. 60), geht Chrysothemis zum Angriff über und **beschuldigt die Schwester**, sie „mit Eisenklammern“ (Z. 61) festzuschmieden. Mehrere Metaphern variieren den Zustand der Gefangenschaft, unter dem sie leidet. So vergleicht sie bildlich ihr beider Leben mit Vögeln, die „auf der Stange […] angehäng[t]“ sind (Z. 94 f.) und deshalb den Kopf nur nach links und rechts wenden können, um die Umgebung zu beobachten. Chrysothemis ist davon überzeugt, dass ihre Situation von **Elektras unversöhnlicher Haltung** herrühre: „Wär nicht dein Haß, […] so ließen sie / uns ja heraus aus diesem Kerker“ (Z. 63 ff.). Sie weiß auch, dass die Mutter vor Elektra „zitter[t]“ (Z. 65). Ihre eindringlichen Ausrufe „Ich will heraus! Ich will nicht […] bis an den Tod hier schlafen!“ (Z. 67 f.) verbalisieren einerseits ihren **Wunsch, auszubrechen,** und lassen andererseits den Schlaf im elterlichen Palast wie eine Vorwegnahme des Todes erscheinen. Ihr Appell mündet daher in die elliptische und paradoxe Schlussfolgerung: „Viel lieber tot, / als leben und nicht leben.“ (Z. 98 f.)

Das Sehnen von Chrysothemis gilt einem **freien Leben als Frau und Mutter**, einem „Weiberschicksal“ (Z. 100). Der drückenden Atmosphäre des Todes setzt sie **Bilder des entstehenden Lebens** entgegen, wenn sie sich ausmalt, wie sie ihre eigenen Kinder behüten werde (vgl. Z. 71 ff.). Diese Fürsorge steht im krassen Gegensatz zu der lieblosen Haltung Klytämnestras, die ihre Töchter, zwei Prinzessinnen, bei den „Knechten“ (Z. 75) hält. Doch statt selbst Mutter sein zu dürfen, beobachte Chrysothemis das Mutterglück der anderen, das ihr – die Metaphern der Fruchtbarkeit legen es nahe (vgl. Z. 87 ff.) – als höchster Segen erscheint. Gegenüber dem erblühenden Leben spüre sie ihren verwelkenden Leib und die **verstreichende Zeit**, die „[m]it Messern“ (Z. 84) Spuren des Alters in ihr Gesicht zeichne. Auch Chrysothemis verwendet somit eine **Sprache der Gewalt**, auch sie ist offensichtlich von der aggressiven Atmosphäre am mykenischen Hof geprägt.

Mit der rhetorischen Frage, wem denn „diese Qual“ (Z. 82) nütze, versucht sie, **Elektra** die **Sinnlosigkeit ihres Tuns** zu verdeutlichen, zumal der „Vater [...] tot“ sei und der Bruder „nicht heim[komme]“ (Z. 83). Eindringlich wiederholt sie steigernd und alliterierend, dass aber niemand kommen werde, um sie zu befreien: „kein Bruder, / kein Bote von dem Bruder, nicht der Bote / von einem Boten“ (Z. 96 ff.). Es bleibt nur der elliptische Ausruf „nichts!“ (Z. 98).

Während Elektra all ihr Denken mit Hass füllt, fürchtet Chrysothemis die Leere, die in ihrem Kopf und in ihrem Herzen herrsche (vgl. Z. 113 ff.). Ihr Leben sei zunehmend **sinnlos**. „Ich möchte beten, daß ein Gott ein Licht / mir in der Brust anstecke, daß ich mich / in mir kann wiederfinden!“ (Z. 121 ff.) Der im Konjunktiv vorgetragene Wunsch verrät ihre resignative Erkenntnis, dass eben kein Gott in ihrer Brust Licht, also Orientierung schaffen wird. Die ständige Wiederholung der Personalpronomen „ich“, „mir“, „mich“ (vgl. Z. 113–124) unterstreicht, wie sehr die Figur auf der **Suche nach der eigenen Identität** ist.

Auch wenn die Redeanteile Elektras ab Z. 101 länger werden und das Gespräch ausgewogener verläuft, bleiben die **Aggression** und das **ungleiche Kräfteverhältnis** bestehen. Auf Chrysothemis’ Wünsche reagiert ihre Schwester mit der wiederholten Exclamatio „Pfui“ (Z. 101 f.), um ihre **Abscheu** zu betonen. **Sexualität und Mutterschaft** scheinen aufgrund von Klytämnestras Verbrechen für Elektra zu etwas Undenkbarem und **Ekelhaftem** geworden zu sein (vgl. Z. 102–108); stets sieht sie nur die während des Liebesakts vollzogene Abschlachtung ihres Vaters vor sich. Dieses traumatische Erlebnis beschreibt sie in drastischer Bildlichkeit. Ihre Mutter bezeichnet sie dabei als „Tier“ (Z. 104), das mit „einem schläft“ (Z. 105) und Ägisth herbeiwinkt, um den Vater „mit Netz und Beil“ (Z. 107) zu töten. Sie kann selbst **nicht vergessen** und will auch verhindern, dass ihre Schwester das Ereignis verdrängt. Gleich zweimal fragt Elektra empört und rhetorisch: „Vergessen?“ (Z. 125). Vergessen können ihrer Meinung nach nur Tiere (vgl. Z. 126 ff.). Sie untermalt ihre Ansicht mit einem drastischen Beispiel aus der Tierwelt. Wenn sie ihre eigene Unfähigkeit, zu vergessen, betont (vgl. Z. 131 f.), diffamiert sie ihre andersdenkende Schwester, die in die Nähe von Tieren und der als Tier beschimpften Mutter gerückt wird. Eine Verständigung wird immer unwahrscheinlicher.

Ein letztes Mal versucht Chrysothemis verzweifelt, gegen ihre Schwester aufzubegehren: „Oh, muß meine Seele immer / von dieser Speise essen, die ihr widert“ (Z. 133 f.). Gemeint ist mit dieser Metapher, dass sie ständig an die

Ermordung erinnert wird, dass Elektra wieder und wieder die schrecklichen Bilder heraufbeschwört. Die Tautologie „nie und nimmer“ (Z. 136) macht deutlich, wie sehr sie das traumatische Erlebnis belastet, sodass sie sich wünscht, es nie erlebt zu haben: „nie wissen! nie mit Augen sehn! nie hören!“ (Z. 139). Flucht sei die einzig mögliche Reaktion, wenn das „Grauenvoll[e]“ (Z. 138), also der Mord, geschehe. Das „Fürchterliche“ (Z. 140) wird personifiziert, bleibt aber abstrakt und wirkt dadurch unheimlich (vgl. Z. 142 ff.). Chrysothemis **schafft es** – anders als Elektra – **nicht, das Schreckenserlebnis in Worte zu fassen**. Ein **Leben mit Kindern** erscheint ihr als Mittel, um sich von der traumatischen Erinnerung zu befreien und **sich vom Vergangenen zu reinigen:** „alles wasch ich / mir ab“ (Z. 151 f.), stellt sie sich vor, damit ihre Kinder „der Mutter in die Augen schaun“ (Z. 154) könnten, ohne zu erschrecken (vgl. Z. 153).

Die **Reaktion Elektras** auf diesen emotionalen Monolog Chrysothemis’ ist sehr **kalt**. „[H]öhnisch“ (Z. 155) wiederholt sie den letzten Teilsatz (vgl. Z. 155) und fragt zynisch: „Und wie schaust du dem Vater in die Augen?“ (Z. 156). Damit erinnert sie Chrysothemis erneut an ihre Pflicht dem Vater gegenüber. Sie treibt sie sogar noch mehr in die Enge durch den boshaften Wunsch, dass Chrysothemis’ Kinder, wenn sie welche haben sollte, genauso Verrat ihr gegenüber begehen sollten, wie sie es jetzt fordere. Damit ist jegliche **Gesprächsbasis zerstört**. Chrysothemis findet keine weiteren Worte mehr und kann nur noch resigniert aufschluchzen (vgl. Z. 160). Hartherzig weist Elektra sie daraufhin zurecht: „Fort! Hinein! Dort ist dein Platz.“ (Z. 161) Mit diesen Imperativen demonstriert sie noch einmal ihre **Überlegenheit**. Eine **Verständigung** ist **nicht möglich**.

Die Szene zeigt deutlich, wie zwei Frauenfiguren, die beide das Gleiche erlebt 2.4
haben – die Ermordung des Vaters durch die Mutter –, sehr unterschiedlich mit dieser traumatischen Erfahrung umgehen. Beide entwickeln sich in der vorliegenden Szene nicht, sondern **verharren auf ihrer jeweiligen Position**. Chrysothemis erscheint in der Rolle der Bittstellerin und unterlegen, während **Elektra** das Gespräch **dominiert** – obwohl ihre Redeanteile geringer sind.

Elektra möchte weiter ihren Vater ehren, indem sie die Mutter und deren Liebhaber abgrundtief hasst. Sie ist verbittert, wird ungern in ihrem Hass gestört und lässt das ihre Schwester während des gesamten Gesprächs erkennbar spüren. **Zwanghaft** erinnert sie immer wieder an den Mord und verschreibt ihr gesamtes Leben der **Suche nach Gerechtigkeit und Sühne**. Aufgrund ihrer mangelnden Empathie gegenüber der Schwester scheitert die Kommunikation zwischen beiden letztendlich und die ältere Schwester schreibt der jüngeren vor, wie sich diese zu verhalten habe. Der Dramenauszug endet mit dem Befehl an sie: „Hinein! Dort ist dein Platz.“ (Z. 161) Sie fordert von ihrer Schwester dasselbe Verhalten, das sie selbst gewählt hat. **Den Weg nach draußen versperrt sie ihr.**

Chrysothemis auf der anderen Seite trauert zwar auch um ihren Vater, möchte aber einen **Schlussstrich** ziehen. Sie will „hinaus" (Z. 147) und einen **Neuanfang**. Dabei will sie in einer traditionellen **Frauen- und Mutterrolle** aufgehen. Ihr erscheint das Erzeugen von Leben als der geeignete Weg, auch um sich selbst zu verwirklichen. Im Gegensatz zu Elektra ist es ihr nicht möglich, zu „sitzen und ins Dunkel" (Z. 49) zu starren. Sie hat „Feuer in der Brust" (Z. 50), eine Lebenslust, die sie ausleben möchte. Die **Lichtmetaphorik** ist deutlich: Elektras Welt ist schwarz – von Trauer und Hass. Chrysothemis sehnt sich dagegen nach Helligkeit und Leben.

So sehr sich beide Figuren in ihrer Einstellung unterscheiden, so sind sie doch untrennbar **aneinandergekettet**. Chrysothemis' Glück ist von Elektra abhängig, die ihr Leben einzig der Vergangenheit und der Fixierung auf ihren Hass verschreibt. Beide sind letztendlich unfähig, das Geschehene zu verarbeiten.

Resignation, Trauer, Verzweiflung, Wut und auch das Verlangen nach Rache **3**
sind Gefühle, die nach einem einschneidenden, **traumatisierenden Erlebnis** auftreten können. Die Literatur beschäftigt sich seit der Antike mit diesen Reaktionen. Auch die naturalistische Novelle „Bahnwärter Thiel" von Gerhart Hauptmann erzählt davon, wie eine Figur auf eine erschütternde Erfahrung reagiert.

Nachdem der Bahnwärter seine **geliebte Frau Minna verloren** hat – sie stirbt 3.1
im Wochenbett –, muss er sich allein um seinen Sohn Tobias kümmern. Um das Kind besser versorgen zu können, während er im Bahnwärterhaus arbeitet, heiratet er nach kurzer Zeit die frühere Kuhmagd Lene, welche jedoch sehr autoritär auftritt. Auch als er erfährt, dass sie Tobias misshandelt, reagiert Thiel kaum darauf. Ihr Verhalten gegenüber dem Pflegesohn verschlimmert sich sogar noch, als ein gemeinsamer Sohn geboren wird.

Thiel schafft sich in seinem Bahnwärterhäuschen einen gleichsam **sakralen Erinnerungsraum**, den er seiner **Minna** weiht. Dort möchte er nicht gestört werden. Dass Lene, um einen Kartoffelacker zu bestellen, in den Minna-Bereich des Bahnwärterhauses eindringt, bereitet die dramatische Wendung der Novelle vor. Eines Tages wird **Tobias**, als Lene am Acker arbeitet und nicht auf den kleinen Buben aufpasst, auf den Schienen von einem vorüberfahrenden Zug erfasst und **getötet**. Dieses **zweite erschütternde Ereignis** in Thiels Leben führt zu einer weitaus dramatischeren Reaktion: Er **ermordet** Lene und ihr gemeinsames Kind.

Die **erste erschütternde Erfahrung** hat Thiel dazu verleitet, sich immer mehr 3.2
von seiner Familie zu **isolieren** und sich zum **Gedenken** an Minna in sein Bahnwärterhaus zurückzuziehen. Hier hat er Ruhe und bildet sich sogar ein, vom Geist seiner Minna besucht zu werden.

Diese Reaktion kann man vergleichen mit der Isolation von der Außenwelt, in der Elektra und Chrysothemis leben. Thiels **Rückzug** ist jedoch **freiwillig** und nicht erzwungen wie bei Hofmannsthal, wo die Mutter die beiden Töchter wegsperrt. Doch innerhalb dieses äußeren Gefängnisses **kapselt sich Elektra** auch **seelisch ab** und möchte allein sein. Als sie von Chrysothemis gerufen wird, „taumelt" (Z. 4) sie. Sie findet sich „nicht gleich zurecht" (Z. 4), als sie mit der Realität konfrontiert wird, ähnlich wie Thiel, der aus seinem sakralen Minna-Raum jegliche Wirklichkeit aussperren möchte. **Thiel** gibt sich vor allem **schönen Erinnerungen** an seine erste Frau hin. **Elektra** ist jedoch so verbittert durch den Hass auf ihre Mutter, dass sie sich fast manisch immer wieder nur den **Mord am Vater vergegenwärtigt**. Positive Erinnerungen gibt es bei ihr nicht. Während Thiel das Verlorene verklärt, beschwört Elektra das Grauen in drastischen Bildern. Die **Fixierung auf das Gedenken an einen geliebten Verstorbenen** teilen beide Figuren, doch unterscheidet sich die Ausrichtung.

Anders verhält sich das mit der Reaktion Thiels auf das **zweite traumatische Ereignis**, den Tod seines Sohnes Tobias, welcher offensichtlich durch die Unaufmerksamkeit von Lene verschuldet wurde. Er ist so getroffen, dass er diese und den gemeinsamen Sohn in einem Anflug von Wahnsinn umbringt. Auch wenn in einem Fall Fahrlässigkeit die Ursache für das Unglück ist (Hauptmann) und im anderen Fall ein wirkliches Verbrechen vorliegt (Hofmannsthal), ist **Thiels Reaktion vergleichbar mit der von Elektra**, da nun auch bei ihm **Hass** und das **Verlangen nach Rache** im Vordergrund stehen und nicht mehr nur die Trauer wie beim ersten Schicksalsschlag. Elektra kann allerdings die Rache nicht selbst ausführen, da sie unter Arrest steht. Sie wartet auf ihren Bruder Orest, der ihren Wunsch erfüllen soll. Zwar hat **Elektras Fixierung** auf den Hass **pathologische Züge**, doch wirkt sie nicht wahnsinnig. **Thiel** dagegen ist **nicht mehr Herr seiner Sinne**. Er handelt wie im Affekt, wohingegen Elektra gedanklich und bei klarem Verstand wieder und wieder das Verbrechen und die ersehnte Rache durchspielt.

Einen anderen Weg, um mit dem Trauma fertigzuwerden, wählt Chrysothemis: Sie wünscht sich ein neues Leben, in dem sie Vergangenes vergessen kann (vgl. Z. 147–154) – anders als Thiel ist sie weder von der Erinnerung besessen noch will sie blutige Rache.

Beide Texte zeigen, wie das **Leben durch eine Verlusterfahrung völlig aus der Bahn geworfen** werden kann. Aus dem Trauma resultiert eine psychische Wunde. Sigmund Freud hat sich um 1900 als Erster wissenschaftlich mit den Folgen von traumatischen Ereignissen auseinandergesetzt. Diese Untersuchungen beschäftigten sich vor allem mit den psychosomatischen Folgen von schweren Eisenbahnunglücken. Erst mit dem Ersten Weltkrieg und den heimkehrenden Soldaten nahm die Öffentlichkeit ernsthaft Kenntnis von psychischen Verletzungen, die durch erschütternde Ereignisse bedingt werden. Allmählich setzte sich die Erkenntnis durch, dass Traumata kaum ohne therapeutische Hilfe bewältigt werden können. **4**

Deutsch Bayern – Abiturprüfung 2019: Aufgabe 3: Interpretieren eines literarischen Textes

a) Interpretieren Sie Zoë Jennys Erzählung „Yakos Reise“! Berücksichtigen Sie dabei insbesondere, wie durch die Raum- und Zeitgestaltung der seelische Konflikt des Protagonisten zum Ausdruck gebracht wird!

b) Zeigen Sie ausgehend von Ihren Ergebnissen vergleichend auf, wie in einem anderen literarischen Werk die Suche nach Selbstverwirklichung gestaltet wird!

Der Schwerpunkt der Aufgabenstellung liegt auf Teilaufgabe a).

Vorbemerkung
Zoë Jenny war bereits als Schülerin schriftstellerisch tätig, veröffentlichte ab 1993 Erzählungen und Essays sowie mit 23 Jahren ihren ersten Roman, mit dem sie schlagartig berühmt wurde und für den sie etliche Preise gewann. Auf großes Interesse stieß in den letzten Jahren auch ihr Erzählband „Spätestens morgen“, der zwölf jeweils in sich abgeschlossene Erzählungen enthält, darunter die folgende.

Zoë Jenny (geb. 1974)
Yakos Reise (erschienen 2013)

Es war Ende Sommer, und für Yako war die Zeit gekommen, die Stadt zu verlassen. Sein Architekturstudium hatte er zur großen Enttäuschung der Eltern frühzeitig abgebrochen, er widmete sich seither ganz der Musik. Er spielte Saxophon und suchte Anschluss an eine Band. Mit dem wenigen Geld, das er besaß, hatte er sich ein Ticket nach L.A.[1] gekauft, aus einem unbestimmten, aber starken Gefühl heraus, dort auf die richtigen Leute zu treffen. Seine Eltern waren über diese Entscheidung entsetzt und warfen ihn aus ihrer Wohnung. „Du wirst schon sehen, welch großer Fehler es war, dies deinen Eltern anzutun“, hatte sein Vater ihm noch auf der Türschwelle nachgerufen, bevor er die Tür „für immer“ zuschlug.

Yakos Flug ging erst in zwei Wochen, und er wusste nicht, wohin er hätte gehen können, irrte mit seinem Instrumentenkoffer über den Schultern durch die Stadt. Wie ein Fremder ging er durch die Straßen seiner Heimatstadt, als hätte sie ihn verlassen, noch bevor er sie würde verlassen können. Er war ein Fremdkörper, der sich nicht in den Kreislauf der arbeitenden und eilenden Menschen einfügte, er schlich an den Häusern entlang, und es schien ihm, als schauten die Menschen ihn, sobald sie seinen Koffer wahrnahmen, mit feindseligeren Blicken an, als ahnten sie seine Pläne, als wüssten sie von seiner Abreise und gönnten sie ihm nicht. In einem Café machte er halt, blätterte in seinem Adressbuch und rief in der Reihenfolge des Alphabets Freunde und Bekannte an. Ihre Stimmen schienen seltsam erschreckt, als er seine Bitte äußerte, für die Zeit bis zu seinem Flug bei ihnen übernachten zu dürfen. „Mach doch keinen Blödsinn, Mann, storniere besser das Ticket und bleib zu Hause“, sagten die meisten oder überhäuften ihn mit Ausreden, warum eine Übernachtung derzeit bei ihnen nicht möglich sei. Endlich zeigte sich ein Mädchen, das er eigentlich gar nicht besser kannte, überraschend unkompliziert: „Ich wohne mit einer Freundin zusammen, zwar haben wir wenig Platz bei uns, aber wenn es dir nichts ausmacht, kannst du im Badezimmer schlafen.“ Mutsuko und Mira wohnten im zwölften Stock eines Hochhauses in zwei kleinen Zimmern, in die morgens nur für wenige Stunden etwas Sonnenlicht fiel. Beide arbeiteten als Verkäuferinnen in einem großen Kaufhaus, Mutsuko in der Schuhabteilung im ersten, Mira in der Kosmetikabteilung im zweiten Geschoss. Am Morgen verabschiedeten sie sich an der Rolltreppe und trafen sich abends am Ausgang wieder, um gemeinsam mit der Untergrundbahn nach Hause zu fahren. Sie gaben Yako eine Decke und ein Kissen, damit er sich in der Badewanne eine Schlafstätte einrichten konnte. Abends saßen sie zu dritt in der winzigen Küche und aßen rohen Fisch, und Mira und Mutsuko verzehrten große Schalen mit Seetang, der ihre schwarzen Haare noch glänzender machte.

Das Fenster des Badezimmers war das kleinste der Wohnung, aber es ließ einen Blick auf den Himmel frei. Yako konnte die Spitze des Tokyo Towers[2] erkennen, dessen Lichter in der Nacht wie rote Augen in der Dunkelheit aufblinkten. Meist konnte er nicht einschlafen, dann nahm er das Flugticket aus seinem Koffer und starrte auf die Abflug- und Ankunftszeiten. Hinter den Zahlen tat sich die beunruhigende Gewissheit auf, dass ihn am Flughafen von L.A. niemand erwarten würde und dass er kaum Englisch sprach, und dann hörte er die beschwörende Stimme des Vaters, die Warnungen seiner Freunde, die Stimmen vermischten sich in seinem Kopf zu einem einzigen höhnischen Gelächter. Yako lehnte sich mit seinem Oberkörper über den Badewannenrand, wie man sich aus einem Boot lehnt, und starrte auf sein Saxophon, das stumm und silbern dort auf dem Badezimmerboden lag. In Gedanken sah er sich an einem Straßenrand von L.A. stehen, gegen das Gelächter anspielend und gegen die Einsamkeit, die sich immer mehr vor ihm ausbreitete, wie ein weites, blühendes Feld, auf dem die Pflanzen begannen, allmählich über seinen Kopf hinweg zu wuchern und alles Licht zu schlucken.

Am Morgen seiner Abreise stand er wie immer um halb sechs Uhr auf, um das Badezimmer für Mutsuko und Mira freizumachen. Sie umarmten einander lange zum Abschied. Es blieben ihm noch ein paar Stunden bis zu seinem Flug, und er ging, nachdem die beiden die Wohnung verlassen hatten, noch einmal ins Badezimmer zurück. Überall glitzerten Wassertropfen, er atmete den klaren Duft von Jasmin und Lavendel. Er setzte sich auf den Rand der Badewanne und blies in sein Saxophon. Als das Parfum, das die Mädchen hinterlassen hatten, schon längst durch das geöffnete Fenster entwichen war, schickte er dem verlorenen Duft seine Klänge nach, in den Lärm der Stadt hinein. Yako stellte sich vor, dass die beiden irgendwo da draußen wären und ihn vielleicht hören könnten. Er spielte lauter, so laut, dass die Nachbarn anfingen zu protestieren, mit Besenstielen gegen die Decke klopften, und später, als er mit immer kräftigerem Atem ins Mundstück blies und das Flugzeug, das ihn hätte nach L.A. bringen sollen, längst abgehoben und Japan hinter sich gelassen hatte, trommelten sie mit Fäusten gegen die Wohnungstür und drohten mit der Polizei. Als Mutsuko und Mira am Abend nach Hause zurückkehrten, hatte sich vor ihrer Wohnung eine Menschenmenge gebildet. Sie konnten gerade noch verhindern, dass ein Mann mit einem Brecheisen die Tür öffnete. Hinter ihnen drängten sich die Nachbarn mit neugierigen Blicken in die Wohnung. Sie fanden Yako im Badezimmer auf dem Rand der Badewanne sitzend, er spielte auf seinem Saxophon und war so verbunden mit ihm, dass man meinte, es sei an seinem Körper angewachsen. Nur mit Gewalt konnte man ihm sein Instrument entreißen. Es war Nacht geworden, und im winzigen Badezimmerfenster waren zwei rote Lichter zu sehen, die wie ein Signal ins Dunkel blinkten.

Aus: Zoë Jenny, Spätestens morgen. Erzählungen, Frankfurt a. M.: Frankfurter Verlagsanstalt 2013, S. 93–96.

Worterläuterungen:
1 *L.A.:* gängige Abkürzung für die Stadt Los Angeles in Kalifornien.
2 *Tokyo Tower:* Wahrzeichen der Stadt Tokio, gilt als Symbol des japanischen Wiederaufbaus und der westlichen Ausrichtung des Landes nach dem Zweiten Weltkrieg.

Hinweise und Tipps

- ***Welche Aufgabenart liegt vor und wie sind die Teilaufgaben gewichtet?***
  Die Aufgabe ist wie üblich zweigeteilt in die Teilaufgabe a), in welcher der Text umfassend interpretiert werden soll, und in die Teilaufgabe b), die aus einer Vergleichsaufgabe besteht. Der Schwerpunkt der Aufgabenstellung liegt dabei auf Teilaufgabe a).
- ***Was verlangt die Aufgabenstellung?***
  Die Teilaufgabe a) verlangt von Ihnen, dass Sie über ***Inhalt und Aufbau*** *der Textstelle informieren, dass Sie* ***sinnvolle Erschließungskategorien*** *an den epischen Text anlegen und diesen* ***mit Blick auf die zentrale Fragestellung*** *– die Suche nach Selbstverwirklichung Yakos, vgl. Aufgabe b) – interpretieren. Im Mittelpunkt Ihrer Interpretation soll dabei eine Untersuchung der Raum- und Zeitgestaltung stehen, in der Sie zeigen, wie damit der seelische Konflikt des Protagonisten zum Ausdruck gebracht wird. Ausgehend von Ihren Ergebnissen sollen Sie dann in b) einen* ***Vergleich*** *mit einem anderen literarischen Werk vornehmen, wobei Sie geeignete Vergleichskriterien aufstellen müssen.*
- ***Wie gehe ich bei der Bearbeitung der Aufgaben vor und wie kann ich meinen Aufsatz strukturieren?***
  Auch wenn eine formalisierte Gliederung in (alpha)numerischer Form nicht mehr Teil der Aufgabenstellung ist, müssen Sie Ihren Text eingehend ***planen*** *und sinnvoll strukturieren, denn nur so können Sie die gedanklich komplexe Interpretationsleistung nachvollziehbar machen.*
  Wählen Sie eine geeignete ***Hinführung*** *zum Hauptteil, der Interpretation mit anschließendem Vergleich. Es bietet sich an, dass Sie dazu Informationen aus der Vorbemerkung nutzen. Da die Kurzgeschichte ein gerade für junge Menschen relevantes Thema anspricht, ist auch ein Einstieg über eigene Erfahrungen denkbar.*

Der Interpretationsteil beginnt mit einer knappen ***Inhaltsangabe*** *des Textauszugs. Anschließend könnte man gleich die Textsorte (Kurzgeschichte) anhand der zentralen Kriterien identifizieren, weil es sich hierbei um eine* ***Information über Textmerkmale*** *handelt, die der eigentlichen Interpretation in der Regel vorausgehen sollte. (Man könnte diese Informationen aber auch ganz an den Schluss der Interpretation stellen, weil das offene Ende ein besonders typisches Element der Kurzgeschichte ist.) Danach beschreiben Sie den* ***Aufbau des Textausschnitts****. Dies lässt sich beim vorliegenden Text gut mit dem* ***Erzählverhalten und der Erzählperspektive*** *kombinieren. Da die Fragestellung a) einen Analyseschwerpunkt, nämlich die* ***Raum- und Zeitgestaltung im Bezug zum seelischen Konflikt des Protagonisten****, explizit vorgibt, müssen Sie diese Aspekte in das Zentrum Ihrer Interpretation rücken. Damit haben Sie entscheidende Analysekategorien bereits abgedeckt, doch auch andere Aspekte, wie z. B. die* ***Personencharakteristik****, sollten Sie an geeigneter Stelle ausführen. Denken Sie daran, die* ***sprachlich-stilistische Gestaltung*** *und die* ***erzähltechnischen Besonderheiten*** *des Textes stets in ihrer Funktion und Wirkung zu beschreiben.*
Beachten Sie den entscheidenden Hinweis, den die Vergleichsaufgabe b) liefert: Yako befindet sich auf der ***Suche nach Selbstverwirklichung****. Sie müssen diesen Aspekt bei Ihrer Deutung also besonders ins Auge fassen. Da er der zentrale Interpretationsansatz für den Vergleich mit einem anderen Text ist, sollten Sie am Ende der Analyse zusammenfassend darlegen, inwiefern die Suche gelingt oder misslingt.*
Die ***Vergleichsaufgabe*** *schließt sich nahtlos an diesen (umfangreicheren) Interpretationsteil an. Dadurch entsteht eine geschlossene Darstellung, bei der stets auch auf entsprechende Überleitungen zu achten ist. Sie sollen ein literarisches Werk heranziehen, in dem der/die Protagonist/-in ebenfalls auf die Suche nach Selbstverwirklichung geht. Dafür eignen sich zahlreiche Werke der deutsch- oder fremdsprachigen Literatur. Im vorliegenden Lösungsvorschlag wurde hierfür* ***Goethes „Faust I“*** *herangezogen. Keinesfalls dürfen Sie sich nur auf einen Inhaltsüberblick beschränken. Finden Sie geeignete Vergleichskategorien, um beide Werke einander gegenüberzustellen. Es empfiehlt sich, Ihren Aufsatz mit einem Schlussgedanken abzurunden.*

Strukturierter Schreibplan

1 Selbstverwirklichung als Thema junger Menschen an der Schwelle zum Erwachsensein

2 Interpretation der Erzählung „Yakos Reise“ von Zoë Jenny
2.1 Inhalt der Kurzgeschichte
2.2 Gattungsmerkmale der Kurzgeschichte
- offener Anfang und unabgeschlossenes Ende
- zentraler Gegenstand (Leitmotiv)
- überraschende Wende
- Durchschnittsmenschen
- Krisensituation

2.3 Aufbau der Geschichte und Erzählverhalten
- Ausgangssituation aus der Außenperspektive des auktorialen Erzählers (Z. 1–9)
- Wechsel zur Innenperspektive des personalen Er-Erzählers bei Yakos Suche nach einer Bleibe für die Zeit bis zum Abflug (Z. 10–26)
- kurzer Wechsel zur Außenperspektive für die Darstellung der Lebensverhältnisse der beiden Mädchen (Z. 26–35)
- Dominanz des personalen Erzählverhaltens zur Darstellung von Yakos angstbesetzten Gedanken an die Zukunft (Z. 36–50) und seiner Wahrnehmung des Morgens am Abreisetag (Z. 51–60)
- Wechsel in die Außenperspektive, als Yako in der Musik versinkt und den Flug versäumt (Z. 60–72)

2.4 Figurencharakteristik: Yako und die ihn umgebenden Personen
- Unversöhnlichkeit und Strenge der Eltern
- Gastfreundlichkeit der beiden Mädchen
- Yako als Außenseiter und Antiheld

2.5 Gestaltung der Zeitstruktur
- zunehmende Verkürzung der Zeitabschnitte (Ende des Sommers, zwei Wochen, Tag des Abflugs, wenige Stunden, Abend)
- Verhältnis von Erzählzeit und erzählter Zeit
- der Abflugtermin als Entscheidungsdruck

2.6 Gestaltung der Raumstruktur
- zunehmende Verengung des Raums (Stadt, Straßen, Café, Wohnung im Hochhaus, Badezimmer, Badewanne, Rand der Badewanne, Fenster)
- Schwellensituationen (Türschwelle des Elternhauses, Rand der Badewanne, geöffnetes Fenster)
- symbolische Bedeutung der Raumsituation (Fremdheit in den Straßen Tokios, Fremdheit am Straßenrand von L.A.)

2.7 Zusammenfassende Interpretation: Ambivalenz des Schlusses
- Selbstverlust und Scheitern der Reise in ein neues Leben
- Deutung als Reise zu sich selbst und als Chance auf spätere Verwirklichung

3 Vergleich mit der Suche nach Selbstverwirklichung von Heinrich Faust in Goethes „Faust I“
- Ausgangssituation und Grund für den Wunsch nach Selbstverwirklichung
- Reaktion auf die Ausgangslage und Lösungsversuch
- Auswirkungen der Selbstverwirklichungsversuche
- Ergebnis der Suche nach Selbstverwirklichung

4 überzeitliche Relevanz des Bedürfnisses nach Selbstverwirklichung

Lösungsvorschlag

Zoë Jenny erzählt in der 2013 erschienenen Kurzgeschichte „Yakos Reise“ von 1
einem wichtigen Punkt, der den Lebensweg eines jungen Mannes entscheidend verändert. Yako will **sich selbst verwirklichen** und enttäuscht damit die Erwartungen seiner Eltern. Damit spricht sie ein Thema an, das gerade junge Menschen an der **Schwelle zum Erwachsensein** bewegt. Die Autorin selbst trat schon in jungen Jahren ihren Weg als Schriftstellerin an und wurde mit ihrem ersten Roman zu einem Zeitpunkt berühmt, als sie kaum älter als der junge Mann in der vorliegenden Erzählung war.

Der **Inhalt der kleinen Geschichte** lässt sich schnell zusammenfassen. Yako 2
lebt in Tokio und hat gerade sein Architekturstudium abgebrochen, um nach 2.1
Los Angeles zu ziehen, denn er möchte sich ganz der Musik widmen und hofft auf eine Karriere in den USA. Als die Eltern von diesem Vorhaben erfahren, sind sie so entrüstet, dass sie mit dem Sohn brechen und ihn vor die Tür setzen. Da es noch zwei Wochen bis zum Abflug sind, muss sich der junge Mann eine andere Bleibe suchen und irrt mit seinem Saxophon durch die Stadt. Die Freunde und Bekannten, die er anruft, raten ihm alle von seiner riskanten Entscheidung ab und sind nicht bereit, ihn bei sich wohnen zu lassen. Schließlich kann er bei einer flüchtigen Bekannten unterkommen. Da sie aber sehr beengt mit einer Freundin in einer kleinen Wohnung lebt, muss er sich mit der Badewanne als Schlafplatz begnügen. Während der zwei Wochen denkt er häufig über seine unsichere Zukunft nach, die ihm erhebliche Sorgen und schlaflose Stunden bereitet. Am Morgen seines Abflugs verabschiedet er sich schweren Herzens von den beiden Mädchen. Anschließend greift er zu seinem Saxophon. Er versinkt so vollständig in sein Spiel, dass er nicht auf die Nachbarn achtet, die gegen die stundenlange Lärmbelästigung protestieren und schließlich sogar die Wohnung aufbrechen wollen. Als die Mädchen abends von der Arbeit nach Hause kommen, ist das Flugzeug längst ohne ihn gestartet und er spielt immer noch Saxophon, bis man ihm das Instrument gewaltsam wegnimmt.

Bereits anhand der knappen Inhaltszusammenfassung kann man erkennen, dass 2.2
die kleine Erzählung zahlreiche **Gattungsmerkmale der Kurzgeschichte** aufweist. Der **offene Anfang** und das **unabgeschlossene Ende** weisen auf diese Form des Erzählens hin. Die Handlung beginnt recht unvermittelt mit dem Entschluss des Protagonisten, seine Heimat zu verlassen, und endet abrupt mit der Heimkehr der beiden Mädchen und dem gewaltsamen Entreißen des Saxophons. Das Instrument ist gleichzeitig ein **zentraler Gegenstand**, der die ganze Handlung bestimmt und für die **überraschende Wende** verantwortlich ist, nämlich dass Yako über dem Saxophonspiel den Abflug verpasst. Die handelnden Figuren werden nicht detailliert beschrieben, sie sind **Durchschnittsmenschen**, keine Helden oder auffälligen Charaktere. Yako ist ein gescheiterter Architekturstudent, der lieber in einer Band spielen würde, die beiden Mädchen arbeiten als Verkäuferinnen im Kaufhaus. Insgesamt wird hier also ein Ausschnitt aus

dem Alltag erzählt, der aber eine **Krisensituation** enthält und eine entscheidende Bedeutung für den Protagonisten hat.

Man kann die nur zwei Seiten lange Geschichte in ein paar Abschnitte einteilen, wobei auch ein **Wechsel im Erzählverhalten** festzustellen ist. Die **Ausgangssituation** (Z. 1–9) wird aus der **Außenperspektive** erzählt. Der **auktoriale Erzähler** fasst in recht kurzen Sätzen die Auseinandersetzung Yakos mit seinen Eltern zusammen, ohne Partei zu ergreifen. Von der „großen Enttäuschung der Eltern“ (Z. 2) spricht er genauso unbeteiligt wie von dem „unbestimmten, aber starken Gefühl“ (Z. 5), das Yakos Entscheidung bestimmt. Auch die eigentlich dramatische Abschiedsszene, in der die Eltern den Sohn auf die Straße setzen, wird eher lakonisch zusammengefasst, obwohl es laut Aussage des Vaters ein Abschied „für immer“ (Z. 9) ist. Bereits im **zweiten Abschnitt** (Z. 10–26), in dem es um **Yakos Suche nach einer Bleibe** bis zur Abreise geht, erfolgt ein **Wechsel zu einem personalen Erzählverhalten** aus der Sicht des Protagonisten. Man erfährt, dass er „nicht [weiß], wohin er hätte gehen können“ (Z. 10 f.), und dass er „[w]ie ein Fremder“ (Z. 11 f.) durch die Stadt irrt. Die Stimmen der Freunde und Bekannten, die er wegen einer Unterkunft anruft, klingen für ihn „seltsam erschreckt“ (Z. 19), wohingegen ihm die Reaktion der beiden Mädchen, die ihn bei sich aufnehmen, „überraschend unkompliziert“ (Z. 24) vorkommt. Allerdings kann dieser letzte Kommentar nicht mehr eindeutig Yako zugeordnet werden, sondern könnte auch von einem auktorialen Erzähler stammen. Denn unmittelbar danach wechselt das Erzählverhalten wieder und man erfährt die **Lebensumstände von Mira und Mutsuko** aus der **Außensicht** (Z. 26–35). Der vierte Abschnitt (Z. 36–50), der **Yakos Zukunftsängste** vergegenwärtigt, wird wieder aus der **Innensicht** des Protagonisten erzählt. Die Perspektive bleibt im folgenden Abschnitt, der den **Morgen des Abreisetags** (Z. 51–60) schildert, zunächst erhalten. Je mehr Yako aber in seiner Musik versinkt, desto weniger erfährt der Leser etwas über das, was gerade in ihm vorgeht (Z. 60–64). Die Schlussszene (Z. 64–72), als die heimkommenden Mädchen Yako auf dem Rand der Badewanne vorfinden, wo er nicht mehr zu spielen aufhören kann, wird **von außen** geschildert. Außer den Mädchen und dem Leser starren auch noch „die Nachbarn mit neugierigen Blicken“ (Z. 67) auf den Jungen. 2.3

Der **Wechsel des Erzählverhaltens** weist **Parallelen zu Yakos Befindlichkeit** auf. Er pendelt selbst ständig zwischen der Außensicht, also der Meinung der anderen, die ihn kritisieren, ihn nicht verstehen, ihn überreden wollen, seinen Plan aufzugeben, und seiner eigenen Sicht, nämlich dem Wunsch, ganz für die Musik zu leben. Und auch die **syntaktische Gestaltung** unterscheidet sich: Während die aus der Außensicht erzählten Passagen zu einem lakonischen Ton und zur Parataxe tendieren (vgl. Z. 2 ff.), sind Yakos Ängste und Fantasien hypotaktisch dargestellt (vgl. Z. 15 ff., 46 ff.).

Yako muss mit seiner Situation allein zurechtkommen. Das zeigt sich bereits zu Beginn, denn **seine Eltern** zeigen kein Verständnis für die Selbstfindungsprobleme des Sohnes. Es mag mit der sehr erfolgsorientierten Erziehungsweise, wie 2.4

sie bekanntermaßen im asiatischen Kulturkreis vorherrscht, zusammenhängen, dass ihre Reaktion so streng ausfällt. Der völlige Bruch mit dem eigenen Kind, nur weil dieses einen anderen beruflichen Weg einschlägt, ist schwer nachzuvollziehen. Allerdings kann man sich kaum ein Urteil über die Familienverhältnisse bilden, weil die Mutter gar nicht explizit erwähnt wird und man vom Vater nur den unversöhnlichen Abschiedssatz kennt (vgl. Z. 7 ff.). Dessen **harsche Reaktion** kann aber durchaus ein Versuch sein, dem Sohn im letzten Moment die Folgen seiner Entscheidung möglichst drastisch vor Augen zu führen. Vielleicht hoffen die Eltern, dass der Sohn vor dem Abflug zur Umkehr gebracht werden kann, und sie versuchen es durch eine Art „Schocktherapie", indem sie ihn hinauswerfen. Möglicherweise geht dieser Plan sogar auf, denn in den folgenden zwei Wochen grübelt Yako viel über seine Zukunft nach.

Auch wenn man wenig über die **beiden Mädchen** erfährt, werden sie aufgrund ihrer Gastfreundschaft und ihres geregelten Tagesablaufs vorübergehend zu einer Art **Ersatzfamilie** für Yako. Ihr Abschied voneinander verrät durchaus ihre wechselseitige Zuneigung (vgl. Z. 52 f.).

Yako selbst scheint **eher ein Außenseiter** zu sein, denn es gibt keinen „besten" Freund, den er um Hilfe bitten könnte, als er auf der Straße steht. Dass er **nicht besonders selbstbewusst** ist, merkt man auch daran, dass er die vermutlich eher desinteressierten Blicke der Passanten sofort negativ deutet und sogar den Eindruck hat, dass sie ihn aufgrund seines Koffers „mit feindseligeren Blicken an[sehen]" (Z. 16), als würden sie ihn wegen seines Ausbruchs aus den beruflichen Plänen seiner Eltern und wegen seiner Abreise beneiden (vgl. Z. 15 ff.). Seine angeblichen Freunde und Bekannten wimmeln ihn mit Ausreden ab und kritisieren seine Entscheidung. Offensichtlich ist er **sensibel**, denn die Kritik des Vaters und der Freunde hinterlässt ihre Spuren. In seinen schlaflosen Nächten während der Wartezeit bis zum Abflug „hörte er die beschwörende Stimme des Vaters, die Warnungen seiner Freunde, die Stimmen vermischten sich in seinem Kopf zu einem einzigen höhnischen Gelächter" (Z. 42 ff.). Dass er am Schluss wie besessen stundenlang Saxophon spielt, ist wohl die Reaktion auf dieses Gelächter, das ihn in den Träumen verfolgt, wenn er sich „an einem Straßenrand von L.A. stehen [sieht], gegen das Gelächter anspielend und gegen die Einsamkeit" (Z. 46 ff.). Als die erbosten Nachbarn ins Badezimmer eindringen, tritt genau das ein, was er in seinen vorangegangenen Fantasien in Bezug auf seine Auftritte in L.A. befürchtet hat: Alle starren ihn an und finden sein Verhalten befremdlich (vgl. Z. 47 f., 67 f.).

Im Grunde ist er ein **typischer Antiheld**, der zwar sein Leben in die Hand nehmen möchte, aber seine Probleme nicht lösen kann. In der Menge fühlt er sich unwohl und fremd, er gehört nicht dazu, weil er „sich nicht in den Kreislauf der arbeitenden und eilenden Menschen einfüg[t]" (Z. 13 f.). Offenbar fühlt er sich in der Enge der Wohnung der Mädchen geborgen und nun fällt es ihm schwer, diesen Schonraum zu verlassen. Kleinigkeiten sind ihm wichtig und er nimmt Stimmungen mit allen Sinnen auf. Beim friedlichen Essen mit Mutsuko und

Mira fallen ihm die glänzend schwarzen Haare der Mädchen auf (vgl. Z. 34 f.), und wenn sie das Bad verlassen, atmet er „den klaren Duft von Jasmin und Lavendel" (Z. 55). Er empfindet Stimmungen **synästhetisch**, greift zu seinem Instrument, um „dem verlorenen Duft seine Klänge nach[zuschicken]" (Z. 58), und hofft sogar, „dass die beiden irgendwo da draußen wären und ihn vielleicht hören könnten" (Z. 59 f.). Als wollte er auf diese Weise verhindern, dass das Band zwischen ihnen zerreißt, kann er sich nicht mehr von seinem Instrument lösen.

Für die Interpretation der Geschichte ist es besonders ergiebig, die **Raum- und Zeitgestaltung** näher zu untersuchen, weil sie den seelischen Konflikt des Protagonisten deutlich zum Ausdruck bringt. **Sowohl räumlich wie zeitlich** wird es für Yako im Laufe der Handlung **immer enger**, denn alles spitzt sich auf den Moment des Abflugs zu. So werden die angegebenen **Zeitspannen immer kürzer**. Im ersten Satz heißt es sehr verknappt ausgedrückt: „Es war **Ende Sommer**, und für Yako war die Zeit gekommen, die Stadt zu verlassen." (Z. 1), was nach einem lange gehegten und mittlerweile unausweichlichen Entschluss des jungen Mannes klingt. Da der Flug „erst in **zwei Wochen**" (Z. 10) stattfinden soll, muss Yako nun aber eine längere Zeit überbrücken, in der sein Plan ins Wanken gerät. Trotz der ablehnenden Haltung der meisten Freunde findet er recht schnell Unterschlupf bei den beiden Mädchen, immerhin ist nicht die Rede davon, dass er Nächte im Freien oder im Hotel verbringen muss. Die Passage im Café, wo Yako am Handy seine Freunde und Bekannten nach einer Bleibe fragt, ist eine der wenigen Stellen, wo sich Erzählzeit und erzählte Zeit relativ stark annähern, was man an den hier vorkommenden wörtlichen Reden erkennen kann. Die folgende Zeit dagegen wird stark **gerafft**, denn über den Ablauf der beiden Wochen erfährt man nur, dass abends eine gemeinsame Mahlzeit eingenommen wird und dass Yako oft wach liegt, um über seine Zukunft nachzugrübeln. **Der letzte Tag vor dem Abflug** wird dagegen detaillierter beschrieben. Nach dem Aufstehen, „wie immer um halb sechs Uhr" (Z. 51), und der Verabschiedung von den Mädchen hat er „noch **ein paar Stunden bis zu seinem Flug**" (Z. 53). Als er allein in der Wohnung ist, wird ihm die Endgültigkeit des Abschieds bewusst. Er spielt **stundenlang**, bis die Mädchen **am Abend** zurückkommen. Auch diese Stunden vom Morgen bis zum Abend werden stark gerafft, wobei sich für Yako beim Saxophonspiel die **Zeit** offensichtlich völlig **auflöst**, denn er vergisst darüber sogar den Abflug. Zusammenfassend kann man sagen, dass der Termin des Abflugs einen starken Druck auf Yako ausübt. Es wird deutlich, dass die Entscheidung, in L.A. ein neues Leben anzufangen, entweder von Anfang an nicht so gefestigt war, wie es zunächst den Anschein hat, oder durch die Erfahrungen der zwei Wochen bis zum Abflug relativiert worden ist. 2.5

Parallel zur Gestaltung der Zeitstruktur lässt sich die **Raumstruktur** deuten. 2.6
Gleich zu Beginn wird auch räumlich hervorgehoben, dass Yako sich an einem entscheidenden Punkt seines Lebenswegs befindet, denn „auf der Türschwelle" (Z. 8) ruft ihm der Vater die Vorwürfe hinterher, „bevor er die Tür ‚für immer'

zu[schlägt]“ (Z. 9). Es geht also im wörtlichen Sinne um eine **Schwellensituation:** Yako trennt sich von den Eltern und will allein seinen Weg gehen. Nun steht ihm eigentlich die Welt offen, immerhin hat er ja bereits ein Ticket in die USA gebucht, sodass er seinen Traum wahr machen kann. Doch bereits der **Weg durch seine Heimatstadt Tokio** zeigt ihm, dass es nicht so leicht wird, die Pläne umzusetzen. Auch räumlich wird diese Einschränkung seiner Pläne deutlich, er bewegt sich in immer engeren und kleineren Räumen: Von den **Straßen** der Stadt, wo er sich wie ein Außenseiter vorkommt, gelangt er schließlich in **ein Café**, um von dort aus nach einer Bleibe zu suchen. Diese besteht für die nächsten zwei Wochen aus einer **kleinen Zweizimmerwohnung** in der zwölften Etage eines Hochhauses. Allerdings muss er in der **Badewanne** schlafen, weil die Verhältnisse in der Wohnung der Mädchen so beengt sind. Der Platz, der ihm zur Verfügung steht, ist nicht nur sehr provisorisch und eng, sondern er muss ihn morgens frühzeitig räumen, damit die Mädchen vor der Arbeit ins Bad können. Sein einziger Ausblick ist ein **winziges Fenster**, „das kleinste der Wohnung“ (Z. 36), aber er kann den Himmel und die Spitze des Tokyo Towers sehen, die sich als Symbole für seinen Traum, in Amerika sein Glück zu machen, deuten lassen.

Bezeichnenderweise spielt in Yakos Vorstellungen von der Zukunft ein Ort eine Rolle, **der seine Selbsteinschätzung verdeutlicht:** Er sieht sich nämlich „an einem Straßenrand von L.A. stehen“ (Z. 46 f.), ausgelacht, einsam und erfolglos. Damit wiederholt sich die Situation, die er bereits bei seinem Weg durch Tokio erlebt hat; auch hier hat er sich ja bereits „[w]ie ein Fremder“ (Z. 11 f.) gefühlt. Als dann der große Tag des Abflugs kommt, gelingt es ihm nicht, sich aus dieser Verstrickung zu lösen. Er bleibt am Rand der Badewanne sitzen und spielt bei geöffnetem Fenster auf seinem Saxophon. Auch hier wird wieder eine **Schwellensituation** vorgeführt, doch der Protagonist ist nicht in der Lage, den Schritt in das neue Leben zu machen, sodass das Flugzeug ohne ihn startet. Von dem Moment an, als er die Schwelle seines Elternhauses verlassen hat, beschäftigt Yako das Gefühl, jetzt überall ein Fremder und Außenseiter zu sein. Allerdings ist diese Verunsicherung aufgrund der mutigen Entscheidung, die Yako trifft, verständlich. Er muss seinen Weg noch finden, denn die „Reise“ hat gerade erst begonnen.

Damit ist die entscheidende Frage für die **Interpretation** der Geschichte bereits angesprochen: **Scheitert Yako auf seiner Suche nach Selbstverwirklichung oder nicht?** Wenn man den Titel der Geschichte im Sinne einer geografischen Reise versteht, dann muss man sein Vorhaben zumindest für den Moment als misslungen ansehen, denn er **verpasst seinen Flug**. Vielleicht haben die Drohungen der Eltern und die Kritik der Freunde seine ursprüngliche **Aufbruchsstimmung zunichtegemacht**. In seinen Gedanken hat er sich ebenfalls das Scheitern ausgemalt und sich offensichtlich nicht zugetraut, allein in der Fremde nur mit seiner Musik Erfolg haben zu können. Er verfügt weder über genügend Selbstbewusstsein noch hat er wirkliche Freunde, auf deren Rat und Unterstützung er bauen könnte. Daher ist er ziemlich durcheinander und 2.7

orientierungslos. Niemand wird ihn in Amerika in Empfang nehmen, zudem spricht er nur schlecht Englisch (vgl. Z. 41 f.). Diese „beunruhigende Gewissheit“ (Z. 40) macht ihm sehr zu schaffen. Nachts fantasiert er, wenn er nicht schlafen kann, über die Zeit in der Fremde und befürchtet, dass ihn die Einsamkeit regelrecht verschlingen würde, „wie ein weites, blühendes Feld, auf dem die Pflanzen begannen, allmählich über seinen Kopf hinweg zu wuchern und alles Licht zu schlucken“ (Z. 48 ff.). Es ist typisch für den künstlerisch begabten Jungen, dass er seine Ängste mit **poetischen Bildern** ausdrückt. Das an sich positive Bild einer Blumenwiese mutiert zur albtraumhaften Metapher für das ihn erdrückende Gefühl der Isolation. Er fühlt sich diesen Ängsten ausgeliefert und bleibt passiv, während er überwuchert wird. Eine andere Stelle zeigt seinen Blick auf die Welt, nämlich wenn er durch das sehr kleine **Badezimmerfenster** in den Himmel schaut. Dieses Fenster steht symbolisch für seinen Blick aus den ihn einengenden Verhältnissen in ein anderes Leben, in das er eigentlich aufbrechen möchte. Dass er hier ausgerechnet „die **Spitze des Tokyo Towers**“ (Z. 37) sehen kann, ist kein Zufall. Dieses Wahrzeichen seiner Heimatstadt ist einerseits ein Symbol für das japanische Selbstbewusstsein und steht andererseits für die westliche Orientierung Japans nach dem Krieg. Damit ist es durchaus ambivalent zu verstehen und könnte für Yako einerseits eine **Mahnung** sein, die ihn vor dem Weggehen warnt und mit der Heimat verbindet, und andererseits ein **Wink**, den Weg in die Ferne zu wagen. Die beiden roten Lichter kommen ihm in seinen schlaflosen Nächten „wie rote Augen in der Dunkelheit“ (Z. 38) vor, was eher bedrohlich klingt. Wenn am Ende aber die zwei roten Lichter „wie ein Signal ins Dunkel blinkten“ (Z. 72), wirkt das Symbol mehr wie eine **Verheißung** oder ein Versprechen.

Darin steckt bereits die andere Möglichkeit, die Geschichte zu deuten. Der Schluss muss nicht als Selbstverlust und Scheitern gedeutet werden. Zwar hat Yako seinen Abflug versäumt, doch heißt das nur, dass er für den Augenblick die geplante Flucht aus der Heimatstadt noch nicht in die Tat umsetzen kann. Aber er **gibt die Musik nicht auf**, sondern geht regelrecht in ihr auf, denn „er spielte auf seinem Saxophon und war so verbunden mit ihm, dass man meinte, es sei an seinem Körper angewachsen“ (Z. 69 f.). Die Metapher verdeutlicht die besondere Beziehung Yakos zur Musik. Das **Saxophon** zieht sich wie ein **Leitmotiv** durch die Geschichte. Es ist der Grund für den Bruch mit den Eltern, verlässt zusammen mit Yako das Haus, ist sein einziger Begleiter auf dem Weg durch die Stadt, liegt neben ihm vor der Badewanne und wird am Schluss regelrecht ein Teil von ihm. Das kann letztendlich auch bedeuten, dass Yako zwar die geografische Reise nicht antritt, dass er aber eine **Reise zu sich selbst** erlebt und begreift, wie wichtig ihm sein Instrument ist. Yako ist noch jung; möglicherweise schafft er die Selbstverwirklichung im zweiten Anlauf, wozu ihm seine Reise zu sich selbst verholfen hat. Diese **Deutungsoffenheit** ist für literarische Texte generell gegeben, aber gerade für Kurzgeschichten mit ihrem offenen Ausgang typisch.

Auch das bekannteste Werk der deutschen Literatur, Goethes „Faust", ist die Geschichte einer Selbstverwirklichung. Im Vergleich zum Drama endet die Kurzgeschichte geradezu harmlos, denn außer einem verpassten Flug ist nichts passiert, was sich nicht wiedergutmachen ließe, und niemand ist zu Schaden gekommen. Ganz anders läuft Heinrich **Fausts Selbstfindungsprozess** ab, denn Faust geht im wörtlichen Sinn **über Leichen**. 3

Ausgangspunkt des Wunsches nach Selbstverwirklichung ist Fausts **Verzweiflung** über die eigene Lage: Er hat alles studiert, was man zu seiner Zeit, also im 16. Jahrhundert, studieren kann, nämlich Philosophie, Jura, Medizin und Theologie, ist also ein Universalgelehrter, doch er **hadert mit den begrenzten Erkenntnissen**, die ihm dadurch zuteil geworden sind. Weil er mehr will, versucht er es sogar mit der Magie und beschwört Geister, wodurch sich aber seine Verzweiflung nur steigert, sodass er kurz davor ist, sich umzubringen. Während **Yako** also noch nichts im Leben wirklich zu Ende gebracht hat, denn er **bricht sein Studium ab** und hat hinsichtlich seiner Musikkarriere nur jugendliche Flausen im Kopf, hat Faust den Eindruck, dass er eigentlich alles Menschenmögliche getan hat, ohne die ersehnte Selbstverwirklichung zu erreichen; er ist Magister, Doktor und Lehrer, aber all das bedeutet ihm nichts, im Gegenteil, es ödet ihn an.

Beiden gemeinsam ist, dass sie nun einen sehr **mutigen Schritt** wagen: **Yako** verlässt sein Elternhaus und will ganz allein **nach L.A.** fliegen, **Faust** gibt sein bisheriges Leben ebenfalls auf und geht einen **Pakt mit Mephisto** ein. Dieser versteht nicht gleich, worauf es Faust ankommt, sodass er ihn erst mit billigen Vergnügungen abspeisen will, indem er ihn in Auerbachs Keller und in die Hexenküche schleppt. Allerdings geht es in Jennys Kurzgeschichte um einen **jungen Mann an der Schwelle zum Erwachsensein**, der ganz auf sich allein gestellt seinen Platz im Leben sucht, und in Goethes Drama um einen alternden Mann, der einen großen Teil seines Lebens bereits hinter sich hat und in eine **Lebens- und Sinnkrise** gerät, aus der er ausgerechnet mithilfe des Teufels herausfinden will.

Durch seine Verjüngung wird Faust empfänglich für weibliche Reize und damit beginnt die Gretchentragödie. Die **Beziehung mit Gretchen** soll nur Fausts egoistisches Streben befriedigen; sie kostet nicht nur Gretchens Mutter und den Bruder das Leben, sondern die verzweifelte junge Frau tötet auch noch ihr neugeborenes Kind und wird dafür am Ende zum Tode verurteilt. Damit lädt **Faust auf seinem Weg zur Selbstverwirklichung eine riesige Schuld** auf sich. Yako enttäuscht zwar seine Eltern, aber abgesehen von deren Trauer über die Entscheidung des Sohns muss in „Yakos Reise" **lediglich der Protagonist unter dem eigenen Selbstverwirklichungsversuch leiden**. Faust hingegen ist absolut rücksichtslos und denkt nur an sich selbst. Damit zerstört er das Leben von Gretchen, das ihn liebt.

Das **Ziel**, das beide anstreben, ist bei Faust und bei Yako durchaus vergleichbar: Sie wollen **glücklich und erfüllt leben**. Dies könnte bei **Yako** durch ein **Leben mit der Musik** geschehen; allerdings erfahren wir am Ende der Kurzgeschichte nicht, ob es dazu kommen wird. **Faust** verspricht dem Teufel seine Seele, wenn er ihm einen Augenblick verschaffen könnte, von dem er sagt: „Verweile doch! du bist so schön!", das heißt, er möchte einen **Moment der Entgrenzung** erleben, in dem er völlig glücklich ist und zur Ruhe kommt. Dieser Moment ist Faust zumindest im ersten Teil der Tragödie nicht vergönnt. Damit ist er am Ende gescheitert, und auch im zweiten Teil sitzt Faust kurz vor seinem Tod – alt und blind – nur einer Täuschung auf. Dennoch heißt es am Ende von „Faust II" aus dem Munde der Engel: „Wer immer strebend sich bemüht, / Den können wir erlösen." Das würde bedeuten: **Der Weg ist das Ziel.** Das gilt auch für Yako und seine Reise.

Das Thema **Selbstverwirklichung** hat die Menschen zu allen Zeiten beschäftigt, weil es ein **zentrales menschliches Bedürfnis** darstellt. Während es im „Faust" um die ganz großen Themen der Menschheit geht und sogar Gott und der Teufel ihre Hand im Spiel haben, zeigt uns Zoë Jenny anhand einer Episode aus dem Leben eines jungen Mannes eine eher alltägliche Situation, die vermutlich gerade junge Menschen anspricht, weil sie sich mit Yakos Problemen identifizieren können. 4

Deutsch Bayern – Abiturprüfung 2019:
Aufgabe 4: Materialgestütztes Verfassen eines informierenden Textes

Jedes Jahr wird am 20. März der Internationale Tag des Glücks begangen. Dieser Aktionstag wurde im Juni 2012 durch die Vereinten Nationen ins Leben gerufen. An Ihrer Schule finden aus diesem Anlass Projekttage zum Thema „Glück" statt. Verschiedene Fächer stellen den Glücksbegriff aus ihrer Sicht dar. Sie haben den Auftrag, für das Fach Deutsch einen Beitrag für die Projektzeitung „Fortuna" zu verfassen, in dem Sie über das Thema „Glück in der Literatur" informieren. Die Projektzeitung richtet sich an interessierte Schülerinnen und Schüler, Eltern und Lehrkräfte.

Verfassen Sie diesen Beitrag! Nutzen Sie dazu die folgenden Materialien (1–9) und beziehen Sie eigene literarische Kenntnisse ein!

Ihr Text soll etwa 1 200 Wörter umfassen.

Zitate aus den Materialien werden ohne Zeilenangabe nur unter Nennung der Autorin/des Autors und ggf. des Titels angeführt.

Material 1: Überblick über die Themen der Projekttage

Deutsch:	„[…] und sie lebten vergnügt bis an ihr Ende."[1] – Glück in der Literatur
Physik:	Murphy's Law – alles, was schiefgehen kann
Biologie/Chemie:	Endorphine als Glücksbringer
Mathematik:	Glück, Zufall und Statistik
Ethik:	Wie gelingt ein glückliches Leben?
Geschichte:	Glücksmomente in der Geschichte
Sport:	Spiel – Satz – Sieg – Glück?
Musik:	*Happy* – Songs, die glücklich machen

Abbildung: antikisierende Fortuna mit Füllhorn als Fassadenfigur

Bild: Johann Christian Ehrlich, F.-Statue mit Füllhorn und Ruder am „Englischen Haus" in Wörlitz, um 1773. Foto Verf., http://www.rdklabor.de/wiki/Datei:10-0371-1.jpg, (CC BY-NC-ND 3.0 DE)

Worterläuterung:

1 *„[…] und sie lebten vergnügt bis an ihr Ende.":* Schluss des Märchens „Dornröschen" aus der Sammlung der Brüder Grimm (Jacob und Wilhelm Grimm, Kinder- und Hausmärchen, Bd. 1, Stuttgart 1984, S. 260)

Material 2

Peter von Matt[1]**, *Glück als Ziel des Weltalls und der Literatur*** (2008)

[…] Das Nachdenken über das Glück pendelt immer zwischen zwei Polen, zwei Konzepten von Zeitlichkeit. Auf der einen Seite steht die Bestimmung des Glücks als von kurzer Dauer, zerbrechlich, gläsern, das „glesîne gelücke“[2], von dem Gottfried von Straßburg um 1210 spricht […]. Und dennoch gibt es die hartnäckige Vorstellung vom Glück als Dauer, als ein Ziel, das eines Tages für immer erreicht wird. Wir können seltsamerweise das Glück gar nicht denken, ohne mit beiden Konzepten zu operieren. Sobald wir es der Flüchtigkeit bezichtigen, tun wir dies vor dem Hintergrund der Vision eines Glücks von ungebrochener Dauer, sonst könnte ja unsere Anklage gegen Fortuna gar nicht so heftig sein.

Die Idee eines dauerhaften Glücks ist im menschlichen Seelenleben tief verwurzelt. Seneca[3] fragt in seiner Studie über das Glück ganz selbstverständlich nach dem ewigen Glück, der „felicitas aeterna“. Märchen und Mythen bestätigen dies überall. […]

Nun ist es aber der Ehrgeiz der Literatur seit undenklichen Zeiten, Glück als Ziel und Dauer zu schildern, so wie es seit undenklichen Zeiten der Ehrgeiz der Philosophie ist, Glück als Ziel und Dauer in stringenter Theorie zu erfassen. […] Wann und unter welchen Bedingungen ist das definitive Glück in der Literatur nicht nur berechtigt, sondern auch zwingend, und wie schafft es die Literatur, die nachweisliche Zerbrechlichkeit des Glücks in diesen Fällen aufzuheben?

[…] Die Literatur darf vorführen, wie alles, alles gut wird, aber es muß gerechtfertigt sein durch schwere Krisen und tödliche Gefahr. Der schwebenden Seligkeit des Endes muß eine Not gleichen Ranges vorangehen. Das weiß übrigens auch schon das Märchen. Als Leser sind wir äußerst empfindlich für die Legitimität des definitiven Glücks in der Literatur. Kein Leser wünscht spontan den schlechten Ausgang einer Geschichte. Aber keiner wünscht sich einen guten Ausgang, der nicht gerechtfertigt wäre durch Leiden und Wirrnisse, die es zu überwinden, durch tückische Machenschaften, die es zu durchkreuzen, durch eigenes Fehlverhalten, das es zu büßen und wiedergutzumachen galt. […]

Die Literatur hat ihre eigenen Regeln und Gesetze, hat eine Fülle von Möglichkeiten, zu den Menschen über die Menschen zu reden. Eine davon ist das Reden vom glücklichen Menschen, das Reden von einem endlich erreichten Glück. Nicht ob sie das tut oder tun darf, ist die Frage, sondern wie sie es tut. Wenn es ihr gelingt, in dem abschließenden Bericht über eine versöhnte Welt auch zu vermitteln, was Versöhnung kostet und erfordert, welchen finstern Mächten sie abgetrotzt werden muß, dann ist damit mehr geleistet als mit jedem schwarzen Ende, das sich in seinem kritischen Gestus gefällt. Den guten Ausgang einer Komödie von Shakespeare oder Molière, von Lessings „Nathan“ oder „Minna“ als ein Ereignis wahrhaftigen Glücks auf die Bühne zu bringen, ist heute unvergleichlich schwieriger, als einen finster-wüsten Kollaps zu veranstalten. […] Nur wenige aber, nur die raren Talente wagen es gegenwärtig, sich dem Ereignis des Glücks auf der Bühne zu stellen, es dem Zuschauer so vor Augen zu rücken, daß er nicht anders kann, als zuzustimmen: ja! […]

In Wahrheit aber ist das Ereignis des endgültigen Glücks in der Literatur ein geheimnisvoller Vorgang, der, so er denn wirklich legitimiert ist, auch vom Leser alle intellektuellen Kräfte fordert. Dann steht nämlich die Zeit still. Ist es doch nicht einfach *jetzt* gut, sondern *immer*. Der Augenblick dauert. Dieses im Grunde sensationelle Geschehen beweist das Königsrecht der Literatur, aus der Zeit zu treten, sie zum Stillstand zu bringen, den Augenblick zur Ewigkeit zu machen. Die Zeit der Literatur bildet ja nicht einfach unsere Alltagszeit ab. Vielmehr ist die Literatur Souverän der Zeit. [...]

Der Mensch ist das einzige Lebewesen, das vom Glück weiß und das absolute Glück denken kann. Serotonin-Ausschüttungen im Gehirn haben auch die Eichhörnchen. Es wird ihnen wohlig dabei und klingt wieder ab. Der Mensch aber weiß vom Glück. Dieser Stachel sitzt so tief wie das Wissen um den Tod. Schon bevor wir richtig denken konnten, haben wir erfahren: happiness happens. Seither sind wir gezwungen, dem Glück nachzusinnen. Der Prozeß kommt nie zu einem Ende. Er prägt jede Kultur. Die Literatur nimmt daran teil, indem sie es wagt, das definitive Glück zu inszenieren. Sie wird dafür immer wieder gescholten und der Verlogenheit bezichtigt. [...]

Aus: Peter von Matt, Glück als Ziel des Weltalls und der Literatur, in: Heinrich Meier (Hrsg.), Über das Glück. Ein Symposion, München: Piper 2008, S. 170, 171 f., 185, 191 f., 193 f.

Worterläuterungen:
1 *Peter von Matt* (geb. 1937) ist ein Schweizer Literaturwissenschaftler.
2 *glesîne gelücke:* mittelhochdeutscher Ausdruck aus dem Versroman „Tristan" des Gottfried von Straßburg (gest. um 1215) für das gläserne, zerbrechliche Glück
3 *Seneca:* römischer Philosoph des 1. Jahrhunderts nach Christus

Material 3

David E. Wellbery[1], ***Prekäres und unverhofftes Glück*** (2008)

„Um uns ein Glück, das uns gleichgültig scheint, recht fühlbar zu machen müssen wir immer denken, daß es verloren sei, und daß wir es diesen Augenblick wieder erhielten, es gehört aber etwas Erfahrung in allerlei Leiden dazu um diese Versuche glücklich anzustellen." Lichtenbergs[2] Überlegung gilt nicht dem Glück schlechthin, sondern der imaginären Vergegenwärtigung und damit der bewußten Aneignung des Glücks. Just aus diesem Grunde umschreibt sie die Problemlage der Literatur. Denn auch die Literatur ist ein Denkexperiment von der beschriebenen Art; auch sie ist bestrebt, dem Bewußtseinsverschleiß und der Erfahrungsabstumpfung entgegenzuwirken; auch sie zielt auf eine Darstellung, die nicht bloß auf das Glück verweist, wie es die Begriffssprache tut, sondern es in die fühlbare Gegenwärtigkeit (Lichtenberg: „diesen Augenblick") ästhetischer Erfahrung einholt. Und um diese Leistung zu erbringen, setzt sie auf die von Lichtenberg empfohlene Strategie: die Erfindung von Fiktionen, die das Bewußtsein des Glücks durch den Kontrastwert des Verlusts intensivieren. [...]

Die Forschung neigt dazu, die europäische Aufklärung im Hinblick auf ihr kritisches Grundanliegen zu charakterisieren. Das hat zweifellos seine Richtigkeit, blendet jedoch den ideengeschichtlich ebenso wichtigen Sachverhalt aus, daß der menschliche Anspruch auf Glück auch zu den Leitthemen der Aufklärung gehört. Das zeigen zumal die politischen Programme, in die die Aufklärung einmündete. Die *Déclaration des Droits de l' Homme et du Citoyen* (in der Version von 1793) verkündigt: *Le but de la société est le bonheur commun* (Art. 1)[3], und zu den unveräußerlichen Rechten, auf deren Evidenz sich die amerikanische *Declaration of Independence* (1776) beruft, zählt neben *Life* und *Liberty* auch *the pursuit of Happiness*[4]. Mit diesen Forderungen wird eine Grundprämisse der modernen gesellschaftlich-politischen Wertordnung des Westens gleichsam urkundlich befestigt. […]

Aus: David E. Wellbery, Prekäres und unverhofftes Glück. Zur Glücksdarstellung in der klassischen deutschen Literatur, in: Heinrich Meier (Hrsg.): Über das Glück. Ein Symposion, München: Piper 2008, S. 16 f., 18

Worterläuterungen:

1 *David E. Wellbery* (geb. 1947) ist ein amerikanischer Literaturwissenschaftler.

2 *Georg Christoph Lichtenberg* (1742–1799) war ein Schriftsteller der Aufklärung, von dem das zuvor genannte Zitat stammt.

3 *Déclaration des Droits de l' Homme et du Citoyen:* Erklärung der Menschen- und Bürgerrechte, verabschiedet von der französischen Nationalversammlung im Sommer 1789; Artikel 1 der Version aus dem Jahre 1793 lautet in der deutschen Übersetzung: „Das Ziel der Gesellschaft ist das allgemeine Glück."
(Erklärung der Menschen- und Bürgerrechte, online unter: http://www.verfassungen.eu/f/fverf93-i.htm, zuletzt aufgerufen am 07. 12. 2018)

4 In der deutschen Übersetzung der amerikanischen Unabhängigkeitserklärung heißt es u. a.: „Folgende Wahrheiten erachten wir als selbstverständlich: dass alle Menschen gleich geschaffen sind; dass sie von ihrem Schöpfer mit gewissen unveräußerlichen Rechten ausgestattet sind; dass dazu Leben, Freiheit und das Streben nach Glück gehören […]."
(Amerikanische Unabhängigkeitserklärung, online unter: https://usa.usembassy.de/government-constitution.htm bzw. https://usa.usembassy.de/etexts/gov/unabhaengigkeit.pdf, zuletzt aufgerufen am 14. 01. 2018)

Material 4

Wilhelm Schmid[1], *Glück* (2007)

Da ist zuallererst das *Zufallsglück,* das das ganze Leben hindurch Bedeutung hat: Menschen wünschen sich etwas, das ihnen unvermutet zufällt und günstig für sie ausfällt. Im Deutschen rührt das Wort „Glück" vom mittelhochdeutschen *gelücke* her, das in der Welt des Mittelalters den zufälligen Ausgang einer Angelegenheit bezeichnete, ursprünglich jedoch nicht nur im günstigen, sondern auch im ungünstigen Sinne. In antiker Zeit wurde die Zufälligkeit dieses Glücks, ebenfalls im doppelten Sinne, als Göttin verehrt und gefürchtet, *Týchē* im Griechischen, *Fortuna* im Lateinischen, erhalten als *fortune* im Französischen oder *fortune* im Englischen. Im Laufe der Zeit, erst recht in der Moderne, wurde diese Art von Glück dann immer mehr mit dem *günstigen* Zufall und der *erwünschten* Fügung in Verbindung gebracht: Das Positive allein sollte übrig bleiben. Jemandem Glück zu wünschen ist immer mit einer solchen Hoffnung verbunden. „Da hast du aber nochmal Glück gehabt", heißt so viel wie: Der Zufall war dir wohlgesonnen. Und dies gerade auch dann, wenn etwas schlecht oder sogar schlimm ausgegangen ist: Dass es nicht per Zufall noch schlimmer gekommen ist, war wirklich *Glück,* „Glück im Unglück". Positiv soll es auch im negativsten Fall noch sein. […]

Suchen Menschen in moderner Zeit nach Glück, so verstehen sie darunter meist, dass es ihnen gut geht, dass sie gesund sind, sich wohl fühlen, Spaß haben, angenehme

Erfahrungen machen, Lüste empfinden, Erfolg haben, kurz: all das erleben, was als positiv gilt. Menschen suchen ihr Glück vorzugsweise in der „guten Stimmung“, und wenn es dann doch zu einer Verstimmung kommt, müssen sie sich von dieser lästigen Störung alsbald wieder befreien. Neben dem Zufallsglück geht es also um ein Glück, das man das *Wohlfühlglück* nennen kann, *happiness* im Englischen, *bonheur* im Französischen, während es im Deutschen nur ein Wort für alle Glücke gibt, eine merkwürdige Sparsamkeit der ansonsten so reichen und differenzierten Sprache, die auf einen historischen Mangel an Interesse schließen lässt: Es ging lange nur um Pflicht und eben nicht um Glück.

Aus: Wilhelm Schmid, Glück. Alles, was Sie darüber wissen müssen, und warum es nicht das Wichtigste im Leben ist, Frankfurt a. M./Leipzig: Insel 2007, S. 10 f., 16.

Worterläuterung:
1 *Wilhelm Schmid* (geb. 1953) ist ein deutscher Philosoph.

Material 5

Mittelalterliche Darstellung der Fortuna mit dem Glücksrad

Die römische Glücks- und Schicksalsgöttin Fortuna bleibt sowohl im Mittelalter als auch in der Neuzeit ein klassisches Motiv der bildenden Kunst. Typische Darstellungen zeigen sie, wie sie ein Rad dreht, das die Wechselhaftigkeit des Schicksals, z. B. den Aufstieg und Fall eines Herrschers, symbolisiert und wie sie aus einem Füllhorn ihre Gaben ausschüttet (vgl. Material 1), was auf die plötzliche glückliche Gelegenheit verweist.

RDK-Labor: F[ortuna] dreht das Glücksrad. 3. Kopie nach Herrad von Landsberg. Hortus deliciarum. Hohenburg, Elsaß, E[nde] 12. Jh., online unter: http://www.rdklabor.de/wiki/Datei:10-0275-1.jpg, (CC BY-NC-ND 3.0 DE)

Material 6

Georg Schildhammer[1], *Glück* (2009)

[…] Bei diesen Geschichten mit meist magischem Inhalt [gemeint sind hier Märchen], deren Stoffe bis ins Mittelalter zurückverfolgt werden können und die erst im 19. Jahrhundert (zum Beispiel durch die Brüder Grimm) ins literarische Bewusstsein traten, geht es oft ziemlich brutal zu. Was Glück ist im Unterschied zum Unglück, wird durch scharfe Kontrastierung aufgezeigt. Die „Guten", also jene Protagonisten, die gemäß der Moral der jeweiligen Geschichte korrekt handeln, werden meist reich belohnt. Sie erweisen sich als hilfsbereit, bescheiden, freundlich anderen Menschen und selbst Tieren gegenüber. Sie hadern nicht mit ihrem zu Beginn der Erzählung meist traurigen Schicksal, sind bereit, hart zu arbeiten, verfolgen aber nicht mit Krampf und ohne Rücksicht auf ihre Umgebung die eigenen Ziele. Die „Bösen" hingegen, die nicht oder nicht im ausreichenden Maß über all jene Tugenden verfügen, verlieren im Laufe der Geschichte alles, manchmal sogar ihr Leben. […]

Aschenputtel lebt zusammen mit ihrer Stiefmutter und ihren Stiefschwestern, die sich rund um die Uhr von ihr bedienen lassen. Es gelingt ihr mit Hilfe von Vögeln (dem „Glück"; einer magischen, göttlichen Instanz?), sich für ein paar Stunden in eine unbekannte Schöne zu verwandeln und dem Prinzen beim Tanz den Kopf zu verdrehen. Dieser sucht sie mithilfe des von ihr bei der Flucht verlorenen Schuhs und wird zunächst von ihren Schwestern abgelenkt. Diese sind sogar bereit, sich um ihres (materiellen) Glücks willen selbst zu verstümmeln. Zuletzt findet der Prinz aber sein Aschenputtel. Dass wir unser Glück nicht auf dem Unglück anderer aufbauen können, lehrt diese Geschichte ebenso wie die Tatsache, dass wir es nicht erzwingen können. Wenn die Zeit reif ist, findet uns das Glück. […]

Magische, übernatürliche Gestalten, etwa Feen oder sprechende Tiere, stellen die Verkörperung des Glücks im Märchen dar und kommen jenen zu Hilfe, die zwar in Not, aber dennoch bereit sind, ihr Bestes zu geben, ohne bestimmte moralische Werte zu verraten. Trotz dieser aktiven Arbeit am eigenen Glück hängt ein Großteil seiner Erfüllung aber dennoch von der Gunst des Schicksals ab, verkörpert von mysteriösen Helfern. […]

Aus: Georg Schildhammer, Glück, Wien: Facultas 2009, S. 25, 26 f., 28.

Worterläuterung:
1 *Georg Schildhammer* (geb. 1970) ist ein freier Journalist, Philosoph und Autor.

Material 7

Johann Wolfgang von Goethe, *West-östlicher Divan* (1819)

Im folgenden Gedicht aus Goethes Sammlung „West-östlicher Divan" sprechen die Liebenden Suleika und Hatem miteinander.

Suleika

VOLK UND KNECHT und Überwinder[1]
Sie gestehn, zu jeder Zeit,
Höchstes Glück der Erdenkinder
Sey nur die Persönlichkeit.

Jedes Leben sey zu führen,
Wenn man sich nicht selbst vermißt;
Alles könne man verlieren,
Wenn man bliebe was man ist.

Hatem

Kann wohl seyn! so wird gemeynet;
Doch ich bin auf andrer Spur,
Alles Erdenglück vereinet
Find' ich in Suleika nur.

Wie sie sich an mich verschwendet,
Bin ich mir ein werthes Ich;
Hätte sie sich weggewendet,
Augenblicks verlör ich mich. […]

Aus: Johann Wolfgang Goethe, Sämtliche Werke nach Epochen seines Schaffens. Münchner Ausgabe, hrsg. von Karl Richter u. a., Bd. II.I.2: West-östlicher Divan, hrsg. von Karl Richter u. a., München/Wien 1998, S. 76 f.

Worterläuterung:
1 *Überwinder:* Sieger, hier im Sinne von „Herrscher"

Material 8

Robert Musil[1], *Die Amsel* (1928)

In dieser Erzählung schildert ein Soldat im Angesicht des Todes folgendes Erlebnis:

In der Nacht bezogen wir […] eine vorgeschobene Stellung. […] Und gerade in diesen Nächten waren die Sterne groß und wie aus Goldpapier gestanzt und flimmerten fett wie aus Teig gebacken, und der Himmel war noch in der Nacht blau, und die dünne, mädchenhafte Mondsichel, ganz silbern oder ganz golden, lag auf dem Rücken mitten darin und schwamm in Entzücken. Du mußt trachten, dir vorzustellen, wie schön das war; so schön ist nichts im gesicherten Leben. Dann hielt ich es manchmal nicht aus und kroch vor Glück und Sehnsucht in der Nacht spazieren […].

Aus: Robert Musil, Die Amsel, in: ders., Gesammelte Werke, hrsg. von Adolf Frise, Bd. 7: Kleine Prosa, Aphorismen, Autobiographisches, Hamburg 1978, S. 554.

Worterläuterung:
1 Robert Musil (1880–1942) war ein österreichischer Schriftsteller.

Material 9

Bertolt Brecht[1], *Ballade von der Unzulänglichkeit menschlichen Planens* (1928)

Der Ausschnitt aus dem Song stammt aus der „Dreigroschenoper" und wird dort der Figur Jonathan Jeremiah Peachum in den Mund gelegt – dem Chef einer Gruppe von Bettlern.

[…]
Ja, renn nur nach dem Glück
Doch renne nicht zu sehr
Denn alle rennen nach dem Glück
Das Glück rennt hinterher.
Denn für dieses Leben
Ist der Mensch nicht anspruchslos genug.
Drum ist all sein Streben
Nur ein Selbstbetrug.
[…]

Aus: Bertolt Brecht, Werke, Bd. 11: Gedichte I. Sammlungen 1918–1938, bearb. von Jan u. Gabriele Knopf, Frankfurt a. M.: Suhrkamp 1988, S. 146.

Worterläuterung:
1 Bertolt Brecht (1898–1956) war ein deutscher Schriftsteller.

Hinweise und Tipps

- ***Welche Aufgabenart liegt vor?***
  Die Aufgabe des materialgestützten Schreibens ist in der Regel nicht in mehrere Teilaufgaben untergliedert, sondern konfrontiert Sie mit einem komplexen Arbeitsauftrag.
- ***Was verlangt die Aufgabenstellung von mir?***
  Im vorliegenden Fall sollen Sie einen ***informierenden adressatenbezogenen Text*** *verfassen, der in einer Projektzeitung erscheinen soll. Damit sind Ihnen ein* ***situativer Kontext*** *sowie ein* ***kommunikativer Rahmen*** *vorgegeben, die Sie beachten müssen: Ihre Adressaten sind Mitschüler, Lehrer, Eltern, die nicht zwingend über Kenntnisse zu literarischen Motiven und Texten verfügen. Neben Ihrem literaturgeschichtlichen Wissen können Sie in Ihrem Aufsatz auf ein* ***Materialdossier*** *zurückgreifen. Diese Textsammlung bietet einige anspruchsvolle Quellen, die Sie aber nicht zur Gänze erschließen müssen. Zum einen finden Sie* ***wissenschaftliche Sekundärtexte*** *vor, die sich mit Glück im Allgemeinen und literarischem Glück im Besonderen auseinandersetzen. Zum anderen bietet das Dossier ein paar* ***literarische Beispiele****, auf die Sie zurückgreifen können. Natürlich dürfen Sie auch andere Werke heranziehen; sicherlich fallen Ihnen als Erstes einige Märchen ein, die von glücklichen Wendungen erzählen. Gehen Sie in Gedanken auch die Lektüren durch, die Sie im Unterricht gelesen haben, und überlegen Sie, wo und unter welchen Umständen die jeweiligen Figuren Glück(smomente) erleben. Es bietet sich an, zunächst die* ***zentralen Aussagen der Sachtexte herauszuarbeiten****, die Sie für Ihren Beitrag verwenden können: Unterstreichen Sie dafür wichtige Passagen bzw. Formulierungen und halten Sie am Rand der Materialien stichpunktartig deren jeweilige Quintessenz fest. Sammeln Sie dann auf einem Konzeptblatt die unterschiedlichen Aspekte von Glück. Überlegen Sie in einem zweiten Schritt und unter Verwendung der vorgegebenen literarischen Beispiele, wie* ***Glück in Literatur realisiert*** *wird.*
- ***Wie kann ich meinen Aufsatz strukturieren?***
  Ihren Text müssen Sie logisch aufbauen; überlegen Sie sich eine ***plausible Gliederung:*** *Wollen Sie zunächst Glück allgemein definieren und dann den Blick auf die Literatur lenken? Möchten Sie mit einem konkreten Beispieltext einsteigen? Im folgenden Beispiel dient das Märchen „Hans im Glück" als roter Faden, der den Aufsatz strukturiert. Nutzen Sie das Dossier, indem Sie auf wichtige Passagen verweisen oder daraus zitieren. (Die Aufgabenstellung gibt vor, dass es ausreicht, beim Zitatnachweis Autor und ggf. den Titel anzuführen.) Nicht zuletzt sollten Sie Ihre Ausführungen in eine* ***sprachlich angemessene Form*** *kleiden: Da Ihr Text sich an eine größere Leserschaft richtet, sollten Sie einen ansprechenden Stil wählen und bei passender Gelegenheit auch rhetorische Mittel einflechten.*
- ***Was muss sonst noch beachtet werden?***
  Denken Sie daran, dass Ihre Ausführungen für ein breites Publikum verständlich sein sollen. Skizzieren Sie also kurz den Inhalt der von Ihnen herangezogenen literarischen Texte, doch vermeiden Sie unbedingt weitschweifige Nacherzählungen. Bei der von der Aufgabenstellung genannten Wortanzahl handelt es sich um einen Richtwert, den Sie durchaus überschreiten dürfen. Bemühen Sie sich dennoch, Ihre Aussagen prägnant und konzentriert zu formulieren.

Schreibplan/Strukturplan für den Aufsatz

A Einleitung
   I. Glück im Märchen, Hans im Glück
   II. Fragestellung

B Hauptteil
   I. Was ist Glück?
      - Glück als Merkmal des Menschseins
      - Wohlfühlglück
   II. Literarische Inszenierungen verschiedener Glücksmodelle
      - Liebesglück
      - Glück in den einfachen, selbstverständlichen Dingen
      - Glück als Haltung und optimistische Lebenseinstellung
   III. Wem wird Glück zuteil und warum?
      - Zufallsglück
      - Göttin Fortuna mit Füllhorn und Schicksalsrad
      - Kontrastierung von Gut und Böse im Märchen
      - Legitimität des guten Endes in der Literatur
   IV. Die Dauer von Glück
      - Zwei Konzepte von Zeitlichkeit
      - Königsrecht der Literatur: dem Augenblick Dauer verleihen
   V. Kritik
      - Diskrepanz zwischen Literatur und Realität
      - Die Frage nach Gerechtigkeit
      - Streben nach Glück als Selbstbetrug

C Schluss: „Hans im Glück" als personifiziertes „Trotzdem"

Lösungsvorschlag

Mit Hans im Glück. Oder: Glück in der Literatur

„[…] und sie lebten vergnügt bis an ihr Ende" – tatsächlich ist „Glück" das Ziel, auf das die meisten **Märchen** zulaufen. „**Hans im Glück**" mag einem dabei in den Sinn kommen, der als Lohn für treue Dienste von seinem Herrn ein großes Stück Gold erhält und sich damit auf den Heimweg macht. Weil ihm das Gold zu schwer ist, tauscht er es gegen eine Reihe immer kleiner werdender Nutztiere ein, jedes Mal glücklich im Glauben, ein vorteilhaftes Geschäft gemacht zu haben. Doch das Pferd wirft ihn ab, die Kuh gibt keine Milch, und so geht es weiter. Sein letztes Tauschobjekt, ein Schleifstein, fällt ihm schließlich in den Brunnen, Hans steht mit leeren Händen da und ist doch am Ende der Geschichte so glücklich wie nie zuvor. A I

All das wirft selbst bei ganz jungen Lesern von Märchenliteratur **Fragen** auf: II
Was ist „Glück" eigentlich? Gibt es verschiedene Arten von Glück? Wird Hans' Glücksempfinden andauern oder wird es doch früher oder später nachlassen? Hat Hans, dieser einfältige Bursche, sein Glück überhaupt verdient? Und schließlich: Warum ist es die Geschichte wert, erzählt zu werden? Stets also die Frage: **Was leistet Literatur, wenn es um Glück geht?** Der folgende Beitrag geht all diesen Fragen nach und stellt im Rahmen unserer Projekttage die Sicht des Faches Deutsch auf das Phänomen Glück vor.

Was ist Glück? B
Die Vorstellung von Glück ist ein wesentlicher **Bestandteil des Menschseins**. I
„Der Mensch ist das einzige Lebewesen, das vom Glück weiß und das absolute Glück denken kann", so der Literaturwissenschaftler Peter von Matt. Schon in der Antike steht die Frage, wie ein glückliches Leben gelingen kann, im Zentrum der Philosophie. (Mit dieser Frage befassen sich die Beiträge des Faches Ethik zu den Projekttagen.) Was aber ist **konkret** unter „Glück" zu verstehen? Zunächst einmal und aus heutiger Sicht das, was der Philosoph Wilhelm Schmid unter dem Begriff „**Wohlfühlglück**" subsumiert: Glücklich sind die Menschen, die gesund sind, Spaß und Erfolg haben, angenehme Erfahrungen machen, „kurz: all das erleben, was als positiv gilt". Doch wirken diese Angaben insgesamt vage und pauschal. Gerade wenn man Hans' Weg mitverfolgt hat, erkennt man leicht, dass das Glücksgefühl **Verschiedenstes beinhalten** und **verschiedene Ursachen** haben kann. Eine der Leistungen von Literatur besteht nun darin, **Modelle** vorzuführen, worin Glück bestehen kann.

Welche Glücksmodelle kennt die Literatur? II
Hier denkt man sofort an das literarisch inszenierte **Liebesglück**, ob mit oder ohne Happy End. Sei es in Shakespeares „Romeo und Julia", in Goethes „Leiden des jungen Werthers" oder in zahlreichen Gedichten des Sturm und Drang: Es ist allein die enthusiastische Liebe, die glücklich macht. Eindringlich formuliert dies Margarete in Goethes „Faust", deren Glück, ja deren Existenz vom Zusammensein mit Faust abhängt: „Wo ich ihn nicht hab, ist mir das Grab". Etwas leichtfüßiger kommt der Dialog über das Glück zwischen den Liebenden Suleika und Hatem in Goethes „West-östlichem Divan" daher. Suleika trägt ein Konzept vor, nach dem das höchste „Glück der Erdenkinder […] nur die Persönlichkeit" sei und „sich nicht selbst [zu] vermi[ssen]", also bei sich zu sein. Hatem hingegen findet „[a]lles Erdenglück" in der Liebe, „vereinet […] in Suleika nur". Die Reihe der Beispiele ließe sich endlos fortführen. Diese Entwürfe romantischen Liebesglücks aus Literatur (und Film) beeinflussen unweigerlich das, was wir im wahren Leben erhoffen und erstreben.

Aber es muss nicht immer die große Liebe sein.

Das Empfinden von Glück kann auch im **intensiven Erleben des Einfachen** und Selbstverständlichen liegen, so etwa im Erstaunen über die Schönheit der

Natur. Solche ästhetischen Erfahrungen zu fassen und zu formulieren, auch dazu ist Literatur prädestiniert. Nachdem beispielsweise Goethes Faust seine tiefe existenzielle Krise, die ihn fast in den Selbstmord trieb, überwunden hat, wirkt er während seines Osterspaziergangs zum ersten Mal gelöst und glücklich beim Anblick des ersten Grüns und der Wasserläufe, die „vom Eise befreit" sind.

Eine ähnliche Situation findet sich in Robert Musils Erzählung „Die Amsel": Ein Soldat an der Front schildert im Angesicht des Todes sein Glücksempfinden beim Betrachten des nächtlichen Sternenhimmels. Er tut dies in einer Art und Weise, die den Gedanken nahelegt, dass die Schönheit der Natur und die Schönheit der poetischen Sprache einander bedingen. Durch die Vorstellung, die Sterne seien wie aus Goldpapier gestanzt und aus Teig gebacken, strahlt die Erinnerung an glückliche Weihnachten zu Hause in die nächtliche Einsamkeit an der Kriegsfront; auf Form und Aussehen des Mondes – „die dünne, mädchenhafte Mondsichel […] lag auf dem Rücken […] und schwamm in Entzücken" – projiziert der Ich-Erzähler seine Sehnsucht nach Liebe und Zärtlichkeit.

Ein weiteres Glücksmodell führt eine literarische Figur vor, die ein naher Verwandter von Hans im Glück sein könnte: Eichendorffs Taugenichts. Ohne Plan und Ziel zieht der stets gut gelaunte Müllersohn in die Welt hinaus, lässt sich treiben, erlebt Abenteuer, die er in seiner arglosen und gutmütigen Art übersteht, und heiratet am Ende der Geschichte schließlich seine Angebetete. Das Glück des Taugenichts liegt demnach in seiner Leichtigkeit und seiner **optimistischen Lebenseinstellung** begründet.

Wer wird warum glücklich? III

Wilhelm Schmid erklärt, dass sich das deutsche Wort „Glück" vom mittelhochdeutschen *gelücke* ableitet, „das in der Welt des Mittelalters den zufälligen Ausgang einer Angelegenheit bezeichnete, ursprünglich jedoch nicht nur im günstigen, sondern auch im ungünstigen Sinne". Dieser Begriff von Glück als **Zufallsglück** findet sich schon in antiken mythischen Vorstellungen, personifiziert in der **Göttin Fortuna**. (Nach ihr ist passenderweise unsere Projektzeitschrift benannt.) In der bildenden Kunst trägt sie häufig ein **Füllhorn** bei sich, aus dem sie ihre Gaben ausschüttet, wann und an wen es ihr gefällt. Eine andere typische Art der bildlichen Darstellung zeigt Fortuna, wie sie unbarmherzig am **Rad des Schicksals dreht** und selbst Könige nicht verschont: Als junger Mann steigt ein solcher auf, trägt auf dem Höhepunkt seiner Macht Herrschaftszeichen und die Krone, die ihm buchstäblich vom Kopf fällt, bevor er selbst in die Tiefe stürzt. Die Literatur präsentiert diesen Lauf des Schicksals exemplarisch in Dramen um den Aufstieg und Fall von Herrscherfiguren. Schiller zeigt beispielsweise mit seiner „Maria Stuart" die einst so glanzvolle und (vor allem bei den Männern) beliebte schottische Königin, die nun, ihrer Macht beraubt, gefangen im Schloss zu Fotheringhay ihrer Hinrichtung entgegenblicken muss. Dabei taucht das Moment des Zufalls als Thema wiederholt in den Dialogen auf, wenn davon die Rede ist, dass Marias Schicksal ebenso gut ihre Konkurrentin, die englische Königin Elisabeth, hätte treffen können.

Zufallsglück ist eine ärgerliche Tatsache, denn es **widerspricht der menschlichen Sehnsucht nach Gerechtigkeit**. Glück sollte verdient sein, es sollte gerechtfertigt sein! Diesen Anspruch vermag Literatur – zumindest der Teil der Texte mit einem glücklichen Ausgang – zu erfüllen. Schon die **Märchen** mit ihrer klaren Kontrastierung von **Gut und Böse** vermitteln den Eindruck von Gerechtigkeit. Die „Guten" handeln moralisch korrekt, werden am Ende belohnt, die „Bösen" verlieren alles und werden bestraft. In diesem Zusammenhang stellt Peter von Matt fest, dass Leser „äußerst empfindlich für die **Legitimität" des glücklichen Ausgangs** einer Geschichte sind. „Literatur darf vorführen, wie alles, alles gut wird, aber es muß gerechtfertigt sein durch schwere Krisen und tödliche Gefahr." Demnach müsse vor dem glücklichen Ende einer Geschichte vermittelt worden sein, was dieses „kostet und erfordert". Mit diesen Regeln setzt die Literatur das Zufallsprinzip der Fortuna außer Kraft.

Forever happy? IV

Die Rede vom glücklichen Ausgang legt eine letzte wichtige Frage nahe, nämlich die nach der **Dauerhaftigkeit** des Glücks. Definitionen von Glück müssen **zwei gegensätzliche zeitliche Dimensionen** berücksichtigen. „Auf der einen Seite steht die Bestimmung des Glücks als von kurzer Dauer, zerbrechlich, gläsern", auf der anderen Seite hält sich „die hartnäckige Vorstellung vom Glück als Dauer, als ein Ziel, das eines Tages für immer erreicht wird". Der „Ehrgeiz der Literatur" ist es laut Peter von Matt, „Glück als Ziel und Dauer zu schildern", was den Lesern intellektuell einiges abverlangt, denn sie müssen sich den **glücklichen Moment als dauerhaft denken** – ein **Gedankenexperiment**, das auch den Gelehrten Faust umtreibt: Wenn es einen Augenblick gäbe, zu dem er sagen würde „Verweile doch! Du bist so schön!", so wäre dies gleichbedeutend mit dem Außerkrafttreten der Zeit: „Die Uhr mag stehn, der Zeiger fallen". Gerade der **Literatur** spricht Peter von Matt dieses „Königsrecht" zu, „aus der Zeit zu treten, sie zum Stillstand zu bringen, den **Augenblick zur Ewigkeit** zu machen".

Kritik am Glück V

Literatur konstruiert Modelle von Glück. Aber werden dadurch in den Menschen nicht Hoffnungen und **Erwartungen** geweckt, die **das wahre Leben nicht erfüllen** kann? „Und sie lebten vergnügt bis an ihr Ende": Sollte das möglich sein, selbst mit einem Märchenprinzen an der Seite? Literatur wagt es zwar, das definitive Glück zu inszenieren, aber sie wird dafür immer wieder „der Verlogenheit bezichtigt" (von Matt). Auch die Frage nach der Legitimität von Glück lässt sich in ihr Gegenteil verkehren: Die Literatur gibt zahllose Beispiele für **unverdientes Unglück**. Was hat Georg Büchners Soldat Woyzeck verbrochen, um solch ein Schicksal zu verdienen? Die Umkehrung jener literarischen Gesetzmäßigkeit, dass nach dem gehörigen Maß an Not und Leid doch alles, alles gut wird, stellt Büchner mit dem Antimärchen der Großmutter explizit heraus, an dessen Ende das Menschenkind in absoluter Verlassenheit zurückbleibt.

Während das Streben nach Glück der Aufklärung als unveräußerliches Recht des Menschen galt und sogar in der amerikanischen Unabhängigkeitserklärung verankert wurde, stellt später Bertolt Brecht in der „Dreigroschenoper" diese Grundprämisse bürgerlicher Wertsetzung infrage. Mit den Worten, die er dem Bettlerkönig Peachum in den Mund legt, lässt er die Menschen, die alle nur dem Glück „hinterherrennen", armselig und lächerlich wirken. Das **Streben nach Glück** entlarvt er als „**Selbstbetrug**".

Das Glück erscheint als widersinnige Angelegenheit. Und trotzdem bemühen sich alle darum, die Literatur ebenso wie die Menschen. Wenden wir uns abschließend noch einmal unserem Hans zu: Wirkt seine Geschichte nicht wie eine Inszenierung dieser Widersinnigkeit, verkörpert er selbst nicht so ein „**Trotzdem**"? Denn er verliert alles und er ist trotzdem am Ende glücklich. C

Deutsch Bayern – Abiturprüfung 2019: Aufgabe 5: Textbezogenes Argumentieren

a) Stellen Sie den Argumentationsgang sowie die Intention des Textes „Lob der Okayheit“ von Sascha Lobo dar!

b) Bearbeiten Sie im Anschluss an Ihre Analyse **eine** der beiden folgenden Varianten!

Variante 1:
Erörtern Sie textbezogen, ob mediale Kommunikation einen Beitrag zur Toleranz leisten kann! Beziehen Sie dabei im Unterricht erworbenes Wissen sowie eigene Kenntnisse und Erfahrungen zu den Themenbereichen „Medien“ und „Kommunikation“ ein!

oder

Variante 2:
Verfassen Sie einen Kommentar für eine Tageszeitung zu Sascha Lobos Einschätzung hinsichtlich der Frage, ob mediale Kommunikation einen Beitrag zur Toleranz leisten kann! Beziehen Sie dabei im Unterricht erworbenes Wissen sowie eigene Kenntnisse und Erfahrungen zu den Themenbereichen „Medien“ und „Kommunikation“ ein!

Ihr Kommentar sollte etwa 800 Wörter umfassen. Wählen Sie eine geeignete Überschrift!

Der Schwerpunkt der Gesamtaufgabe liegt auf Teilaufgabe b).

Sascha Lobo ist ein deutscher Blogger, Werbetexter und Buchautor. Seit 2011 veröffentlicht er unter dem Titel „S.P.O.N. – Die Mensch-Maschine“ Beiträge auf Spiegel Online, in denen er sich überwiegend mit Phänomenen der Digitalisierung und des Internets beschäftigt. Aus dieser Reihe stammt der folgende Text.

Material

Sascha Lobo (geb. 1975), ***Lob der Okayheit*** (2012)

Was hat das Internet gebracht, das wirklich neu wäre? Neu in dem Sinn, dass es nicht offensichtliche, analoge Vorläufer hätte? Die Frage scheint merkwürdig angesichts von Leuten, die ihr Mittagessen fotografieren und auf Facebook besprechen, unwahrscheinlich, dass breite Bevölkerungsschichten irgendwann Holzstiche von ihren Vesperbroten auf dem Marktplatz zur Diskussion gestellt haben.

Auf den anderthalbten Blick ist die Frage nicht mehr merkwürdig, denn retrospektiv betrachtet hat sich das Netz um gesellschaftliche Bedürfnisse herum entwickelt. Diese Bedürfnisse gab es in den meisten Fällen schon vorher und auch entsprechende Möglichkeiten der Bedürfnisbefriedigung. Single-Börsen – auf Papier seit Jahrzehnten. Berufliche Netzwerke – wurden Jobs je anders vergeben als über Beziehungen? Ausufernde Archive, Plattformen zum Austauschen und zum Tauschen, Kommunikationsinstrumente aller Art, das Netz hat ein enormes Volumen digitaler Entsprechungen von längst vorhandenen Erfindungen bereitgestellt.

Etwas wirklich Neues aber findet sich tatsächlich im Beispiel vom Anfang. Sein Mittagessen hätte man zuvor mit drei Kollegen besprochen, die gezwungen sind, in derselben Kantine zu essen. Mit den sozialen Medien gibt es eine bisher ungesehene, tatsächlich neue Vermischung von persönlicher Kommunikation und Öffentlichkeit.

In seinem neuen Buch „Der entfesselte Skandal" geht der Medienwissenschaftler Bernhard Pörksen den Extremfällen nach, den Shitstorms, Skandalen, Sensationen. Seine These lautet verdichtet: Dahinter steht die Kontextverschiebung. Und tatsächlich lassen sich sehr viele digitale Empörungswellen darauf zurückführen, dass ein bedenkenlos den Freunden hingeworfener Halbsatz eine ungeahnte Öffentlichkeit erfährt.

Die Verschmelzung des privaten Gesprächs mit einer digitalen Öffentlichkeit, die im Zweifel zur Weltöffentlichkeit werden kann, das ist eine neue Qualität des Internets. Und der von Pörksen beschriebene, digital befeuerte Skandal seine anstrengende Seite. Doch es gibt auch eine völlig unterschätzte, wunderbare Seite dieser Vermischung, eine Facette der sozialen Medien, die das Potential hat, größer und wirksamer zu werden als jeder Shitstorm.

Die sozialen Medien bringen in die Öffentlichkeit, was zuvor als höchst privat galt, sie erlauben daher dem Einzelnen, völlig unbekannten Menschen sehr nah zu kommen. Zwei, drei, vier Klicks auf Facebook oder Twitter, und man lauscht privaten Gesprächen, die man ohne das Netz niemals hätte wahrnehmen können. Geführt, als gäbe es kein Publikum. Ein digitaler Blick in die Köpfe, wo die eben noch gefährliche Bedenkenlosigkeit jetzt schon eine unerhörte, ungefilterte Nähe erlaubt. Jeder, der soziale Netzwerke benutzt und ein bisschen umherstromert, aus welchen Motiven auch immer, betreibt digitale Echtzeitethnografie[1].

Und was dort sichtbar wird, gehört zum Erstaunlichsten, was das Netz bereithält. Die erste Überraschung ist, dass die eigenen Freunde, die man doch irgendwie zu kennen glaubte, im Detail absonderliches Zeug von sich geben. Es wird deutlich, wie sehr man sich sein Umfeld zurechtgebogen und in soziale Wunschförmchen gepresst hat.

Da ist der promovierte Klassikliebhaber, der das lange Jahre mühsam aufgebaute Bild des sanftmütigen Philanthropen mit einer einzigen hasserfüllten Bemerkung zerstört. Irgendwer, den man eigentlich für intellektuell fragwürdig hielt, postet jedoch überraschend Fotos von Igelbabys, eine völlig unterschätzte Qualität. Und jemand Drittes liket gleichzeitig die Facebook-Seiten von FDP und Linkspartei und entzieht sich damit charmant und geschickt allen plumpen, schubladenhaften Einordnungsversuchen. Oder ist bescheuert.

Die zweite Überraschung aber ist noch größer, sie betrifft die Leute außerhalb des eigenen Umfelds. Und sie findet nicht nur auf Facebook statt, sondern im gesamten, sozial geprägten Internet, überall dort, wo Leute einen Einblick nie gekannter Tiefe in ihr eigenes Leben preisgeben, und zwar für alle, die danach googeln. Diese zweite Überraschung ist die ungeheure Verschiedenartigkeit der Menschen. Die anderen Menschen sind auf völlig andere Art anders als angenommen, sogar innerhalb eines ethnisch mäßig durchmischten Landes wie Deutschland. Erst recht aber darüber hinaus. Die Standardabgeklärten, schon vorher Coolen, bräsig Nie-Geschockten werden erklären, dass ihnen das alles selbstredend schon vorher klar war. Und doch, in fünf Minuten fünf schriftlichen Gesprächen zu lauschen aus fünf sozialen Dimensionen, das ist neu.

Und das gibt Anlass zur Hoffnung, denn es gibt einen Zusammenhang zwischen Intoleranz und Unkenntnis des Andersartigen. Ein hoher Anteil der gesellschaftlichen Großdebatten der letzten Jahre drehte sich um Toleranz. Vorhäute[2], Homoehe, Sarrazin[3] – im Kern handelt es sich um Diskussionen über den Umgang mit den anderen, zu denen man selbst nicht gehört. Selbst hinter der theoretischen Wirtschaftsdiskussion um die vielen Euro-Rettungsschirme[4] lauert ein nationalistisch gefärbtes „Wir" gegen „Die", zwei Begriffe, um die man gar nicht genug Anführungszeichen herumsetzen kann.

Was passiert langfristig, wenn es mit sozialen Medien nun möglich ist, in die Köpfe und Gespräche hineinzusehen? Wird es völlig egal sein, weil kaum jemand die Möglichkeit nutzt? Oder setzt sich mit dieser digitalen Nähe die Toleranz der Andersartigkeit flächendeckend durch? Sind die sozialen Medien durch ihre Vernetzung der Verschiedenheiten sogar eine Art Konfrontationstherapie für Intolerante?

Wenn man annimmt, dass beide Extreme nicht zutreffen werden, sondern irgendetwas in der Mitte herauskommt, dann entsteht ein neues Gesellschaftsbild, das hier den Namen Okayheit bekommen soll: „Andersartigkeit ist okay". Okayheit verbindet eine Reihe von sehr unterschiedlichen Haltungen wie Resignation, Toleranz, Desinteresse, Empathie und Gleichgültigkeit zu einem leicht widersprüchlichen Amalgam[5], das aber am Ende in allen Varianten die gleiche Wirkung hat: es einfach okay sein zu lassen. Ungefähr so, wie man nach dem fünfhundertsten fotografierten, veröffentlichten und diskutierten Mittagessen einfach keine Kraft mehr hat, sich darüber aufzuregen, und es eben nur noch „okay" findet. Natürlich ist Okayheit eigentlich Toleranz für Bequeme, aber immerhin! Immerhin. Ein Lob der Okayheit.

Aus: Sascha Lobo, Lob der Okayheit, in: SPIEGEL ONLINE vom 24. 07. 2012, online unter: http://www.spiegel.de/netzwelt/web/die-mensch-maschine-sascha-lobo-ueber-toleranz-im-netz-a-846056.html, zuletzt aufgerufen am 04. 02. 2017.

Worterläuterungen:

1 *Ethnografie:* beschreibende Völkerkunde; hier im Sinne einer direkten Erforschung der Gegenwartskultur

2 *Vorhäute:* Gemeint ist hier die gesellschaftliche Diskussion über das religiös motivierte Ritual der Beschneidung.

3 Thilo Sarrazin (geb. 1945) ist ein deutscher Volkswirt, Autor und ehemaliger Politiker. In seinem 2010 erschienenen Buch *Deutschland schafft sich ab* stellt er einen negativ bewerteten Zusammenhang zwischen Geburtenrückgang, wachsender Unterschicht und Zuwanderung aus überwiegend islamisch geprägten Ländern her und löste damit eine gesellschaftliche Kontroverse aus.

4 *Euro-Rettungsschirm:* Maßnahmen der Europäischen Union und der Mitgliedstaaten der Eurozone, die die Zahlungsfähigkeit überschuldeter Mitgliedstaaten sichern sollen.

5 *Amalgam:* hier im Sinne von „Gemisch" bzw. „Vermengung"

Hinweise und Tipps

- ***Welche Aufgabenart liegt vor und wie sind die Teilaufgaben gewichtet?***
  Aufgabe 5 stützt sich auf zwei Kompetenzbereiche. Zum einen muss der vorliegende journalistische Text von Sascha Lobo inhaltlich analysiert werden, zum anderen geht es um die Fähigkeit, überzeugend zu argumentieren. Wie immer in den letzten Jahren werden für den zweiten Teil der Aufgabe zwei Varianten zur Wahl gestellt. Es muss deshalb zunächst entschieden werden, ob man eine sachliche Erörterung oder einen Kommentar für eine Tageszeitung verfassen will. Bei der Planung und der Ausarbeitung ist darauf zu achten, dass der Schwerpunkt der Aufgabe auf der eigenen Stellungnahme zum Thema liegt, nicht auf der Analyse des Ausgangstextes.
- ***Was verlangt die Aufgabenstellung?***
  Zunächst müssen Intention und Argumentation des Artikels herausgearbeitet werden. In der b-Aufgabe werden schon Hinweise auf Lobos zentrale These gegeben: Mediale Kommunikation könne auch zur Entwicklung einer toleranten Einstellung gegenüber anderen beitragen. Wichtig ist auf jeden Fall die ergänzende Bemerkung in der Aufgabenstellung, wonach im Unterricht erworbenes Wissen ebenso mit eingearbeitet werden soll wie eigene Erfahrungen. Die Inhalte des Deutschunterrichts beziehen sich z. B. auf das Zeitalter der Aufklärung, in dem der Toleranzgedanke eine große Rolle spielt, „Nathan der Weise" ist dafür das Musterbeispiel. Aber auch die Auseinandersetzung mit Chancen und Risiken der modernen Medien wird im Deutschunterricht sicher stattgefunden haben.
  Nicht verlangt ist eine sprachlich-stilistische Analyse des Textes.
- ***Wie gehe ich bei der Bearbeitung vor?***
  Um Argumentation und Intention des Textes von Sascha Lobo zu erfassen, müssen Sie die Struktur des Textes nachvollziehen. Das ist durchaus eine Herausforderung, weil die Logik seiner Argumentation sprunghaft angelegt ist: Zu Beginn hat man den Eindruck, dass für den Autor digitale und soziale Medien nur die Ausweitung von bereits Bekanntem sind. Dann wieder legt er großen Wert darauf, dass doch etwas fundamental Neues geschieht. Im zweiten Teil wird dann das Positive der Entwicklung dargestellt, um es schließlich am Ende wieder abzuschwächen, den beschriebenen möglichen Trend zu mehr Toleranz zu relativieren und von einer Zwischenlösung zu sprechen. Unter Umständen erklärt sich diese Unentschlossenheit aus dem Erscheinungsjahr: Was die soziale Kommunikation in den Medien bewirkt, hat sich vor neun Jahren sicherlich noch nicht so deutlich erkennen lassen wie heute. Hier finden Sie dann auch Anhaltspunkte für die eigene Position, die im b-Teil entfaltet werden soll.
- ***Wie kann ich meinen Aufsatz am besten strukturieren?***
  Die Einleitung kann auf die Bedeutung der digitalen Kommunikation hinweisen oder – noch allgemeiner – Grundzüge einer digitalisierten Gesellschaft aufzeigen.
  Im Hauptteil müssen Sie die Argumentationsblöcke des Textes identifizieren und in ihrem Zusammenhang darstellen. Anschließend nehmen Sie dazu Stellung.
  Seit der Abiturprüfung 2017 wird in Bayern keine formale Gliederung (z. B. alphanumerisch) mehr verlangt. Trotzdem ist die Strukturierung des eigenen Aufsatzes

von zentraler Bedeutung. Eine Strukturskizze sollte allein deshalb beigelegt werden, weil sie im positiven Sinn die Bewertung des Aufsatzes beeinflussen kann.

– ***Was muss sonst noch beachtet werden?***
Das Besondere an der Aufgabe ist die Auswahl zwischen zwei Varianten. Ein Kommentar muss den Ort der Veröffentlichung (hier: Tageszeitung) und den Adressaten (den Leser) berücksichtigen. Nachdem die Vorgabe den Text auf 800 Wörter begrenzt, müssen Sie großes Gewicht auf die sprachliche Gestaltung legen. Nicht alle Argumente können auf diesem knappen Raum ganz ausgearbeitet werden. Kommentierendes Schreiben erlaubt es, den eigenen Standpunkt auch sprachlich pointiert darzustellen. Davon sollten Sie auf jeden Fall Gebrauch machen, allerdings müssen Sie darauf achten, dass Kommentare immer auch in der Sache überzeugend angelegt sein sollten.

Variante 1

Schreibplan/Strukturplan für den Aufsatz

A Einleitungsgedanke: Daten und Kommunikation als Kennzeichen des 21. Jahrhunderts

B Hauptteil

- I. Zusammenfassung von Intention und Argumentation des Artikels von Sascha Lobo: mediale Kommunikation unterstützt tolerante Haltung
  - a) Inhaltliche Argumentation in 6 Sinnabschnitten
    - Internet lediglich als Erweiterung bekannter Verfahren und Strukturen
    - Entscheidende Neuerung: Vermischung von Privatem und Öffentlichem
    - v. a. Social Media als Möglichkeit, Menschen besser kennenzulernen
    - Zwei Aspekte: genauere Kenntnisse über vertraute und unbekannte Menschen
    - Ergebnis: Steigerung einer toleranten Haltung
    - Einräumung: Toleranz wird sich nicht global verbreiten, aber eine größere Gelassenheit wird entstehen
  - b) Intention des Textes
- II. Kritische Untersuchung der Thesen
  - a) Begriffsklärung: Toleranz; mediale Kommunikation
  - b) Mediale Kommunikation erhöht die Toleranz in einer Gesellschaft
    - Abbau von Vorurteilen durch mediale Vernetzung
    - Empathiesteigerung
    - Chance für Minderheiten, wahrgenommen zu werden
  - c) Mediale Kommunikation verhindert die Toleranz
    - Missbrauch des Internets für Hasskommentare, Shitstorms
    - Einengung des Blicks durch Algorithmen: Filterblasen, Echokammern

C Schlussgedanke: Toleranz als Lernprozess am Beispiel der Ringparabel (Lessing)

Lösungsvorschlag

A

Wenn im 19. Jahrhundert Kohle und Stahl die Grundlagen für die Industrialisierung darstellten, im 20. Jahrhundert das Öl die Antriebskraft der Wirtschaft war, so sind im 21. Jahrhundert die **digitalen Daten**, die inzwischen alle Bereiche des menschlichen Lebens durchdringen, die Triebfeder der großen Konzerne. Kommunikation ist ihr Geschäftsmodell. Es ist kaum verwunderlich, dass die Menschheit heute eingeteilt wird in eine Gruppe, die in die Datenwelt hineingeboren wurde (**Digital Natives**), und die immer kleiner werdende Gruppe derjenigen, die sich den Umgang mit den Datengeräten und den -plattformen erst aneignen mussten (**Digital Immigrants**).

B

I

Noch weniger verwunderlich ist es, dass sich seit und mit der rasanten Entwicklung der digitalen Welt Gegner und Befürworter gegenüberstehen. Zu den Kennern der Materie zählt der Blogger, Autor und Werbetexter **Sascha Lobo**, der seit 2011 regelmäßig seine Überlegungen zum Thema Digitalisierung und Internet auf Spiegel Online veröffentlicht. In einem Beitrag mit dem zunächst merkwürdig klingenden Titel „Lob der Okayheit" aus dem Jahr 2012 geht er der Frage nach, wie sich **mit der Einführung des World Wide Web die Kommunikation zwischen den Menschen verändert** hat. Dabei stellt er vor allem die These auf, dass die Grenzen zwischen privater und öffentlicher Kommunikation zunehmend verwischen. Für den Autor ist das aber offensichtlich kein Problem, sondern im Gegenteil die Chance, die **Welt toleranter zu gestalten**. Wie er zu dieser Einschätzung kommt, soll im ersten Teil der Arbeit untersucht werden. Anschließend werden die Thesen Lobos kritisch geprüft. Vor allem soll geklärt werden, ob – wie Lobo behauptet – mediale Kommunikation tatsächlich einen Beitrag zur Toleranz leisten kann.

a

Lobos Ausführungen beginnen mit der Frage, ob das Internet als Kommunikationsplattform substanziell Neues gebracht oder vielmehr vorhandene Verhaltensweisen verstärkt und existierende Bedürfnisse nur weiter ausgedehnt habe. Zwar räumt er zunächst ein, dass die überall zu beobachtende Tendenz, Unwichtiges, wie zum Beispiel Bilder vom eigenen Mittagessen, zu posten, vermutlich keinen historischen Vorläufer hat. Dennoch findet Lobo eingangs einige Beispiele dafür, dass im Internet längst **Bekanntes lediglich digitalisiert** und damit auf eine qualitativ andere Stufe gehoben wird, was eigentlich nichts Neues darstellt. So erweitere das Netz die Möglichkeiten, zu tauschen, sich austauschen oder einen Partner zu suchen, neu sei das aber nicht, denn Partnerbörsen habe es z. B. auch in der analogen Welt gegeben (vgl. Z. 1–13).
Auf einer anderen Ebene allerdings sieht Lobo doch eine Veränderung, die weitreichend sein könnte: Gerade die sozialen Medien verführten dazu, **das Private und das Öffentliche zu vermischen**. So wie das einleitende Beispiel bereits gezeigt hat, ist es offensichtlich ein Kennzeichen der medialen Kommunikation, dass private Äußerungen eine enorme Reichweite entwickeln können und dass sich dadurch sogar ihre Aussage verändert. Lobo stützt sich bei seinen Überlegungen auf den Medienwissenschaftler Bernhard Pörksen, der Fälle untersucht hat, die die negative Seite der Vermischung von privater und öffentlicher Sphäre aufdecken. Ein sogenannter **Shitstorm**

entstehe auch deshalb, weil jeder Teilnehmer im Netz seine private (und radikale) Meinung zu einem Thema posten und – tausendfach geteilt – damit unter Umständen einen weltweiten öffentlichen Skandal auslösen könne (vgl. Z. 14–25).

Anders allerdings als Pörksen möchte Lobo darauf aufmerksam machen, dass die beschriebene Vermischung durchaus auch eine **positive Seite** haben könne. Durch die Ausweitung der privaten Zone in den sozialen Medien würden **sich die Menschen insgesamt besser kennenlernen**. Diese Medien machen es nämlich, so der Autor, möglich, am Privatleben auch von Unbekannten oder nur flüchtig Bekannten teilzunehmen. Dies mündet laut Lobo sogar in eine Art Forschertätigkeit: Wie der Völkerkundler bisher unbekannte Gesellschaften vor Ort untersuche, könne jetzt jeder einfach an Gedanken und Standpunkten von zufällig ausgewählten Usern auf einer Social-Media-Plattform teilhaben und daraus Schlüsse ziehen (vgl. Z. 26–36).

Konkret führt Lobo anschließend **zwei Beispiele** dafür an, wie der Blick in den privat-öffentlichen Raum neue Erkenntnisse erzeugt: So könne man auf den entsprechenden Veröffentlichungsportalen selbst die eigenen Bekannten aus einer anderen Perspektive sehen. Die eigene Einschätzung gegenüber Bekannten und Freunden müsse dann korrigiert werden, wenn der Betreffende ganz neue Charakterseiten offenbare. Darüber hinaus – und das scheint zentral zu sein für Lobos Argumentation – lerne man die **Vielfalt menschlichen Denkens und individueller Einstellungen** kennen (vgl. Z. 37–58). Weil man aber nun die Chance habe, die ganze Bandbreite möglicher Mentalitäten und Denkmuster zu erkunden, werde der Umgang mit anderen eher von **Verständnis** und letztlich von **Toleranz** geprägt. Lobo verweist darauf, dass zum Zeitpunkt der Veröffentlichung des Artikels die politisch-gesellschaftliche Auseinandersetzung um die Frage kreiste, wie man miteinander umgehen sollte. Entscheidend sei, ob man Unterschiede zwischen den Menschen akzeptiere oder nicht. Toleranz, so die Annahme, setze vor allem voraus, dass man **Einblicke in die Lebensweise aller Gruppen** in der Gesellschaft gewinnen könne. Wer sich mit den anderen beschäftige, werde sie weniger ablehnen (vgl. Z. 59–66).

Abschließend stellt Lobo seine Argumentation allerdings wieder infrage: Er **bezweifelt**, dass sich Toleranz als Folge der umfassenden Vernetzung in einer Gesellschaft völlig durchsetzen wird. Aber er hofft darauf, dass die Menschen in der digitalen Welt immerhin die Chance nutzen, um sich über andere zu informieren. So vermutet er die Entwicklung einer **neuen Haltung**. Zwar werde die Andersartigkeit nicht voll akzeptiert werden, nur weil man in Foren die Gedanken anderer Menschen verfolgen könne, aber man werde zunehmend deren Haltungen und Einstellungen hinnehmen. Dieses Einverständnis nennt er „**Okayheit**" (vgl. Z. 67–81).

Allein der Aufbau der oben dargestellten Argumentation Sascha Lobos zeigt, dass der b
Autor mit seinen Thesen **provozieren** will. Möglicherweise zielt er auch darauf ab, die **Internet-Skeptiker** von den potenziellen Segnungen des Mediums zu **überzeugen**. Er entwickelt zunächst die für den Leser sicher **überraschende These**, dass das Internet ein Trainingsraum für die Toleranz werden kann. Weil er aber an die Absolutheit die-

ses Standpunktes wohl selbst nicht so recht glaubt, macht er am Ende seiner Ausführungen einen **Rückzieher** und relativiert sie. Dennoch stellt sich für den Leser die Frage, ob es vielleicht doch stimmen könnte, dass **mediale Kommunikation einen Beitrag zur Entwicklung einer toleranteren Welt leisten kann**. Bevor das Pro und Kontra dieser These entfaltet wird, muss zunächst der Begriff der Toleranz näher untersucht werden. Zudem ist zu klären, was genau unter medialer Kommunikation zu verstehen ist.

Der Begriff „**Toleranz**" geht auf das lateinische Verb „tolerare" (ertragen, erdulden) II
zurück und bedeutet nach dem Eintrag im Rechtschreiblexikon „**Duldsamkeit, Nachsicht**" (Wahrig, Die deutsche Rechtschreibung 2006). Konkret ist damit gemeint, dass man als toleranter Mensch die Meinung und das Verhalten anderer grundsätzlich respektiert. Diese Haltung gilt seit dem Zeitalter der **Aufklärung** als Kernbestand der liberalen Gesellschaft. Im späten 18. Jahrhundert garantierte die Toleranz zusammen mit der Vernunft, dass jeder Mensch seine Religion ausüben durfte. Die im Text von Lobo aufgeführten Beispiele zeigen die **Weiterentwicklung** der Toleranzidee bis zum heutigen Zeitpunkt: Nicht nur die religiösen, sondern alle Formen von Anderssein werden in einer toleranten Gesellschaft anerkannt, und die Grundlage für diese Akzeptanz muss das Wissen über den anderen sein. a

Durch die umfassenden Möglichkeiten des Netzes kann dieses Wissen anders organisiert werden. Lobo verweist aber nicht auf Aufsätze, Archiveinträge oder Informationsportale wie z. B. Wikipedia, sondern auf die **sozialen Medien**, die von **den privaten Äußerungen der User** gespeist werden. In der weltweiten medialen Kommunikation komme es so zur „Verschmelzung des privaten Gesprächs mit einer digitalen Öffentlichkeit" (Z. 23), und das habe zur Folge, dass man auch „völlig unbekannten Menschen sehr nah [...] kommen" könne (Z. 30). Es geht Lobo also nicht darum, dass das Internet die Möglichkeiten zur umfassenden Information erhöht, sondern darum, dass man viele verschiedene Menschen, Standpunkte und Denkweisen kennenlernen kann.

Dass dadurch die Toleranz gefördert wird, ist zumindest eine denkbare Konsequenz. b
Das Internet kann ja zunächst als ein Ort beschrieben werden, an dem ein **weltweiter Austausch** stattfindet. Dazu muss man den heimischen Schreibtisch nicht mehr verlassen. In **früheren** Zeiten galt der Satz, dass das **Reisen** bildet. Im Urlaub, beim Schüleraustausch und bei Geschäftsreisen konnte man die Kulturen anderer Gesellschaften am besten erfahren. Eine nachvollziehbare Folge dieser Begegnungen war sicher, dass man gegenüber dem Fremden toleranter auftrat, lernte man doch in der Regel, dass die **Verschiedenheit** nicht Gefahr, sondern im Gegenteil **Bereicherung** bedeutet. Diese Möglichkeit des Austausches oder, um bei Lobos Argumentation zu bleiben, dieser „Blick in die Köpfe" (Z. 33) wird im 21. Jahrhundert **durch die mediale Kommunikation digital und potenziert**. Das Wissen über die Menschen wird so auf eine **globale Ebene** gehoben: Heute verfolge ich die Twittermeldungen meines Lieblingsschriftstellers aus den USA, morgen lese ich die Facebookeintragungen eines französischen Sportlers und übermorgen unterhalte ich mich per WhatsApp mit einem Austauschschüler in Australien. Vor dem Zeitalter des Internets waren diese Begegnungen sicher die ganz große Ausnahme, heute gehören sie für viele zum Alltag.

Neben dem Blick in die Privatsphäre fremder Menschen kann die mediale Kommunikation ein deutliches **Plus** bezogen auf die **Kenntnis von politischen, wirtschaftlichen und gesellschaftlichen Entwicklungen** bedeuten. Nachrichten über lokale, regionale und globale Ereignisse werden über die bekannten Presseorgane veröffentlicht. Aber wenn man gleichzeitig mitlesen kann, wie die Menschen vor Ort auf die Ereignisse reagieren und wie sie sie bewerten, steigt natürlich auch das Wissen über die Ereignisse. Man wird unter Umständen eine tolerantere und empathischere Einstellung gegenüber den handelnden Akteuren einnehmen.

Nicht zuletzt kann **Verständnis für Angehörige von Minderheiten** entstehen. Während z. B. früher eine von der Mehrheit abweichende sexuelle Orientierung gesellschaftlich geächtet war und die Betroffenen Außenseiter waren, schafft das Netz die Möglichkeit, sich über seine Identität auszutauschen und zu erkennen, dass man nicht allein ist. Zugleich kann **Andersartigkeit allgemein wahrgenommen** werden und etwas Normales werden.

Noch ein Argument, das für die Mehrung der Toleranz spricht, ergibt sich für Lobo aus dem **Perspektivenwechsel gegenüber dem eigentlich Bekannten**. Wer die digitalen Einträge seiner Freunde aufmerksam liest, so der Autor, blickt hinter die Fassade. Oft glauben wir und sehen wir, was wir sehen und glauben wollen. Dabei überhört man dann Zwischentöne und Nuancen, die aber wichtig sind, um Reaktionen und Handlungen von Menschen zu verstehen. So können digitale Kommentare die wahre Gesinnung und Motivation eines Users enthüllen (vgl. Z. 41–47).

Die entscheidende Frage ist nun, ob die genannten Aspekte im Jahr **2019** tatsächlich c
noch überzeugen können. Ein genauer Blick zeigt nämlich, dass die digitale Kommunikation eher keinen Beitrag zur Ausbreitung der Toleranz (und auch nicht einer „Okayheit") leistet.

Lobo hat selbst in seinem Beitrag ein Phänomen erwähnt, das das Gegenteil von Toleranz darstellt: den **Shitstorm**, also die massenhafte Verbreitung negativer und aggressiver Kritik, auch von Schmähungen einzelner Personen oder Institutionen. Ein Shitstorm verbreitet sich in den sozialen Netzwerken mit einer bisher nie gekannten **Geschwindigkeit** und **global**. Sehr häufig werden in der Kritik Unwahrheiten gestreut, einzelne Beobachtungen unzulässig verallgemeinert und es wird vor allem ein beleidigender Ton angeschlagen. Zu den Opfern der letzten Jahre zählt die Sängerin Lena Meyer-Landrut. Als Influencerin hat sie natürlich bei all ihren Aktivitäten immer auch mit einer riesigen negativen Feedback-Kultur zu rechnen, z. B. wenn sie eine neue Modekollektion verkaufen will, Tausenden von Followern dies aber nicht gefällt und sie ihre Ablehnung auch deutlich mitteilen. Wie menschenverachtend die mediale Kommunikation dabei werden kann, zeigt die Sängerin in einem eindrucksvollen Instagram-Beitrag selbst. Dazu hat sie ein Bild von sich mit den schlimmsten Beleidigungen versehen, die sie fast täglich ertragen muss. Begriffe wie „Schlampe", „arrogante Göre" und „widerliches Weib" sind noch die harmloseren Angriffe. Hier zeigt sich die Nachtseite der Verschmelzung von privater und öffentlicher Meinung sehr deutlich. Beleidigungen gehörten immer schon zu einer privaten Kommunikation.

Aber kaum hätte man sich getraut, die oben zitierten Schmähausdrücke in der Öffentlichkeit zu äußern. Das hat sich fundamental geändert, wie es schon der von Lobo zitierte Bernhard Pörksen ganz richtig analysiert hat. Ein „bedenkenlos den Freunden hingeworfener Halbsatz [erfährt] eine ungeahnte Öffentlichkeit" (Z. 21 f.) und provoziert hasserfüllte Reaktionen. Massenhaft geteilt und tausendfach unterfüttert von anderen Beiträgen ergibt sich so das Bild einer **umfassenden Intoleranz**. Der von Sascha Lobo erhoffte Effekt tritt hier sicher nicht ein.

Echte Toleranz braucht **umfassendes Wissen**, so kann man Lobos Argumentationsbasis auch zusammenfassen. Dieses Wissen muss möglichst neutral und unvoreingenommen gesammelt werden können. Am Ende des zweiten Jahrzehnts des 21. Jahrhunderts zeichnet sich überdeutlich ab, dass das **Internet** gerade **kein Ort dieses vorurteilsfreien Wissens** sein wird. Das Netz insgesamt, und damit auch die mediale Kommunikation, wird nämlich nicht von individuellen Menschen gesteuert, sondern von mathematischen Operationen, den **Algorithmen**. Und diese Algorithmen sind Programme, die auf der Grundlage von gespeicherten Daten individualisierte Informationen herausgeben. Konkret heißt das, dass die aktive Beteiligung an Internetseiten, sozialen Kanälen etc. dazu führt, dass man immer nur die Informationen bekommt, die der Algorithmus zulässt. Das Netz fördert daher nicht die freie Kommunikation, die eine tolerante Einstellung unterstützt, sondern es **manipuliert Meinung durch die Auswahl von Information**. Aus der Technik ergeben sich die sogenannten **Filterblasen** und **Echokammern**. Jede Anfrage im Netz führt zu gefilterten Antworten mit der Folge, dass die jeweils eigene Einstellung gegenüber einer Sache bestärkt wird, wohingegen andere Argumente, Standpunkte und auch Tatsacheninformationen weggelassen werden. Der Begriff der Echokammer beschreibt eine Steigerung dieser Form: Die eigene Meinung und Ansicht werden verstärkt, sie vervielfältigen sich wie bei einem Echo, alles andere wird ausgeblendet. Konkret kann das jeder User selbst ausprobieren: Wer durch seine Internetaktivitäten deutlich gemacht hat, dass er den Fernreisen mit dem Flugzeug negativ gegenübersteht, wird Informationen bekommen, die diese Sicht unterstützen. Wer dagegen gezeigt hat, dass er Fliegen gar nicht so schlecht findet, wird ganz andere Informationen zum gleichen Thema erhalten. Ein Beitrag zur Toleranz, zur Anerkennung von anderen Meinungen ist das nicht gerade. Bei rein sachlichen Informationen mögen diese Scheuklappen noch beherrschbar sein, sofern der Einzelne **außerhalb der Netzwelt noch andere Kanäle**, z. B. Zeitungen oder wissenschaftliche Arbeiten, nutzt. Wenn aber auch die Beschäftigung mit dem Innenleben anderer Menschen von algorithmischen Verfahren gelenkt wird (und bei Facebook & Co ist das der Fall!), dann kann es nicht so weit her sein mit dem Toleranztraining, das sich Lobo verspricht. Der **Blick in die Köpfe** ist nämlich auch **gefiltert**.

Entscheidend für Lobos These von der Toleranzsteigerung durch mediale Kommuni- **C**
kation ist der **Glaube an einen ungefilterten Zugang zu Informationen**. Von heutiger Warte aus kann man sagen, dass es diesen Zugang **nicht gibt**. Toleranz als Haltung setzt aber nicht nur ein möglichst breites Wissen voraus, sie ist auch das **Ergebnis komplizierter Lernprozesse**. Das hat Lessing schon im 18. Jahrhundert seinem Publikum nahegebracht, als er seinen Nathan die Ringparabel vortragen ließ. In dieser

Geschichte geht es darum, dass ein immer weiter vererbter Ring für die Echtheit der „wahren“ Religion stehen soll. Drei Söhne erheben jeweils den Anspruch, den echten Ring zu besitzen. In raffinierten Wendungen wird dem Leser aber klargemacht, dass man nicht sagen könne, welcher Ring der richtige sei, und deshalb müsse man davon ausgehen, dass nur das richtige Verhalten des Ringträgers ein Beweis für diese Echtheit sein könne. Nachdem die drei Ringe für die drei monotheistischen Weltreligionen stehen – das Christentum, den Islam und die jüdische Religion –, hilft nur eines: Man muss sich gegenseitig tolerieren, denn die Ringe unterscheiden sich nicht, die Entscheidung für die jeweilige Religion muss jeder eigenverantwortlich treffen. Das Entwickeln von Verständnis und Toleranz ist ein langer, komplexer Prozess, der mehr braucht als ein paar Klicks auf der Bildschirmoberfläche.

Variante 2

Schreibplan/Strukturplan für den Kommentar

1 Der Toleranzgedanke bei Lessing

2 Sascha Lobos Toleranzthese: Mediale Kommunikation als Trainingsraum für Toleranz
2.1 Wissen über andere steigt
2.2 Gelassenheit gegenüber anderen nimmt zu

3 Das Internet als intoleranter Ort
3.1 Definition „Toleranz“
3.2 Hasskommentare
3.3 Lenkung durch Algorithmen
3.4 Falschmeldungen

Lösungsvorschlag

Verständnis oder Vorurteil? Die Toleranz in Zeiten der Digitalisierung

Nathan der Weise hat ein Problem. Der Sultan stellt ihm die schwierige Aufgabe, zu 1
erklären, welche der drei monotheistischen Religionen – Christentum, Islam oder
Judentum – die richtige, die wahre sei. Die berühmte **Ringparabel** gibt eine über-
raschende Antwort: Die Frage ist falsch gestellt, es geht nicht um die wahre Religion,
sondern um das richtige Verhalten. Kern von Nathans Botschaft ist die Aufforderung,
gegenüber Andersgläubigen tolerant zu sein. **Toleranz** ist bis zum heutigen Tag die
Basis demokratisch-bürgerlicher Staaten. Sie **muss erlernt und gepflegt werden**,
denn nur so können moderne Gesellschaften funktionieren. Und seit Lessings Aufklä-
rungsdrama stellt sich die Frage, wie sich Toleranz in unserer Welt erlernen lässt.

Der Blogger, Journalist und Fachmann für digitale Medien **Sascha Lobo** veröffent- 2
lichte 2012 einen kurzen Text dazu, der den Beitrag des Internets zur Ausweitung der
Toleranz untersuchte. Nathan goes Facebook – kann es sein, dass das **World Wide
Web als Schule der Toleranz** fungiert? Das nämlich ist die zentrale These Lobos.
Wie aber kommt der Autor überhaupt zu dieser Annahme?

Mit den sozialen Netzwerken gewinnen wir, so Lobo, **Einblicke in das Leben ande-** 2.1
rer Menschen. Wir sehen, was sie essen, aber auch, wie sie politisch denken, was sie
gerade beschäftigt, welche Zukunftsvorstellungen sie haben. Dieser genaue Blick in
das Privatleben nicht nur fremder, sondern auch befreundeter Menschen mache uns
gelassener gegenüber anderen. Diese Gelassenheit, dieses **Anerkennen des Fremden** 2.2
und der genauere Einblick in das eigene Umfeld würden die Toleranz als grundlegende
Haltung befördern. Natürlich kennt Sascha Lobo auch die Schattenseiten des Internets,
aber offensichtlich ist er ein Optimist. Das ist schön für ihn, seine Prognose geht aber
an der Wirklichkeit doch ziemlich **vorbei**.

Toleranz ist ein anderes Wort für „Duldsamkeit und Nachsicht", so steht es im Lexi- 3
kon. Konkret ist damit gemeint, dass man als toleranter Mensch die Meinung und das 3.1
Verhalten anderer grundsätzlich respektiert. Das war ja schon Lessings Botschaft. Um
diese Unvoreingenommenheit hinzubekommen, muss man erst mal wissen, was je-
mand denkt und wie er handelt. Es trifft sicherlich zu, dass ein Blick in die Köpfe der
Menschen die Voraussetzung dafür ist, um anderen gegenüber Verständnis zu ent-
wickeln. Allerdings darf bezweifelt werden, dass das Internet der richtige Ort ist, um
diese Kenntnisse zu erwerben. Vermutlich hat es den objektiven Blick in die Köpfe
der Menschen nie gegeben. Doch hat mit den technischen Möglichkeiten des **Internets**
die **Manipulation von Meinung zugenommen**.

Zwei Aspekte spielen hierbei eine Rolle: Das Internet als Hort der Toleranz und der 3.2
aufrichtigen Kommunikation zu bezeichnen, verlangt aus der Perspektive des Jah-
res 2019 ein Höchstmaß an Verdrängung. Ist nicht genau das Gegenteil der Fall? **Hass-
kommentare** in den einschlägigen Foren; Facebook-Accounts, die geschlossen wer-
den, weil die lieben Follower Gift und Galle spucken; unverlangt eingesandte Mails,
die einem Tod und Teufel wünschen. So sieht die Realität in den sozialen Medien aus.

Zynisch könnte man sagen, dass dieses Kommunikationsverhalten durchaus einen Einblick in die Psyche der User zulässt, aber wissen möchte man das alles eigentlich nicht. Interessant mag das für Soziologen sein. Oder für Psychiater.

Es greift der Mechanismus, den Lobo selbst erkannt hat: **Privates wird öffentlich** und das Öffentliche wird so weit gefasst, dass jede Mücke schnell zum Elefanten mutieren kann. Beispiel gefällig? Als die Grünenpolitikerin Katharina Schulz sich erdreistete, in Kalifornien ein Eis aus dem Plastikbecher zu schlürfen, und davon dummerweise ein Selfie als Urlaubspost auf Instagram hochlud – man teilt ja heute sein Essen auf den sozialen Kanälen –, brach ein Sturm der Entrüstung los. Dieser **Shitstorm** nahm so heftige Ausmaße an, dass die Politikerin die Kommentarspalte deaktivieren musste. Aus der Sicht Lobos müsste man sagen, dass es schon okay sein kann, wenn eine Grüne für eine Urlaubsreise in den Flieger steigt und für das erste Eis einen Plastikbecher benutzt. Das **Netz** ist da **weniger tolerant**.

Ein zweiter Aspekt schließt sich hier an. Das Internet ist eine **Datensammel- und** 3.3
-verwertungsmaschine. Es sind nicht Menschen, die dafür verantwortlich sind, wenn Hans den ganzen Tag Informationen über die Notwendigkeit des Atomausstiegs bekommt und Larissa über die Nachteile des Atomausstiegs aufgeklärt wird. Hans erfährt zudem, dass der Kapitalismus am Atom nur Geld verdient, und Larissa ist sich sicher, dass der Ausstieg eine Verschwörung der Ökoparteien ist. Warum existieren **zwei gegensätzliche Informationslagen** nebeneinander? Weil alles im Netz von **Algorithmen** gesteuert wird. So, wie wir in den Wald des WWW hineinrufen, so schreit es zurück, es bilden sich **Echokammern**, weit von objektiver Information entfernt. Natürlich kann man sich gegen solche Vereinseitigungen wehren und es ist sehr wahrscheinlich, dass sich ein Kenner der Materie wie Sascha Lobo leicht aus dem Teufelskreis aus eigener Meinung und falscher Information befreien kann. Allerdings ist stark zu vermuten, dass ein solcher User nicht unbedingt eine Toleranzschulung braucht. Die, die aufgeschlossener werden müssten, sind gerade diejenigen, die in die Falle des Internets tappen und der nur scheinbar objektiven Information trauen.

Als der Youtuber Rezo unmittelbar vor den Europawahlen 2019 die bürgerlichen Par- 3.4
teien frontal angriff, dauerte es z. B. nicht lange, bis im Netz die Meinung gestreut wurde, dass das Video von den Grünen in Auftrag gegeben wurde. Beweise? Überflüssig. Stand ja im Internet. Wahrheitssuche und Toleranz sehen anders aus. Lessing würde sich im Grab umdrehen.

Deutsch Bayern – Abiturprüfung 2020: Aufgabe 1: Interpretieren eines literarischen Textes

a) Interpretieren Sie das Gedicht „Entschluß“ von Joseph von Eichendorff (Text A)!

b) Zeigen Sie ausgehend von Ihren Ergebnissen vergleichend auf, wie eine plötzliche Entscheidung in Joseph von Eichendorffs Gedicht „Entschluß“ und in Franz Kafkas Kurzprosatext „Der plötzliche Spaziergang“ (Text B) gestaltet wird! Berücksichtigen Sie dabei neben inhaltlichen auch sprachliche und formale Aspekte!

Der Schwerpunkt der Aufgabenstellung liegt auf Teilaufgabe a).

Joseph von Eichendorff (1788–1857)
Entschluß (erschienen 1814)

Gebannt im stillen Kreise sanfter Hügel,
Schlingt sich ein Strom von ewig gleichen Tagen,
Da mag die Brust nicht nach der Ferne fragen,
Und lächelnd senkt die Sehnsucht ihre Flügel.

Viel andre stehen kühn im Rossesbügel[1],
Des Lebens höchste Güter zu erjagen,
Und was sie wünschen, müssen sie erst wagen,
Ein strenger Geist regiert des Rosses Zügel. –

Was singt ihr lockend so, ihr stillen Matten[2],
Du Heimat mit den Regenbogenbrücken,
Ihr heitern Bilder, harmlos bunte Spiele?

Mich faßt der Sturm, wild ringen Licht und Schatten,
Durch Wolkenriß bricht flammendes Entzücken –
Nur zu, mein Roß! wir finden noch zum Ziele!

Aus: Joseph von Eichendorff, Werke, Bd. 1: Gedichte – Versepen – Dramen – Autobiographisches, Textredaktion von Jost Perfahl, München 1981, S. 155

Worterläuterungen:
1 *Rossesbügel:* Steigbügel
2 *Matten:* poetisch-gehobener Ausdruck für Wiesen

Franz Kafka (1883–1924)
Der plötzliche Spaziergang (erschienen 1912)

Wenn man sich am Abend endgültig entschlossen zu haben scheint, zu Hause zu bleiben, den Hausrock[1] angezogen hat, nach dem Nachtmahl beim beleuchteten Tische sitzt und jene Arbeit oder jenes Spiel vorgenommen hat, nach dessen Beendigung man gewohnheitsgemäß schlafen geht, wenn draußen ein unfreundliches Wetter ist, welches das Zuhausebleiben selbstverständlich macht, wenn man jetzt auch schon so lange bei Tisch stillgehalten hat, daß das Weggehen allgemeines Erstaunen hervorrufen müßte, wenn nun auch schon das Treppenhaus dunkel und das Haustor gesperrt ist, und wenn man nun trotz alledem in einem plötzlichen Unbehagen aufsteht, den Rock wechselt, sofort straßenmäßig angezogen erscheint, weggehen zu müssen erklärt, es nach kurzem Abschied auch tut, je nach der Schnelligkeit, mit der man die Wohnungstür zuschlägt, mehr oder weniger Ärger zu hinterlassen glaubt, wenn man sich auf der Gasse wiederfindet, mit Gliedern, die diese schon unerwartete Freiheit, die man ihnen verschafft hat, mit besonderer Beweglichkeit beantworten, wenn man durch diesen einen Entschluß alle Entschlußfähigkeit in sich gesammelt fühlt, wenn man mit größerer als der gewöhnlichen Bedeutung erkennt, daß man ja mehr Kraft als Bedürfnis hat, die schnellste Veränderung leicht zu bewirken und zu ertragen, und wenn man so die langen Gassen hinläuft, – dann ist man für diesen Abend gänzlich aus seiner Familie ausgetreten, die ins Wesenlose abschwenkt, während man selbst, ganz fest, schwarz vor Umrissenheit, hinten die Schenkel schlagend, sich zu seiner wahren Gestalt erhebt. Verstärkt wird alles noch, wenn man zu dieser späten Abendzeit einen Freund aufsucht, um nachzusehen, wie es ihm geht.

Aus: Franz Kafka, Schriften Tagebücher. Kritische Ausgabe. [ohne Bandzählung] Drucke zu Lebzeiten, hrsg. von Wolf Kittler, Hans-Gerd Koch und Gerhard Neumann, Frankfurt/M. 2002, S. 17f.

Worterläuterung:
1 *Hausrock:* bequeme Jacke, die man zu Hause trägt

Hinweise und Tipps

- ***Welche Aufgabenart liegt vor und wie sind die Teilaufgaben gewichtet?***
  *Die Aufgabenstellung ist zweigeteilt. Teilaufgabe a) verlangt die **Interpretation eines Gedichts**, Teilaufgabe b) einen davon ausgehenden **Vergleich mit einem Kurzprosatext**. Der Schwerpunkt der Gewichtung liegt auf Teilaufgabe a).*
- ***Was verlangt die Aufgabenstellung?***
  Der Operator „interpretieren Sie" fordert Sie dazu auf, das Gedicht inhaltlich-strukturell, formal und sprachlich-stilistisch umfassend zu untersuchen und aus dieser gründlichen Textarbeit heraus schlüssige Deutungsansätze zu entwickeln.
  Ausgehend von den Ergebnissen der Gedichtinterpretation sollen Sie dann bei Aufgabe b) den Vergleich mit dem Kurzprosatext vornehmen, also Gemeinsamkeiten und Unterschiede aufzeigen. Der Fokus soll dabei auf der Gestaltung eines bestimmten Themas, nämlich einer „plötzlichen Entscheidung", liegen. Es ist also nicht nötig und auch nicht verlangt, den Prosatext vollständig zu interpretieren. Die Aufgabenstellung fordert explizit, neben inhaltlichen auch sprachliche und formale Aspekte zu berücksichtigen.
- ***Wie gehe ich bei der Bearbeitung der Aufgaben vor und wie kann ich meinen Aufsatz strukturieren?***
  *Lesen und arbeiten Sie den Text gründlich durch, markieren Sie alle Auffälligkeiten und planen Sie Ihren Aufsatz, indem Sie einen **strukturierten Schreibplan** anlegen, um den roten Faden nicht zu verlieren und nichts zu vergessen.*
  *In der **Einleitung** bietet es sich an, auf den Titel des Gedichts Bezug zu nehmen und das psychisch-charakterliche Merkmal der Entschlussfreudigkeit (oder deren Mangel) anzusprechen, um zu zeigen, dass das im Gedicht verhandelte Thema jeden betrifft. Wenn Sie dann zur Gedichtinterpretation überleiten, achten Sie darauf, alle **Rahmeninformationen** zum Text (Autor, Titel, Gattung, Erscheinungsjahr) zu geben, und fassen Sie am besten gleich hier in einer Art **Basissatz** zusammen, worum es in dem Gedicht geht.*
  *Beginnen Sie den **Hauptteil** mit einer **strukturierten Inhaltsangabe**. Weil die „Struktur" des Textes hier durch die Sonettform bereits vorgegeben ist, ist es sinnvoll, die Untersuchung des **inhaltlichen Aufbaus**, also der gedanklichen Logik, mit der Untersuchung der **äußeren Form**, also der Logik des **Sonetts**, zu **verknüpfen** (zur Erinnerung: Quartette: These – Antithese; Terzette: Synthese). Da dieser schrittweise Denkprozess beim Sprecher etwas auslöst, bietet es sich an, bereits in diesem Teil der Untersuchung die sich ändernde **Sprechhaltung** zu thematisieren.*
  *Die **Untersuchung der formalen und sprachlich-stilistischen Gestaltung** sollte grundsätzlich von der Frage ausgehen, in welchem Zusammenhang die festgestellten Besonderheiten mit der Bedeutung des Textes stehen bzw. inwiefern diese Besonderheiten Ihre Deutungsthesen stützen. So können Sie, wenn Sie **Reim**, **Versmaß** und **Rhythmus** analysieren, darauf eingehen, welche Wirkung erzeugt wird, ob sich Rückschlüsse auf die Verfassung des Sprechers ziehen lassen oder ob durch rhythmische Akzente einzelne Aspekte des Textes besonders betont werden.*
  *Bei der Betrachtung der **sprachlich-stilistischen Gestaltung** empfiehlt es sich, **strophenweise** vorzugehen, da die durch die **Sonettstruktur** bedingten Blöcke in sich*

abgeschlossene Sinneinheiten ergeben. Behalten Sie dabei aber immer den ganzen Text im Auge. So lässt sich beim vorliegenden Gedicht beispielsweise zeigen, welche Elemente des Textes antithetisch einander zugeordnet sind und welche Bildstränge sich leitmotivisch durch den Text ziehen. Dieser Teil des Aufsatzes lässt sich mit einer ***zusammenfassenden Deutung*** *abschließen, in der Sie Ihre bisherigen Ergebnisse bündeln. Dabei können Sie auch den* ***literaturgeschichtlichen Kontext der Romantik*** *mit einbeziehen. Neben der hier in der Lösung vorgeschlagenen poetologischen Deutung des Textes vor dem Hintergrund der romantischen Universalpoesie sind durchaus weitere Interpretationsvarianten möglich. So ließe sich beispielsweise in allgemein-menschlicher Dimension der Entschluss des Sprechers als couragierter Aufbruch ins Unbekannte deuten.*

Die ***Vergleichsaufgabe*** *schließt sich im Aufsatz nahtlos an. Wichtig ist es, auch an dieser Stelle die* ***Basisinformationen*** *zum Vergleichstext (Autor, Titel, Gattung, Erscheinungsjahr) zu geben und dessen Inhalt in aller Kürze zusammenzufassen. Vergegenwärtigen Sie sich beim Schreiben, dass mit der Gattung (Lyrik → Prosa) teilweise auch das begriffliche Instrumentarium der Analyse wechselt (z. B. „lyrisches Ich" → „Erzähler") und dass sich gewisse formale Vergleichskriterien von vornherein ausschließen. Die Aufgabenstellung gibt vor, sich auf einen bestimmten inhaltlichen Aspekt, die „Gestaltung einer plötzlichen Entscheidung", zu fokussieren und dabei auch sprachliche und formale Aspekte in die Darstellung mit einzubeziehen. Diese* ***Fokussierung*** *ist prinzipiell und gerade bei dem vorliegenden Kafka-Text besonders wichtig, da er aufgrund seiner Länge und seines Gehalts zu einer viel ausführlicheren Interpretation verleiten könnte. Des Weiteren ist es ratsam, in diesem Teil des Aufsatzes nach* ***Vergleichsaspekten*** *vorzugehen. Grundsätzlich sind Sie in der Anordnung frei, jedoch bietet es sich an, in der Darstellung der Chronologie der Erzählung zu folgen. Am Ende dieses Teils können Sie die* ***Ergebnisse*** *Ihres Vergleichs* ***zusammenführen*** *und vor dem* ***literatur- und geistesgeschichtlichen Hintergrund*** *beleuchten. Möglicherweise ergibt sich daraus eine gedankliche Abrundung, mit der Sie den Aufsatz beschließen können. Sich ganz am* ***Ende*** *noch einmal (rhetorisch) auf die* ***Einleitung zu beziehen****, ist eine Möglichkeit, dem Aufsatz auch stilistisch einen* ***abgeschlossenen Charakter*** *zu verleihen.*

– ***Was gibt es noch zu beachten?***
Je nach Wissen und Kenntnisstand lassen sich weitere ***intertextuelle Bezüge****, beispielsweise zu anderen, Ihnen aus dem Unterricht bekannten* ***Eichendorff-Gedichten****, herstellen. So könnten Sie an geeigneter Stelle im Aufsatz darauf verweisen, dass auch in den „Zwei Gesellen" zwei Lebensentwürfe einander gegenübergestellt werden. Oder Sie könnten dem Bild der Sehnsucht, die ihre Flügel senkt (vgl. V. 4), die entsprechende Passage aus dem Gedicht „Mondnacht" gegenüberstellen („Und meine Seele spannte / Weit ihre Flügel aus"). Darüber hinaus könnten Sie auch* ***historische und biografische Hintergründe*** *in Ihre Interpretation mit einbeziehen, in diesem Fall die Befreiungskriege gegen Napoleon, die zur Entstehungszeit des Gedichts (1814) in vollem Gange waren und an denen Eichendorff aktiv teilgenommen hat. Dasselbe gilt auch für den Text von Franz Kafka. Beispielsweise wäre es denkbar, Parallelen zur Erzählung „Die Verwandlung" zu ziehen, etwa im Blick auf das Verhältnis zur Familie oder die Wahrnehmung des eigenen Körpers.*

Strukturierter Schreibplan

1 Einleitungsgedanke: Entschlussfreudigkeit als menschliche Eigenschaft

2 Interpretation des Gedichts „Entschluß“ von Joseph von Eichendorff
2.1 Inhalt, gedanklicher Aufbau und Sprechhaltung in Analogie zur Sonettstruktur
- Quartette: antithetische Gegenüberstellung zweier Lebensentwürfe
- Terzette: Entscheidungsprozess des lyrischen Ichs

2.2 Weitere formale Aspekte
- Reim in Analogie zur Sonettstruktur
- Versmaß und Rhythmus: Fließende Monotonie des Denkprozesses

2.3 Sprachlich-stilistische Gestaltung
- Erstes Quartett: Sanfte Landschaft und ewige Wiederkehr des Gleichen
- Zweites Quartett: Zielstrebigkeit und Wagemut der anderen
- Erstes Terzett: Fantasie und Kindheitserinnerungen als Motor zur Selbstwahrnehmung
- Zweites Terzett: Selbstfindung und Sichaufschwingen zu einem selbstbestimmten Leben

2.4 Zusammenfassung der Deutung im literaturgeschichtlichen Kontext: Romantische Poetisierung der Welt und Entscheidung für eine Existenz als Dichter

3 Vergleich: Die Ausgestaltung des Themas „Entschluss“ in Eichendorffs Gedicht und Kafkas Prosatext „Der plötzliche Spaziergang“
3.1 Gemeinsames Thema: Wunsch nach Änderung der Lebensumstände
3.2 Zusammenhang zwischen inhaltlich-gedanklicher Gliederung und formalsprachlicher Gestaltung: Sonettform – Syntax
3.3 Ausgangssituation: Monotonie des Alltags – Fesseln der Familie
3.4 Resultat der Entscheidung: Sich selbst finden – den anderen finden

Lösungsvorschlag

Mit der **Entschlussfreudigkeit** ist es so eine Sache. Nicht jedem ist dieser Charakterzug zu eigen. Es gehören Mut, Willenskraft und Anstrengung dazu, aufzustehen, Gewohntes hinter sich zu lassen, sich auf den Weg zu machen in unbekanntes und damit unsicheres Terrain. Zugegeben: Solch ein Aufbruch birgt Risiken. Also lieber zu Hause bleiben? 1

Derartige Befindlichkeiten sind tief verankert im menschlichen Wesen. Auch in **Joseph von Eichendorffs Gedicht „Entschluß“** aus dem Jahr 1814 findet sich der Sprecher in dieser Grundsituation wieder. Die **Sonettform** gibt dem Text eine klare gedankliche Struktur und lässt den Leser an den Überlegungen des lyrischen Ichs teilhaben und daran, wie dieses am Ende des Gedichts den „Entschluß“ fasst, sein Leben zu ändern. 2

Das **erste Quartett** (V. 1–4) skizziert den Entwurf eines beschaulichen **Alltagslebens in vertrauter Umgebung**, die keinerlei Veranlassung gibt, in die Ferne zu streben und an diesem heiteren und zufriedenen Dasein etwas zu ändern. Dem hält das **zweite Quartett** (V. 5–8) antithetisch ein völlig **unterschiedliches Modell** eines Lebens entgegen, wie es „[v]iel andre" (V. 5) führen, die nämlich mit Aktivität und **Kampfgeist** ehrgeizig hohe Ziele verfolgen. Doch kommt die beinah aggressiv wirkende Dynamik einer solchen Lebensführung für den Sprecher offensichtlich nicht in Betracht, denn die Vorstellung bricht mit einem Gedankenstrich ab. Somit kehrt das **erste Terzett** (V. 9–11) gedanklich wieder zur stillen Umgebung der **Heimat** zurück. Aber es ist nicht wie vorher: Der Sprecher nimmt **Veränderungen** in seiner Umwelt wahr, neue Wege tun sich auf, was ihn merklich irritiert und verunsichert, wie sich im fragenden Gestus der Rede zeigt. Neu an der Sprechhaltung ist auch die direkte **Du- bzw. Ihr-Anrede**. Waren die beiden Quartette neutral in der dritten Person gehalten und wirkte dort der Sprecher eher unbeteiligt, so ist er nun **persönlich involviert**, denn er richtet sich direkt an seine Umgebung, von der er sich seinerseits plötzlich angesprochen, angelockt (vgl. V. 9) fühlt. Im **zweiten Terzett** wird das lyrische Ich, wie die Ausrufe erkennen lassen, von starken Emotionen erfasst, gerät in **Euphorie** und kommt – nach einem letzten kurzen Innehalten (markiert durch den Gedankenstrich) – schließlich zum **Entschluss**, zu noch unbekannten Zielen aufzubrechen. 2.1

Der durch die **Sonettform** strukturierten inhaltlichen Gliederung entspricht formal die Logik der **Reimgestaltung:** Der strophenübergreifend gleiche umarmende Reim (abba – abba) fasst die beiden Quartette mit ihrer antithetischen Gegenüberstellung zweier Lebensentwürfe argumentativ zu einer Einheit zusammen. Das erste der beiden Terzette, bei denen der emotional aufgewühlte Sprecher nunmehr persönlich involviert ist, stellt mit seinen zunächst reimoffenen Versenden (cde) Fragen in den Raum, die im verschränkten Reim des zweiten Terzetts (cde) auch klanglich ihre Auflösung finden. 2.2

Die zumeist in fünfhebige Jamben gefassten Verse münden durchgängig in **weiblichen Kadenzen**, wodurch am Ende und am Anfang jeden Verses zwei unbetonte Silben aufeinandertreffen, was das Tempo des Gedichts verlangsamt. Zudem schließen alle Verse mit der jeweiligen syntaktischen Einheit ab, sodass im Rhythmus des Textes keine rechte Dynamik aufkommt. Vielmehr vermittelt die **rhythmisch fließende Monotonie**, dass es sich um einen **Reflexionsprozess** handelt, dass also der „Entschluß" erst reifen muss. Dementsprechend markiert die große Ausnahme, der Hebungsprall in der letzten Strophe („ […] Sturm, wild […]", V. 12) rhythmisch den emotional sehr bewegten Moment, in dem sich der Sprecher schlagartig zum Aufbruch entschließt.

Dieser geistige Vorgang, der dem Fassen des Entschlusses vorausgeht, ist sprachlich-stilistisch eingebettet in **Landschaftsbilder** und **Naturwahrneh-** 2.3

mungen: Die ersten beiden Verse des Gedichtes entwerfen ein Landschaftspanorama in einer für Eichendorff und die literarische Strömung der Romantik nicht untypischen Perspektive: Im „stillen Kreise sanfter Hügel, / Schlingt sich ein Strom" (V. 1 f). Irritierend jedoch ist das Eingangswort „[g]ebannt" (V. 1), da es das – auch rhythmisch leicht gegen das Metrum betonte – Schlingen des idyllisch mäandernden Flusses um die Bedeutungsnuance von Fesseln erweitert. Die an antike Traditionen (Heraklit: „Alles fließt") anknüpfende Metapher des „Strom[s] von ewig gleichen Tagen" (V. 2) verbindet sich mit der im „Kreise [der] Hügel" (V. 1) anklingenden Vorstellung eines **zyklischen Zeitverständnisses**. Doch wird eine solche, von der ewigen Wiederkehr des Gleichen bestimmte Existenz nicht als beengend oder negativ empfunden, sondern vielmehr als „sanf[t]" (V. 1) und heiter „lächelnd" (V. 4). In Anbetracht dessen erscheint **wunschlose Zufriedenheit** als logische Konsequenz („Da", V. 3). Dass das Individuum, Pars pro Toto dargestellt als „Brust" (V. 3), keinen Drang verspürt, „nach der Ferne [zu] fragen" (V. 3) (obwohl sie sich lautlich in der F-Alliteration aufdrängt), dass es sich nicht danach sehnt, die sanften Hügel zu durchwandern, wird als selbstverständlich dargestellt. Bemerkenswert ist die in sich letztendlich paradoxe Personifikation der „Sehnsucht", die ihre „Flügel" senkt (vgl. V. 4): Die **Sehnsucht** existiert, ist aber **nicht wirksam**; der traditionell mit der Vorstellung vom Fliegen verknüpfte Wunsch nach Freiheit und Ferne wird fallen gelassen.

Das **zweite Quartett** zeigt nun, wie „[v]iel andre" (V. 5) ihr Leben gestalten. Es setzt mit einer energischen Bewegung ein, die nachgerade aufschreckt, denn das Stehen im Steigbügel des Pferdes bildet einen jähen Kontrast zum behaglichen Senken der Flügel. Wörter aus dem **Bedeutungsfeld Kühnheit** („kühn", V. 5), **Kampf und Jagd** („erjagen", V. 6) dominieren die Strophe, Eigenschaften, mit denen es nicht konkret definierte „höchste Güter" (V. 6) des Lebens zu erlangen gilt. Der selbstgenügsamen Zufriedenheit des ersten Quartetts wird hier ein **zielstrebiges Wollen** gegenübergestellt: „Und was sie wünschen, müssen sie erst wagen." (V. 7) Die parallele Position im Satz und die W-Alliteration heben dabei den Wagemut besonders hervor, der solche Kämpfernaturen ihren Zielen näherbringt. Der „streng[e] Geist" (V. 8), der sie zudem auszeichnet, kontrastiert zur träg-heiteren „Brust" des ersten Quartetts. So „regier[en]" (V. 8) sie ihr „Ross", das in dieser Strophe die Vorstellung eines **Schlachtrosses** oder Jagdpferdes hervorruft. Wörtlich benannt wird jedoch nur dessen Zaumzeug, Steigbügel (vgl. V. 5) und „Zügel" (V. 8), das das Quartett mit seinem Reimklang umschließt und dadurch auf fast unangenehme Weise beherrschend wirkt. Kein Wunder also, dass die hier zum Ausdruck gebrachte Lebensform nicht weiter in Erwägung gezogen wird.

Im **ersten Terzett** erkennt man die heimatliche Gegend aus der Eingangsstrophe wieder. Anders als zu Beginn tritt der Sprecher jetzt aber **zu seiner Umwelt in Beziehung**. So reagiert er auf die von ihr ausgehenden Reize und spricht die Landschaft direkt an. Damit nimmt er nicht nur die Umgebung wahr, sondern zum ersten Mal auch sich selbst. Zunächst fühlt sich das lyrische Ich beinahe belästigt davon, dass die sonst „stillen Matten“ mit einem Mal so „lockend“ (V. 9) singen. Zu dieser akustischen Irritation kommt Optisches hinzu. „Regenbogenbrücken“ (V. 10) sind zu sehen und damit die Möglichkeit, den „Strom von ewig gleichen Tagen“ (V. 2) zu überwinden. Die Farbigkeit des Regenbogens setzt sich in den „harmlos bunte[n] Spiele[n]“ (V. 11) fort. Dabei ist das **zweckfreie Spielen** ein Modell menschlichen Seins, das im krassen Widerspruch steht zu der kraftvollen Ziel- und Zweckorientierung des in der zweiten Strophe präsentierten Lebensentwurfs. In „heitern Bilder[n]“ (V. 11) tauchen Erinnerungen auf an die **Kindheit** als Zeit des Spiels, aber auch als Zeit, in der die Tage noch nicht „ewig gleich“ waren, weil sich der Blick voll Hoffnung und Erwartung auf die Zukunft richtete.

Die letzte Strophe führt die mit dem Regenbogen begonnene **Wettermetaphorik** fort. Ein „Sturm“ (V. 12) erfasst den Sprecher und reißt ihn endgültig aus dem Bannkreis der ersten Strophe, deren Trägheit und Sanftheit (vgl. V. 1) hier mit „wild[en]“ (V. 12), dynamischen Verben („fass[en]“, „ringen“, V. 12; brechen, „flamme[n]“, V. 13) kontrastiert wird. In einer heftigen **Aufwärtsbewegung**, zu der die Regenbogenbrücken bereits den Ansatz boten, wird der Sprecher aus den horizontalen Kreisbahnen des immer Gleichen befreit. Das Naturschauspiel vermischt sich sprachlich mit den Gemütsregungen des Subjekts, spektakuläre Wolkenformationen, ein wildes Ringen von „Licht und Schatten“ (V. 12) versinnbildlichen seinen **inneren Kampf**, bis schließlich schlagartig die Sonne durchbricht und ihn in „flammendes Entzücken“ (V. 13) versetzt: Der Entschluss zum Aufbruch ist gefasst. Nach einem letzten kurzen Atemholen (Gedankenstrich) dann der Ruf: „Nur zu, mein Roß! wir finden noch zum Ziele!“ (V. 14) Zum ersten Mal spricht sich das lyrische Ich – in den Pronomen („[m]ich“, V. 12; „mein“, V. 14) – nun selbst aus. **Leitmotivisch** wird das **Bild des Rosses** wieder aufgenommen. Doch während es in der zweiten Strophe nur indirekt vorkam, eingezwängt in Zaumzeug und mit harter Hand dominiert, so nennt es der Sprecher hier vertrauensvoll „mein Roß“ (V. 14), ja, er vereint sich mit ihm im Personalpronomen „wir“ (V. 14). Im aufmunternden „Nur zu“ zeigt er die **Zuversicht**, das noch unbestimmte Ziel zu erreichen. Bedenkt man, dass der Text das festgefahrene Raumgefüge der Horizontalen verlassen und sich gleichsam in die Lüfte aufgeschwungen hat, so wäre zu überlegen, ob die in der ersten Strophe erwähnten **Flügel** nicht auch **Attribut des Pferdes** sind. Damit wäre es ein Fantasiewesen, ein geflügeltes Pferd, wie es als **Pegasus** in der griechischen Mythologie begegnet, mit dem der Sprecher den Aufbruch wagt und an sein Ziel kommen möchte.

Beleuchtet man die oben erläuterten Ursachen und Auslöser dafür, dass der Sprecher des Gedichts zu seinem „Entschluß“ gelangt, vor dem literaturgeschichtlichen Hintergrund der **Romantik**, so lässt sich Folgendes erkennen: Den **Anstoß** gibt der **lockende Gesang der Natur** (vgl. V. 9). Hier klingt die romantische Vorstellung der **Naturpoesie** an, die Eichendorff etwa auch in seinem Gedicht „Wünschelrute“ in dem Vers „Und die Welt hebt an zu singen“ auf den Punkt bringt. Darüber hinaus vermag der Sprecher jetzt Farbigkeit und

2.4

Fantasiegebilde wahrzunehmen. Die Welt ist also, so könnte man sagen, für ihn von Poesie und Fantasie durchdrungen. Diese – von der Romantik angestrebte – **Poetisierung der Welt** sowie die Erinnerungen an die Kindheit bewirken, dass der **Sprecher zu sich selbst findet**. Erst durch seine Selbstfindung ist er in der Lage, seinen Entschluss zu fassen. Als Vehikel, das ihn zu seinem Ziel bringen soll, wählt er ein Fantasiewesen. Damit entscheidet sich das lyrische Ich zu einem von Fantasie und Poesie getragenen und in diesem Sinne romantischen Leben, letztendlich also zu einer **dichterischen Existenz**. Dazu passt auch die Deutung des Pferdes als Pegasus, der im Mythos für Inspiration und Kreativität des Dichters steht.

Um eine plötzliche Entscheidung geht es auch in **Franz Kafkas** rund hundert 3
Jahre später entstandenem **Kurzprosatext „Der plötzliche Spaziergang"** 3.1
(1912), in dem der Erzähler Überlegungen darüber anstellt, wie es ist, sich unerwartet aus dem abendlichen Familienleben zu lösen und nachts zu einem Spaziergang durch die Gassen der Stadt aufzubrechen, um abschließend vielleicht noch einen Freund zu besuchen. Im Wesentlichen thematisiert also auch dieser Text gewisse Lebensumstände, aus denen das Subjekt sich entschließt **auszubrechen** – mit dem Unterschied jedoch, dass der Sprecher im Gedicht seinem Leben grundsätzlich eine andere Richtung gibt, während für den Erzähler bei Kafka der „plötzliche Spaziergang" nur eine **vorübergehende Unterbrechung des gewohnten Alltags** darstellt.

Zunächst ist bemerkenswert, dass auch bei Kafka die inhaltlich-gedankliche 3.2
Gliederung auf der **formal-sprachlichen Gestaltung** des Textes beruht. War es im Gedicht die **Sonettform**, die die Logik der Gedankenführung vorgibt und das lyrische Ich in antithetisch angelegten, klar nachvollziehbaren Schritten zu seinem Entschluss kommen lässt, so ist es hier die **Syntax**, die den Prosatext strukturiert: Er besteht, abgesehen von den letzten beiden Zeilen, aus einem **einzigen**, endlos wirkenden **Satz**, genauer aus einer Kette von Bedingungssätzen, die seltsam unentschieden zwischen konditionaler und temporaler Sinnrichtung changieren. In einem ersten Teil (Z. 1–7) werden alle **widrigen Umstände** aufgeführt, die einen späten Spaziergang eigentlich ausschließen, was auch dem ersten, jedoch nur scheinbaren Entschluss (vgl. Z. 1) entspricht. Die Wendung „trotz alledem" (Z. 8) setzt eine erste **Zäsur:** Obwohl alles dagegen spricht, **bricht der Erzähler paradoxerweise auf** und stürmt aus dem Haus. Nach einer weiteren Reihe gehetzt wirkender „wenn-dann"-Konstruktionen, die zeigen, wie kompliziert die Verhältnisse sind (zweiter Teil: Z. 8–17), ermöglicht ein einziges „[D]ann" (Z. 17) ein tiefes Durchatmen, wenn nämlich der **Spaziergang in den nächtlichen Gassen** seine Wirkung zeigt (Z. 17–21). Von logischer Entscheidungsfindung kann hier nicht die Rede sein, das **Subjekt** wirkt wie **getrieben** (wovon?), ist nicht Herr seiner selbst. Deutlich wird dies auch in der durchgängigen Verwendung des unpersönlichen Pronomens „man". Der Erzähler sieht sich gleichsam von außen zu. Eigenartig **distanziert** ist sogar das Verhältnis zum eigenen Körper, zu den „Gliedern, die diese schon unerwartete Freiheit […] mit besonderer Beweglichkeit beantworten" (Z. 12 f.).

Weiterhin stellt sich die Frage, welche **Lebensumstände** die beiden Protagonisten jeweils verlassen wollen. Das **Gedicht** evoziert in knapp umrissenen Naturbildern die **Monotonie des Alltags**, von näheren Gegebenheiten oder einem sozialen Kontext erfährt man nichts. Bei **Kafka** hingegen sind es die **familiären Strukturen**, die die Ordnung vorgeben, die festlegen, wie der Abend „gewohnheitsgemäß" (Z. 4) abzulaufen hat. Was ihn letztlich aus dem Haus treibt, ist das „Unbehagen" (Z. 8), das er empfindet. Er fühlt sich unter Druck gesetzt, weil er durch sein Verhalten „Ärger zu hinterlassen glaubt" (Z. 11), und vermutet, den Erwartungen der Familie nicht zu genügen. Entsprechende Erleichterung verschafft es ihm, dass „man [dann] für diesen Abend gänzlich aus seiner Familie ausgetreten" ist (Z. 17 f.). In einer autobiografischen Lesart könnte man hierin eine Spiegelung von Kafkas **problematischem Verhältnis zu seiner Familie**, insbesondere zu seinem Vater, erkennen. 3.3

Mit das wichtigste Resultat des „Entschlusses" im **Gedicht** war, dass der Sprecher dahin gelangt, **„ich" zu sagen**. Dies gelingt dem Erzähler bei **Kafka** nicht, das unpersönliche, selbstdistanzierte **„man"** bleibt bestehen. Zwar stellt er fest, dass „man selbst", sobald man sich aus den familiären Fesseln befreit hat, „sich zu seiner wahren Gestalt erhebt" (Z. 18 f.), doch fügt sich nicht einmal diese „wahre Gestalt" mit seinem Ich zu einer Einheit, ja, sie wirkt „schwarz vor Umrissenheit" (Z. 18 f.) sogar eher unheimlich. Bemerkenswert ist schließlich der letzte Satz des Prosatextes, der wegen seiner auffälligen Kürze ganz besonders aus der syntaktischen Flut hervorsticht. Die Rede ist von einem **Freund**, der im Kontrast zur Familie steht und der, wenn man ihn aufsucht, alles Positive des Spaziergangs verstärkt. Damit ist die **Freundschaft der eigentliche Höhe- und Zielpunkt** des Textes: Zwar findet der Erzähler nicht sein Selbst, doch findet er den anderen. 3.4

In der Zusammenschau betrachtet lässt die jeweils unterschiedliche Gestaltung der plötzlichen Entscheidung und des Aufbruchs einen deutlichen **Wandel im Menschenbild** erkennen: Von der **Autonomie**, mit der das lyrische Ich des romantischen **Gedichts** seinen Weg einschlägt und selbst über sein Leben bestimmt, ist hundert Jahre später nichts mehr übrig. Der **moderne Text** zeigt den Menschen **verstrickt** in ein Netz von Zwängen, getrieben von Kräften, die er nicht erkennen kann, und dem eigenen Ich **entfremdet**.

Also doch besser zu Hause bleiben? Nein! Denn immerhin besteht trotz allem die Möglichkeit, einem Freund zu begegnen.

Deutsch Bayern – Abiturprüfung 2020: Aufgabe 2: Interpretieren eines literarischen Textes

a) Interpretieren Sie den folgenden Auszug aus Arthur Schnitzlers Schauspiel „Die Frage an das Schicksal“! Arbeiten Sie dabei insbesondere heraus, wie Anatol sein Misstrauen gegenüber der Geliebten begründet!

b) Zeigen Sie ausgehend von Ihren Ergebnissen vergleichend auf, wie das Thema Treue in einem anderen literarischen Werk gestaltet wird!

Der Schwerpunkt der Aufgabenstellung liegt auf Teilaufgabe a).

Vorbemerkung

Das einaktige Schauspiel „Die Frage an das Schicksal“ des Wiener Schriftstellers Arthur Schnitzler ist Teil seines Dramenzyklus' „Anatol“, der eine Reihe von Einaktern umfasst, in denen es um den Protagonisten Anatol und seine Beziehungen zu verschiedenen Frauen geht. Der Zyklus entstand in den Jahren 1883 bis 1891 und erschien als Buchausgabe im Jahr 1892. Die einzelnen Stücke werden sowohl einzeln als auch gemeinsam aufgeführt. Bei dem vorliegenden Auszug handelt es sich um den Beginn des Dramas.

Arthur Schnitzler (1862–1931)
Die Frage an das Schicksal (entstanden 1889, Erstdruck 1890)

Anatols Zimmer.

MAX Wahrhaftig, Anatol, ich beneide dich …

ANATOL *lächelt.*

MAX Nun, ich muß dir sagen, ich war erstarrt. Ich habe ja doch bisher das Ganze für ein Märchen gehalten. Wie ich das nun aber sah … wie sie vor meinen Augen einschlief … wie sie tanzte, als du ihr sagtest, sie sei eine Ballerine[1], und wie sie weinte, als du ihr sagtest, ihr Geliebter sei gestorben, und wie sie einen Verbrecher begnadigte, als du sie zur Königin machtest …

ANATOL Ja, ja.

MAX Ich sehe, es steckt ein Zauberer in dir!

ANATOL In uns allen!

MAX Unheimlich!

ANATOL Das kann ich nicht finden … Nicht unheimlicher als das Leben selbst. Nicht unheimlicher als vieles, auf das man erst im Laufe der Jahrhunderte gekommen. Wie, glaubst du wohl, war unsern Voreltern zumute, als sie plötzlich hörten, die Erde drehe sich? Sie müssen alle schwindlig geworden sein!

MAX Ja … aber es bezog sich auf alle!

ANATOL Und wenn man den Frühling neu entdeckte! … Man würde auch an ihn nicht glauben! Trotz der grünen Bäume, trotz der blühenden Blumen und trotz der Liebe.

MAX Du verirrst dich; all das ist Gefasel. Mit dem Magnetismus[2] …

ANATOL Hypnotismus[3] …

MAX Nein, mit dem ist's ein ander Ding. Nie und nimmer würde ich mich hypnotisieren lassen. –

ANATOL Kindisch! Was ist daran, wenn ich dich einschlafen heiße, und du legst dich ruhig hin.

MAX Ja, und dann sagst du mir: „Sie sind ein Rauchfangkehrer[4]", und ich steige in den Kamin und werde rußig! …

ANATOL Nun, das sind ja Scherze … Das Große an der Sache ist die wissenschaftliche Verwertung. – Aber ach, allzuweit sind wir ja doch nicht.

MAX Wieso …?

ANATOL Nun, ich, der jenes Mädchen heute in hundert andere Welten versetzen konnte, wie bring' ich mich selbst in eine andere?

MAX Ist das nicht möglich?

ANATOL Ich hab' es schon versucht, um die Wahrheit zu sagen. Ich habe diesen Brillantring minutenlang angestarrt und habe mir selbst die Idee eingegeben: Anatol! Schlafe ein! Wenn du aufwachst, wird der Gedanke an jenes Weib, das dich wahnsinnig macht, aus deinem Herzen geschwunden sein.

MAX Nun, als du aufwachtest?

ANATOL O, ich schlief gar nicht ein.

MAX Jenes Weib … jenes Weib? … Also noch immer!

ANATOL Ja, mein Freund! … Noch immer! Ich bin unglücklich, bin toll.

MAX Noch immer also … im Zweifel?

ANATOL Nein … nicht im Zweifel. Ich weiß, daß sie mich betrügt! Während sie an meinen Lippen hängt, während sie mir die Haare streichelt … während wir selig sind … weiß ich, daß sie mich betrügt.

MAX Wahn!

ANATOL Nein!

MAX Und deine Beweise?

ANATOL Ich ahne es … ich fühle es … darum weiß ich es!

MAX Sonderbare Logik!

ANATOL Immer sind diese Frauenzimmer uns untreu. Es ist ihnen ganz natürlich ... sie wissen es gar nicht … So wie ich zwei oder drei Bücher zugleich lesen muß, müssen diese Weiber zwei oder drei Liebschaften haben.

MAX Sie liebt dich doch?

ANATOL Unendlich … Aber das ist gleichgültig. Sie ist mir untreu.

MAX Und mit wem?

ANATOL Weiß ich's? Vielleicht mit einem Fürsten, der ihr auf der Straße nachgegangen, vielleicht mit einem Poeten aus einem Vorstadthause, der ihr vom Fenster aus zugelächelt hat, als sie in der Früh' vorbeiging!

MAX Du bist ein Narr!

ANATOL Und was für einen Grund hätte sie, mir nicht untreu zu sein? Sie ist wie jede, liebt das Leben, und denkt nicht nach. Wenn ich sie frage: Liebst du mich? – so sagt sie ja – und spricht die Wahrheit; und wenn ich sie frage, bist du mir treu? – so sagt sie wieder ja – und wieder spricht sie die Wahrheit, weil sie sich gar nicht an die andern erinnert – in dem Augenblick wenigstens. Und dann, hat dir je eine geantwortet: Mein lieber Freund, ich bin dir untreu? Woher soll man also die Gewißheit nehmen? Und wenn sie mir treu ist –

MAX Also doch! –

ANATOL So ist es der reine Zufall … Keineswegs denkt sie: O, ich muß ihm die Treue halten, meinem lieben Anatol … keineswegs …

MAX Aber wenn sie dich liebt?

ANATOL O, mein naiver Freund! Wenn das ein Grund wäre!

MAX Nun?

ANATOL Warum bin ich ihr nicht treu? … Ich liebe sie doch gewiß!

MAX Nun ja! Ein Mann!

ANATOL Die alte dumme Phrase! Immer wollen wir uns einreden, die Weiber seien darin anders als wir! Ja, manche … die, welche die Mutter einsperrt, oder die, welche kein Temperament haben … Ganz gleich sind wir. Wenn ich einer sage: Ich liebe dich, nur dich – so fühle ich nicht, daß ich sie belüge, auch wenn ich in der Nacht vorher am Busen einer andern geruht.

MAX Ja … du!

ANATOL Ich … ja! Und du vielleicht nicht? Und sie, meine angebetete Cora vielleicht nicht? Oh! Und es bringt mich zur Raserei. Wenn ich auf den Knien vor ihr läge und ihr sagte: Mein Schatz, mein Kind – alles ist dir im Vorhin verziehen – aber sag' mir die Wahrheit – was hülfe es mir? Sie würde lügen wie vorher – und ich wäre soweit als vorher. Hat mich noch keine angefleht: „Um Himmels willen! Sag' mir … bist du mir wirklich treu? Kein Wort des Vorwurfs, wenn du's nicht bist; aber die Wahrheit! Ich muß sie wissen“ … Was hab' ich drauf getan? Gelogen … ruhig, mit einem seligen Lächeln … mit dem reinsten Gewissen. Warum soll ich dich betrüben, hab' ich mir gedacht? Und ich sagte: Ja, mein Engel! Treu bis in den Tod. Und sie glaubte mir und war glücklich!

MAX Nun also!

ANATOL Aber ich glaube nicht und bin nicht glücklich! Ich wär' es, wenn es irgendein untrügliches Mittel gäbe, diese dummen, süßen, hassenswerten Geschöpfe zum Sprechen zu bringen oder auf irgendeine andere Weise die Wahrheit zu erfahren … Aber es gibt keines außer dem Zufall.

MAX Und die Hypnose?

ANATOL Wie?

MAX Nun … die Hypnose … Ich meine das so: Du schläferst sie ein und sprichst: Du mußt mir die Wahrheit sagen.

ANATOL Hm …

MAX Du mußt … Hörst du …

ANATOL Sonderbar! …

MAX Es müßte doch gehen … Und nun fragst du sie weiter … Liebst du mich? … Einen anderen? … Woher kommst du? … Wohin gehst du? … Wie heißt jener andere? … Und so weiter.

ANATOL Max! Max!

MAX Nun …

ANATOL Du hast recht! … Man könnte ein Zauberer sein! Man könnte sich ein wahres Wort aus einem Weibermund hervorhexen …

MAX Nun, also? Ich sehe dich gerettet! Cora ist ja gewiß ein geeignetes Medium … heute abend noch kannst du wissen, ob du ein Betrogener bist … oder ein …

ANATOL Oder ein Gott! … Max! … Ich umarme dich! … Ich fühle mich wie befreit … ich bin ein ganz anderer. Ich habe sie in meiner Macht …

MAX Ich bin wahrhaftig neugierig …

ANATOL Wieso? Zweifelst du etwa?

MAX Ach so, die andern dürfen nicht zweifeln, nur du …

ANATOL Gewiß! … Wenn ein Ehemann aus dem Hause tritt, wo er eben seine Frau mit ihrem Liebhaber entdeckt hat, und ein Freund tritt ihm entgegen mit den Worten: Ich glaube, deine Gattin betrügt dich, so wird er nicht antworten: Ich habe soeben die Überzeugung gewonnen … sondern: Du bist ein Schurke …

MAX Ja, ich hatte fast vergessen, daß es die erste Freundespflicht ist – dem Freund seine Illusionen zu lassen.

ANATOL Still doch …

MAX Was ist's?

ANATOL Hörst du sie nicht? Ich kenne die Schritte, auch wenn sie noch in der Hausflur hallen.

MAX Ich höre nichts.

ANATOL Wie nahe schon! … Auf dem Gange … *Öffnet die Tür* Cora!

CORA *draußen* Guten Abend! O du bist nicht allein […]

Aus: Arthur Schnitzler, Die Frage an das Schicksal, in: Arthur Schnitzler, Anatol, Dramen 1889–1891, Frankfurt/M. 1962, S. 36–41

Worterläuterungen:

1 *Ballerine:* Ballerina, Balletttänzerin
2 *Magnetismus:* Gesamtheit der magnetischen Erscheinungen; auch ein Heilverfahren
3 *Hypnotismus:* Lehre von der Hypnose, d. h. der Beeinflussung eines Menschen in einem tranceartigen Zustand
4 *Rauchfangkehrer:* österreichisch für Schornsteinfeger

Hinweise und Tipps

- ***Welche Aufgabenart liegt vor und wie sind die Teilaufgaben gewichtet?***
  Die Aufgabe kombiniert die Interpretation eines literarischen Textes – hier einer Dramenszene – mit einem aspektbezogenen Werkvergleich. Der Schwerpunkt liegt auf der Interpretationsaufgabe, auf die Sie folglich den Großteil der Bearbeitungszeit verwenden sollten.
- ***Was verlangt die Aufgabenstellung?***
  Ihnen liegt ein ***Dramenauszug*** *vor, den Sie* ***interpretieren****, d. h. in inhaltlicher, formaler und sprachlicher Hinsicht untersuchen müssen. Ein zusätzlicher Arbeitsauftrag gibt Ihnen eine Hilfestellung: Bei Ihrer Interpretation gilt es, besonders zu berücksichtigen, welche* ***Argumente der Protagonist*** *Anatol für seine misstrauische Haltung gegenüber seiner Geliebten anführt. Implizit enthalten ist in diesem Arbeitsauftrag auch die Frage nach der Logik seiner Denkweise. In einer zweiten Teilaufgabe sollen Sie schließlich ein* ***weiteres literarisches Werk Ihrer Wahl*** *heranziehen und dieses unter dem Aspekt der Treue mit dem Textauszug* ***vergleichen****.*
- ***Wie gehe ich bei der Bearbeitung der Aufgaben vor und wie kann ich meinen Aufsatz strukturieren?***
  Der vorliegende Dramenauszug dürfte Ihnen unbekannt sein; Sie müssen daher in ***Teilaufgabe a)*** *eine* ***textimmanente*** *Interpretation verfassen. Lesen Sie den Dialog genau und markieren Sie im Text Auffälligkeiten. Um die Struktur der Szene herauszuarbeiten, erweist es sich als hilfreich, nach* ***Wendepunkten und Zäsuren*** *zu suchen. Zeichnen Sie im Text Anfang und Ende der von Ihnen ermittelten* ***Abschnitte*** *ein und geben Sie diesen treffende Überschriften. Da eine Dramenanalyse immer auch* ***Kommunikationsanalyse*** *ist, müssen Sie das Verhältnis der beiden Figuren untersuchen. Stellen Sie Fragen wie: Welche Figur hat mehr Redeanteile? Gibt es eine Zäsur? Welche Intentionen verfolgen die Gesprächspartner? In welcher Stimmung befinden sich die beiden? In diesem Zusammenhang ist es unerlässlich, auch die* ***sprachliche Gestaltung*** *zu berücksichtigen. Deuten die Äußerungen auf Gefasstheit und Überlegenheit hin oder verrät die Sprache Unsicherheit oder Gereiztheit?*
  Beginnen Sie Ihre Ausarbeitung mit einer ***Einleitung****, in der Sie alle* ***Kerninformationen*** *zum dem Auszug unterbringen und Autor, Gattung, Titel, Entstehungsjahr sowie zentrales Thema nennen. Im* ***Hauptteil*** *stellen Sie den Fortgang des Gesprächs am besten* ***chronologisch*** *dar, um die Entwicklung bzw. mögliche Wendungen aufzeigen zu können. Es empfiehlt sich, gleich hier, bei der Wiedergabe des Inhalts, ausgewählte* ***rhetorische Mittel*** *einzubeziehen und in ihrer Funktion zu deuten. Wenn Sie die Sprache erst nach dem Inhalt in einem eigenen Block analysieren, besteht die Gefahr, dass Sie sich oft wiederholen müssen und zu viel Zeit verlieren. Abstrahieren Sie Ihre Beobachtungen und ziehen Sie Rückschlüsse auf* ***Anatols Selbst- und Menschenbild****. Sie werden rasch erkennen, dass er heuchlerisch argumentiert. Fassen Sie solche Erkenntnisse prägnant zusammen.*
  Die ***zweite Teilaufabe*** *lässt Ihnen einen gewissen Freiraum, da Sie das* ***Vergleichswerk*** *selbst bestimmen dürfen. Der vorgegebene Aspekt schränkt die Auswahl allerdings wieder ein, da es vor allem sinnvoll erscheint, einen Text auszusuchen, der auch eine* ***Liebesbeziehung*** *thematisiert. Denkbar wären Gegenüberstellungen*

mit „Faust" (Beziehung Fausts zu Gretchen), „Woyzeck" (Beziehung von Woyzeck und Marie), Schnitzlers „Traumnovelle" (Beziehung von Fridolin und Albertine) oder etwa Shakespeares „Romeo und Julia" als Inbegriff der Treue bis in den Tod. Im Lösungsvorschlag wird „Effi Briest" als Vergleichstext herangezogen. Vergegenwärtigen Sie sich in Gedanken die ***Handlung*** *des von Ihnen gewählten Werks. Sammeln Sie dann auf einem Konzeptpapier mögliche* ***Unteraspekte zu Treue:*** *Werden beispielsweise an das moralische Verhalten von Männern andere Maßstäbe gelegt als an das von Frauen? Wie sehen die Liebesbeziehungen der Figuren jeweils aus? Kommt es zu einem Liebesverrat? Wie wird der Treuebruch ausgestaltet? Wird er entdeckt? Welches Menschenbild verrät die Einstellung der Figuren zur Treue? Notieren Sie auf Ihrem Konzeptpapier zu allen aufgelisteten Aspekten kurz, wie sie in Schnitzlers „Frage an das Schicksal" sowie in dem von Ihnen gewählten Werk behandelt werden.*

– ***Was gibt es noch zu beachten?***
Eine Epocheneinordnung des Dramenauszugs wird von Ihnen nicht verlangt, doch haben Sie sich vermutlich im Unterricht auch mit der ***Literatur der Jahrhundertwende*** *(fin de siècle) beschäftigt. Wenn Sie in Schnitzlers Szene Elemente der damals von Intellektuellen erlebten Sprachkrise wiedererkennen, können Sie dies in Ihre Lösung einfließen lassen. Eine größere gedankliche Tiefe kann Ihre Ausarbeitung zudem gewinnen, wenn Sie Bezüge zu Wissen herstellen, das Sie in anderen Fächern erworben haben, etwa zur Psychoanalyse Sigmund Freuds.*

Strukturierter Schreibplan

A Stellenwert von Treue in Beziehungen

B Interpretation des Auszugs aus Schnitzlers Drama „Die Frage an das Schicksal"

1 Aufbau und Kurzüberblick über Inhalt

2 Abschnittsweise Untersuchung und Deutung
2.1 Gespräch über Hypnose
2.2 Eifersucht Anatols
2.3 Anatols Eingeständnis seiner eigenen Untreue
2.4 Hypnose als Ausweg?

3 Kommunikatives Verhalten von Max und Anatol

4 Menschen- und Weltbild Anatols (Epochenbezug)

C Vergleich mit „Effi Briest"

1 Überleitung: Liebesverrat als literarisches Thema

2 Kurzinhaltsangabe zu „Effi Briest"

3 Vergleichsaspekte
3.1 Ton der Darstellung

3.2 Untreue aus Liebe oder aus Lust am Abenteuer?
3.3 Festhalten am Ideal der Treue
3.4 Geschlechterbild
3.5 Rolle der Gesellschaft
3.6 Fazit: gesellschaftskritische Aussage

Lösungsvorschlag

Wie hältst du es mit der Treue? An dieser Frage scheitern viele Beziehungen. A
Dabei ist nicht nur der bewiesene Betrug oft ein Grund für die Trennung, auch der bloße Verdacht kann das Vertrauen in einer Partnerschaft unterhöhlen. In dem Auszug aus dem 1889 entstandenen Einakter „Die Frage an das Schicksal", der zu Arthur Schnitzlers „Anatol"-Zyklus gehört, verzweifelt Anatol über der Untreue, die er seiner Geliebten Cora unterstellt, obwohl er selbst ebenfalls fremdgeht. Erst als sein Freund Max ihm rät, Cora unter Hypnose zu befragen, beruhigt sich Anatol.

Der **vierteilige Aufbau** der Szene erzeugt einen Spannungsbogen: Während B
die beiden Freunde anfangs (Z. 1–30) eher allgemein über das Phänomen der 1
Hypnose diskutieren, bekommt das Gespräch urplötzlich eine existenzielle Dimension, als Anatol sich in die Vermutung hineinsteigert, seine Geliebte könne ihm untreu sein (Z. 31–93). In einem anderen Licht erscheint Anatols Eifersucht, als er sein eigenes Fremdgehen eingesteht (Z. 74–96). Im letzten Abschnitt schließt sich quasi der Kreis, da nun die Hypnose, die zunächst nur Spielerei war, als möglicher Ausweg aus Anatols Krise erscheint (Z. 97–130).

Unvermittelt blendet die Szene direkt in einen schon laufenden Dialog zwi- 2
schen Anatol und Max **ein**, sodass dem Leser bzw. Zuschauer erst allmählich 2.1
klar wird, wovon die Rede ist. Bewundernd beschreibt Max in einer Aufzählung, wie Anatol mittels Hypnose einer Frau unterschiedliche Szenen und Rollen (Ballerina, Tod des Geliebten, Königin) vorgegaukelt hat (vgl. Z. 4 ff.). Mit einem selbstzufriedenen Lächeln lässt sich Anatol aufgrund der Demonstration seiner hypnotischen Fähigkeiten als „Zauberer" (Z. 10) preisen. Allerdings relativiert er seine Macht, indem er erläutert, dass **Hypnose** nicht geheimnisvoller sei als das Leben an sich und nur deshalb „[u]nheimlich" (Z. 12) wirke, da sie eine eher **neue Entdeckung** sei. So vergleicht er die Hypnosetechnik mit der Erdrotation, die die Menschen zum Zeitpunkt ihrer Entdeckung verunsichert hat (vgl. Z. 15 f.), und stellt sich vor, dass die Wirkung eine ähnliche wäre, „wenn man den Frühling neu entdeckte" (Z. 18). Seine schwärmerischen Ausführungen, gekennzeichnet durch Ausrufe und Ellipsen (vgl. Z. 13 ff.), tut Max unwirsch als „Gefasel" (Z. 20) ab. Er scheut davor zurück, seinen freien Willen aufzugeben und sich möglicherweise demütigen zu lassen – etwa, indem man ihm im Schlaf suggerieren könnte, er sei ein „Rauchfangkehrer" (Z. 26), und er sich dann entsprechend verhalten würde. Während er

mehr den **spielerischen und manipulativen Aspekt** sieht (Anatol bezeichnet seine Beispiele als „Scherze", Z. 28), interessiert sich Anatol für die „**wissenschaftliche Verwertung**" (Z. 28 f.).

Mit diesem Stichwort bekommt ihre Unterredung einen ernsthaften Ton, da Anatol über die Unmöglichkeit klagt, sich selbst in Hypnose zu versetzen. Indem er seinen Brillantring anstarrt, versucht er vergeblich, sein Bewusstsein auszuschalten (vgl. Z. 34 ff.). Damit hofft er, den „Gedanke[n] an jenes Weib, das [ihn] wahnsinnig macht" (Z. 36 f.), vertreiben zu können. Der folgende **Dialog** zwischen Anatol und Max kreist dann auch um **Fragen der Liebe und Treue**; während er sich zunächst nur auf Anatols Geliebte Cora konzentriert, weitet sich der Blickwinkel dann auf das ganze weibliche Geschlecht, um zuletzt auch die Männer einzubeziehen. Anatol befindet sich in einem **erregten Zustand**, was sich auf sprachlicher Ebene in Ausrufen, Fragen und elliptischen Sätzen widerspiegelt. Die zahlreichen Auslassungspunkte zeigen, wie er nach Worten sucht, Pausen macht und überlegt: „Ja, mein Freund! … Noch immer!" (Z. 41, vgl. Z. 43 ff.) Diese zerfahrenen Äußerungen sind der **gesprochenen Sprache** nachempfunden und lassen die ganze Szene sehr lebensecht wirken. 2.2

Mit der steigernden Reihung „Ich bin unglücklich, bin toll" (Z. 41) bringt Anatol seine Gemütsverfassung auf den Punkt. Sein Freund ist in seine Sorgen eingeweiht – offenbar haben beide schon des Öfteren über das Thema diskutiert. Doch während Max davon ausgeht, dass Anatol „[n]och immer" (Z. 42) an Coras Treue zweifelt, ist dieser sich nun **sicher, dass er hintergangen wird** (vgl. Z. 45). Indem er mehrere Beschreibungen inniger Zweisamkeit aneinanderreiht („Während …", Z. 43 ff.), wird der Gegensatz zu seiner apodiktischen Behauptung „weiß ich, daß sie mich betrügt" (Z. 45) umso größer. Dabei verfügt er über keinerlei konkrete Beweise, sondern beruft sich allein auf sein Gefühl und seine **Ahnung** (vgl. Z. 49).

Als Max ihm vorwirft, irrationale Schlüsse zu ziehen, versteigt sich Anatol zu allgemeinen und **verallgemeinernden Betrachtungen über Frauen**, die „[i]mmer" (Z. 51) untreu seien. Untreue sei ein fixes Merkmal der weiblichen Natur (vgl. Z. 51 f.). Dabei verrät auch sein Vergleich, dass Frauen immer mehrere Liebschaften parallel unterhalten müssten, so wie er einige Bücher zeitgleich lese (vgl. Z. 52 f.), ein **stereotypes Frauenbild**. Dieses erinnert an das um 1900 beliebte Klischee der *femme fatale*, die unberechenbar und sexuell unersättlich ist und die Männer ins Verderben stürzt. Paradox ist Anatols Behauptung, dass Cora ihn „[u]nendlich" (Z. 55) liebe und ihm dennoch untreu sei. Bei der Wahl ihrer vermuteten Liebhaber gehe es ihr offenbar nicht um sozialen Rang oder um Vermögen: In einem Parallelismus kontrastiert Anatol soziale Extreme und spekuliert, dass Cora ein Verhältnis mit einem Fürsten oder aber einem Poeten (vgl. Z. 57 f.) unterhalten könne. Nach seinem Frauenverständnis kann sie gar nicht anders: Sie muss fremdgehen. „Sie ist wie jede" (Z. 61), lebenslustig, unreflektiert und oberflächlich. In dem folgenden kurzen Dialog zwischen Cora und sich, den Anatol erfindet und zugleich interpretiert, wird deutlich, dass es **keine Lösung** für das ihn umtreibende Problem gibt. Auch wenn Cora seine Fragen, ob sie ihn liebe bzw. ihm treu sei, bejahe, könne er ihr doch nicht glauben: „Woher soll man also die Gewißheit nehmen?" (Z. 66 f.) Ohne greifbare Indizien für ein Fehlverhalten seiner Geliebten zu haben, zermartert Anatol sich und steigert sich in seine **Eifersucht** hinein. Rhetorische Fragen (vgl. Z. 57, 61, 66 f.), Ausrufe (vgl. Z. 72, 76) und Satzabbrüche (vgl. Z. 67, 70) spiegeln auf sprachlicher Ebene seine wachsende Erregung wider. Anatol redet sich in Rage. Da Frauen in seinen Augen **nur für den Augenblick treu** sein können, muss seiner Logik zufolge auch Cora ihn betrügen. Entgegen konventionellen romantischen Vorstellungen sei **Liebe kein Grund für Treue** (vgl. Z. 71 f.). Sei sie ihm treu, stecke dahinter eher der „reine Zufall" (Z. 69) als ein moralisches Prinzip.

Der Beweis, den Anatol für seine Argumentation liefert, bildet eine deutliche **Zäsur** der Szene und verändert den Blickwinkel des Lesers/Zuschauers komplett. Während sich zunächst ein Mann in die fixe Idee verrannt hat, dass seine Geliebte ihn hintergehe, gibt dieser im Folgenden (Z. 74–91) preis, dass **er selbst Cora betrügt, obwohl er sie liebt** (vgl. Z. 74). Den Einwand von Max, dass Männer in sexueller Hinsicht anders zu beurteilen seien, wischt Anatol weg und vertritt nun ein ganz **modernes Geschlechterbild:** „Ganz gleich sind wir." (Z. 78) Nachdem es zunächst danach ausgesehen hat, als würde Anatol die Untreue zum spezifisch weiblichen Charakterzug stilisieren, stellt er sie nun als allgemein menschlich dar. Die Unberechenbarkeit und Unzuverlässigkeit in Bezug auf Gefühle und monogame Liebe gilt also für Frauen und Männer gleichermaßen. „Wenn ich einer sage: Ich liebe dich, nur dich – so fühle ich nicht, daß ich sie belüge, auch wenn ich in der Nacht vorher am Busen einer andern geruht." (Z. 78 ff.) Wieder wird das **Gefühl zur Autorität**, auf die sich Anatol beruft und die mehr Bedeutung hat als Tatsachen. So wie er anfangs sein Wissen um Coras Untreue auf eine Ahnung zurückgeführt hat, betrachtet er eine Lüge nicht als solche, weil sie sich nicht nach Betrug anfühlt. Indem er alles so dreht, dass es in seine Argumentation passt, entpuppt sich **Anatol** als **egozentrisch und scheinheilig**. 2.3

Der **laxe Umgang mit der Wahrheit** und die **sexuelle Prinzipienlosigkeit** sind aber keine charakterlichen Defizite, die nur Anatol prägen. Seine elliptischen rhetorischen Fragen „Und du vielleicht nicht? Und sie, meine angebetete Cora vielleicht nicht?" (Z. 82 f.) entlarven, dass die ganze **Gesellschaft genauso denkt** und handelt. Wieder imaginiert Anatol kurze Wortwechsel, die die Situation veranschaulichen: Einmal stellt er sich vor, dass er seine Freundin mit dem Versprechen, alles zu vergeben, anflehen würde, ihm die Wahrheit zu sagen. Doch „[s]ie würde lügen wie vorher – und ich wäre soweit als vorher." (Z. 85 f.) Und er würde, wäre er der Befragte, genauso antworten und „mit einem seligen Lächeln … mit dem reinsten Gewissen" (Z. 89) seine Treue beschwören und mit dieser Unwahrheit die Partnerin glücklich machen. In Anatols desillusioniertem Welt- und Menschenbild sind damit **alle Beziehungen auf wechselseitigem Lügen und Betrügen aufgebaut**. Gleichzeitig spitzt sich Anatols Dilemma zu: Er wünscht sich eifersüchtig von der Frau etwas, das er selbst nicht zu leisten bereit ist, und ist zudem nicht in der Lage, den Beteuerungen ihrer Treue zu glauben. Die Treue erscheint nicht beweisbar, da alle **Worte potenziell unzuverlässig** und verlogen sind. Anatol sieht kein „untrügliches Mittel" (Z. 94), um von Frauen, die er mit antithetischen Adjektiven als „dumm[e], süß[e], hassenswert[e] Geschöpfe" (Z. 94) umschreibt, die Wahrheit zu erzwingen.

Der Vorschlag von Max, die **Hypnose als Instrument der Wahrheitsfindung** 2.4
einzusetzen, bewirkt einen Umschwung im Dialog sowie in Anatols Stimmung. Diese gerade in der Wiener Moderne durch die **Psychoanalyse** Sigmund Freuds populär gewordene Methode, Unterbewusstes an den Tag zu bringen, soll auch hier Abhilfe schaffen. Max überzeugt den noch zögernden Freund mit einer ganzen Litanei von möglichen Fragen, die man der vermeintlich untreuen Cora wie in einem Verhör stellen könnte (vgl. Z. 104 ff.). Schließlich ist auch Anatol begeistert von der Aussicht, „ein wahres Wort aus einem Weibermund hervor[zu]hexen" (Z. 109 f.), wobei er mit seiner metaphorischen Formulierung deutlich macht, dass Frauen und Wahrheit für ihn unvereinbare Gegensätze bilden. Die Vorstellung, durch die Hypnose die Frau „in [s]einer Macht" (Z. 114) zu haben und endlich Klarheit gewinnen zu können, berauscht ihn geradezu. Als Max anmerkt, dass er neugierig ist, ob sich Anatols Verdacht bestätigen lässt, reagiert dieser ungehalten und mit einem Gleichnis: Auch wenn ein Ehemann soeben seine Frau bei einem Seitensprung ertappt hat, wird er einen Freund, der ihn über die Untreue seiner Frau informieren will, zurückweisen und den Schein aufrechterhalten. Max zieht aus diesem Beispiel die paradoxe Lehre, dass es „die erste Freundespflicht" sei, „dem Freund seine Illusionen zu lassen" (Z. 122 f.). Es erscheint widersinnig und wie eine **ironische Pointe**, dass man einen **Freund in seinem falschen Glauben belassen** soll. Auf Anatols Fall angewendet, würde das bedeuten, dass Max nicht Anatols Überzeugung von Coras Untreue zerstören dürfe. Es wirkt, als wäre Anatol erst dann beruhigt, wenn er Coras Treulosigkeit definitiv beweisen könnte.

Der Dialog der beiden Freunde wird durch die **Ankunft Coras** beendet, die überrascht, vielleicht auch enttäuscht ist, Anatol nicht allein vorzufinden. Dramaturgisch geschickt wurde durch das lebhafte Gespräch die **Neugier** des Lesers bzw. Zuschauers auf den Fortgang der Handlung geweckt: Wie wird Cora agieren? Welche Wahrheiten wird die Hypnose ans Tageslicht befördern?

Der vorliegende **Dialogausschnitt** wird **von Anatol dominiert**, wohingegen 3
Max lediglich als Stichwortgeber fungiert, der Fragen stellt oder knappe Einwände vorbringt. Erst mit dem Hinweis auf die Hypnose gibt er einen Impuls, der die Handlung beeinflusst. Ansonsten tritt Anatol als Experte für Hypnose auf, der Max belehrt, er **monologisiert**, erläutert sein Frauen- bzw. Menschenbild und vergegenwärtigt Dialoge mit Cora bzw. anderen Geliebten, die er tat-

sächlich so geführt hat oder so geführt haben könnte. Die zahlreichen **Konditionalgefüge** („Wenn …“, vgl. Z. 23 f., 36, 62 f., 78, 83, 118) zeigen, dass Anatol **Gedankenspiele** anstellt.

Dabei scheint er besessen von seinem Verdacht; entlastende Zeichen, die für 4
Coras Unschuld sprechen, lässt er nicht gelten. Scheinheilig wirkt, dass er das, was er Cora ohne konkreten Beweis vorwirft, selbst tut. Die **Liebe** als zentrale Form der zwischenmenschlichen Bindung wird **entwertet**; dauerhafte, auf einen einzigen Menschen konzentrierte Gefühle erscheinen in einer bigotten Gesellschaft unmöglich. Das Treue- und Liebesgeständnis hat nach Anatols Meinung nur in dem Moment, in dem es geäußert wird, Geltung. Somit erweist sich nicht nur die **Liebe als trügerisch**, auch die **Sprache wird zum Medium der Lüge**, das sich nicht eignet, um zur Wahrheit vorzudringen. Hier scheint ein Reflex der **Sprachkrise** auf, die um 1900 die Dichter und Philosophen beschäftigte: Man misstraute der Sprache und bezweifelte, dass man über sie die Wirklichkeit erfassen oder sich mit dem Gegenüber eindeutig verständigen könne. Anatol erweist sich als **typisches Kind der Wiener Moderne**, das egozentrisch nur die eigene Befriedigung sucht, Liebe als hohles Wort betrachtet und nach außen den Schein wahrt.

Liebe und Liebesverrat zählen zu den zentralen Themen des menschlichen C
Lebens und damit auch der Literatur. Wie eine literarische Figur über Treue 1
denkt, verrät viel über sie selbst, aber auch über die jeweilige Gesellschaft und die geltende Moral. In unmittelbarer zeitlicher Nachbarschaft sind Arthur Schnitzlers Drama „Die Frage an das Schicksal“ (1889) und Theodor Fontanes Berliner Gesellschaftsroman „Effi Briest“ (1894) erschienen. Beide Texte **variieren das Thema Treue**, wenn auch mit ganz unterschiedlichen Akzenten und Deutungen.

„**Effi Briest**“ gilt als Ehebruchsroman. Die junge, wohlbehütete Effi **heiratet** 2
auf Wunsch ihrer Eltern einen wesentlich älteren Mann, der ihrer Mutter früher den Hof gemacht hat. Ihre naiven Vorstellungen von Ehe und Liebe werden jedoch rasch ernüchtert. Geert von Innstetten ist Landrat in einem unwirtlichen Küstenstädtchen und vernachlässigt über seiner politischen Karriere seine junge Frau, die sich einsam fühlt und – trotz der bald nach der Hochzeit geborenen Tochter – rasch langweilt. Schließlich lässt sie sich auf eine **Affäre** mit Major Crampas, einem verheirateten Lebemann, ein. Innstettens Versetzung nach Berlin beendet diese verstohlene Beziehung, worüber Effi erleichtert ist. Erst Jahre später – Effi ist gerade zur Kur – wird der **Ehebruch enthüllt**, als Innstetten zufällig alte Liebesbriefe von Crampas bei den Unterlagen seiner Frau findet. Unfähig, den verjährten Betrug zu verzeihen, klammert sich Innstetten an die Konventionen. Um seine Ehre wiederherzustellen, tötet er Crampas im **Duell** und lässt sich von Effi **scheiden**. Die Tochter Anni wird der Mutter weggenommen. Nachdem die Eltern Briest sich zuerst von Effi losgesagt haben, nehmen sie zuletzt ihre Tochter wieder auf. Bald darauf stirbt diese gesundheitlich zerrüttet.

Der doppelt tödliche Ausgang von Fontanes Roman markiert, dass die Themen 3
Ehe- und Treuebruch in einem ganz anderen **Ton** verhandelt werden als in 3.1
Schnitzlers Szene. Auch wenn Anatol über der Ungewissheit, ob Cora ihm ergeben ist, verzweifelt, hat der Wortwechsel mit Max doch spielerische Züge. Sogar die Versuchsanordnung, per Hypnose der Frau die Wahrheit zu entlocken, hat eine frivole Note. Schnitzler stellt die erotischen Nöte des Verführers Anatol mit frechem Witz dar, wohingegen Fontane das Scheitern Effis mit melancholischem Humor und Anteilnahme zeichnet.

Dabei ist das **Spielerische** durchaus auch ein Wesensmerkmal Effis, die einmal 3.2
als „Tochter der Luft“ bezeichnet wird. So wie sie als Mädchen auf der Schaukel immer waghalsiger wird, spielt sie auch mit dem Reiz der Affäre. Die Beziehung mit Crampas scheint nicht nur ihr Bedürfnis nach Nähe, sondern auch ihre **Lust am Abenteuer** zu stillen. Andererseits bedrückt sie das permanente Versteckspiel und sie reagiert mit großer Erleichterung, als sie mit Innstetten nach Berlin umziehen kann. Sie hintergeht Innstetten **nicht aus Liebe** zu einem anderen, sondern eher aus Vernachlässigung. **Anatol** betrachtet den Flirt dagegen offenbar als Sport und lässt sich eher mit dem Spielertyp **Crampas** vergleichen. Dabei unterhält er Beziehungen zu mehreren Frauen. Sein Liebesgeständnis ist wohl stets ernst gemeint, aber vorläufig. Liebe und Untreue lassen sich demzufolge für ihn vereinen. Dadurch wirken die **Liebschaften austauschbar** und haben lediglich die Funktion, die **eigene Sexualität auszuleben**.

Beide Romane handeln **nicht von der Liebe**, die von der **Treue bis in den** 3.3
Tod gekennzeichnet ist, dennoch spiegeln beide das **Ideal:** Anatol will unbedingt eine Garantie für die Treue seiner Geliebten, auch wenn er nicht an sie glauben kann. Effi scheint als Mädchen ebenfalls dem Traum von romantischer und treuer Liebe anzuhängen. Es gibt also Treue als Wert, doch gelingt es nicht, sie in den Paarbeziehungen zu leben. Bezeichnenderweise beweisen das Dienstmädchen Roswitha und der **Hund Rollo** wahre Treue gegenüber Effi. Auch als sie von der Welt gemieden wird, halten sie zu ihr.

Erstaunlich ist das moderne **Geschlechterbild Anatols**, das wohl kaum den um 3.4
1900 gängigen Konventionen entspricht. Anders als sein Freund Max betrachtet er sexuelle Bedürfnisse nicht als eine rein männliche Eigenschaft. Und er hält nicht nur die Frauen generell für untreu, sondern er ist davon überzeugt, dass **alle Menschen**, also auch Männer, **nicht monogam** leben können. Bei **Fontane** wird ein weniger radikales Menschenbild vermittelt als dasjenige Anatols. Jedoch stellt auch er sich nicht auf die Seite der offiziellen Moral, er verurteilt nicht, im Gegenteil: Die Sympathien des Erzählers gehören eindeutig Effi. **Innstetten** hat nicht mit Effis „Schritt vom Wege“ gerechnet. Stattdessen geht er ganz automatisch davon aus, dass seine junge Ehefrau ihm – gemäß der herrschenden Moral – treu bleiben wird, ohne dass er sich besonders um sie bemühen muss. Von außerehelichen Verhältnissen seinerseits berichtet der Erzähler nichts. Stattdessen gehört Innstettens wahre Liebe seiner Karriere.

In Schnitzlers Szene werden die möglichen Folgen eines Treuebruchs nicht thematisiert. Die **gesellschaftliche Wirklichkeit**, die Fontane wiedergibt, offenbart dagegen klar die **Frauen als Unterlegene**. Effi wird ohne klärendes Gespräch verstoßen, darf lange ihre Tochter nicht mehr sehen, verliert ihren sozialen Status. Major Crampas, der ja ebenfalls Ehebruch begeht, wird zwar im Duell erschossen, doch hat er als Mann immerhin die Möglichkeit, sich zu wehren. 3.5

Entscheidend ist in beiden Texten die **öffentliche Meinung**. Anatol würde es nicht einmal aus dem Mund eines Freundes hören wollen, dass seine Frau ihn betrügt. Die Ehre und der äußere Schein zählen viel – sie treiben auch Innstetten dazu, Crampas zum Duell zu fordern, obwohl er keinen Hass empfindet. Das „Gesellschafts-Etwas" fordert seinen Tribut. Die Fassade von Ehre und Treue muss gewahrt bleiben, auch wenn die Realität ganz anders aussieht.

Sowohl Schnitzlers Drama als auch Fontanes Roman zeichnen das Bild einer **heuchlerischen Gesellschaft**, die zwar den Wert der Treue nach außen hochhält und verteidigt, ihn im Zwischenmenschlichen aber nicht lebt. Während Schnitzler dieses Missverhältnis am Beispiel Anatols sehr deutlich vorführt, entlarvt Fontane auf verständnisvollere Weise die menschlichen Schwächen. Sein Roman macht weniger die Protagonistin als die sozialen Umstände für den Treuebruch verantwortlich. 3.6

Deutsch Bayern – Abiturprüfung 2020: Aufgabe 3: Interpretieren eines literarischen Textes

a) Interpretieren Sie den Anfang von Daniel Kehlmanns Roman „F"! Arbeiten Sie dabei insbesondere heraus, wie Martin das Verhältnis zu seinem Vater reflektiert!

b) Zeigen Sie ausgehend von Ihren Ergebnissen vergleichend auf, wie eine problematische Familienkonstellation in einem anderen literarischen Werk gestaltet wird!

Der Schwerpunkt der Aufgabenstellung liegt auf Teilaufgabe a).

Vorbemerkung

Daniel Kehlmanns Roman erzählt die Lebensgeschichten der drei (Halb-)Brüder Martin, Eric und Iwan. In diesem Kontext reflektiert der Roman über Wahrheit und Lüge sowie über Familie, Fälschung und Fiktion. Der folgende Ausschnitt stellt den Anfang des Romans dar.

Daniel Kehlmann (geb. 1975)
F (erschienen 2013)

Jahre später, sie waren längst erwachsen und ein jeder verstrickt in sein eigenes Unglück, wusste keiner von Arthur Friedlands Söhnen mehr, wessen Idee es eigentlich gewesen war, an jenem Nachmittag zum Hypnotiseur zu gehen.

Es war das Jahr 1984, und Arthur hatte keinen Beruf. Er schrieb Romane, die kein Verlag drucken wollte, und Geschichten, die dann und wann in Zeitschriften erschienen. Etwas anderes tat er nicht, aber seine Frau war Augenärztin und verdiente Geld.

Auf der Hinfahrt sprach er mit seinen dreizehnjährigen Söhnen über Nietzsche und Kaugummimarken, sie stritten über einen Zeichentrickfilm, der gerade im Kino lief und von einem Roboter handelte, der auch der Erlöser war, sie stellten Hypothesen darüber auf, warum Yoda[1] so seltsam sprach, und sie fragten sich, ob wohl Superman stärker war als Batman. Schließlich hielten sie vor Reihenhäusern einer Straße in der Vorstadt. Arthur drückte zweimal auf die Hupe, Sekunden später flog eine Haustür auf.

Sein ältester Sohn Martin hatte die letzten beiden Stunden am Fenster gesessen und auf sie gewartet, schwindlig vor Ungeduld und Langeweile. Die Scheibe war von seinem Atem beschlagen, er hatte mit dem Finger Gesichter gezeichnet, ernste, lachende und solche mit aufgerissenen Mäulern. Wieder und wieder hatte er das Glas blank gewischt und zugesehen, wie sein Atem es mit feinem Nebel überzog. Die Wanduhr hatte getickt und getickt, warum dauerte es so lange? Wieder ein Auto, und wieder war es ein anderes, und wieder eines, und noch immer waren es nicht sie.

Und plötzlich hielt ein Auto und hupte zweimal.

Martin rannte den Flur entlang, vorbei an dem Zimmer, in das seine Mutter sich zurückgezogen hatte, um Arthur nicht sehen zu müssen. Vierzehn Jahre war es her, dass er leichthin und schnell aus ihrem Leben verschwunden war, aber noch immer quälte es sie, dass er existieren konnte, ohne sie zu brauchen. Martin lief die Stufen hinab, den unteren Flur entlang, hinaus und über die Straße – so schnell, dass er das heranrasende Auto nicht sah. Bremsen quietschten neben ihm, aber schon saß er auf dem Beifahrersitz, die Hände über dem Kopf zusammengeschlagen, und jetzt erst setzte sein Herz einen Augenblick aus.

„Mein Gott", sagte Arthur leise.

Der Wagen, der Martin fast getötet hätte, war ein roter VW Golf. Der Fahrer hupte sinnloserweise, vielleicht weil er spürte, dass es nicht anging, nach so einem Vorfall gar nichts zu tun. Dann gab er Gas und fuhr weiter.

„Mein Gott", sagte Arthur noch einmal. Martin rieb sich die Stirn.

„Wie kann man so blöd sein?", fragte einer der Zwillinge auf der Rückbank. Martin war es, als hätte sein Dasein sich gespalten. Er saß hier, aber zugleich lag er auf dem Asphalt, reglos und verdreht. Ihm schien sein Schicksal noch nicht ganz entschieden, beides war noch möglich, und für einen Moment hatte auch er einen Zwilling – einen, der dort draußen nach und nach verblasste.

„Hin könnte er sein", sagte der andere Zwilling sachlich. Arthur nickte.

„Aber stimmt das auch? Wenn Gott noch etwas mit ihm vorhat. Was auch immer. Dann kann ihm nichts passieren."

„Aber Gott muss gar nichts vorhaben. Es reicht, wenn er es weiß. Wenn Gott weiß, er wird überfahren, wird er überfahren. Wenn Gott weiß, ihm passiert nichts, passiert ihm nichts."

„Aber das kann nicht stimmen. Dann wäre es egal, was man macht. Papa, wo ist der Fehler?

„Gott gibt es nicht", sagte Arthur. „Das ist der Fehler."

Alle schwiegen, dann ließ Arthur den Motor an und fuhr los. Martin spürte, wie sein Herzschlag sich beruhigte. Ein paar Minuten noch, und es würde ihm wieder selbstverständlich vorkommen, dass er am Leben war.

„Und in der Schule?", fragte Arthur. „Wie läuft es?"

Martin sah seinen Vater von der Seite an. Arthur hatte ein wenig zugenommen, seine Haare, damals noch nicht grau, waren wie immer so wirr, als wären sie noch nie gekämmt worden. „Mathematik fällt mir schwer, ich könnte durchfallen. Französisch ist immer noch ein Problem. Englisch nicht mehr, zum Glück." Er sprach schnell, um möglichst viel zu sagen, bevor Arthur das Interesse verlor. „In Deutsch bin ich gut, in Physik haben wir einen neuen Lehrer, in Chemie ist es wie immer, aber bei den Experimenten –"

„Iwan", fragte Arthur, „haben wir die Eintrittskarten?"

„In deiner Tasche", antwortete einer der Zwillinge, und jetzt wusste Martin wenigstens, wer von beiden Iwan war und wer Eric.

Er betrachtete sie im Rückspiegel. Wie jedes Mal kam etwas an ihrer Ähnlichkeit ihm falsch vor, übertrieben, wider die Natur. Und dabei sollten sie erst einige Jahre später damit beginnen, sich gleich zu kleiden. Diese Phase, in der es ihnen Spaß machte, nicht unterscheidbar zu sein, sollte erst in ihrem achtzehnten Jahr enden, als sie für kurze Zeit selbst nicht mehr sicher wussten, wer von ihnen wer war. Danach sollte sie immer wieder das Gefühl überkommen, dass sie sich einmal verloren hatten und seither jeder das Leben des anderen führte; so wie Martin nie mehr ganz den Verdacht loswerden sollte, dass er eigentlich an jenem Nachmittag auf der Straße gestorben war.

„Glotz nicht so blöd“, sagte Eric.

Martin fuhr herum und griff nach Erics Ohr. Beinahe hätte er es zu fassen bekommen, aber sein Bruder wich aus, packte seinen Arm und drehte ihn mit einem Ruck nach oben. Er schrie auf.

Eric ließ los und stellte fröhlich fest: „Gleich weint er.“

„Schwein“, sagte Martin mit zitternder Stimme. „Blödes Schwein.“

„Stimmt“, sagte Iwan. „Gleich weint er.“

„Schwein.“

„Selber Schwein.“

„Du bist das Schwein.“

„Nein, du.“

Dann fiel ihnen nichts mehr ein. Martin starrte aus dem Fenster, bis er sicher war, dass keine Tränen mehr kommen würden. Über die Schaufenster am Straßenrand glitt das Spiegelbild des Autos: verzerrt, gestreckt, zum Halbrund gekrümmt.

„Wie geht es deiner Mutter?“, fragte Arthur.

Martin zögerte. Was sollte er darauf antworten? Arthur hatte diese Frage schon ganz zu Anfang gestellt, vor sieben Jahren, bei ihrer ersten Begegnung. Sehr hochgewachsen war sein Vater ihm vorgekommen, aber müde auch und abwesend, wie umgeben von feinem Nebel. Er hatte Scheu vor diesem Mann empfunden, aber zugleich, ohne dass er hätte sagen können, warum, auch Mitleid.

„Wie geht es deiner Mutter?“, hatte der Fremde gesagt, und Martin hatte sich gefragt, ob das nun tatsächlich der Mann war, den er so oft in seinen Träumen getroffen hatte, immer in dem gleichen schwarzen Regenmantel, stets ohne Gesicht. Aber erst an diesem Tag in der Eisdiele, während er in seinem Früchtebecher mit Schokoladensauce stocherte, war Martin klargeworden, wie sehr er es genossen hatte, keinen Vater zu haben. Kein Vorbild, keinen Vorgänger und keine Last, nur die vage Vorstellung von jemandem, der vielleicht eines Tages auftauchen würde. Und das sollte er nun sein? Seine Zähne waren nicht sehr gerade, seine Haare waren wirr, auf seinem Kragen war ein Fleck, und seine Hände sahen verwittert aus. Ein Mann war das, der auch ein anderer hätte sein können; ein Mann, der aussah wie irgendeiner der vielen Menschen auf der Straße, in der Bahn, irgendwo.

„Wie alt bist du genau?“

Martin hatte geschluckt und es ihm dann gesagt: sieben Jahre.

„Und das ist deine Puppe?“

Martin brauchte einen Moment, um zu begreifen, dass sein Vater nach Frau Müller gefragt hatte. Er hatte sie wie immer dabei, er hielt sie unter dem Arm, ohne darüber nachzudenken.

„Wie heißt sie denn?“ Martin sagte es ihm.

„Komischer Name.“

Martin wusste nichts zu antworten. Frau Müller hatte immer so geheißen, das war einfach ihr Name. Er bemerkte, dass seine Nase lief. Er blickte um sich, aber Mama war nicht mehr zu sehen. Sie hatte schweigend die Eisdiele verlassen, sobald Arthur hereingekommen war.

Wie oft Martin später auch an diesen Tag zurückdachte und wie sehr er sich bemühte, ihr Gespräch aus dem Dunkel seines Gedächtnisses zu holen, es wollte ihm nicht gelingen. Es lag wohl daran, dass er sich diese Unterhaltung vorher zu oft ausgemalt hatte und dass die Dinge, die sie tatsächlich zueinander sagten, schon kurz darauf mit jenen, die er in all den Jahren erfunden hatte, in eins geflossen waren: Hatte Arthur ihm wirklich gesagt, er habe keinen Beruf und bringe das Leben damit zu, über das Leben nachzudenken, oder war es nur so, dass Martin diese Antwort später, als er mehr über seinen Vater wusste, für die einzig passende hielt? Und konnte es sein, dass Arthur auf die Frage, warum er ihn und seine Mutter alleingelassen habe, wirklich entgegnet hatte, wer sich der Gefangenschaft, dem kleinen Leben, dem Mittelmaß und der Verzweiflung überantworte, der könne keinem anderen helfen, weil auch ihm nicht zu helfen sei, der bekomme Krebs, dessen Herz verfette, der lebe nicht lange und verwese bei noch atmendem Leib? Es war Arthur durchaus zuzutrauen, einem Siebenjährigen so eine Antwort zu geben, aber es kam Martin unwahrscheinlich vor, dass er sich wirklich getraut haben sollte, diese Frage zu stellen.

Nach drei Monaten erst war sein Vater wiedergekommen. Diesmal hatte er Martin von zu Hause abgeholt, in einem Auto mit zwei gespenstisch ähnlichen Jungen auf der Rückbank, im ersten Moment hatte Martin sie für eine optische Täuschung gehalten. Die beiden wiederum hatten ihn kurz mit großer und bald nur mehr mit mäßiger Neugier betrachtet, sie waren ganz konzentriert auf sich selbst, gefangen im Rätsel ihrer Verdoppelung.

[…]

Aus: Daniel Kehlmann, F, Reinbek bei Hamburg: Rowohlt 2013, S. 7–14

Worterläuterung:
1 Yoda: Figur aus den Star-Wars-Filmen

Hinweise und Tipps

- ***Welche Aufgabenart liegt vor und wie sind die Teilaufgaben gewichtet?***
  Die Aufgabe ist wie üblich zweigeteilt in die Teilaufgabe a), in welcher der Text interpretiert werden soll, und in die Teilaufgabe b), die aus einer Vergleichsaufgabe besteht. Der Schwerpunkt der Aufgabenstellung liegt dabei auf Teilaufgabe a).
- ***Was verlangt die Aufgabenstellung?***
  *Die Teilaufgabe a) verlangt von Ihnen, dass Sie über **Inhalt und Aufbau** der Textstelle informieren, dass Sie **sinnvolle Erschließungskategorien** an den epischen Text anlegen und diesen **mit Blick auf die zentrale Fragestellung** – das Verhältnis Martins zu seinem Vater – interpretieren. Dabei müssen Sie auf die gesamte Familienkonstellation achten (vgl. Teilaufgabe b), über die man im vorliegenden **Romananfang** schon viel erfährt. Ausgehend von Ihren Ergebnissen sollen Sie dann in b) einen **Vergleich** mit einem anderen literarischen Werk vornehmen, wobei Sie geeignete Vergleichskriterien aufstellen müssen.*

– ***Wie gehe ich bei der Bearbeitung der Aufgaben vor und wie kann ich meinen Aufsatz strukturieren?***
Auch wenn eine formalisierte Gliederung in (alpha)numerischer Form nicht mehr Teil der Aufgabenstellung ist, müssen Sie Ihren Text eingehend ***planen*** *und sinnvoll strukturieren, denn nur so können Sie die gedanklich komplexe Interpretationsleistung nachvollziehbar machen.*
Wählen Sie eine geeignete ***Hinführung*** *zum Hauptteil, der Interpretation mit anschließendem Vergleich. Es bietet sich an, dass Sie dazu Informationen aus der Vorbemerkung nutzen, die auf die zentrale Thematik und den Titel des Romans hinweisen. Dieser besteht nur aus dem Buchstaben F und ist daher deutungsoffen, worauf Sie sinnvollerweise erst nach der Analyse der einzelnen Aspekte eingehen sollten. In der Einleitung bietet es sich an, die Besonderheiten der Textsorte zu thematisieren, da dem Romananfang immer ein besonderer Stellenwert im gesamten Text zukommt.*
Der Interpretationsteil beginnt mit einer knappen ***Inhaltsangabe*** *des Textauszugs, wobei Sie sich hier zunächst auf eine* ***Information über den Verlauf der (äußeren) Handlung*** *beschränken sollten. Bei der folgenden Beschreibung des* ***Aufbaus des Textausschnitts*** *muss gut überlegt werden, welche Aspekte der inneren und äußeren Handlung hier bereits genauer angesprochen werden müssen, denn im weiteren Verlauf der Interpretation soll es nicht zu unnötigen Wiederholungen kommen. Das ist beim vorliegenden Roman nicht leicht, denn das Geschehen ist eng mit der* ***Zeitstruktur****, dem* ***Erzählverhalten und der Erzählperspektive*** *verknüpft. Daher werden diese beiden Analyseaspekte in den folgenden Abschnitten eingehend untersucht. Da die Fragestellung a) einen Analyseschwerpunkt, nämlich die* ***Frage, wie Martin das Verhältnis zu seinem Vater reflektiert****, explizit vorgibt, müssen Sie diesen Aspekt in das Zentrum Ihrer Interpretation rücken. Vor allem müssen Sie den entscheidenden Hinweis, den die Vergleichsaufgabe b) liefert, beachten: Im Mittelpunkt steht eine* ***problematische Familienkonstellation****. Sie sollten daher, noch bevor Sie Martins Verhältnis zu seinem Vater näher untersuchen, zunächst diese Familienkonstellation beschreiben. Bei Ihren Ausführungen müssen Sie daran denken, die* ***sprachlich-stilistische Gestaltung*** *und die* ***erzähltechnischen Besonderheiten*** *des Textes stets in ihrer* ***Funktion und Wirkung*** *zu beschreiben. Zum Abschluss der Interpretation* ***fassen Sie die Ergebnisse zusammen*** *und ergänzen sie gegebenenfalls um zusätzliche Aspekte. Dabei können die Hinweise aus der Vorbemerkung der Aufgabenstellung einfließen.*
Die ***Vergleichsaufgabe*** *schließt sich nahtlos an diesen (umfangreicheren) Interpretationsteil an. Dadurch entsteht eine geschlossene Darstellung, bei der stets auch auf entsprechende Überleitungen zu achten ist. Sie sollen ein literarisches Werk heranziehen, in dem ebenfalls eine problematische Familienkonstellation gestaltet wird. Im Sinne des erweiterten Literaturbegriffs eignen sich hier zahlreiche Werke der deutsch- oder fremdsprachigen Literatur, worunter auch Filme fallen. Im Lösungsvorschlag wurde* ***Wolfgang Herrndorfs „Tschick“*** *ausgewählt. Keinesfalls dürfen Sie sich nur auf einen Inhaltsüberblick beschränken. Finden Sie geeignete Vergleichskategorien, um beide Werke einander gegenüberzustellen. Es empfiehlt sich, Ihren Aufsatz mit einem Schlussgedanken abzurunden. Allerdings können auch die Ausführungen zum Vergleichswerk geeignet sein, die Thematik abzuschließen.*

Strukturierter Schreibplan

1 Der Romananfang als „Keim des Ganzen“: eine problematische Familienkonstellation

2 Interpretation des Anfangs des Romans „F“ von Daniel Kehlmann

2.1 Inhaltsüberblick

2.2 Aufbau der Geschichte

- Einführung der Protagonisten und Zeitsprung in das Jahr 1984 (Z. 1–3)
- Lebensumstände des Vaters als brotloser Schriftsteller mit Familie (Z. 4–6)
- Abholung des älteren Sohns bei dessen Mutter (Z. 7–25)
- Fast-Unfall Martins beim Überqueren der Straße und unterschiedliche Reaktionen darauf (Z. 25–51)
- Gespräch des Vaters mit Martin (Z. 32–62)
- Differenzen zwischen Martin und den Zwillingen (Z. 63–84)
- Erkundigung des Vaters nach dem Befinden der Mutter als Auslöser für Martins Erinnerung an das erste Treffen mit dem Vater (Z. 85–113)
- Wiederholte Erinnerung an das Treffen in den Folgejahren (Z. 114–128)
- Erinnerung Martins an die erste Begegnung mit den Zwillingen (Z. 129–134)

2.3 Gestaltung der Zeitstruktur

- Durchbrechen der Chronologie des Erzählens
- Verschiedene Zeitebenen durch Rückblenden und Vorausdeutungen
- Erzählbeginn in medias res
- Teilweise synchron ablaufende Handlungsstränge
- Unterschiedliche Zeitraffung
- Szenische Darstellung
- Umfangreiche Erinnerungen und Reflexionen

2.4 Das Erzählverhalten

- Allwissender Erzähler: distanzierte Außenperspektive, Überblick, teilweise neutrale, kommentarlose Beobachterposition
- Gelegentlich auktoriale Erzählerkommentare, teilweise kritisch-ironisch
- Zunehmend Wechsel zu einer personalen Erzählperspektive: Innensicht Martins mit vielen Erinnerungen und Reflexionen

2.5 Die Familienkonstellation

- Martin und seine Mutter
- Arthur Friedland und seine neue Familie
- Martins Verhältnis zu seinem Vater

2.6 Zusammenfassende Interpretation

3 Vergleich der Situation Martins mit der problematischen Familienkonstellation in „Tschick“ von Wolfgang Herrndorf

- Ausgangssituation und Grund für die Probleme
- Auswirkungen der problematischen Familiensituation auf Martin und Maik
- Reaktion der Beteiligten auf die Ausgangslage

Lösungsvorschlag

Laut Theodor Fontane ist immer das erste Kapitel besonders wichtig für einen 1
Roman, denn darin stecke der „**Keim des Ganzen**“. Daniel Kehlmann ist zwar kein Autor des 19. Jahrhunderts wie Fontane, doch auch in seinem Roman „F“ aus dem Jahr 2013 enthält der Romananfang wichtige Hinweise auf den Fortgang der Geschichte und hat damit **expositorische Züge**. So sind bereits die ersten beiden Wörter eine Andeutung, die gespannt macht auf das, was nun folgt: Noch „Jahre später“ ist anscheinend das, was an dem zu Beginn des Romans geschilderten Tag geschieht, für das Leben von Arthur Friedland und seinen Söhnen bedeutsam. Sie haben vor, „zum Hypnotiseur zu gehen“ (Z. 3), und es klingt so, als ob das „Unglück“, in das die Söhne später als Erwachsene „verstrickt“ (Z. 1 f.) sind, ursächlich mit diesem Vorhaben zusammenhängt. Bereits auf den ersten Seiten lässt sich eine **problematische Familienkonstellation** erkennen, was nicht nur an der Tatsache liegt, dass die Söhne von zwei verschiedenen Frauen stammen, sondern auch aus der **Interaktion des Vaters mit den Jungen** resultiert. Besonders auf Martin soll im Folgenden der Blick gerichtet werden, da dieser am Anfang des Romans das Verhältnis zu seinem Vater reflektiert.

Der **Inhalt** der im vorliegenden Ausschnitt erzählten Episode ist rasch zusam- 2
mengefasst, denn die äußere Handlung beschränkt sich auf **wenige Elemente**. 2.1
Arthur Friedland holt an einem Nachmittag des Jahres 1984 zusammen mit seinen dreizehnjährigen Zwillingen Eric und Iwan den um ein Jahr älteren Halbbruder Martin bei dessen Mutter ab, weil er mit seinen drei Söhnen die Vorstellung eines Hypnotiseurs besuchen will. Als Martin, der schon ungeduldig auf die Ankunft des Vaters gewartet hat, die Straße überquert, läuft er fast in ein vorbeifahrendes Auto. Aber der Junge kommt mit dem Schrecken davon und steigt zum Vater und den Brüdern ins Auto. Während Arthur Friedland losfährt, entbrennt ein Wortwechsel zwischen Martin und den Brüdern und auch der Vater richtet ein paar Worte an seinen ältesten Sohn, während dieser vor allem seinen Gedanken und Erinnerungen nachhängt.

Nach der kurzen **Einführung der Protagonisten**, Arthur Friedlands und seiner 2.2
drei Söhne, beginnt der Roman mit einem **Zeitsprung** in das Jahr 1984 (Z. 1–3). Die damaligen **Lebensumstände** des Vaters werden skizziert – er lebt mit der Mutter der Zwillinge zusammen, welche als Augenärztin den Familienunterhalt verdient, während Arthur ein brotloser Schriftsteller ist (Z. 4–6) –, bevor in die **konkrete Situation** eingeblendet wird. An diesem Nachmittag holt er zusammen mit den Zwillingen Eric und Iwan den Halbbruder Martin mit dem Auto bei dessen Mutter ab. Dabei läuft Martin beinahe in ein Auto. Der Vater wirkt kurz entsetzt, die Reaktionen der Halbbrüder erschöpfen sich in eher unbeteiligten Kommentaren und in einer Diskussion über die göttliche Vorsehung, während Martin noch unter Schock steht, weil er die Lebensgefahr begriffen hat (Z. 25–51). Der Vater fängt dann ein belangloses Gespräch über die Schule an, in das sich Martin begierig einbringt, weil er froh

über das Interesse des Vaters ist, welches jedoch sofort wieder erlahmt (Z. 52–62). Der Junge beobachtet seine beiden Brüder im Rückspiegel, was unmittelbar zu Differenzen führt, in denen sich Martins Unterlegenheit zeigt (Z. 63–84). Die Frage des Vaters nach dem Befinden seiner Mutter führt zu einer **Rückblende:** Sie erinnert Martin an seine erste, enttäuschend distanzierte Begegnung mit ihm, bei der kein echtes Interesse des Vaters an seinem ältesten Sohn erkennbar war und bei dem er dieselbe Frage stellte (Z. 85–113). Offenbar beschäftigte Martin die unbefriedigende Unterhaltung mit dem bis dahin unbekannten Vater in späteren Jahren immer wieder (Z. 114–128). Auch das Kennenlernen der Halbbrüder, drei Monate nach der ersten Begegnung mit dem Vater, verlief kühl (Z. 129–134).

Anstelle eines chronologischen Erzählens werden **Episoden** herausgegriffen, 2.3
die für die einzelnen Personen von besonderer Bedeutung sind, sodass die Zeitstruktur von Sprüngen in Form von **Rückblenden** und **Vorausdeutungen** gekennzeichnet ist. Nach dem **Erzählbeginn** „Jahre später […]" (Z. 1), der **in medias res** erfolgt, werden die verschiedenen Teile der umfangreichen Rückblende in das Jahr 1984 unterschiedlich detailliert wiedergegeben. Die **Familiensituation** im Jahr 1984 wird stark **gerafft** zusammengefasst, wohingegen die Abholung Martins bei seiner Mutter im Mittelpunkt steht. Dabei laufen **zwei Handlungen synchron** ab: Während Arthur mit Iwan und Eric im Auto unterwegs ist, unterhalten sie sich entspannt über alles Mögliche (vgl. Z. 7–13), ohne dass von Martin die Rede wäre. Dieser jedoch wartet bereits seit zwei Stunden angespannt auf die Ankunft des Vaters und denkt anscheinend an nichts anderes (vgl. Z. 14–21). Sowohl die Unterhaltung des Vaters mit den Zwillingen im Auto wie auch das zeitgleich stattfindende ungeduldige Warten Martins werden zwar nicht zeitdeckend, aber **ausführlich** erzählt. Das Hupen des Autos wird zweimal erwähnt, einmal aus der Perspektive des Vaters und der Zwillinge, das andere Mal aus der Sicht Martins. Sein Weg vom Zimmer zum Auto wird **zeitdeckend** beschrieben, denn er legt ihn blitzschnell zurück, was fast zu einer Katastrophe geführt hätte, weil er nicht auf ein nahendes Auto achtet. Allerdings liegt der Fokus beim Erzählen dieser Szene nicht auf der gefährlichen Situation beim Überqueren der Straße, sondern auf den Reaktionen der Beteiligten, die teilweise durch wörtliche Reden wiedergegeben werden. Martin sagt zunächst nichts, doch erfährt man aus der Innenperspektive, was ihm durch den Kopf geht, wodurch die Momente nach dem Einsteigen ins Auto erzähltechnisch etwas **gedehnt** werden. Die **szenische Darstellung** setzt sich bei der folgenden Unterhaltung mit dem Vater und der Auseinandersetzung mit den Zwillingen fort. Die Frage des Vaters „Wie geht es deiner Mutter?" (Z. 91) führt schließlich zu einer **Rückblende** ins Jahr 1977, weil Martin sich an das erste Zusammentreffen mit seinem Vater erinnert. Die sehr detaillierte Wiedergabe der schon Jahre zurückliegenden Begegnung beweist die starke Wirkung, die sie auf den Jungen hatte und noch hat. Er erinnert sich sogar noch wörtlich an Teile des Gesprächs. Insgesamt nimmt die Rückblende aus dem Jahr 1984 ins Jahr 1977 fast die Hälfte des vorliegenden Romanauszugs ein. Durch die

unterschiedlichen Zeitebenen entsteht also bereits zu Beginn der Eindruck, dass mehrere Geschehnisse, die zu verschiedenen Zeiten stattgefunden haben, eine wichtige Rolle für das eingangs erwähnte „Unglück" (Z. 1) aller Beteiligten spielen.

Dieser Eindruck ist eng mit dem **Wechsel im Erzählverhalten** verknüpft. 2.4
Gleich zu **Beginn** meldet sich ein **allwissender Erzähler** zu Wort, der die ganze Familiengeschichte zu überblicken scheint. Ein Großteil des vorliegenden Textauszugs wird mit erkennbarer **Distanz** aus der Außenperspektive erzählt. Der auktoriale Erzähler weiß von den Protagonisten, dass „ein jeder verstrickt in sein eigenes Unglück" (Z. 1 f.) ist, und er deutet an, dass das irgendwie mit dem Besuch beim Hypnotiseur zusammenhängt. Außerdem äußert er sich eher abfällig über den brotlosen Romanautor, der „keinen Beruf" (Z. 4) hat und dessen mangelnde Produktivität er offensichtlich **kritisch** sieht. Er schildert das entspannte, ausführliche Gespräch über alle möglichen Themen zwischen Arthur und den Zwillingen auf dem Weg zu Martin (vgl. Z. 7–11) **scheinbar neutral**, doch muss man die Neutralität relativieren, wenn man später erfährt, wie gezwungen und wortkarg das Gespräch zwischen Arthur und seinem ältesten Sohn abläuft (vgl. Z. 52–60). Der Kontrast zwischen den beiden Unterhaltungen des Vaters mit seinen Söhnen wirkt gerade unkommentiert besonders eindrücklich. Dazwischen findet ein kurzer **Wechsel zu einem personalen Erzählverhalten** aus der Sicht von Martin statt. Seine „Ungeduld und Langeweile" (Z. 15) beim stundenlangen Warten auf die Ankunft des Vaters wird durch erlebte Rede („warum dauerte es so lange?", Z. 19) illustriert. Dabei erfährt man vom **auktorialen Erzähler**, dass Arthur vor vierzehn Jahren „leichthin und schnell aus [dem] Leben [von Martins Mutter] verschwunden war" (Z. 24). Eher **abfällig-ironisch** beschreibt der Erzähler ihre Qual, „dass er existieren konnte, ohne sie zu brauchen" (Z. 25). Auch die dramatische Szene des Fast-Unfalls wird vom Erzähler durch einen Kommentar über den „sinnloserweise" (Z. 32) hupenden Fahrer **ironisiert**. Durch die **kommentarlos** aneinandergereihten, sehr unterschiedlichen Reaktionen der Protagonisten wirkt der eigentlich betroffen machende Fast-Unfall beinahe komisch. Während der Vater immerhin zweimal mit „Mein Gott" (Z. 30 und Z. 34) seinen Schrecken zum Ausdruck bringt und Martin deutlich traumatisiert erscheint, was man aus dessen Innenperspektive erfährt (vgl. Z. 36 ff.), könnte die Reaktion der Zwillinge kaum empathieloser ausfallen. „Wie kann man so blöd sein?" (Z. 35) und „Hin könnte er sein" (Z. 40) sind die einzigen Kommentare, die von ihnen „sachlich" (Z. 40) ausgesprochen werden. Damit erübrigt sich ein Erzählerkommentar, denn diese Reaktionen sagen bereits viel über das Verhältnis der Halbbrüder aus. Aber auch die Einstellung des Vaters zu Martin wird deutlich, ohne dass der Erzähler dies explizit aussprechen müsste. Statt sich zu erkundigen, wie es seinem Ältesten geht, oder seine Freude zu äußern, dass nichts passiert ist, diskutiert er mit den Zwillingen über göttliche Vorsehung.

Durch den **Kontrast** zwischen den **unkommentierten Aussagen des Vaters** und der Brüder und den **Passagen aus der Perspektive Martins** rückt die problematische Familienkonstellation deutlich in den Mittelpunkt. Das ist vor allem in der zweiten Hälfte des vorliegenden Textabschnitts der Fall, wo verstärkt personal aus der Sicht Martins erzählt wird, wodurch sich das Interesse des Lesers vor allem auf ihn fokussiert.

Teilweise **verschwimmen** die **Grenzen zwischen der personalen Erzählperspektive Martins** und der **auktorialen Erzählhaltung** eines allwissenden Erzählers, z. B. wenn es um Martins Reflexionen über das Äußere der Zwillinge geht: „[E]twas an ihrer Ähnlichkeit [kommt] ihm falsch vor, übertrieben, wider die Natur." (Z. 63 f.) Das ist eine ungewöhnliche Reflexion für einen Vierzehnjährigen. Und die folgende Vorausdeutung und Interpretation ihres Verhaltens, nämlich dass sie mit achtzehn „für kurze Zeit selbst nicht mehr sicher wussten, wer von ihnen wer war" (Z. 66 f.), stammt sicher nicht von einem Jugendlichen.

Martin wächst lange Zeit als **vaterloses Kind** auf. Erst mit sieben Jahren begegnet er seinem Vater zum ersten Mal. 2.5 Warum das so ist, wird hier nicht verraten. Man erfährt nur, dass die **Mutter**, bei der der Junge lebt, noch vierzehn Jahre nach der Trennung von ihrem Partner nicht darüber hinweg zu sein scheint, dass sie von ihm mit dem Kind verlassen worden ist: „[U]m Arthur nicht sehen zu müssen" (Z. 23), zieht sie sich in ihr Zimmer zurück, als der Junge vom Vater abgeholt wird. Warum es sieben Jahre zuvor überhaupt zum ersten Treffen mit „diesem Mann" (Z. 89) gekommen ist, erfährt man ebenfalls nicht. Die Idee der Mutter war es wohl kaum. Vielleicht wollte sie ihrem Sohn einen Wunsch erfüllen, denn er hatte den unbekannten Vater „so oft in seinen Träumen getroffen" (Z. 92). Dieser scheint eher **überfordert von der Begegnung** und tut sich schwer, auf das Kind einzugehen. Nicht einmal sein genaues Alter kennt er (vgl. Z. 102). Bis zum nächsten Treffen, zu dem er die Zwillinge mitbringt, vergehen dann drei volle Monate (vgl. Z. 129), und auch dieses Wiedersehen verläuft für Martin unbefriedigend. Martin ist also ein geradezu klassisches **Opfer** innerhalb einer eher **problematischen Patchworkfamilie**. Eine als Vorbild geeignete **Vaterfigur fehlt** ihm, die Mutter wirkt noch lange Zeit nach dem Scheitern der Beziehung überfordert und das **Verhältnis zu den Halbbrüdern konfliktträchtig**, was sich schon wenige Momente, nachdem Martin ins Auto gestiegen ist, deutlich zeigt. Es ist den beiden nicht nur egal, dass er fast verunglückt wäre, sondern sie bringen ihn mit wenigen Bemerkungen fast zum Weinen und genießen ihren Triumph (vgl. Z. 71 ff.), ohne dass der Vater mäßigend eingreift.

Ob **Arthur Friedland** mit seiner neuen Familie glücklich ist, erfährt man in diesem Textabschnitt nicht. Immerhin scheint er **durch seine Frau finanziell abgesichert** zu leben, doch der süffisante Kommentar des Erzählers „Etwas anderes tat er nicht, aber seine Frau war Augenärztin und verdiente Geld" (Z. 6) legt die Vermutung nahe, dass die mangelnde Produktivität und der ausbleibende Erfolg für Arthur bzw. für die Ehe Konfliktpotenzial bieten. Allerdings scheint sein **Verhältnis zu den Zwillingen** deutlich enger und entspannter zu sein als das zu Martin. Mit ihnen spricht er im Auto im wahrsten Sinne des Wortes über Gott und die Welt. Anscheinend nimmt er sie ernst, denn er mutet ihnen auch schwierige Themen zu, und sie wollen seine Meinung ausdrücklich hören (vgl. Z. 46 f.). Martin gegenüber fällt Arthur nur die läppische Frage „Und in der Schule? [...] Wie läuft es?“ ein (Z. 52). Die Antwort darauf scheint ihn gar nicht zu interessieren, denn Martins bereitwilligen Bericht, in dem er nicht einmal seine Misserfolge verschweigt, unterbricht er, wobei offensichtlich wird, dass er gar nicht zugehört hat (vgl. Z. 60).

Martin kennt das schon von seinem Vater und er erwartet auch gar nichts anderes mehr: „Er sprach schnell, um möglichst viel zu sagen, bevor Arthur das Interesse verlor.“ (Z. 56 f.) Das ist für einen vierzehnjährigen Jungen bereits ein hohes Maß an **Resignation**. Die beiden Brüder spiegeln die mangelnde Empathie des Vaters für Martin. Dass er sie gewähren lässt, verstärkt diesen Eindruck. Vermutlich ist das letztlich der Grund, warum Martin mit den Tränen kämpft (vgl. Z. 83) und sich an die **erste Begegnung** erinnert fühlt. Auch hier „hatte [er] geschluckt“ (Z. 103), als der Vater fragte: „Wie alt bist du genau?“ (Z. 102), und bekam auch noch zu hören, dass sein Vater den Namen seiner Lieblingspuppe „komisch“ (vgl. Z. 109) findet. Damals schon reagierte er **desillusioniert** auf den Mann, den er sich vorher so oft vorgestellt hatte (vgl. Z. 91 ff.) und er behauptet, ihm sei „klargeworden, wie sehr er es genossen hatte, keinen Vater zu haben. Kein Vorbild, keinen Vorgänger und keine Last [...]“ (Z. 95 f.). Was er von dem Mann aus seinen Träumen, „immer in dem gleichen schwarzen Regenmantel, stets ohne Gesicht“ (Z. 93), eigentlich erwartet hatte, erfährt man nicht. „Scheu“ und „Mitleid“ (vgl. Z. 89 f.) empfindet er, als er diesen Vater trifft. Er registriert Äußerlichkeiten, die ihn **enttäuschen** (vgl. Z. 98 f.), weil sie ihn aussehen lassen, als sei er „irgendeiner“ (Z. 100). Außerdem finden sie keinen Zugang zueinander, denn der Vater wirkt „müde auch und abwesend, wie umgeben von feinem Nebel“ (Z. 88 f.).

Beim Ausflug im Jahr 1984 betrachtet er ihn mit derselben Fremdheit „von der Seite“ (Z. 53), als kämen ihm wieder dieselben Zweifel. Doch wie sehr er auch beteuert, dass er es genossen habe, keinen Vater zu haben, so **widersprechen** dieser Aussage seine ständig wiederkehrenden **Reflexionen** über das Treffen und ihr Gespräch. Auch in den Jahren nach der ersten Begegnung kreisen seine Gedanken immer wieder um den Vater, sodass er schließlich nicht mehr weiß, was damals wirklich gesagt wurde und was er zwischenzeitlich hinzugefügt hatte. Es ist naheliegend, dass er den Vater nach dem Grund für sein Gehen gefragt hat, auch wenn er mit vierzehn zweifelt, ob er damals diese Frage wirklich zu stellen gewagt hat und ob Arthur tatsächlich eine so drastische Begründung gegeben hat: „[W]er sich der Gefangenschaft, dem kleinen Leben, dem Mittelmaß und der Verzweiflung überantworte, der könne keinem anderen helfen, weil auch ihm nicht zu helfen sei, der bekomme Krebs, dessen Herz verfette, der lebe nicht lange und verwese bei noch atmendem Leib“ (Z. 123 ff.). Martin findet, dass es „Arthur durchaus zuzutrauen [war], einem Siebenjährigen so eine Antwort zu geben“ (Z. 126 f.). Sie passt zu Arthur Friedland, wie man ihn bisher kennengelernt hat. Denn auch die Fragen seiner Zwillinge nach der göttlichen Vorsehung beantwortet er radikal und nihilistisch mit „Gott gibt es nicht“ (Z. 48) und nimmt keine Rücksicht darauf, ob sie diese Erklärung altersmäßig überhaupt verkraften können. Aus alledem entsteht der Eindruck, dass Arthur Friedland ein Mann ist, der nicht nur **rücksichtslos und egozentrisch** mit den Frauen an seiner Seite umgeht, sondern auch **wenig väterliche Fürsorge** und Anteilnahme gegenüber seinen Söhnen an den Tag legt, worunter vor allem Martin zu leiden hat. Es wäre also durchaus denkbar, dass das in der ersten Zeile des Romans angesprochene „Unglück“ seinen Ursprung im Verhalten des Vaters hat.

Das Fehlen eines Vaters, an dem man sich orientieren kann und der zu einem steht, hinterlässt Spuren hinsichtlich der **Identitätsfindung**. Auch die Zwillinge haben Probleme damit, ihre eigene Persönlichkeit zu finden, weil sie immer als zusammengehörig und verwechselbar wahrgenommen werden. Zwar gibt es für sie eine „Phase, in der es ihnen Spaß machte, nicht unterscheidbar zu sein“ (Z. 65 f.), doch hadern sie später mit ihrer mangelnden Individualität, denn teilweise fühlen sie sich, als ob „sie sich einmal verloren hatten und seither jeder das Leben des anderen führte“ (Z. 68 f.). Dass die Zwillinge „gefangen im Rätsel ihrer Verdoppelung“ (Z. 133 f.) sind, macht es noch in der Pubertät schwierig für sie, sich voneinander abzugrenzen, sodass sie höchstens über kleine Meinungsverschiedenheiten Individualität zeigen können.

Martin hat manchmal den Eindruck, ihm gehe es wie den Halbbrüdern. Durch den traumatisierenden Beinahe-Unfall hat er das Gefühl, „als hätte sein Dasein sich gespalten. Er saß hier, aber zugleich lag er auf dem Asphalt, reglos und verdreht“ (Z. 36 f.). Es fühlt sich für ihn eine Weile so an, als ob er auch einen Zwilling hätte, „einen, der dort draußen nach und nach verblasste“ (Z. 38 f.). Zwar ist diese **Ich-Spaltung** Martins die Folge seines Schocks, weil er beinahe überfahren worden wäre, doch hält sich bei ihm der „Verdacht […], dass er eigentlich an jenem Nachmittag auf der Straße gestorben war“ (Z. 70). Dieser **Zweifel an der eigenen Identität** ähnelt auffällig der Verunsicherung, von der auch die Zwillinge geplagt werden. Während die Zwillinge immer ihr **Spiegelbild** sehen, wenn sie einander gegenübertreten, wird Martin mehrfach vor einer spiegelnden Fensterscheibe gezeigt. Zu Beginn sitzt er zwei Stunden wartend am Fenster und malt Gesichter auf die beschlagene Scheibe, die sein Atem „mit feinem Nebel überzog“ (Z. 18). Im Auto betrachtet er die Halbbrüder im Rückspiegel und grübelt über ihre widernatürliche Ähnlichkeit (vgl. Z. 63 f.). Während er nach dem Streit mit den Zwillingen die Tränen zu unterdrücken versucht, schaut er aus dem Autofenster und sieht in einer Schaufensterscheibe „das Spiegelbild des Autos: verzerrt, gestreckt, zum Halbrund gekrümmt“ (Z. 84). In allen diesen Situationen geht es um die Frage, welchen Platz er innerhalb der Familienkonstellation hat, und er muss mit Zweifeln und Enttäuschungen fertig werden.

Abschließend bleibt noch die Frage zu klären, warum der Roman von Daniel 2.6
Kehlmann den **rätselhaften Titel „F“** trägt. Was dieser Buchstabe bedeutet, wird zumindest am Anfang noch nicht klar. Nicht nur der Nachname des Vaters beginnt mit F, sondern der Buchstabe könnte – wie auch im Vorwort angeführt wird – für „Familie, Fälschung und Fiktion“ stehen. Dass es sich um eine deutungsoffene **Chiffre** handelt, die der Leser mit Inhalt füllen muss, passt zum verrätselten Romanbeginn, der in für postmodernes Erzählen typischer Art und Weise nur andeutet und neugierig macht, jedoch noch wenig verrät. Gerade am Anfang des Romans scheint das F vor allem auf die schwierigen Verhältnisse in der **Familie** von Arthur Friedland hinzuweisen.

Problematische Familienkonstellationen wurden zu allen Zeiten in literarischen 3
Werken thematisiert. Gerade in modernen Romanen sind schwierige Familienverhältnisse eher die Regel als die Ausnahme, weil die **gesellschaftliche Realität** das Idealbild der klassischen Kernfamilie früherer Zeiten kaum noch ermöglicht. Einer dieser Romane ist Wolfgang Herrndorfs **„Tschick“** aus dem Jahr 2010. Einer der beiden Protagonisten ist Maik Klingenberg, der genau wie Martin Friedland (im Jahr 1984) vierzehn Jahre alt ist. Auch bei ihm sind die **schwierigen familiären Verhältnisse der Auslöser** für das, was im Roman passiert, denn er macht sich mit Tschick, der eigentlich Andrej Tschichatschow heißt und vor Kurzem mit seinem Bruder aus Russland nach Berlin gekommen ist, in einem gestohlenen Lada auf den Weg in die Walachei. Der heimliche Roadtrip kann nur stattfinden, weil Maiks Eltern sich nicht um ihn kümmern. Die **Ausgangssituation** bei Martin und Maik ist also durchaus vergleichbar. Während Martins Vater dessen Mutter zugunsten einer neuen Familie verlassen hat, lebt Maiks Vater, ein Immobilienmakler, der kurz vor der Pleite steht, zwar noch mit seiner Frau und dem gemeinsamen Sohn zusammen, doch ist die Ehe längst zerrüttet, denn er betrügt seine Frau. Aktuell ist er mit seiner attraktiven, jungen Sekretärin auf einer angeblichen Geschäftsreise, weshalb er den vierzehnjährigen Maik, ausgestattet mit 200 Euro, allein zurücklässt. Er kümmert sich weder um die Frau noch um den Sohn und er scheut nicht einmal vor Gewalttätigkeiten zurück. Maiks Mutter ist labil und überfordert, was vermutlich an der unglücklichen Ehe liegt. Sie ertränkt ihren Kummer in Alkohol, weshalb sie gerade, wie so oft, einen Aufenthalt in einer Entzugsklinik absolviert.

Natürlich hat diese problematische Ausgangslage **Auswirkungen** auf die Jungen. Wie Martin leidet Maik unter der Tatsache, dass seine Mutter mit der Beziehung zum Vater nicht fertig wird. Beide Jungen kennzeichnet, dass sie sich von ihren Eltern **im Stich gelassen fühlen** und den Eindruck haben, auf sich allein gestellt zu sein. Beiden ist auch gemeinsam, dass diese Unzuverlässigkeit der familiären Bindungen sie zu **unsicheren Jugendlichen** gemacht hat, die von anderen ausgegrenzt werden. Maik trug deshalb einige Zeit den Spitznamen „Psycho“ in seiner Klasse. Er ist ein Einzelgänger und Außenseiter, der darunter leidet, nicht dazuzugehören. So sind er und Tschick, der „Assi“, die einzigen Schüler der Klasse, die nicht zur Geburtstagsfeier der Klassenqueen Tatjana, in die Maik heimlich verliebt ist, geladen werden. Von

Martin erfahren wir nur, dass er unter den Gemeinheiten seiner Halbbrüder leidet.

Auch die **Reaktion der beiden Jungen auf die problematische Ausgangslage** ist ähnlich, denn beide sind eher grüblerische, **introvertierte** Jugendliche, die nicht leicht in Kontakt mit anderen kommen und meist auf sich allein gestellt sind. Ob Martin im späteren Romanverlauf seine Identitätssuche erfolgreich fortsetzen kann, weiß man am Anfang noch nicht. Die Andeutung, dass er im Erwachsenenalter wie seine Brüder „verstrickt in sein eigenes Unglück" (Z. 1 f.) sein wird, weist eher nicht in diese Richtung. Maik Klingenberg aber wird von dem Roadtrip mit Tschick erwachsener und selbstbewusster zurückkehren, obwohl längst nicht alle Probleme gelöst werden können. Doch am Ende deutet sich an, dass es Hoffnung gibt: Maiks Vater verlässt die Familie endgültig und die Mutter nimmt dies als Befreiungsschlag wahr, auch wenn sie nach wie vor alkoholabhängig ist. Für Maik sieht es so aus, als ob er mit der neuen Situation besser zurechtkäme. Während Martin also bereits mit vierzehn resigniert hat und in der Enttäuschung über den Vater verharrt, aber nach wie vor hofft und wartet, dass sich etwas bessert, scheint Maik aktiver und ergreift die Chance, etwas zu ändern. Allerdings schafft er das nicht allein, sondern nur mithilfe von Tschick, der ihn zum gemeinsamen Roadtrip überredet. Daher trägt Herrndorfs Roman auch den Titel „Tschick", denn er ist es, dem Maik die Veränderungen in seinem Leben zu verdanken hat, weil von ihm die Initiative ausgeht. Wenn Martin es nicht schafft, aus der lähmenden Resignation auszubrechen, wird es ihm nicht gelingen, seinem Leben eine Wende zu geben, die ihn glücklich machen kann.

Deutsch Bayern – Abiturprüfung 2020: Aufgabe 4: Analysieren eines pragmatischen Textes

a) Analysieren Sie den Text von Kristof Magnusson hinsichtlich seines gedanklich-argumentativen Aufbaus, der sprachlich-stilistischen Gestaltung und seiner Intentionen!

b) Setzen Sie sich abschließend mit der Frage auseinander, mit welchen besonderen Herausforderungen eine „Übersetzung“ literarischer Texte in Leichte Sprache verbunden ist! Veranschaulichen Sie Ihre Sichtweise anhand selbstgewählter Beispiele!

Der Schwerpunkt der Aufgabenstellung liegt auf Teilaufgabe a).

Vorbemerkung

Kristof Magnusson ist ein renommierter Schriftsteller und Übersetzer deutsch-isländischer Herkunft. Der folgende Text ist am 4. Januar 2017 in der Frankfurter Allgemeinen Zeitung erschienen.

Kristof Magnusson (geb. 1976)
Unser Dogma ist einfach (2017)

Es gibt Gebäude, die mag fast jeder, der sie besucht. Die Reichstagskuppel in Berlin, das Mercedes-Benz-Museum in Stuttgart oder auch die noch gar nicht richtig eröffnete Hamburger Elbphilharmonie[1] werden von Publikum, Architekten und Kritikern gleichermaßen geschätzt. Dass in diesen Gebäuden breite Gänge, allgegenwärtige Geländer und Rampen für einen barrierefreien Zugang sorgen, stört niemanden. Keiner behauptet, die Qualität moderner Architektur würde unter dieser Barrierefreiheit leiden, oder sieht darin gar eine Gefährdung unserer Baukultur.

Das sollte man im Hinterkopf behalten, wenn man über „Leichte Sprache“ nachdenkt, wie es in letzter Zeit viele Menschen mehr oder weniger besorgt getan haben [...]. Leichte Sprache, so die Idee, soll sprachliche Barrieren abbauen, damit Menschen, die nicht gut Deutsch können, kognitive Schwierigkeiten haben oder aus anderen Gründen unsere Sprache nicht verstehen, besser am öffentlichen und kulturellen Leben teilnehmen können.

Museen, Behörden und Rundfunkanstalten sind angehalten, Angebote in Leichter Sprache zur Verfügung zu stellen: Jeder Satz soll nur eine Aussage haben, Fremdwörter seien ebenso zu vermeiden wie Nebensätze. Die Folge ist eine Vereinfachung von Inhalten, die inzwischen mit einiger Skepsis betrachtet wird.

Das ist verständlich. Leichte Sprache birgt Risiken. Es wäre schlimm, wenn Leichte Sprache im öffentlichen Raum so weit um sich greifen würde, dass sie der Idee der individuellen Förderung den Rang abläuft und der Staat seine Verantwortung vergisst, so viele Menschen wie möglich in die Lage zu versetzen, unsere normale Sprache zu verstehen. Gerade in der Schule wäre das ein Problem. Wenn man sich auf den niedrigstmöglichen Standard einigte und im Deutschunterricht die Anforderungen entsprechend absenken würde, wären die Kinder im Vorteil, die zu Hause einen differenzierten Umgang mit Sprache vermittelt bekommen. Alle anderen blieben zurück. Der kleinste gemeinsame Nenner ist in Wahrheit der größte Ausgrenzungsfaktor.

Eine weitere Gefahr ist, dass sich im Schafspelz[2] der Inklusion eine Fakten-Fakten-Klartext-Mentalität durchsetzen könnte, die verkennt, dass Sprache von Zwischentönen lebt, von Reichtum in der Syntax und in der Lexik. Was für eine Horrorvorstellung: Mit Tacheles-Rednern[3] besetzte Gremien, die unsere Schachtelsätze zurechtstutzen und alle Fremdwörter und Komposita streichen: Adieu Fußbodenschleifmaschinenverleih, Adieu Distinktionsgewinn[4], Adieu Adieu.

Und dass es weh tut, wenn geliebte Bücher plötzlich umgeschrieben werden, ist klar: Niemand hätte wohl gerne kürzlich im Weihnachtsgottesdienst die Pastorin die Weihnachtsgeschichte in Leichter Sprache vorlesen hören wollen: Nach Bethlehem? Wie soll das gehen? Das Baby kommt doch bald!

Allerdings sollten wir auch nicht vergessen, dass die von uns so heiß geliebte Luther-Übersetzung der Bibel mit ihrem wunderbaren „Es begab sich aber zu der Zeit" auch einmal ein Inklusionsprojekt war, das für sprachliche Barrierefreiheit sorgen sollte: Die Bibel sollte für alle Menschen verständlich sein.

Es ist wichtig, dass wir in einer einfacheren Sprache nicht nur die Gefahren, sondern auch die Chancen sehen, bevor wir pauschal eine „Infantilisierung" der Sprache beklagen. Die Teilhabe am kulturellen Leben und der Zugang zu Information ist Menschenrecht. Daher sollten wir uns nicht aus übertriebener Angst um unsere Kultur weigern, sprachliche Barrieren zumindest zu verringern: Gegen eine gewisse „Infantilisierung" auf Behördenformularen oder auf Websites öffentlicher Einrichtungen ist überhaupt nichts einzuwenden – die kulturellen Errungenschaften des Abendlandes werden nicht auf Strafzetteln und Steuererklärungen verteidigt. Und das von einigen befürchtete Drohszenario, dass bald alle Nachrichten, Politikerreden und Schulbücher in Leichter Sprache abgefasst sein müssen, ist ebenso abstrus: Das bloße Vorhandensein von Rollstuhlrampen hat auch nicht dazu geführt, dass wir heutzutage alle gezwungen sind, diese Rampen zu benutzen, weil die mühseliger zu erklimmenden Treppen abgeschafft worden wären.

Doch nicht nur im Politischen, sondern auch im Ästhetischen sollten wir die Chancen nicht verkennen, die sprachliche Barrierefreiheit bieten kann. Deswegen beteilige ich mich an einem Projekt des Frankfurter Literaturhauses, in dem Autoren Texte in Einfacher Sprache schreiben. Strenggenommen ist Einfache Sprache noch einmal etwas anderes als Leichte Sprache, weil sie mehr Komplexität erlaubt, aber das nur am Rande.[5] Ich bin Teil dieses Projekts, weil ich es für eine wunderbare Chance zum Experimentieren halte, als Einladung zu einem Oulipo-artigen Sprachspiel[6]. Anstatt mich darüber zu beklagen, dass immer mehr literarische Klassiker auf Leicht heruntergebrochen werden, wollte ich ausprobieren, wie es sich anfühlt, wenn man selbst einfach schreibt. Welche literarischen Mittel an die Stelle komplizierter Sätze und Wörter treten, wie sich Sujet und Erzählweise dadurch verändern.

Wir haben uns im Frankfurter Literaturhaus einen Regelkatalog gegeben, uns verpflichtet, einfache Sätze zu schreiben, Substantive zu meiden, Verben zu suchen. Hierdurch entsteht ein geradezu paradoxer Effekt: Die Regeln zur Leichten Sprache, die einem Text jegliche Literarizität auszutreiben scheinen, wirken nun – wo eine Gruppe von Autoren sie vor dem Schreiben formuliert – plötzlich wie ein künstlerisches Manifest, das den Minimalismus zur Tugend macht. Es erinnert an das „Dogma“[7], mit dem Lars von Trier und seine Kollegen 1995 radikale filmische Einfachheit forderten: Filme ohne Spezialeffekte, ohne künstliche Beleuchtung und ohne nachträglich eingespielte Musik.

Und auch in der Literatur gibt es berühmte Beispiele, die in einer ziemlich einfachen Sprache geschrieben sind: Albert Camus' „Der Fremde“ und auch die Isländersagas sind auf beeindruckende Weise einfach erzählt, ohne dabei einfältig zu klingen: „Sie waren Berserker und schonten niemanden. Sie nahmen den Männern ihre Frauen und Töchter weg. Sie behielten sie eine Woche oder einen Monat und brachten sie dann zurück.“

Den Inklusionsgedanken fand ich wiederum auf der ersten Lesung unserer Texte sehr schön verwirklicht, die vor einigen Wochen im Historischen Museum stattfand. Im rappelvollen Saal waren Leute mit Down-Syndrom, Sozialarbeiter, Literaturinteressierte und auch Gehörlose, denn ein unschlagbarer Vorteil der Einfachen Sprache ist, dass man sie live von Gebärdendolmetschern übersetzen lassen kann, was einer Lesung ganz neue Qualität verleiht. Die Lesung hat ein Publikum erreicht, das wir sonst nie sehen, und mich endgültig davon überzeugt, dass die Reduzierung sprachlicher Barrieren nicht zwangsläufig zu künstlerisch reizlosen Resultaten führt.

Als billiger Weg zur Absenkung von Standards darf Leichte und Einfache Sprache nicht verwendet werden. Es darf auch nie Sprachkommissionen geben, die der öffentlichen Kommunikation die Komplexität austreiben. Aber wir sollten mit mehr Mühe nach Bereichen suchen, in denen wir sprachliche Barrieren sinnvoll abbauen können. Dann werden wir sehen, dass uns Leichte Sprache bereichern kann: Als Chance für eine gerechtere Gesellschaft, als Einladung zum Nachdenken über Sprache, zu künstlerischem Experiment, zum Spiel.

Aus: Kristof Magnusson, Unser Dogma ist einfach, in: Frankfurter Allgemeine Zeitung, 04.01.2017, S. 9. Alle Rechte vorbehalten. Frankfurter Allgemeine Zeitung GmbH, Frankfurt. Zur Verfügung gestellt vom Frankfurter Allgemeine Archiv

Worterläuterungen:

1 Die Elbphilharmonie wurde am 11. Januar 2017 eröffnet.

2 *Schafspelz:* Die Redewendung vom „Wolf im Schafspelz“ wird für jemanden gebraucht, der schadenbringende Absichten durch ein harmloses Auftreten zu tarnen versucht.

3 *Tacheles-Redner:* Sprecher, die nur reine Information/Fakten vermitteln bzw. nur zweckmäßig kommunizieren.

4 *Distinktion:* hier im Sinne von klarer Unterscheidung und Abgrenzung

5 Im Sinne einer graduellen Abstufung erlaubt das Konzept der Einfachen Sprache (anders als die Leichte Sprache) z. B. längere Sätze, Nebensätze, variable Satzstellungen oder auch längere Absätze.

6 *Oulipo* steht für *L'Ouvroir de Littérature Potentielle* (auf Deutsch: *Werkstatt für potenzielle Literatur*); die Autoren, die diese Methode verwenden, versuchen damit die Möglichkeiten, die die Mathematik der Literatur eröffnen kann, für ihr Schreiben zu nutzen, und verwenden dabei selbst erfundene Spielregeln, um so neue Formen des Schreibens zu entwickeln.

7 *„Dogma“:* gemeint ist hier *Dogma 95*, ein Manifest der dänischen Filmregisseure Lars von Trier, Thomas Vinterberg u. a.

Hinweise und Tipps

– ***Welche Aufgabenart liegt vor?***
Die Aufgabenstellung ist aufgeteilt in die Analyse eines pragmatischen Textes und einen Schlussauftrag. Der Schwerpunkt der Arbeit liegt auf der Sachtextanalyse, die b-Aufgabe hat den Charakter einer argumentierenden Auseinandersetzung mit einem besonderen Aspekt des Themas. Die beiden Teile sind ungefähr mit 4:1 zu gewichten.

– ***Was verlangt die Aufgabenstellung von mir?***
Der ***Operator „analysieren"*** *verlangt für den Sachtext die umfassende Untersuchung von* ***Inhalt und Aufbau sowie formaler und sprachlich-stilistischer Gestaltung****. Ihre Hauptaufgabe besteht darin, aus der gründlichen Arbeit am Text schlüssige Analyseergebnisse zu entwickeln, d. h. die Gedankenführung und Intention des Textes zu klären und vorzuführen, mit welchen sprachlichen Mitteln der Autor seine Absicht erreicht. In Bezug auf Ihre Ergebnisse sollen Sie sich abschließend in einer* ***persönlichen Stellungnahme*** *mit der Herausforderung einer Übertragung literarischer Texte in eine vereinfachte Sprache* ***auseinandersetzen****. Ihre Sichtweise sollen Sie mit* ***selbstgewählten Beispielen*** *veranschaulichen und dadurch zu einem überzeugenden eigenen Standpunkt bzw. zu einem abwägenden Urteil gelangen.*

– ***Wie kann ich meinen Aufsatz strukturieren?***
Lesen Sie den Ausgangstext genau, am besten mehrmals unter den ***Gesichtspunkten:*** *inhaltlicher Aufbau, Argumentationsführung und stilistische Mittel. Markieren Sie dabei sprachliche Auffälligkeiten, notieren Sie sich spontane Erkenntnisse und Ideen an den Rand des Textes. Planen Sie daraufhin Ihren Text sorgfältig und halten Sie Ihre Gedanken in einem* ***strukturierten Schreibplan*** *fest, der als Gerüst für Ihren Aufsatz dient. Als Orientierung für den Aufbau Ihrer Analyse dient die Aufgabenstellung, die das Vorgehen grob skizziert.*
Um einen geschlossenen Eindruck zu erreichen, ist es wichtig, auch die ***Einleitung*** *auf das Thema des Textes abzustimmen. Im vorliegenden Fall bieten sich dabei Assoziationen zur Überschrift des Textes, zum Begriff „Leichte Sprache" oder zu aktuellen gesellschaftlichen Tendenzen z. B. zum Inklusionsgedanken an. Genauso kann ein persönlicher Einstieg über eigene Leseerfahrungen mit Texten in „schwerer Sprache" erreicht werden.*
In der ***Überleitung zum Hauptteil*** *sollten Sie die wichtigsten Rahmeninformationen (Autor, Titel, Erscheinungsjahr) des Textes nennen sowie seine Thematik und Kernaussage möglichst prägnant auf den Punkt bringen. Der Hauptteil Ihres Aufsatzes beginnt mit einer* ***strukturierten Inhaltsangabe****, die den gedanklichen Aufbau und die* ***Argumentationsstrategie des Textes*** *vorführt. Dabei gliedern Sie den Text in zusammengehörige Abschnitte und skizzieren die Bedeutung des jeweiligen Abschnitts für den Argumentationsgang. Wie bei jedem argumentativen Text arbeitet der Autor mit informierenden, behauptenden, begründenden und illustrierenden Anteilen. Hierzu bieten sich folgende* ***Leitfragen*** *an: Welche Hauptthesen stellt der Autor auf? Was sind die untergeordneten Thesen? Welche Begründungen und Beispiele werden aufgeführt? Was sind die Schlüsselstellen / Gelenkstellen des Textes, die die Gedankenführung bestimmen? Achten Sie darauf, die wesentlichen Thesen und die Beweisführung mit* ***eigenen Worten*** *wiederzugeben, dadurch zeigen Sie,*

dass Sie den Text gedanklich durchdrungen erfasst haben. Um die Funktion der Textabschnitte bereits sprachlich zu veranschaulichen, empfiehlt sich die Verwendung von Verben, die ***Sprachakte*** *bezeichnen: Der Autor verdeutlicht, weist darauf hin, stellt fest, begründet seine Auffassung, räumt ein, betont seine Forderung, gibt zu bedenken, führt als Folge vor, rechtfertigt seine Behauptung …*

Die Wirkungsabsicht des Textes ist oft untrennbar mit der ***Textsorte****, dem Publikationsrahmen (z. B. Redemanuskript, wissenschaftliche Zeitschrift, Zeitung, Internet-Blog …) und der Adressatenorientierung verbunden. Die Einordnung als Kommentar, Essay, Glosse oder Redemanuskript hilft deswegen bei der Analyse des Textes und seiner Zielrichtung. Beachten Sie im Hinblick auf den potenziellen* ***Adressatenkreis*** *die in der* ***Vorbemerkung*** *enthaltenen Informationen über den Autor und den Erscheinungsort des Textes.*

Das Erfassen der ***Intentionen des Autors*** *geht mit der Analyse der* ***sprachlich-stilistischen Gestaltung*** *einher. In diesem wesentlichen Teil Ihrer Arbeit sollen Sie zeigen, wie der Autor seine Haltung mithilfe von rhetorischen Mitteln verdeutlicht. Führen Sie an konkreten Beispielen am Text vor, wie die formale Gestaltung im Dienst der Aussageabsicht steht und was der Autor mit welchem Stilmittel beim Leser erreicht. Achten Sie hier z. B. auf eine immer wiederkehrende Metaphorik aus einem bestimmten Bildbereich, auf ironische Textstellen oder syntaktische Besonderheiten. Verwenden Sie bei der Bezeichnung der rhetorischen Mittel und der Stilfiguren* ***Fachbegriffe****. Verlieren Sie sich aber nicht in Detailbefunden, sondern behalten Sie stets die Absicht des Textes im Auge. Vermeiden Sie floskelhafte Zuschreibungen (wie: Der Autor veranschaulicht, der Autor will den Leser zum Nachdenken/ Schmunzeln anregen …), die der spezifischen Wirkung von individuellen Stilmerkmalen oft nicht gerecht werden. Besonders interessant ist bei einem Thema zum Bereich „Sprache“, welche Stilebene der Autor selbst für seine Thesen benutzt. Am Ende dieses Abschnitts lassen sich die erarbeiteten Ergebnisse zu einer* ***abschließenden Würdigung des Textes*** *zusammenführen. In jedem Fall müssen Sie Ihre Befunde mithilfe von* ***indirekten und direkten Textverweisen belegen****. Achten Sie dabei auch auf eine korrekte Zitierweise und eine grammatikalisch saubere Einbindung der Textbelege in Ihre Darstellung.*

Der ***Schluss der Arbeit*** *ist durch die* ***b-Aufgabe*** *vorgegeben. Ihre* ***persönliche Stellungnahme zu dem Teilaspekt*** *„Übertragung von literarischen Texten in Leichte Sprache“ erfordert eine eigenständige Argumentation. Von Ihnen wird eine Positionierung verlangt, bei der Sie auf eigene Leseerfahrungen eingehen und mit konkreten Beispielen das Für und Wider einer sprachlichen Vereinfachung z. B. von literarischen „Klassikern“ darlegen sollen. Dieser weiterführende Auftrag schließt sich nahtlos an die Textanalyse an. Achten Sie hierbei auf eine entsprechende* ***Überleitung****. Die b-Aufgabe kann Ihren Aufsatz abrunden, ein weiterer Schlussgedanke ist deshalb nicht unbedingt nötig.*

– ***Was muss sonst noch beachtet werden?***

Die Grundlage für Aufgabenformat IV und V bilden immer Texte zu den für das Fach Deutsch spezifischen Themen „Lesen und Literatur“, „Medien und Kommunikation“ sowie „Sprache“. Es zeigt sich in der vorliegenden Aufgabe, wie wichtig es ist, auch in diesen Bereichen auf ***Wissen aus dem Literaturunterricht*** *zurückzugreifen, um*

Querbezüge herzustellen bzw. eine fundierte eigene Meinung zum Thema zu formulieren. In der Abiturprüfung wäre es auch möglich, literarische Texte aus dem vorliegenden Abiturgeheft zu nutzen, um die Probleme einer sprachlichen Vereinfachung von Lyrik und Kurzprosa exemplarisch vorzuführen.

Schreibplan/Strukturplan für den Aufsatz

1 Einleitungsgedanke: Barrierefreiheit in der Sprache

2 Analyse des Textes „Unser Dogma ist einfach" (2017) von Kristof Magnusson

2.1 Inhaltliche Struktur und argumentativer Aufbau des Textes
- Illustrierender Einstieg: Vorteile von Barrierefreiheit am Beispiel bekannter moderner Gebäude (Z. 1–7)
- Überleitung zum Thema: Analogie mit Begriffsklärung von „Leichter Sprache" (Z. 8–17)
- Einräumen von Gefahren: Bildungsungerechtigkeit aufgrund sprachlicher Niveausenkung, Verlust des Nuancenreichtums von Sprache bei bloßer Funktionalisierung (Z. 20–32)
- Veranschaulichung durch ein Beispiel: Auswirkungen des Sprachverlusts bei der Weihnachtsgeschichte in „Leichter Sprache" (Z. 33–36)
- Entkräften der Kritik: gemeinschaftsbildender Effekt durch eine Sprachvereinfachung bei pragmatischen Texten (Z. 37–53)
- Ausweitung des Themas mit Veranschaulichung durch persönliche Erfahrung: kreative Möglichkeiten der Verwendung von „Leichter Sprache" bei Schreibprojekten, in Film und Literatur (Z. 54–79)
- Rückbezug auf den Inklusionsgedanken: Schilderung einer erfolgreichen Lesung von Texten in Einfacher Sprache (Z. 80–87)
- Schlussappell: Plädoyer für den bewussten Einsatz von Leichter Sprache zur kulturellen Teilhabe möglichst breiter Schichten und als Möglichkeit neuer Wege in der Literatur (Z. 88–94)

2.2 Bewertung des Textes als persönlich gehaltenen Essay

2.3 Sprachlich-stilistische Gestaltung des Textes im Hinblick auf seine Wirkungsabsicht

2.4 Zusammenfassende Würdigung der Verfasserintention: Plädoyer für Einfache Sprache als bewusst gewählte Option bei Wahrung des Sprachreichtums

3 Abschließende persönliche Auseinandersetzung: Herausforderungen einer „Übersetzung" literarischer Texte in Leichte Sprache

- Verlust der Deutungsoffenheit und Poetik bei Lyrik und Prosa
- Verlust der Glaubwürdigkeit klassischer Werke durch unpassende sprachliche Aktualisierung
- Bedeutung aktueller Gegenwartsliteratur in Einfacher Sprache für das Wecken von Lesemotivation

Lösungsvorschlag

Alles verändert sich. 1
Die Welt befindet sich in einem stetigen Wandlungsprozess.
In der globalisierten Gesellschaft, die geprägt ist durch kontinuierliche Transformation, ändern sich die Anforderungen in allen Sektoren permanent.

Selbst banale Feststellungen kann man auf **verschiedene Art und Weise formulieren**. Entweder als **knappe Feststellungen** im Muster: Subjekt – Prädikat – Objekt oder als **komplexes Satzgefüge** mit eingeschobenem Relativsatz und möglichst vielen Fremdwörtern und Attributen. Die Aussage bleibt jedoch dieselbe – oder nicht? Gibt es einen Mehrwert von Satz zwei und drei im Vergleich zu Satz eins? Und wenn ja, worin besteht dann dieser Mehrwert? Warum sollte man überhaupt so komplex, ja kompliziert formulieren, wenn es auch einfach geht? Diesen Gedanken verfolgt das **Konzept der „Leichten Sprache"**, das seit einigen Jahren in vielen Bereichen eingesetzt wird. Durch Verzicht auf Fachchinesisch, Fremdwörter und Bandwurmsätze können so Verständnisschwierigkeiten insbesondere bei Lesern mit geringen Deutschkenntnissen oder mit kognitiven Problemen vermieden werden.

Die Idee, sprachliche Hürden zu vermeiden, nimmt auch der deutsch-isländische Autor und Übersetzer Kristof Magnusson zum Anlass, um in seinem, am 4. Januar 2017 in der Frankfurter Allgemeinen Zeitung erschienenen Essay „Unser Dogma ist einfach" über die Chancen und Probleme der „Leichten Sprache" zu reflektieren. In seinem Essay diskutiert er jedoch nicht nur deren Gebrauch in Behörden, Museen und öffentlichen Einrichtungen. Als Schriftsteller thematisiert er auch Probleme und Chancen der Übertragung von literarischen Texten in diese reduzierte Sprachform, die ja primär auf Informationsübermittlung ausgerichtet ist. Dass es jedoch einen großen Unterschied macht, ob man das Formular für eine Steuererklärung in Leichte Sprache „übersetzt" oder ein so wortgewaltiges Sprachkunstwerk wie Goethes „Faust", soll abschließend anhand von literarischen Beispielen diskutiert werden. 2

Kristof Magnusson beginnt seinen Essay mit der **Vergegenwärtigung bekannter deutscher Gebäude**, um dann sofort nach dem Hinweis auf deren Beliebtheit auf die Vorteile ihres barrierefreien Zugangs einzugehen (Z. 1–7). In **Analogie** zu erleichternden Baumaßnahmen für Besucher mit körperlichen Beeinträchtigungen **leitet der Autor zum Thema der „Leichten Sprache" über**. So wie Rollstuhlrampen jedem Einzelnen eine Teilhabe am Erleben berühmter Architektur ermöglichten, werde durch das Absenken von Sprachbarrieren die Verständlichkeit von Texten erhöht. Mit dem **Hinweis auf die Zielgruppe dieses Konzepts**, Personen mit eingeschränkten Deutschkenntnissen sowie Menschen mit Lern- oder auch Leseschwierigkeiten, **klärt der Autor den Zentralbegriff seines Textes** und nennt die wesentlichen Prinzipien einer Vereinfachung von Sprache hinsichtlich Satzbau und Wortschatz (Z. 8–17). 2.1

Im **Hauptteil seiner essayistischen Reflexion** räumt Magnusson zunächst den Stimmen Raum ein, die die Verwendung von Leichter Sprache **ablehnen**. Ihnen zufolge ginge mit der sprachlichen Vereinfachung von Texten auch eine **Vereinfachung der Inhalte** einher. Zum Zweiten befürchten diese Kritiker mit der Vereinfachung von Sprache sogar eine **Verschärfung von Bildungsungerechtigkeit**. Der Auftrag an die Schule, auch die Kinder zu fördern, die zu Hause keine sprachlichen Anregungen erhalten, würde bei einer Absenkung des Sprachniveaus nicht eingehalten werden können. Nur mit einer sprachlichen Forderung könne auch Förderung geschehen und eine soziale Ausgrenzung von Kindern aus bildungsfernen Haushalten verhindert werden. Den dritten Vorwurf der Gegner von Leichter Sprache gibt Magnusson im Stil **eines bedrohlichen Szenarios** wieder, wenn Sprache aller differenzierenden Zwischentöne beraubt und nur noch für **reine Faktenvermittlung instrumentalisiert** würde (Z. 20–32). Mit diesem Argument erweitert der Autor seinen anfänglichen Bezugsrahmen von reinen Informationstexten auf eine ästhetisch-kreative Verwendung von Sprache und **leitet zu seinem zentralen Themenfeld** – der Verwendung von Leichter Sprache in literarischen Texten – **über**. Hierbei **veranschaulicht** er zunächst die skeptische Haltung mit einer Version der Weihnachtsgeschichte in heutigem Alltagsdeutsch (Z. 33–36).

Die negative Sichtweise auf Leichte Sprache **entkräftet** Magnusson jedoch im zweiten Teil seines Textes, in dem er die Möglichkeiten dieser leseerleichternden Maßnahme aus mehreren Perspektiven **entfaltet**. Dabei stellt er dem befürchteten Kulturverlust die **gemeinschaftsbildende Kraft** von verständlicher Sprache gegenüber. Mit Verweis auf die Bedeutung der Luther-Bibel für die Ausbildung des heutigen Standarddeutsch greift er nochmals die Anfangsbeispiele der barrierefreien Architektur und der Sprachvereinfachung bei Behörden auf und **relativiert** so die zuvor angeführten Bedenken der Kritiker (Z. 37–53). Sein **Plädoyer** für die Chancen einer Leichten bzw. Einfachen Sprache **weitet** der Autor nun auf sein eigenes Betätigungsfeld **aus**, indem er kreative Möglichkeiten bei der Verwendung von Leichter Sprache in der Gegenwartsliteratur aufzeigt. Anhand der **persönlichen Erfahrungen** mit einem Schreibprojekt des Frankfurter Literaturhauses **konkretisiert** er seine These von einem künstlerischen Anspruch des sprachlichen Minimalismus und **veranschaulicht** diese im Vergleich mit den „Dogma"-Filmen und Beispielen der Weltliteratur, die von vornherein minimalistisch gestaltet wurden (Z. 54–79).

Im **nochmaligen Rückbezug** auf den anfangs ausgeführten Inklusionsgedanken **bekräftigt** Magnusson seine positive Einstellung mit der Schilderung einer erfolgreichen Lesung seiner Texte in Einfacher Sprache vor einem sonst eher literaturfernen Publikum. Sein **Fazit** lautet, dass sprachliche Reduktion sehr wohl auch mit künstlerischem Niveau einhergehen könne (Z. 80–87). Der Autor kommt schließlich zu einem zusammenfassenden **Schlussappell**, in dem er für einen bewussten Einsatz von Leichter bzw. Einfacher Sprache **eintritt**, aber gleichzeitig vor einer verordneten Sprachregulierung **warnt**. Er **positioniert sich** somit klar **für Sprachvereinfachung** als Mittel der Ausweitung von kultureller Teilhabe auf möglichst breite Schichten, aber auch als Chance für neue, kreative Wege in der Literatur (Z. 88–94).

Der Text des isländisch-deutschen Autors und Übersetzers ist bereits durch sei- 2.2
ne kompakte, oft **assoziative und aspektreiche** Darstellung **essayistisch** angelegt. Die vor allem im zweiten Teil subjektive und **wertende Haltung** mündet am Ende in ein **Resümee**, das zwar differenziert gehalten ist, jedoch die **Parteilichkeit** des Verfassers zum Thema Sprache klar zum Ausdruck bringt und seine Perspektive als Künstler offenbart. In der essayistischen Struktur des Textes tritt er zu Beginn – mitunter auch ironisch – zunächst als Vertreter der Gegenseite auf, um sich schließlich in einem **engagierten, persönlichen Plädoyer** für einen bewussten Einsatz von Leichter Sprache einzusetzen.

Der **rote Faden** seines Essays ist das **Bild der Barriere bzw. Barrierefreiheit**, 2.3
das Magnusson von der realen architektonischen Ebene auf den erleichterten Zugang zu sprachlichen Texten überträgt (vgl. Z. 5 ff., 50 ff.). Diese durchgängige Analogie zeigt den Autor auch als **sozialpolitisch engagierten Leser**, wenn er die Bibelübersetzung als „Inklusionsprojekt“ (Z. 39) bezeichnet und an mehreren Stellen seines Textes auf die Bedeutung hinweist, „sprachliche Barrieren zumindest zu verringern“ (Z. 45; vgl. auch Z. 55). Von Anfang an diskutiert er Vor- und Nachteile des Trends zur verstärkten Nutzung von Leichter Sprache im **Kontext von gesellschaftlicher Inklusion**. Die Gefahr eines bildungspolitischen Irrwegs durch eine generelle Absenkung von sprachlichen Standards bringt er durch **die antithetische Kontrastierung** „Der kleinste gemeinsame Nenner ist in Wahrheit der größte Ausgrenzungsfaktor“ (Z. 25 f.) oder in **Superlativen** wie „niedrigstmögliche[n] Standard“ (Z. 23) zum Ausdruck. Dagegen formuliert er die von Sprachbewahrern geäußerten Bedenken eines Verlusts von Sprachvielfalt in dem **anaphorisch zugespitzten Trikolon** „Adieu Fußbodenschleifmaschinenverleih, Adieu Distinktionsgewinn, Adieu Adieu“ (Z. 31 f.). Hierbei reiht er beinahe satirisch sowohl die durch Leichte Sprache bedrohten Komposita als auch Fremdwörter im Stil einer wehmütigen Verabschiedung aneinander, was durch den Gebrauch der französischen Abschiedsformel „Adieu“ in der Doppelung am Ende der **Klimax** geradezu melancholisch ausklingt. Seine positive Haltung gegenüber Sprachvereinfachung wird durch das überspitzte Vorführen solcher Wortungetüme deutlich. Mit dem **bildhaften Begriff** „Schafspelz“ (Z. 27) zitiert er die **Redewendung** vom „Wolf im Schafspelz“ und beschwört beim Leser den **Gedanken einer versteckten Gefahr** herauf, mit der die Leichte Sprache – getarnt im Inklusionsgedanken – den Sprachreichtum bedrohe. Auch mit **Neologismen** wie „Fakten-Fakten-Klartext-Mentalität“ (Z. 27 f.) oder „Tacheles-Rednern“ (Z. 30) **changiert** der Autor bei der Darstellung der Risiken **zwischen Ernsthaftigkeit und Ironie** und lässt den Leser zunächst im Unklaren, auf welcher Seite er eigentlich steht.

Dadurch, dass Magnusson selbst Schriftsteller und Übersetzer ist, betrifft das Thema „Sprache“ seine ureigene Angelegenheit. Sein Text wird nach dem distanziert-abwägenden Beginn in der persönlichen Fürsprache für die Möglichkeiten der Leichten Sprache klar parteiisch und auch durch den **auffälligen Wechsel in die „Ich“**- (vgl. Z. 56, 59, 61, 62) bzw. **„Wir“-Form** (vgl. Z. 54, 65, 80, 85) bewusst leidenschaftlich. Durch die Nennung des Projekts des Frankfurter Literaturhauses (vgl. Z. 56) ordnet er sich in einen größeren Rahmen einer Autorengemeinschaft ein und verleiht seinem Schreiben größeres Gewicht. Im kreativ-gestalterischen Umgang mit Einfacher Sprache sieht er weniger den Verlust eines ästhetischen Anspruchs, sondern eine „wunderbare Chance zum Experimentieren“ (Z. 59 f.) und eine **eigene Qualität von Texten**, die „nicht zwangsläufig zu künstlerisch reizlosen Resultaten führt“ (Z. 87). Indem Autoren die Regeln der Prinzipien von Leichter Sprache bewusst nutzen, könnten sie eine neue Zielgruppe von Lesern und Zuhörern erreichen, die bisher nur kaum mit Literatur in Berührung gekommen sei. Damit **klärt** Magnusson in seinem Essay einerseits **den Leser** über den Trend **auf**, Texte in Leichter Sprache zu verfassen, und tritt andererseits für den **gezielten Einsatz der Sprachvereinfachung** in gesellschaftspolitischer sowie in ästhetischer Hinsicht ein. Dies bringt er mit der zusammenfassenden, **asyndetischen Aufzählung** all seiner Ziele am Schluss seines Textes auf den Punkt: „Als Chance für eine gerechtere Gesellschaft, als Einladung zum Nachdenken über Sprache, zu künstlerischem Experiment, zum Spiel.“ (Z. 92 ff.)

Stilistisch bewegt sich Magnussons Essay zwischen literarischem Anspruch und klarer Positionierung im Sinne eines dogmatischen Manifests für die Leichte Sprache (vgl. Z. 69 f.). Bezeichnend für sein Engagement ist der häufige Gebrauch eines **Doppelpunkts** (Z. 31, 35, 50, 67, 71, 76, 92) als **explizites Hinweiszeichen** für gezielt gesetzte Thesen und prägnante Beispiele. Diese klare Haltung spiegelt bereits die **programmatische Überschrift** „Unser Dogma ist einfach“ wider, die er als **Motto** seinem Text voranstellt. Magnusson spielt hier auf das von ihm später erläuterte Konzept der „Dogma“-Filme an, die konsequent auf nachträgliche Effekte und filmtechnische Verkünstelungen verzichten (vgl. Z. 70 ff.). Sein eigener Essay ist jedoch alles andere als einfach gestaltet. Nicht nur aufgrund seiner vielen Verweise auf kulturelle Phänomene, wie auf die zu Beginn angeführten Beispiele moderner Architektur, konstruiert Magnusson seinen Text durchaus **anspruchsvoll**. Mit der Bezugnahme auf Luthers Bibelübersetzung, Albert Camus und die Isländersagas beweist er seine Belesenheit in einem sehr **breiten literarischen Spektrum** und zeigt damit nicht nur sein **intellektuelles Niveau**, sondern auch seine **Kompetenz als Autor und Autorität als Übersetzer**. Ebenso ist die sprachliche Gestaltung der Gedankenführung Zeichen seines hohen Sprachbewusstseins und seiner Fähigkeit zur literarischen Textgestaltung. Als Beweis für den künstlerischen Anspruch seines Literaturprojekts arbeitet Magnusson mit **Fremdwörtern** wie „Sujet“ (Z. 64) und **Fachvokabular** wie „Oulipo-artige[s] Sprachspiel“ (Z. 60). Mit dieser Begrifflichkeit dürfte er auch das **gehobene Lesepublikum der FAZ** herausfordern, was jeden Vorwurf einer banalen Schreibkunst von vornherein **entkräftet**. Seine Fähigkeit zum bewussten Einsatz von sprachlichen Gestaltungsmitteln wird in der **illustrierenden Bildlichkeit** seiner Wortwahl bei zusammengesetzten Adjektiven wie „rappelvoll" (vgl. Z. 82) oder in **Alliterationen** („Strafzetteln und Steuererklärungen", Z. 48) deutlich. Auch die Syntax seines Essays ist ganz im Gegensatz zu der Vorgabe der Einfachen Sprache überwiegend **hypotaktisch geprägt**. Damit verdeutlicht **Magnusson** komplexe Zusammenhänge und entwickelt eine kausallogische Gedankenführung mit **abwägenden Zugeständnissen an die Gegenseite**. Dagegen fallen einige wenige **prägnante Parataxen** in den von ihm zitierten literarischen Beispielen aus der Isländersaga (vgl. Z. 76 ff.) oder der Weihnachtsgeschichte in einfacher Sprache (vgl. Z. 35 f.) umso deutlicher auf. Und die kurzen Sätze direkt nach der Erklärung der Grundprinzipien der Leichten Sprache wirken wie eine anschließende Vorführung dieser Sprachform („Das ist verständlich. Leichte Sprache birgt Risiken", Z. 18).

Kristof Magnussons Blick ist ein ganz besonderer: Als Autor und als zweispra- 2.4
chiger Übersetzer sind ihm sowohl die **poetischen Möglichkeiten von Texten** bewusst wie auch die Schwierigkeit, Zwischentöne und sprachliche Nuancen in eine andere Sprache zu übertragen. Seinen **Anspruch als Schriftsteller** macht er trotz seines klaren Votums für die Leichte Sprache auch als engagierter Anwalt des geschriebenen Worts deutlich. Er **verteidigt** stilistisch anspruchsvolle Texte vor sprachregulatorischen Eingriffen „von oben". Demnach dürften keine „Sprachkommissionen […] der öffentlichen Kommunikation die Komplexität austreiben" (Z. 89 f.). Sein Eintreten für die vereinfachte Sprache ist also immer als **eine Option** zu sehen, die bewusst für ganz bestimmte Zwecke gewählt werden soll und nie zum **Selbstzweck** geraten dürfe, damit der Reichtum der deutschen Sprache mit all seinen Varietäten erhalten bleibt und nicht als „billiger Weg zur Absenkung von Standards" (Z. 88) missbraucht wird.

In erster Linie diskutiert Magnusson die Bedeutung von Leichter Sprache im 3
öffentlichen Leben und als Experimentierfeld für gegenwärtige Autoren. Die Möglichkeit, auch sprachlich anspruchsvolle **Klassiker** durch eine Übertragung in Leichte Sprache einem breiteren Publikum zugänglich zu machen, spricht er nur kurz an, wenn er feststellt „dass immer mehr literarische Klassiker auf Leicht heruntergebrochen werden" (Z. 61 f.). Die Option, ein Goethe-Drama oder eine Kleist-Novelle lieber in einer sprachlich vereinfachten Version zu lesen, klingt nicht nur angesichts des immer höheren Anteils von nichtmuttersprachlichen Lernenden verlockend. Angesichts der sprachlichen Hürden werden möglicherweise immer weniger dieser sprachlich anspruchsvollen Klassiker als Lektüre im Unterricht gelesen. Warum sollte man also Jugendlichen von heute noch den Sprachgebrauch des 18. oder 19. Jahrhunderts zumuten, wenn eine Vereinfachung nicht nur das Verständnis der Werke erleichtern, sondern im Idealfall auch das Interesse für Klassiker wecken würde? Gerade Schülerinnen und Schülern mit Migrationshintergrund oder sprachlichen Defiziten könnte durch eine vereinfachte Schullektüre ein besserer

Zugang zu deutscher Literatur und Kultur ermöglicht werden. Welche **Herausforderungen mit einer „Übersetzung“ literarischer Texte** in Leichte Sprache verbunden sind, zeigt sich jedoch bei der näheren Betrachtung.

Wenn die Lektüre nur noch aus kurzen, ähnlich gebauten Sätzen bestehen würde und keine ungebräuchlichen Worte oder Nebensätze benutzt werden dürfen, bedeutet das zwangsläufig eine **Reduzierung des Werks** auf die **bloße Wiedergabe der Handlung**. Damit stellt sich die Frage: Ist Kleist ohne kunstvoll ineinander geflochtene Nebensätze noch Kleist? Kafka ohne kafkaeske Wortkombinationen noch Kafka? Rilke ohne symbolistische Bildlichkeit noch Rilke? Es blieben Romane ohne Genitiv, Gedichte ohne Melodie, Dramen ohne Pathos. Damit verlöre deren **Sprache nicht nur ihre Eleganz und ihren Charme**, sondern auch den ihnen eigenen Zauber. Insbesondere in der **Lyrik** und in **kunstvoller Prosa** werden „Übersetzer“ von Literatur in Einfache Sprache schnell an ihre Grenzen kommen. Der Begriff „Übersetzung“ steht in der Themafrage also aus gutem Grund in Anführungszeichen. Die Übersetzung eines literarischen Textes in eine Fremdsprache ist eine Kunst. Nicht nur Inhalt und Stil, sondern auch alle **Zwischentöne eines Textes** sollen dabei möglichst genau – im Idealfall kongenial – übertragen werden. Leichte Sprache kann das nicht leisten. Die Ausgangstexte werden naturgemäß vereinfacht und dadurch auch verändert. Wortschatz, syntaktische Variation und Formulierungsvielfalt gehen zwingenderweise verloren. Komplexe Texte werden eindimensional. Was bei Behördenvorgaben und Steuererklärungen der Vorteil ist, wird bei der Poesie zum Todesstoß. So wird man **Eichendorffs Gedicht „Entschluß“** (vgl. Abitur Aufgabe 1, Text A), das den inneren Entscheidungsprozess des lyrischen Ichs metaphorisch und mit solchen Wortschöpfungen wie „Regenbogenbrücken“ wiedergibt, nicht annähernd erfassen können, wenn man es auf die bloße Aussage reduziert. Die Deutung des Textes würde durch die „Übersetzung“ von vornherein festgelegt, was dem Wesensmerkmal von Lyrik – ihrer **Deutungsoffenheit** – elementar zuwiderlaufen würde. Genauso würde auch **Kafkas Kurzprosatext „Der plötzliche Spaziergang“** (vgl. Abitur Aufgabe 1, Text B) nur in zwei bis drei „Info“-Sätzen übersetzt werden, wohingegen das Original – typisch kafkaesk – zwar auch nur ganze zwei Sätze umfasst, der erste sich jedoch mit unzähligen eingeschobenen Attributsätzen und Parenthesen über ganze 21 Zeilen erstreckt. Der Inhalt – das Überlegen und Nachdenken des Protagonisten, abends nochmal das Haus zu verlassen – wird hier wie in einem Gedankenstrom nachgezeichnet und so für den Leser erlebbar gemacht. In Leichter Sprache würde der Inhalt dagegen wohl nur beliebig und banal wirken.

Dagegen wäre jedoch zu überlegen, ob handlungsbetonte und inhaltsreiche Texte wie **Goethes „Faust“** in Einfachem Deutsch für Schüler zugänglicher gemacht werden könnten. Die vielen Handlungsstränge und Themen wie die Wette Gottes mit Mephisto, Gelehrtentragödie, Gretchentragödie und Theaterprolog wären ohne Fausts Knittelvers und ohne die virtuosen Wortspiele Mephistos sicher verständlicher. Aber was unterscheidet dann die Faust „Light“-Version noch von der Zusammenfassung der Szenen im Wikipedia-Eintrag?

Ein weiterer Aspekt wäre die Frage nach der **Glaubwürdigkeit** der in Goethes Tragödie verhandelten Themen. Für die meisten Leser würde es lächerlich klingen, wenn Gretchen und Faust im heutigen, vereinfachten Gegenwartsdeutsch ihr Religionsgespräch führen würden. Dass eine junge Frau wegen ihres Glaubens, des Standesunterschieds und der gesellschaftlichen Moralvorstellungen in einen existenziellen Konflikt gerät, ist durch die für uns ungewohnte Sprache Goethes bereits als historisch markiert und wird genau in dieser Form erst nachvollziehbar. Und nur durch die unterschiedlichen Sprachebenen – Gretchens schlichte Volkssprache einerseits, Fausts gehobene Gelehrtensprache andererseits – wird das Problem des Standesunterschieds deutlich. In Einfachem Deutsch würden die Dialoge **konstruiert und fragwürdig** wirken, was wiederum dem Werk nicht gerecht würde.

Der **Spagat zwischen leichter Verständlichkeit** und dem **individuellen Stil** eines Autors, der eben gerade in den Eigenarten der sprachlichen Darstellung besteht, erscheint fast unmöglich. Würde sich Goethe also im Grabe umdrehen, wenn er den „Faust" in Leichter oder Einfacher Sprache gedruckt sehen würde? Oder würde er sich freuen, dass auch noch nach über 200 Jahren möglichst viele Menschen an seiner Gedankenwelt Anteil haben?

Die Idee, das Interesse und die Freude am Lesen bei möglichst vielen Menschen anzuregen, sollte von Gegenwartsautoren in solchen „Einfache Sprache"-Projekten, wie von Magnusson vorgestellt, weiterverfolgt werden. Vielleicht führt bei einigen Neu-Lesern die dadurch geweckte Literaturbegeisterung dazu, dass nach Erzählungen in Einfacher Sprache die Islandsaga oder Camus' „Der Fremde" gelesen wird und irgendwann (vielleicht auch in einem Theaterbesuch) der „Faust" folgt – in der Sprache Goethes.

Deutsch Bayern – Abiturprüfung 2020:
Aufgabe 5: Materialgestütztes Verfassen eines argumentierenden Textes

Bearbeiten Sie **eine** der beiden Varianten!

In den letzten Jahren wurde häufig darauf hingewiesen, dass sich das Theater in unserer Zeit der medialen Vielfalt in einer Krise befindet.

Variante 1:
Verfassen Sie eine Erörterung, in der Sie sich abwägend mit der Frage auseinandersetzen, ob ein Theaterbesuch für Jugendliche und junge Erwachsene heutzutage noch gewinnbringend sein kann! Berücksichtigen Sie dabei die beigefügten Materialien und beziehen Sie Ihr Wissen und eigene Erfahrungen ein!

oder

Variante 2:
Anlässlich des „Welttags des Theaters für junges Publikum" veröffentlicht eine überregionale Tageszeitung Beiträge zur Frage, ob ein Theaterbesuch für Jugendliche und junge Erwachsene heutzutage noch gewinnbringend sein kann.

Verfassen Sie einen Essay, in dem Sie sich mit dieser Frage aus der Sicht junger Menschen auseinandersetzen! Nutzen Sie dazu die folgenden Materialien und beziehen Sie Ihr Wissen und eigene Erfahrungen ein!

Ihr Essay soll etwa 1200 Wörter umfassen. Formulieren Sie eine geeignete Überschrift!

Zitate aus den Materialien werden dem Stil eines Essays entsprechend ohne Zeilenangabe nur unter Nennung des Autors und ggf. des Titels angeführt.

(Bei den folgenden Materialien wurde die Orthografie der jeweiligen Textquellen beibehalten.)

Material 1: Fotos unterschiedlicher Theaterräume

Residenz München, Altes Residenztheater (Cuvilliestheater), Ränge des Zuschauerraums mit der zentralen Kurfürstenloge (oben) © Bayerische Schlösserverwaltung, Philipp Mansmann, München

Bühne im Saal C der Schaubühne am Lehniner Platz, Berlin (Arno Declair)

Material 2

Friedrich Schiller[1], *Theoretische Schriften. Zu Drama und Theater. Was kann eine … Schaubühne eigentlich wirken?* (1784)

Die Schaubühne[2] ist mehr als jede andere öffentliche Anstalt des Staats eine Schule der praktischen Weisheit, ein Wegweiser durch das bürgerliche Leben, ein unfehlbarer Schlüssel zu den geheimsten Zugängen der menschlichen Seele. […] Die Schaubühne ist die Stiftung, wo sich Vergnügen mit Unterricht, Ruhe mit Anstrengung, Kurzweil mit Bildung gattet, wo keine Kraft der Seele zum Nachteil der andern gespannt, kein Vergnügen auf Unkosten des Ganzen genossen wird. Wenn Gram an dem Herzen nagt, wenn trübe Laune unsre einsamen Stunden vergiftet, wenn uns Welt und Geschäfte anekeln, wenn tausend Lasten unsre Seele drücken und unsre Reizbarkeit unter Arbeiten des Berufs zu ersticken droht, so empfängt uns die Bühne – in dieser künstlichen Welt träumen wir die wirkliche hinweg, wir werden uns selbst wieder gegeben, unsre Empfindung erwacht, heilsame Leidenschaften erschüttern unsre schlummernde Natur und treiben das Blut in frischeren Wallungen. Der Unglückliche weint hier mit fremdem Kummer seinen eignen aus – der Glückliche wird nüchtern und der Sichere besorgt. […] Jeder einzelne genießt die Entzückungen aller, die verstärkt und verschönert aus hundert Augen auf ihn zurückfallen, und seine Brust gibt jetzt nur einer Empfindung Raum – es ist diese: ein Mensch zu sein.

Aus: Friedrich Schiller, Die Schaubühne als eine moralische Anstalt betrachtet, in: Friedrich Schiller, Sämtliche Werke, Bd. 5, hrsg. von Gerhard Fricke und Herbert Göpfert, München 1959, 9. Aufl. 1993, S. 826–831

Worterläuterungen:
1 *Friedrich Schiller* (1759–1805): deutscher Schriftsteller und Dramentheoretiker
2 Schaubühne: im 18. Jh. geläufiger Ausdruck für das Theater im Allgemeinen

Material 3

Deutscher Bühnenverein, *Überblick über die deutsche Theater- und Orchesterlandschaft* (Theaterstatistik 2015/16)

Rund 35 Millionen Zuschauer aller Altersgruppen besuchen Jahr für Jahr fast 126 000 Theateraufführungen und 9 000 Konzerte. Dies belegt das nach wie vor ungebrochene Interesse an Theater und Musik und macht deutlich, dass die Bürger ihre Theater und Konzertstätten als öffentlichen Denk- und Erlebnisraum, als Ort direkter Kommunikation, als Teil des öffentlichen Diskurses und somit als unverzichtbaren Bestandteil urbaner Lebensqualität begreifen.

Das Bild der Theater- und Orchesterlandschaft in Deutschland wird wesentlich durch die rund 140 öffentlich getragenen Theater bestimmt, also durch Stadttheater, Staatstheater und Landesbühnen. Hinzu kommen rund 220 Privattheater, etwa 130 Opern-, Sinfonie- und Kammerorchester und ca. 70 Festspiele, rund 150 Theater- und Spielstätten ohne festes Ensemble und um die 100 Tournee- und Gastspielbühnen ohne festes Haus. Darüber hinaus gibt es noch eine unübersehbare Anzahl freier Gruppen. Diese Vielfalt ist charakteristisch für die deutsche Theater- und Orchesterlandschaft.

An die Stelle eines einzigen, übermächtigen Kulturzentrums – wie dies beispielsweise Paris für Frankreich ist – tritt in Deutschland eine Fülle von Häusern, die sich hinsichtlich ihrer Qualität häufig in nichts nachstehen. So gibt es überall in der ganzen Bundesrepublik die Möglichkeit, anspruchsvolles Theater zu sehen und Konzerte zu besuchen.

[…] Zu den am häufigsten gespielten Stücken zählen nach wie vor „Faust" (Johann Wolfgang Goethe), „Nathan der Weise" (Lessing), „Romeo und Julia" und „Ein Sommernachtstraum" (William Shakespeare); aber auch Stücke zeitgenössischer Autoren […] belegen Spitzenplätze bei den Aufführungszahlen. Im Kinder- und Jugendtheater sind es „Der Zauberer von Oz" (Baum), „Ronja Räubertochter" (Lindgren) und „Pinocchio" (Collodi), deren Aufführungen die größten Besucherzahlen erzielen. […]

Aus: Deutscher Bühnenverein, Theater- und Orchesterlandschaft, online unter: http://www.buehnenverein.de/de/theater-und-orchester/19.html, zuletzt aufgerufen am 24.01.2020

Material 4

Werktreue Inszenierung oder Regietheater? (NDR.de, 2017)

Die einen sitzen im Theater und raufen sich die Haare: Was hat die Regie nur mit dem schönen Theaterstück angestellt, man erkennt es ja kaum noch wieder?! Gleich daneben sitzen andere und sind verzückt: Was hat die Regie nicht alles aus dem Stoff herausgeholt?!

Der Streit um die Theaterregie währt bereits so lange, wie das Regietheater selbst zur Kunstform geworden ist. Wie halten es zwei der führenden Köpfe Niedersachsens mit dem Verhältnis von Texttreue und Regie-Idee? Wie viel Kunst liefert der Stoff und wie viel dessen Interpretation? NDR-Kultur-Redakteur Jürgen Deppe hat dem Intendanten am Schauspiel Hannover, Lars-Ole Walburg, und der neuen Generalintendantin am Staatstheater Braunschweig, Dagmar Schlingmann, die gleiche Frage gestellt:

In welchem Mischungsverhältnis müsste für Sie ein richtig gutes Stück aussehen in Sachen Stofftreue, in Sachen Regiearbeit?

Lars-Ole Walburg: Die Werktreue ist ein schwieriger Begriff. Ich persönlich – und das kann man an meinen Regiearbeiten ablesen – bin der Meinung, dass eine stringente Erzählung oft im Theater notwendig ist, bevor man irgendetwas dekonstruieren kann, von dem der Zuschauer vielleicht gar nicht weiß, was da eigentlich dekonstruiert wird. Das ist genauso sinnlos wie die Provokation um der Provokation willen. […]

Dagmar Schlingmann: Ich kenne den Begriff Regietheater natürlich, aber ich verbinde damit gar nichts. […] Natürlich würde ich nur Texte von Autoren auswählen, die ich wirklich schätze. Das heißt ja automatisch, dass ich einen gewissen Respekt vor diesem Text habe. Dennoch kann es sein, dass dann in der Inszenierung – auch das ist ein künstlerischer Vorgang – eine gewisse Freiheit gegenüber dem Text genommen werden kann. Nicht muss: Es gibt auch sehr gute Inszenierungen, die sehr eng am Text bleiben.

Ich denke, das Theater ist ein Gesamtkunstwerk, und da ist der Text das Eine – das Andere ist aber auch: Was machen die Schauspieler auf der Bühne? Das ist jenseits des Textes, natürlich sprechen sie den Text, aber was machen sie dabei? Zeigen sie mir, dass sie den Text ehrlich meinen, zeigen sie mir, dass das eine Lüge ist? Das ist die körperliche Komponente, die dazukommt. Natürlich auch Bühnenbild, Musik, Kostüme, auch Video- und Medienkunst. [...]

Aus: Werktreue Inszenierung oder Regietheater?, Online-Auftritt des NDR, 25.09.2017, online unter: http://www.ndr.de/kultur/kulturdebatte/Werktreue-Inszenierung- oder-Regietheater,journal1012.htm, zuletzt aufgerufen am 26.01.2018

Material 5

Eckhard Fuhr[1], Theaterkritik zur Faust-Inszenierung von Frank Castorf auf der Berliner Volksbühne (2017)

[...] Wenn Martin Wuttke[2] unter seiner Gummi-Greisenmaske den Doktor Faust deklamiert, dann klingt das wie das Gurgeln eines Abflussrohrs, in dem die Blank- und Knittelverse nur noch als dumpfes Echo zu vernehmen sind.

Erst der Zaubertrank erweckt das Universalgelehrtenwrack zeitweise wieder zu faustischer Vitalität und lässt aus Wuttkes Klangkörper Goethe strömen, dass einem ganz warm wird ums Herz. Aber das sind nur Erholungsmomente, Verschnaufinseln in einer siebenstündigen Tour de Force[3] [...].

Gretchen verkündet barbusig im Glitzerkostüm einer Lido-Tänzerin, dass das Leben doch irgendwie weitergeht, obwohl Faust, der Weltbeweger, auf einem Kinderdreirad herumkurvt [...].

Neben den üblichen Brüll-Duellen, die man als sportliche Übungen würdigen muss, denn auch die körperliche Verausgabung der Schauspieler gehört zwingend zur Volksbühnen-Ästhetik, neben viel Gebrüll also gibt es auch stille, anrührende Momente. [...]

Aus: Eckhard Fuhr, Die Männerdämmerung von der Rue Stalingrad, in: Axel Springer SE/DIE WELT, 06.03.2017, https://www.welt.de/print/die_welt/kultur/article162607022/Maennerdaemmerung-in-der-Rue-Stalingrad.html, zuletzt aufgerufen am 24.01.2020

Worterläuterungen:
1 *Eckhard Fuhr* (geb. 1954): Journalist und Korrespondent für Kultur und Gesellschaft bei der Tageszeitung DIE WELT
2 *Martin Wuttke* (geb. 1962): deutscher Schauspieler und Regisseur
3 *Tour de Force*: Gewaltaktion; mit Mühe, Anstrengung verbundenes Handeln

Material 6

Esther Boldt[1], *Verloren vor glitzernder Debattenkulisse* (2016)

Theater ist, es wird immer wieder gern durch Zahlen belegt, eine Nischenkunst. Mit Museen, Kinos oder Konzerten kann es nicht mithalten. Und doch – vielleicht gerade deswegen – sehnt es sich nach Relevanz. Theaterschaffende landauf, landab versuchen derzeit, ihren Zuschauer*innen zu beweisen, dass sie mit beiden Beinen in der gesellschaftlichen Wirklichkeit stehen. Sie erzählen von Flüchtlingen und dem arabischen

Frühling[2], von Extremismus, Rassismus, Kapitalismus, Tschernobyl[3], Gentrifizierung, Cybergefahren und internationalen Krisenherden.

Ich sehe mir das alles an und frage mich: Kann es sein, dass das Theater seine Eigenständigkeit verliert? Dass es klein beigibt vor all jenen, die – nicht zuletzt des öffentlichen Geldes wegen – Rechtfertigungsdruck ausüben und Relevanz einfordern? Kritisch müsse das Theater sein und gegenwartsnah, fordern Politik und Kritik. Doch das Ergebnis ist ein Strebertheater, in dem konsensfähig reproduziert wird, was mediale und öffentliche Diskurse gerade als real und wesentlich empfinden. Ein Theater, in dem kaum noch gesucht, sondern immer gleich schon gefunden wird.

Esther Boldt, Verloren vor glitzernder Debattenkulisse, auf: ZEIT Online, 01.06.2016, online unter http://www.zeit.de/kultur/2016-05/theater-konsens-diskurs-gesellschaft-relevanz-10nach8, zuletzt aufgerufen am 24.01.2020

Worterläuterungen:

1 *Esther Boldt* (geb. 1979): freie Autorin, Tanz- und Theaterkritikerin für Zeitungen und Magazine

2 *arabischer Frühling*: im September 2010 begonnene Serie von Protesten, Aufständen und Revolutionen in der arabischen Welt gegen die Unterdrückung durch autoritäre Regime

3 *Tschernobyl*: Bezug auf die Nuklearkatastrophe im Kernkraftwerk Tschernobyl in der heutigen Ukraine am 26.04.1986

Material 7

Luc Bondy[1], *Die Unvernünftigen dürfen nicht aussterben. Dankrede zur Verleihung des Berliner Theaterpreises* (1998)

Mit einem Theater, das menschliche Konflikte, Seelenkriege, ausdrückt, meine ich eines, wo sich der Zuschauer mit Hirn und Herz identifizieren kann, ein Theater, das – wenn auch unbewußt – ein Erlebnis des Wiedererkennens in ihm auslöst, und zwar nicht nur direkt, sondern dank seiner eigenen Assoziationsarbeit. […]

Wir Regisseure bekommen vom Dramatiker eine Art Unterwasserbrille, und wir tauchen in seinem Werk. Die Bewegung, die unser Tauchen verursacht, ist dann die Inszenierung: Die ideale Inszenierung ist die, die am meisten Geheimnisse aus der Dichtungswelt zwar nicht unbedingt lüftet, aber zum Ausdruck bringt, in einer verwandelten, spielerischen Form. […] Indem es einen solchen Preis gibt, ehrt die Stiftung Preußische Seehandlung das Theater, eine der seltenen Künste, die man nicht mit der Hand berühren kann – wie ein Buch, wie ein Bild –, eine Kunst, die vergeht, um sich vielleicht zu erneuern … und gar nichts ist ohne Zustimmung des Publikums. Das ist eine Kunst, in der es gar nicht möglich ist, verkannt zu bleiben, weil ihre Gegenwart auch ihr letzter Augenblick ist.

Aus: Luc Bondy, Die Unvernünftigen dürfen nicht aussterben. Dankrede zur Verleihung des Berliner Theaterpreises, in: DIE ZEIT Nr. 22/1998 20.05.1998, online unter: http://www.zeit.de/1998/22/Die_Unvernuenftigen_duerfen_nicht_aussterben/komplettansicht, zuletzt aufgerufen am 24.01.2020

Worterläuterung:

1 *Luc Bondy* (1948–2015): Schweizer Theater-, Film- und Opernregisseur

Material 8

Armgard Seegers[1], *Kultur in Hamburg: Früher war mehr Theater* (2011)

[…] Das Theater lebt heutzutage – jedenfalls da, wo es stilprägend sein will – von Performances und Projekten. Aufführungen also, bei denen ein Text nicht mehr nur sinnlich, treffend und genau ergründet und durch die Kunst und Fähigkeiten eines Schauspielers zum Leben erweckt wird. Sondern es geht um Konzepte. Dramen und Stücke werden nicht mehr gradlinig, mit traditionellen Mitteln nacherzählt, man reichert sie an mit Fremdtexten, sucht Schnittmengen zu Musik, Film, bildender Kunst. Anstelle der Konzentration auf das Drama, der Darstellung von Figuren, Handlungen und menschlichen Beziehungen rückt hier die „Aufführung" in den Mittelpunkt. Häufig können die Zuschauer nicht ähnlich assoziativ nachvollziehen, was die Künstler und zu welchem Zwecke bewegt. Die Folge: Man fühlt sich ausgeschlossen, empfindet die Kunst als elitär, arrogant, autistisch und fragt sich, ob manch ein Konzeptionsregisseur mit seinem Team nicht in einer Parallelwelt lebt, ohne Berührungspunkte zu den Zuschauern. Kümmert sich das Theater vielleicht zu wenig darum, seine Zuschauer zu fesseln, anzusprechen und zu unterhalten? Ist das Theater nicht gerade dazu da, Stücke, die man beim Lesen allein nicht in ihrer ganzen Vielschichtigkeit durchdringen kann, verständlich zu machen? Doch fürs Theater gilt immerhin auch dasselbe wie für den Film, die Literatur oder die Malerei: Künstlerische Arbeit darf sich nicht ausschließlich am Publikum orientieren. Aber eben gewiss auch nicht an ihm vorbei. Nicht allein das Publikum bestimmt, was Qualität ist. […]

Aus: Armgard Seegers, Kultur in Hamburg: Früher war mehr Theater, in: Hamburger Abendblatt, 06.07.2011, online unter: https://www.abendblatt.de/kultur-live/article108043770/Kultur-in-Hamburg-Frueher-war-mehr-Theater.html, zuletzt aufgerufen am 24.01.2020

Worterläuterung:
1 *Armgard Seegers:* Journalistin, mehr als 20 Jahre lang Kulturredakteurin beim Hamburger Abendblatt (Geburtsjahr nicht zu eruieren)

Material 9

Interview mit Dirk Baecker[1] zu seinem Buch *Wozu Theater?* (2013)

Ist das Theater in der Lage, gesellschaftliche Entwicklungen bewusst zu machen oder zu beeinflussen, bevor sie anderen Institutionen in Politik und Wirtschaft überhaupt auffallen?

Baecker: Nein, so weit würde ich nicht gehen. Das Theater muss ja auch erst einmal auf seine Themen aufmerksam werden. Und das kann durchaus erst dann geschehen, wenn bestimmte politische Konflikte diese Themen prominent machen. Aber im Theater können dieselben Themen anders behandelt werden – spielerischer, fragender und auch karikierender als in der Wirklichkeit. Und dann kann man mit diesen Themen zuweilen auch in der Wirklichkeit der Politik anders umgehen. […]

Aus: Wozu Theater? Interview mit Dirk Baecker, in: Theater der Zeit, 02.05.2013, online unter: https://www.zu-daily.de/daily/schulterblick/2013/Wozu-Theater.php, zuletzt aufgerufen am 23.01.2020

Worterläuterung:
1 *Dirk Baecker* (geb. 1955): Soziologe und Professor für Kulturtheorie

Material 10

Hans-Dieter Gelfert[1], *Literatur und Theater in der Krise. Wenn Kultur Müll ist* (2015)

[…] Das so genannte Bildungsbürgertum ist eine Bevölkerungsgruppe, die an etwas festzuhalten versucht, was Jahrhunderte lang einen gesellschaftlichen Wert darstellte, nämlich Kultur als Produktion und Pflege von nichtkonsumierbaren Gütern mit Ewigkeitswert.

Dass diese Gruppe kleiner wird, ist offensichtlich, denn sie findet schon lange nicht mehr das, was sie früher erwartete. Wer einst ins Theater ging, um „Macbeth" zu sehen, muss heute damit rechnen, dass der Titelheld von einer Frau, vorzugsweise nackt, gespielt wird und der Text nur noch entfernte Ähnlichkeit mit dem Original hat. […]

Längst tröstet sich eine wachsende Zahl abgehängter Bürger mit dem Rückzug in die Popkultur, die inzwischen nicht länger als minderwertig stigmatisiert ist. Hier dürfen sie guten Gewissens „abhängen".

Wenn das Erscheinen des neuen Albums einer Rockgruppe in den Abendnachrichten mitgeteilt wird, braucht sich niemand mehr zu schämen, wenn er sich lieber von einem Popkonzert unterhalten lässt als von einer in der Regel verhunzten Shakespeare-Komödie. Wie konnte Verhunzung überhaupt zum Prinzip des heutigen Regietheaters werden […]? […]

Aus: Hans-Dieter Gelfert, Literatur und Theater in der Krise. Wenn Kultur Müll ist, in: Der Tagesspiegel, 18.04.2015, online unter: https://www.tagesspiegel.de/kultur/literatur-und-theater-in-der-krise-wenn-kultur-muell-ist/11648500.html, zuletzt aufgerufen am 23.01.2020

Worterläuterung:

1 *Hans-Dieter Gelfert* (geb. 1937): emeritierter Professor für englische Literatur und Landeskunde an der Freien Universität Berlin

Hinweise und Tipps

- ***Welche Aufgabenart liegt vor?***
  Aufgabe 5 verlangt eine Argumentation in zwei Varianten. Einmal soll die Themenfrage („… ob ein Theaterbesuch für Jugendliche und junge Erwachsene heutzutage noch gewinnbringend sein kann“) abwägend, d. h. ***antithetisch, erörtert*** *werden. Variante 2 bindet die Argumentation in einen konkreten Zusammenhang (für die Tageszeitung zu einem vorgegebenen Anlass) und verlangt einen* ***Essay*** *mit ca. 1200 Wörtern.*
  Beiden Varianten ist gemein, dass ***umfangreiches Material*** *zur Auswertung vorliegt. Zwei Bildquellen und neun Texte beleuchten das Theater heute aus ganz unterschiedlichen Blickwinkeln.*
- ***Was verlangt die Aufgabenstellung?***
  Die Argumentation muss in jedem Fall abwägend, d. h. ***Vor- und Nachteile*** *bzw. Pro und Kontra gegenüberstellend, angelegt sein.*
  Zudem verlangt die Aufgabenstellung die ***Berücksichtigung der Materialien****, die deshalb genauer analysiert werden müssen. Darüber hinaus sollen auch eigene* ***Erfahrungen mit dem Theater*** *einfließen. Eine Schwierigkeit bei der Auswertung der Quellen besteht darin, dass keines der Materialien explizit von den Vorstellungen, Anforderungen und Einstellungen der jungen Menschen spricht, die das Thema eigentlich in den Vordergrund rückt.*
- ***Wie gehe ich bei der Bearbeitung vor?***
  Zunächst kann eine ***Definition*** *vorgenommen werden: Wenn von Theater die Rede ist, muss natürlich die* ***Bandbreite der Institution*** *berücksichtigt werden. Gilt die Krise für das Puppentheater in Augsburg genauso wie für die Münchner Kammerspiele? Wer muss sich mit welcher „medialen Vielfalt“ auseinandersetzen? Was genau darf man unter „****gewinnbringend****“ verstehen?*
  Eine intensive Beschäftigung mit den zehn Quellen ist sicher sinnvoll und ein guter Einstieg in das Thema. Theater heute scheint relativ ***kritisch*** *gesehen zu werden, zumindest wenn man von den Aussagen der Materialien 4–10 ausgeht. Hier wird das sogenannte* ***Regietheater*** *sehr deutlich zurückgewiesen.* ***Positive Aspekte*** *lassen sich gut aus den statistischen Materialien herauslesen. Der Schiller-Text eröffnet die Möglichkeit, die Bedeutung des Theaters in den wichtigen literaturgeschichtlichen Epochen „Sturm und Drang“ und „Klassik“ aufzugreifen und damit auch eigenes Wissen einfließen zu lassen.*
  Im Hinblick auf die eigenen Erfahrungen wird natürlich vorausgesetzt, dass man das ***Theater auch von innen kennt****. Zwar dürften die meisten Schülerinnen und Schüler schon mal eine Theateraufführung besucht haben, sollte dies aber nicht der Fall sein, muss man sich genau überlegen, ob es sinnvoll ist, das Thema zu bearbeiten.*
- ***Wie kann ich meinen Aufsatz am besten strukturieren?***
  Die ***Einleitung*** *muss bekanntlich zum Thema hinführen. Hier bietet es sich an, die* ***eigene Lebenswelt*** *zu berücksichtigen. Als Schüler ist man mit großer Wahrscheinlichkeit schon einmal im Theater gewesen, kann also authentisch darüber nachdenken, ob die Institution von jungen Menschen geschätzt oder eher abgelehnt wird.*

*Im **Hauptteil** werden dann die **beiden Seiten der Themenfrage** abgehandelt. Aus eigener Erfahrung und aus den vorgelegten Materialien lassen sich für das Pro und das Kontra genügend Argumente ableiten. Im **Schluss** sollten Sie dann auf Basis der vorangegangenen Auseinandersetzung begründet **Stellung beziehen**.*

*Das besondere an der Aufgabe ist die Auswahl zwischen zwei Varianten. Ein **Essay** muss den **Ort der Veröffentlichung** (hier: Tageszeitung) und den **Adressaten** (den Leser) berücksichtigen. Nachdem die Vorgabe den Text auf 1200 Wörter begrenzt, muss großes Gewicht auf die **sprachliche Gestaltung** gelegt werden. Nicht alle Argumente können auf diesem knappen Raum ganz ausgearbeitet werden. Essayistisches Schreiben verlangt, dass gestaltende Elemente wie Schilderungen von Atmosphäre und kleine Erzählungen genutzt werden, um den eigenen Standpunkt auch sprachlich pointiert darzustellen. Davon sollten Sie auf jeden Fall Gebrauch machen, allerdings müssen Sie darauf achten, dass Essays immer auch in der Sache **überzeugend** angelegt sein und einen **roten Faden** enthalten sollten.*

– ***Was muss sonst noch beachtet werden?***

*Seit der Abiturprüfung 2017 wird in Bayern keine formale **Gliederung** (z. B. alphanumerisch) mehr verlangt. Trotzdem ist die Strukturierung des eigenen Aufsatzes von zentraler Bedeutung. Eine Strukturskizze sollte allein deshalb beigelegt werden, weil sie im positiven Sinn die Bewertung des Aufsatzes beeinflussen kann.*

Variante 1: Erörterung

Schreibplan/Strukturplan für den Aufsatz

A Einleitungsgedanke: Theater und Schüler

B Hauptteil

I. Problemstellung

II. Definition „Theater“

III. Erörterung

1. Theater kann Jugendlichen nichts mehr sagen
   a) es ist langweilig, weil es nicht von Jugendlichen und den aktuellen Problemen handelt
   b) es ist schwierig zu verstehen (Regietheater)
   c) es ist technisch hinter dem Mond
   d) es ist teuer
2. Theater kann bilden, im umfassenden Sinn
   a) Theater als erfolgreiche Institution des Kulturbetriebs
   b) es bringt Kulturgüter näher
   c) es bildet zur Menschlichkeit und bildet politisch (moralische Anstalt)
   d) es ist unmittelbar und vergnüglich

C Schluss: Theater muss sein!

Lösungsvorschlag

Der Shutdown, der die sichtbarste Folge der Corona-Pandemie darstellte, hat neben A
dem weitgehenden Herunterfahren der Wirtschaft auch die Schließung von Schulen und die Absage von kulturellen Großveranstaltungen wie Theateraufführungen und Konzerten zur Folge. Viele meiner Klassenkameraden haben vermutlich da erst gemerkt, wie eng und selbstverständlich die Beziehung des schulischen zum kulturellen Leben bisher war. Heutzutage kann man nämlich mit sehr großer Wahrscheinlichkeit davon ausgehen, dass **Schülerinnen und Schüler** schon einmal eine **Theateraufführung besucht** haben und dies bald wieder tun werden. Das liegt unter anderem daran, dass viele Theater Verträge mit den Schulen vor Ort schließen oder gar Patenschaften anbieten. Die Intendanz sorgt dafür, dass der Spielplan die Lehrpläne berücksichtigt, die Schulleitung macht es im Gegenzug möglich, dass die Klassen das Angebot an sogenannten Schulaufführungen nutzen können. Statt im Unterricht sitzen die Heranwachsenden dann für zwei Stunden im Zuschauerraum, statt in ein gelbes Reclamheft zu starren, blicken sie auf die Bühne. Wenn drei oder gar vier Klassen gleichzeitig losgeschickt werden, wird vor der Theaterkasse schon mal ein Lärmpegel erreicht, der an die große Pause denken lässt. Und wenn während der Vorstellung die ersten Handys klingeln und Chipstüten rascheln, dann ist es mit der Geduld der Erzieher schnell vorbei. Jugendliche, die im medialen Zeitalter aufwachsen, sind unter Umständen mit den Ritualen des Kulturbetriebs nicht so vertraut und verhalten sich wie bei einem Kinobesuch.

Vielleicht liegt das **Problem** aber auch tiefer: Kann es nicht auch sein, dass Schüler B
oder junge Erwachsene grundsätzlich nichts anfangen können mit der altehrwürdigen I
Tradition des Theaterbesuchs? Die Frage, ob ein solcher Besuch heutzutage überhaupt noch Relevanz hat für Jugendliche, **ob Theater gewinnbringend sein kann** für diese Altersgruppe, soll im Folgenden abwägend erörtert werden.

Zunächst einmal muss aber festgehalten werden, dass mit dem Begriff des Theaters II
eine **große Bandbreite** gemeint sein kann. Das klassische Theater an den staatlichen und städtischen Bühnen spielt Stücke aus der langen Tradition des szenischen Spiels von der Antike bis zur Gegenwart. Theatergebäude spiegeln diese Geschichte wider: Wer das Münchner Cuvilliés-Theater betritt, taucht in die repräsentative Welt der Fürstenherrschaft im 18. Jahrhundert ein. Die Schaubühne am Lehniner Platz in Berlin dagegen erinnert mehr an eine industrielle Lagerhalle und verortet das Theater in der Welt der Moderne (vgl. Mat. 1). Es gibt aber nicht nur die **berühmten Spielstätten** in den großen Städten, sondern auch **Kinder- und Jugendtheater**, Spielformen von Laien – dazu müssen z. B. alle Formen des Schultheaters gezählt werden – oder fahrende Gruppen, die von Stadt zu Stadt ziehen und sehr unterschiedliche Formate anbieten, z. B. **Improvisationstheater** oder Performances. Diese Vielzahl muss jeweils mitgedacht werden, wenn es um die Frage geht, ob das Theater in irgendeiner Weise gewinnbringend sein kann. Zudem sollte auch definiert werden, welcher Gewinn angestrebt wird. Dieses Thema soll später aufgegriffen werden.

III 1 a) Blickt man auf die zum Teil recht genervten Gesichter, die Schulklassen nach Theaterbesuchen zeigen, kann durchaus der Gedanke aufkommen, dass das Erlebnis dieser Veranstaltungen in erster Linie negativ zu bewerten ist. Das Stück war dann vermutlich eher **langweilig**, denn warum sollte sich ein Sechzehnjähriger dafür interessieren, dass ein Adelsspross eine Bürgerliche liebt, der Vater aber dagegen ist und die Hochzeit mit unfairen Mitteln verhindern will? Es geht um Eifersucht und Rache, um Intrigen und Drohungen bei Hofe, die allesamt aus heutiger Sicht unverständlich sind. Am Ende ist dann das verhinderte Paar tot und die Zuschauer denken sich wohl, was das für ein verklemmtes Jahrhundert gewesen sein muss. „Kabale und Liebe" passt ins 18. Jahrhundert, **im 21. Jahrhundert gibt es ganz andere Probleme**. Globalisierungsfolgen, die Wirtschaft und Umwelt schwer beschädigen können, kannte Schiller noch nicht. Weil moderne Welten mit handfesten anderen Herausforderungen zu tun haben, kann das Theater auch keine „Schule der praktischen Weisheit" und kein „Wegweiser durch das bürgerliche Leben" (Schiller, Mat. 2, Z. 1 f.) mehr sein, zumindest dann nicht, wenn die **aktuellen Themen nicht aufgegriffen** werden. Aber selbst dann, wenn die Bühnen „von Flüchtlingen und dem arabischen Frühling, von Extremismus, Rassismus, Kapitalismus, Tschernobyl, Gentrifizierung, Cybergefahren und internationalen Krisenherden" erzählen (Mat. 6, Z. 5 ff.), ist es doch oft so, dass man nichts erfährt, was nicht in einem guten Zeitungsartikel auch stehen würde. Dafür muss man dann nicht zwei Stunden im Theater sitzen.

b) Dieses Problem der fehlenden Relevanz für heute haben vermutlich die Regisseure selbst erkannt und sich zur Aufgabe gesetzt, die immer noch nachgefragten Klassiker **mit ganz eigenen Ideen zu aktualisieren**. Was bei dem sogenannten Regietheater herauskommt, trägt nicht immer dazu bei, dass Aufführungen zugänglicher werden, denn sie setzen voraus, dass man weiß, was auf der Bühne eigentlich gezeigt werden soll. Diese Tendenz zur Verkomplizierung rührt daher, dass der Regisseur zwar von einem konkreten Text ausgeht, aber stark in ihn eingreift, indem er das Original kürzt, umstellt oder gar mit neuen Texten erweitert und um teils kuriose Einfälle ergänzt. So wird dann aus dem braven Gretchen von Goethe eine „barbusig[e] […] Lido-Tänzerin" und Faust muss „auf einem Kinderdreirad herumkurv[en]" (Mat. 5, Z. 8 ff.). Selbst ausgewiesene Kenner der Theaterliteratur verzweifeln manchmal an diesen Assoziationsketten, sodass sie die „Kunst als elitär, arrogant, autistisch" empfinden, so die Journalistin Armgard Seegers (Mat. 8, Z. 11). Wenn aber selbst Fachleute Probleme mit dem Regietheater haben, wie könnten dann unerfahrene Heranwachsende einen Vorteil aus diesen Aufführungen ziehen? Das **Nichtverstehen** wird wohl kaum die Basis bilden können für einen gewinnbringenden Kunstgenuss. Für Schüler finden zwar meist einführende Unterrichtsstunden statt, aber die Motivation, etwas zu lernen, damit man eigentlich Unverständliches doch verstehen kann, ist oft nicht besonders hoch.

c) Die eingangs angesprochene Chipstüte führt zu einem dritten Aspekt, der hier behandelt werden muss. Ein Bühnenstück wird von jungen Menschen oft mit Kino und Streamingangeboten verglichen. Hier zeigt sich das Theater als zumindest **technisch rückständig**. In einer zunehmend medialer werdenden Welt ist es nicht einfach, auf **alte Theatertechnik** zurückzugreifen. Ein Pudel, der sich zu einem Teufel wandelt, kann auf der Bühne kaum dargestellt werden (außer hinter einer Nebelwand oder indem die neue Figur behäbig aus dem Boden gehievt wird). Wie **bildgewaltig** dagegen das **Kino** ist, braucht hier nicht eigens ausgeführt werden. Zwar gibt es den Versuch, im Theater Schritt zu halten, aber meist sind Videoeinspielungen und der Einsatz von Musik auf der Bühne nur der schwache Abglanz der medialen Möglichkeiten von Spielfilmen und Serien. Es ist nicht auszuschließen, dass ein Schüler, der sich zwei Stunden durch den verzweifelten Versuch eines Regisseurs gequält hat, die Gräueltat eines Woyzeck multimedial zu begleiten, sich nach der letzten Staffel von „Game of Thrones" sehnt, mit der seine Lust nach eindrücklichen Bildern weitaus besser gestillt werden kann.

Das Theater muss sich dabei die Frage stellen, ob der Weg in die mediale Moderne einerseits und andererseits der Versuch der Aktualisierung richtig sind. Die Theaterkritikerin Esther Boldt sieht deshalb die Gefahr, dass das „Theater seine Eigenständigkeit verliert", wenn es der gesellschaftlichen Wirklichkeit hinterherläuft (Mat. 6, Z. 8 f.).

Nicht unerwähnt bleiben soll bei der Frage nach dem Gewinn eines Theaterabends, d)
dass auf jeden Fall zunächst einmal relativ **viel investiert** werden muss. Theaterkarten sind zwar für Schüler und Studierende verbilligt, aber im Vergleich zu einem Streaming-Abo durchaus eine Belastung für ein schmales Budget. Dazu kommen Anfahrt und Ausgaben für die passende Kleidung, vielleicht auch ein Pausengetränk und für besonders Interessierte eventuell sogar ein Programmheft. Ist es ein Zufall, dass der Theaterbesuch das **Privileg der bürgerlichen Gesellschaft** ist? Das Jahresabo der Ausweis dafür, dass man zur Kulturelite gehört?

Die genannten Argumente haben in der Abwägung durchaus Gewicht: Theater kann für Jugendliche also langweilig sein, es ist manchmal schwer zu verstehen und schließlich hat es aus der Perspektive der Mediengesellschaft unter Umständen einen erheblichen technischen Nachteil gegenüber anderen Formen des Geschichtenerzählens.

Trotz der aufgeführten Kritik ist das Theater rein statistisch gesehen eine **mächtige** 2
Einrichtung mit erheblicher Reichweite. In einer Spielzeit kann man von ca. 35 Mil- a)
lionen Besuchern in deutschen Theatern (und Konzerten) ausgehen (vgl. Mat. 3). Vergleicht man dies mit dem so erfolgreichen Produkt der Fußballbundesliga, sieht man die Dimension des Erfolgs: Die erste Liga hat (vor Corona natürlich) ca. 13 Millionen Zuschauer auf den Tribünen gezählt. Dass es im Theaterbetrieb deutlich mehr Spielstätten gibt, ist dabei unerheblich, denn es bleibt ja richtig: Wesentlich mehr Menschen sehen im Theater eine Liveaufführung als ein Fußballspiel der obersten Klasse. Der Deutsche Bühnenverein hat dafür auch eine Begründung anzubieten. Theater (und Konzertstätten) sind ein „öffentliche[r] Denk- und Erlebnisraum", ein „Ort direkter Kommunikation" und somit ein „unverzichtbare[r] Bestandteil urbaner Lebensqualität" (Mat. 3, Z. 4 ff.). Das Theater ist also ganz ohne Zweifel eine für sehr viele Menschen gewinnbringende Angelegenheit. Das legt die Vermutung natürlich nahe, dass dies auch für Jugendliche und junge Erwachsene zutrifft.

Der erste „Gewinn" liegt darin begründet, dass auf den Theaterbühnen die großen b)
Stoffe der Weltliteratur aufgeführt werden. Laut Bühnenverein stehen an der Spitze

der am häufigsten gespielten Stücke Goethes „Faust", Lessings „Nathan" und Shakespeares „Romeo und Julia", mithin die Werke, die auch in den Lehrplänen der Schulen zu finden sind. Jeder, der den „Faust" gelesen hat – und das sind in Bayern alle Gymnasiasten –, weiß, dass Goethe hier **Probleme verhandelt, die uns sehr wohl heute noch angehen:** die Frage nach der Legitimation von Wissenschaft und die Frage, wie Mann und Frau miteinander umgehen sollen. Jede Inszenierung des Jahrhundertwerks kann dazu beitragen, dass besonders junge Menschen diesen **komplexen Text besser verstehen**. Gerade wenn man dann mit dem Glitzerkostüm von Gretchen (vgl. Mat. 5) nicht einverstanden ist, kann man sich mit der Figur, wie Goethe sie gezeichnet hat, genauer auseinandersetzen. Richtig ist in jedem Fall, dass Dramen immer schon für die Bühne geschrieben wurden und nicht für die bloße Lektüre im Klassenzimmer. Das Theater beschreibt die Generalintendantin am Staatstheater Braunschweig, Dagmar Schlingmann, als „**Gesamtkunstwerk**", bestehend aus Text und Schauspielern, der Bühne, Musik, Kostümen, Licht und Ton (vgl. Mat. 4).

Die wichtigste Voraussetzung für einen gewinnbringenden Theaterabend ist, dass man c)
sich auch als junger Mensch auf das Theater einlässt. Wer das tut, kann durchaus etwas **fürs Leben lernen**. Friedrich Schiller hat in seinem Schaubühnenaufsatz einen interessanten Zusammenhang hergestellt: Wenn ich auf der Bühne den „fremde[n] Kummer" sehe, dann kann ich meinen eigenen Kummer überwinden (Mat. 2). Deshalb sieht der Klassiker die Aufgabe des Schauspiels darin, Empfindungen zuzulassen und dadurch das **eigene Menschsein zu stärken** – ein humanistischer Ansatz also, der seine Gültigkeit bis heute nicht verloren hat. Noch Ende des 20. Jahrhunderts hat der Theaterregisseur Luc Bondy davon gesprochen, dass das Theater „menschliche Konflikte" ausdrückt, „wo sich der Zuschauer mit Hirn und Herz identifizieren kann" (Mat. 7, Z. 1 f.). **Gefühl und Verstand** gehen also eine Symbiose ein und bilden den ganzen Menschen aus.

Dieses Sicheinlassen auf die dramatischen Ereignisse der künstlichen Bühnenwelt kann nicht nur einen Beitrag zur **moralischen Persönlichkeitsbildung** leisten, sondern auch die **politische Bildung** stärken. Politische Konflikte werden im Theater aber anders behandelt als in der Öffentlichkeit. Sie kommen dort „spielerischer, fragender und auch karikierender als in der Wirklichkeit" vor (Mat. 9, Z. 7 f.). Und mit dieser neuen Perspektive können sie gerade für junge Menschen interessanter werden. Nehmen wir den bereits erwähnten „Nathan" von Lessing. Es gibt wohl kaum ein Stück, das den Gedanken der Toleranz so nachvollziehbar aufzeigt, auch wenn man zugeben muss, dass die Geschichte der wiedervereinten Familie genauso unrealistisch, fast kitschig ist wie die Parabel von den drei Ringen. Aber muss man als Zuschauer beim Mitdenken nicht auch zur Auffassung kommen, dass der blutige Kampf zwischen den von unterschiedlichen Religionen geprägten Kulturen noch viel unvernünftiger ist als jede noch so unwahrscheinliche Geschichte?

Politische Bildung kann darüber hinaus im Theater auch ganz unmittelbar stattfinden. So verhandelt Ferdinand von Schirachs Kammerspiel „Terror" die Frage, ob man ein entführtes Passagierflugzeug, das in terroristischer Absicht Kurs auf ein voll besetztes Stadion nimmt, abschießen darf, auch wenn dann alle Passagiere sterben würden. Das

Stück, einer Gerichtsverhandlung nachempfunden, endet damit, dass die Zuschauer selber aufgefordert werden, über Schuld und Unschuld des Kampfjetpiloten abzustimmen. Solche Aufführungen ersetzen viele Stunden Sozialkunde- oder Ethikunterricht, denn man denkt nicht nur mit bei der Abwägung der Argumente, sondern empfindet auch mit, wenn man am Ende zu einer Entscheidung aufgefordert wird.

Neben der Bildung darf ein wichtiger Aspekt von Theaterbesuchen nicht vergessen werden: Sie verbinden, wie schon Schiller wusste, „**Vergnügen mit Unterricht**" (Mat. 2, Z. 4). Sie tun das nicht immer und nicht automatisch, aber wenn man den Blick etwas weitet und nicht nur auf die klassischen Dramen der Kulturgeschichte schaut, sondern auch Kinder- und Jugendtheater, Puppentheater und andere Formen Revue passieren lässt, muss man zugeben, dass für alle etwas dabei ist. Für die Sechstklässler gibt es Preußlers „Krabat" und Astrid Lindgrens „Ronja Räubertochter", für die Mittelstufenschüler eine Bühnenadaption von Wolfgang Herrndorfs Erfolgsroman „Tschick" und für die Oberstufenschüler später den Evergreen „Romeo und Julia". Gewinnbringend ist das dann, wenn die jungen Zuschauer tatsächlich ein wenig **Spaß** dabei empfinden. Das geht natürlich nur auf, wenn die Theatermacher bereit sind, das hohe Pathos altehrwürdiger Inszenierungen zu drosseln. Wer, wie der Literaturprofessor Hans-Dieter Gelfert, Theater eher als „Pflege von nichtkonsumierbaren Gütern mit Ewigkeitswert" sieht (Mat. 10, Z. 4 f.) und jede Form von Eingriff in den Text als „Verhunzung" (ebd., Z. 15) abtut, der wird für junge Zuschauer auch kein Verständnis aufbringen, die an eben diesen Ewigkeitswerten wenig Interesse haben und viel lieber eine **poppige Version des jeweiligen Stückes** sehen wollen. d)

Schon in der Antike galt die Vorgabe, dass Literatur „**nützen und vergnügen**" solle (prodesse et delectare), dass es also kein Verbrechen sei, wenn man beim Lesen und Schauen auch herzhaft **lachen** kann. Diese Einstellung ist mit Sicherheit schülernah gedacht und sollte dringend beibehalten werden.

Dass dies nicht immer gelingt, gerade bei Aufführungen, die für Schulklassen zur Pflicht gemacht werden, ist unbestreitbar. Doch auch darin liegt ein Reiz des Theaters gerade für Jüngere, denn es zwingt in der konkreten Aufführungspraxis dazu, jede Szene aufmerksam wahrzunehmen. Während man bei einem Fernsehfilm oder einer Serie nicht nur jederzeit unterbrechen oder auch ausschalten kann, muss man im Theater mit den Schauspielern interagieren, ob man will oder nicht. Theater ist „eine Kunst, die vergeht, […] und gar nichts ist ohne Zustimmung des Publikums" (Mat. 7, Z. 11 f.). Was Luc Bondy hier beschreibt, ist eben die **Unmittelbarkeit der Aufführung**, die durch die Kinoleinwand nicht hergestellt werden kann. Wenn echte **Menschen live performen**, wenn auf der Bühne Geschichten erzählt werden, dann ist man als Zuschauer näher und intensiver dabei. Der **Betrachter** ist mehr als bei jedem anderen Medium **Teil des Ganzen**. Viele Schauspieler spielen gerade vor jungem Publikum so gerne, weil sie hier die Rückmeldung, die sie doch so dringend brauchen, viel direkter und ehrlicher erhalten als von den Mitgliedern des Bildungsbürgertums. Diese Chance sollten wir Jugendlichen nutzen, denn wir werden hier ernst genommen und können zum Gelingen einen Beitrag leisten. Ich erinnere mich an eine „Romeo und Julia"-Inszenierung, die die ganze Geschichte auf einem Jahrmarkt spielen ließ und die mit viel Witz und Geschwindigkeit umgesetzt wurde. Im Gespräch mit den Schauspielern erfuhren wir dann, dass die Jugendlichen viel intensiver mitgegangen wären als das Publikum bei Abendveranstaltungen und dass es daher den Schauspielern großen Spaß mache, vor Schulklassen zu spielen.

Einleitend war die Rede davon, dass der Gewinn einer Theateraufführung definiert C
werden müsse. Fest steht, dass es sich nicht um ein messbares Ergebnis handeln kann. Wenn Jugendliche mit Gewinn aus dem Theater herauskommen, dann wohl eher mit einem **immateriellen, einem Persönlichkeitsgewinn**, der sich unter Umständen auch nicht gleich zeigt, sondern erst im Laufe der Jahre entwickelt. Kulturelles Wissen aufzubauen, kann nie schaden. Die Bildung des eigenen Charakters kann dann gelingen, wenn man viele Anreize bekommt, sich mit anderen Sichtweisen auseinanderzusetzen. Theater kann dazu ein Angebot sein, das man annehmen sollte.

Zu guter Letzt ist der Faktor Spaß nicht zu unterschätzen. Wie bereits erwähnt, gibt es keine Garantie für den Mehrwert eines Theaterbesuchs. Aber wer nicht wagt, der nicht gewinnt! Und wer hat nicht auch schon einmal einen schlechten Film gesehen?

Variante 2: Essay

Schreibplan

1 Theater und Schüler – eine Beziehung mit Gewinn?

2 Theater ist für Jugendliche und junge Erwachsene heute durchaus noch gewinnbringend
2.1 Man hat das Live-Erlebnis
2.2 Man lernt die Tradition kennen
2.3 Man setzt sich mit aktuellen Entwicklungen auseinander

3 Theater bringt Jugendlichen und jungen Erwachsenen kaum etwas
3.1 Theater ist schwierig
3.2 Theater ist langweilig und medial rückständig
3.3 Theater ist keine moralische Anstalt
4 Welcher Gewinn?

Lösungsvorschlag

Der Vorhang zu und immer noch alle Fragen offen

Man stelle sich vor: Dreißig Schülerinnen und Schüler sitzen in einem abgedunkelten 1
Raum, im Hintergrund eine schwach beleuchtete Bühne, die mit schwarzen Würfeln bedeckt ist. Die Stimmung ist nachdenklich-konzentriert. Vor ihnen sitzen eine Regisseurin, vier Schauspielerinnen und ein Dramaturg und erklären die gerade gemeinsam erlebte Inszenierung von Shakespeares „Sommernachtstraum". Die aufmerksamen Zuschauer haben natürlich bemerkt, dass der Text auf weniger als 30 Prozent des Originals gekürzt, um Zitate aus der Weltliteratur angereichert und nur mit vier weiblichen Spielern umgesetzt wurde. Die Jugendlichen stellen kluge Fragen, machen intelligente Bemerkungen und ziehen Vergleiche zur eigenen Lektüre, z. B. zu den Liebesirrungen in Goethes „Werther" und Fontanes „Effi Briest". Selig lächelt die Lehrerin, die sich in ihrer Arbeit bestätigt sieht.

Ja, vorstellen kann man sich die Szene wohl, es ist aber zu befürchten, dass es sich dabei wirklich um einen (Sommernachts-)Traum handelt. Die Realität sieht in den meisten Fällen etwas anders aus: Schulaufführungen im Stadttheater sind Veranstaltungen, die die Schülerinnen und Schüler über sich ergehen lassen. Anlässlich des „Welttags des Theaters für junges Publikum" muss deshalb offen und ehrlich darüber **diskutiert** werden, ob es sich wirklich **lohnt, an der Pflichtveranstaltung Theater festzuhalten**, obwohl die Heranwachsenden wahrscheinlich nur deshalb hingehen, weil dafür immerhin Unterricht ausfällt. Oder noch allgemeiner formuliert: Will man eine Einrichtung unbedingt fortführen, obwohl das **Gewinnbringende** dieser Veranstaltung **infrage** gestellt werden kann?

Aber geht das überhaupt? Kann man einer Einrichtung, die Jahr für Jahr von **Millionen** 2
Menschen besucht wird, die Jahr für Jahr weit über hunderttausend Aufführungen anbieten kann (Mat. 3), verstreut über das ganze Land von der kleinen Puppenbühne bis zum großen staatlichen Residenztheater, den **positiven Einfluss absprechen**? Einiges spricht dafür, dass das Theater auch im 21. Jahrhundert seine Berechtigung hat.

Wer Theater sagt, denkt sicher ganz schnell an das **Liveerlebnis**, das man so kaum 2.1
woanders hat. Sicher, bei Livekonzerten sieht man die Musiker ja auch „in echt", aber so nah wie beim Theater kommt man den Künstlern selten. Diese **Unmittelbarkeit**, „wo sich der Zuschauer mit Hirn und Herz identifizieren kann", wie der Theatermann Luc Bondy einmal gesagt hat (Mat. 7), ist ein Triumpf der Bühne. Wer sich darauf einlässt, kann eine **Intensität** genießen, die berührend sein kann.

Aber es geht natürlich um viel mehr. Da ist zum einen die **Vermittlungsarbeit der** 2.2
Bühnen: Was in der Schule, die Lehrpläne erfüllend, in vielen Trockenübungen den Heranwachsenden beigebracht wird – hier wird es lebendig. Die großen **Stoffe der Weltliteratur** werden aus der Buchstabenwelt der gelben Reclamhefte auf der Bühne zum Leben erweckt. Oft kann man sich unter den langen Dialogen, die Nathan mit dem Tempelherrn oder Faust mit Mephisto oder Arturo Ui mit den Mitgliedern des Karfiol-Trusts führt, kaum etwas vorstellen. Wenn allerdings die Figuren in ihren **Kostümen**

im konkreten Bühnenbild agieren, dann werden die Denkbewegungen des Aufklärers, die Liebesnöte des egozentrischen Doktors und die Hinterfotzigkeit des Gangsters sehr schnell greifbar. An diesen Auftrag, die „nichtkonsumierbaren Güte[r] mit Ewigkeitswert" (Mat. 10) an die junge Generation weiterzugeben, halten sich die Theatermacher, das belegen die Statistiken. Die oben erwähnten Werke von Lessing und Goethe stehen an der Spitze der am häufigsten gespielten Stücke, ergänzt lediglich um den Evergreen „Romeo und Julia". Neben der Erwachsenenliteratur finden sich hier auch die Klassiker der **Kinder- und Jugendliteratur:** „Der Zauberer von Oz", „Ronja Räubertochter" und „Pinocchio". Wer ins Theater geht, legt sich also einen **Grundschatz an literarischen Texten und Geschichten** zu, die in unterschiedlichen Zusammenhängen gewinnbringend eingebracht werden können – und wenn es die Abiturprüfung ist!

Zum anderen werden aber nicht nur alte, traditionsreiche Texte zur Aufführung ge- 2.3
bracht, es gibt immer wieder auch Stücke, die **aktuelle politische Konflikte** verhandeln. Von den Münchner Kammerspielen kennt man die zahlreichen Auseinandersetzungen mit der Flüchtlingskrise, aber auch andere politische Probleme werden im Theater behandelt und zwar, wie der Kulturtheoretiker Dirk Baecker schreibt, **„spielerischer**, fragender und auch karikierender als in der Wirklichkeit" (Mat. 9) und damit, so möchte man meinen, **jugendnäher**. Die Frage nach dem „Wozu" des Theaters ist so natürlich schnell zu beantworten: Es ist ein **Ort der Debatte** und (politische) Debatten müssen gerade mit den Heranwachsenden geführt werden, allein um die viel beklagte **Politikmüdigkeit zu bekämpfen**. Dabei müssen es nicht immer Dramen der Gegenwart sein. Ich kann mich z. B. an eine Bühnenadaption von Hans Falladas Roman „Kleiner Mann – was nun?" erinnern, die sehr eindringlich die katastrophalen Auswirkungen der Weltwirtschaftskrise auf die Demokratie der Weimarer Republik darstellte – das war durchaus ein gewinnbringender Beitrag zum historisch-politischen Verständnis.

Trotzdem: Reichen die aufgeführten „Gewinnchancen" wirklich aus, um die jungen 3
Menschen ins Theater zu bringen? In eine **ehrwürdige alte Einrichtung**, die manch- 3.1
mal schon beim Betreten Furcht einflößend sein kann – man denke nur an die goldglänzende Innenausstattung des Münchner Cuvilliés-Theaters. Das ist eher der **Ort des etablierten Bildungsbürgertums** jenseits der Fünfzig. Die erwähnte Unmittelbarkeit wird sich hier bei jungen Menschen kaum einstellen. Gut, es gibt natürlich auch andere Bühnenarchitekturen, wie zum Beispiel die Schaubühne in Berlin, die an moderne Industriehallen denken lässt (Mat. 1). Aber dieses Theater ist gerade ein Beispiel dafür, wie **moderne Inszenierungen** heute aussehen: Die Texte werden zu einem „Gurgeln eines Abflussrohrs, in dem die Blank- und Knittelverse nur noch als dumpfes Echo zu vernehmen sind", in einer Siebenstundenaufführung tritt eine Lido-Tänzerin auf, die von einem gestandenen Mann auf einem Kinderdreirad umkurvt wird (Mat. 5). Sie wissen nicht, welches Stück hier aufgeführt wird? So wird es wohl vielen gehen, die sich auf die Ideen des sogenannten **Regietheaters** einlassen – aber vor allem werden junge Zuschauerinnen und Zuschauer **Probleme mit dem Verständnis** haben. Nur wer Goethes „Faust" – ja, genau: das ist das Stück! – gut kennt, kann dem Treiben auf

der Bühne folgen. Vermittlung von Theaterliteratur muss da also schon vorher stattgefunden haben.

Diese Form des Regietheaters ist schwer zu verdauen, gerade für junge Menschen. 3.2
Manches Mal hat man auch den Eindruck, dass es der verzweifelte **Versuch** der Theatermacher ist, **mit den Unterhaltungsmedien Kino und Streaming mitzuhalten**. Es werden Rockbands auf die Bühne geholt, Videos eingespielt, es rumpelt und scheppert auf den Brettern. Älteres Publikum ist empört, die Jungen langweilen sich aber, denn das alles bekommen sie bei Netflix täglich und in wesentlich besserer Qualität serviert. Klar, das Theater bemüht sich nicht nur, mit Knalleffekten **am Puls der Zeit zu bleiben**, auch die Probleme von „Extremismus, Rassismus, Kapitalismus“ (Mat. 6) usw. werden aufgegriffen. Das wird aber von Fachleuten durchaus kritisch gesehen. So schreibt Esther Boldt, dass der Versuch des Theaters, gesellschaftlich und politisch relevant zu sein, dazu führen kann, die **Eigenständigkeit zu verlieren** (vgl. Mat. 6).

Aus der Perspektive von Heranwachsenden muss man darüber hinaus die Frage stellen, ob der **Mehrwert** einer Theateraufführung gegenüber einer Kino- und Serienproduktion überhaupt **gegeben** ist. Lerne ich nicht wesentlich mehr über das Finanzsystem der Bundesrepublik, wenn ich die Serie *Bad Banks* anschaue? Oder mehr über das Ende der Weimarer Republik durch *Babylon Berlin*? Den Vergleich mit dem Medium Film jedenfalls kann das Theater kaum gewinnen.

Der Klassiker Friedrich **Schiller** war noch der festen Überzeugung, dass das Theater 3.3
ein **Ort des Vergnügens und der Bildung** sei, dass der Zuschauer hier seine Alltagssorgen vergessen könne und zu sich selbst finde und empfinde, was es heißt, „ein Mensch zu sein“ (Mat. 2). Das Theater als **moralische Anstalt**, so definiert er die Schaubühne. Das mag so sein. Für junge Menschen ist es bis zu dieser Einsicht noch ein weiter Weg und manch einer wird Nein sagen zu dem pädagogischen **Ansatz, sich vom Theater erziehen zu lassen**.

Um die oben angeführten Gewinnposten des Theaters zu erkennen, muss man sich 4
intensiv mit dieser Kunstform auseinandersetzen. Erst dann stellen sich die positiven Effekte ein. So gesehen ist der Theatergang eine Investition, die erst **in ferner Zukunft Gewinne abwirft**, wenn überhaupt. Ob man sich darauf einlassen will, muss jeder für sich entscheiden. Zwang ist vermutlich nicht der beste Weg dahin.

Deutsch Bayern – Abiturprüfung 2021: Aufgabe 1: Interpretieren eines literarischen Textes

a) Interpretieren Sie das Gedicht „Ein Lied“ von Else Lasker-Schüler (Text A)! (ca. 70 %)

b) Zeigen Sie ausgehend von Ihren Ergebnissen vergleichend auf, wie Trauer in Else Lasker-Schülers Gedicht „Ein Lied“ und in Rainer Brambachs Kurzprosatext „Besuch bei Franz“ (Text B) gestaltet wird! Berücksichtigen Sie dabei neben inhaltlichen auch sprachliche und formale Aspekte! (ca. 30 %)

Text A

Else Lasker-Schüler (1869–1945)
Ein Lied (Erstausgabe 1917)

Hinter meinen Augen stehen Wasser,
Die muß ich alle weinen.

Immer möcht ich auffliegen,
Mit den Zugvögeln fort;

Buntatmen mit den Winden
In der großen Luft.

O ich bin so traurig – – – –
Das Gesicht im Mond weiß es.

Drum ist viel sammtne Andacht
Und nahender Frühmorgen um mich.

Als an deinem steinernen Herzen
Meine Flügel brachen,

Fielen die Amseln wie Trauerrosen
Hoch vom blauen Gebüsch.

Alles verhaltene Gezwitscher
Will wieder jubeln

Und ich möchte auffliegen
Mit den Zugvögeln fort.

Aus: Else Lasker-Schüler, Ein Lied, in: Gesammelte Gedichte, Verlag der Weißen Bücher, Leipzig 1917, Seite 126. Rechtschreibung und Zeichensetzung entsprechend der Textquelle

Text B

Rainer Brambach (1917–1983)
Besuch bei Franz (Erstdruck 1961)

Manchmal lösen sich Blätter aus dem Ahorngeäst; sie segeln auf den Kiesweg herab oder werden vom Wind über die Gräber getrieben. An der Buchshecke bleiben sie hängen.

Ich lese die Namen und Zahlen auf den Steinen und Kreuzen; ein langes Leben, ein kurzes Leben; eines war vor siebzehn Jahren zu Ende, ein anderes vor fünf Jahren und ein drittes in diesem Frühjahr. Genau gesagt, im April.

Ich spucke im Bogen über den Kiesweg. Für Franz. Und weil es für ihn geschieht, gelingt es mir prächtig. Dort, wo die herrlich blauen Astern in der Blechbüchse stehen, liegt Franz.

Er spuckte oft in seine mörtelgrauen Hände. Das war seine Art. Und einmal spuckte er dem zitronengesichtigen Parlier[1] vom Gerüst herunter präzise auf den Kopf. Was für ein Krawall! Der Parlier zappelte unten zwischen Sandhaufen und Bretterstapeln herum: „Cretino!“[2] schrie er herauf. „Kartoffelfresser!“ schrie er.

„Tabaksaft, noch immer das beste Mittel gegen Läuse!“ rief Franz nach unten. Ich hielt mich an einer Planke fest; die Welt verschwamm vor meinen Augen, nein, ich habe selten so gelacht.

Wenige Tage später fiel Franz vom Gerüst. Unbegreiflich. Franz fiel fünf Stockwerke tief.

Übrigens hat der Parlier dem Franz verziehen; er kam feierlich schwarz zur Bestattung und hat als einziger geweint.

Verstehe einer diese Südländer!

Aus: Rainer Brambach, Für sechs Tassen Kaffee, Zürich 1972, S. 49 f.
Rechtschreibung und Zeichensetzung entsprechend der Textquelle

Worterläuterungen:
1 *Parlier:* (heute eher *Polier)* Bezeichnung für den Vorarbeiter auf einer Baustelle
2 *Cretino:* italienisches Schimpfwort, entspricht „Dummkopf“, „Trottel“

Hinweise und Tipps

– ***Welche Aufgabenart liegt vor und wie sind die Teilaufgaben gewichtet?***
Die Aufgabenstellung ist zweigeteilt. Teilaufgabe a) verlangt die ***Interpretation eines Gedichtes****, Teilaufgabe b) einen davon ausgehenden* ***Vergleich mit einem Kurzprosatext****. Der Schwerpunkt liegt auf der Teilaufgabe a), die mit 70 % gewichtet wird. Ihre Ausarbeitung zu Teilaufgabe b) sollte dementsprechend etwa 30 % des Gesamtumfangs ausmachen.*
– ***Was verlangt die Aufgabenstellung?***
*Der in Teilaufgabe a) gesetzte Operator „****interpretieren Sie****" verlangt von Ihnen, dass Sie den Inhalt und den gedanklichen Aufbau, die Form des Gedichtes, seine rhythmisch-klangliche und sprachlich-stilistische Gestaltung gründlich untersuchen. Aus dieser Textarbeit heraus entwickeln Sie schlüssige Deutungsansätze und interpretieren das Gedicht. Ausgehend von den Ergebnissen der Gedichtinterpretation sollen Sie dann für Teilaufgabe b) den Vergleich mit dem Kurzprosatext vornehmen, also Gemeinsamkeiten und Unterschiede aufzeigen. Der Fokus soll dabei auf der Gestaltung eines bestimmten Aspekts liegen, der in beiden Texten vorkommt, nämlich die „Trauer". Die Aufgabenstellung fordert explizit, bei dem Vergleich neben inhaltlichen auch sprachliche und formale Aspekte zu berücksichtigen.*
– ***Wie gehe ich bei der Bearbeitung der Aufgaben vor und wie kann ich meinen Aufsatz strukturieren?***
Lesen und arbeiten Sie die Texte gründlich durch, markieren Sie alle Auffälligkeiten und planen Sie Ihren Aufsatz, indem Sie einen ***strukturierten Schreibplan*** *anlegen, um den roten Faden nicht zu verlieren und nichts zu vergessen.*
In der ***Einleitung*** *ist es beispielsweise möglich, das Gedicht innerhalb der* ***literarischen Tradition*** *zu verorten, indem man auf den* ***Topos*** *des ziehenden Vogels Bezug nimmt, auf dem das Gedicht im Wesentlichen beruht. Je nach Kenntnis könnten Sie auch auf andere (im Unterricht behandelte) Texte zurückgreifen, in denen diese Metapher vorkommt, so etwa Eichendorffs „Und meine Seele spannte / Weit ihre Flügel aus" („Mondnacht") oder Mörikes „Die Wolke wird mein Flügel / Ein Vogel fliegt mir voraus" („Im Frühling"). Unverzichtbar ist es, in der Einleitung die entsprechenden Rahmeninformationen zum Text* ***(Autor*in, Titel, Gattung, Erscheinungsjahr)*** *zu geben.*
In einem knappen ***Basissatz****, der hier einer ersten* ***Deutungshypothese*** *entspricht, können Sie benennen, worum es in dem Gedicht geht, was wegen des sehr dichten Bildgeflechtes einige Schwierigkeiten bereiten kann. Hierher gehört auch die Bestimmung der* ***Sprechsituation*** *(lyrisches Ich – angesprochenes Du). Wichtig ist es bei der ersten Deutung, sich auf den Textbestand zu konzentrieren und sich nicht von möglicherweise vorgefassten Erwartungen irreführen zu lassen, also beispielsweise aus dem Erscheinungsjahr 1917 automatisch auf eine Kriegsthematik oder aus der Frage nach der Gestaltung der „Trauer" (Teilaufgabe b) automatisch auf einen Todesfall zu schließen.*
Bei der Untersuchung des ***äußeren Aufbaus****, der* ***Strophengestaltung****, der* ***Rhythmisierung*** *und des* ***Tonfalls*** *dieses Gedichtes ist zu fragen, welchen Beitrag diese Elemente dazu leisten, die Stimmung und Haltung der Sprecherin zum Ausdruck zu*

*bringen. Nicht vergessen sollten Sie auch, den **Titel** des Gedichtes in die Betrachtungen mit einzubeziehen.*

*Im Folgenden untersuchen Sie den **gedanklichen Aufbau** des Textes und **fassen** den **Inhalt zusammen**. Dabei ist es sinnvoll, sich die Kriterien, die der Untergliederung des Textes in Sinnabschnitte zugrunde liegen, klarzumachen und diese explizit zu benennen. Gerade bei diesem Gedicht von Else Lasker-Schüler ist es hilfreich, sich vor Augen zu halten, dass Inhaltsebene (psychische Situation der Sprecherin) und Bildebene (Naturbilder) nur sehr schwer zu trennen sind, dass der bloße Inhalt des Gedichtes also schwer zu fassen ist.*

*Bei der Untersuchung der **sprachlich-stilistischen Gestaltung** bietet es sich an, abschnittsweise vorzugehen; dabei ist jedoch stets das ganze Gedicht im Auge zu behalten, da sich die einzelnen Bildelemente zu einem großen Bildraum zusammenfügen. Diesen Teil des Aufsatzes können Sie mit Überlegungen dazu abschließen, inwieweit sich **epochenspezifische Merkmale** für die Interpretation fruchtbar machen lassen. Natürlich legt das Erscheinungsjahr (1917) nahe, das Gedicht in den Kontext des Expressionismus zu stellen. Darüber hinaus ist in Betracht zu ziehen, ob der Text **auch Formen, Elemente** und **Motive früherer Epochen** in sich aufnimmt und verarbeitet (hier etwa: typische Motive der **Romantik**).*

*Die **Vergleichsaufgabe** schließt sich im Aufsatz nahtlos an. Wichtig ist es, auch an dieser Stelle die **Basisinformationen** zum Vergleichstext (Autor, Titel, Gattung, Erscheinungsjahr) zu geben. Vergegenwärtigen Sie sich beim Schreiben, dass mit der Gattung (Lyrik → Prosa) teilweise auch das begriffliche Instrumentarium der Analyse wechselt (z. B. „lyrisches Ich“ → „Erzähler“) und dass sich gewisse formale Vergleichskriterien von vornherein ausschließen. Gemäß der Aufgabenstellung müssen Sie sich auf einen bestimmten Aspekt, nämlich die Gestaltung der „Trauer“, fokussieren. Dementsprechend ist es nicht Ihre Aufgabe, den Vergleichstext vollständig zu analysieren. Bei einem Vergleich geht es darum, die Gemeinsamkeiten und Parallelen sowie die Unterschiede der beiden Texte herauszuarbeiten. Gehen Sie dabei strukturiert vor, indem Sie einzelne Vergleichsaspekte festlegen, diese benennen und die beiden Texte jeweils unter diesen Aspekten betrachten. Was die Anordnung betrifft, sind Sie hier grundsätzlich frei. Möglicherweise ergibt sich aus dem Vergleich eine **gedankliche Abrundung**, mit der Sie den **Aufsatz abschließen** können.*

- ***Was muss sonst noch beachtet werden?***

  Da mit Else Lasker-Schüler eine der bedeutendsten Vertreterinnen weiblichen Schreibens aus der ersten Hälfte des 20. Jahrhunderts das Gedicht verfasst hat, wurde im Lösungsvorschlag bewusst und aus literaturwissenschaftlichen Gründen die weibliche Form „Sprecherin“ verwendet. Aus Brambachs Kurzprosatext wiederum geht inhaltlich recht eindeutig hervor, dass es sich um einen als männlich aufzufassenden Ich-Erzähler handelt.

Strukturierter Schreibplan

1 Einleitungsgedanke: „Wenn ich ein Vöglein wär'"

2 Gedichtinterpretation: Else Lasker-Schüler, „Ein Lied" (1917)
2.1 Thema Liebeskummer
2.2 Strophengestaltung, Reim und Metrum: Tonfall der Erschöpfung
2.3 Aufbau und Inhaltszusammenfassung: Untergliederung in fünf Sinnabschnitte
- Drang zu weinen (Strophe 1)
- Wunsch nach Erleichterung (Strophe 2–3)
- Klage (Strophe 4–5)
- Rückblick auf die Ursachen der Traurigkeit (Strophe 6–7)
- Wille zur Lebensfreude (Strophe 8–9)

→ Phasen der Trauer

2.4 Untersuchung und Interpretation der poetischen Sprache
- Verschmelzung der Landschaft mit dem lyrischen Ich – Tränenmeer (Strophe 1)
- Selbstidentifizierung mit den Zugvögeln – Entgrenzung – Wunsch nach Gemeinschaft (Strophe 2–3)
- Traurigkeit – nächtliche Geborgenheit (Strophe 4–5)
- Hartherziges „Du" – Fallen und Tod der Liebe (Strophe 6–7)
- Aufschwung und neues Selbstbewusstsein (Strophe 8–9)

2.5 Akustik im Gedicht: Die Überwindung der Trauer im „Lied"
2.6 Literaturgeschichtlicher Hintergrund: Elemente aus Expressionismus und Romantik

3 Vergleich: Die Gestaltung von „Trauer" in Else Lasker-Schülers Gedicht „Ein Lied" und Rainer Brambachs Kurzprosatext „Besuch bei Franz"
3.1 Ich-Figurationen: poetisierte Sprecherin – klar konturierter Bauarbeiter
3.2 Zeitlich-gedanklicher Aufbau: späte Klärung der Situation
3.3 Grund für die Trauer: Liebeskummer – Todesfall
3.4 Art der Darstellung
- Das Motiv des Fallens
- Die Naturdarstellungen

3.5 Umgang mit der Trauer
- Bewusstes Durchleben der Trauer – Verdrängung
- Strategien der Verarbeitung: Überwindung im Lied – Erinnern im Erzählen

4 Schluss: Umformung von Trauer in Literatur

Lösungsvorschlag

„Wenn ich ein Vöglein wär' und auch zwei Flüglein hätt' …" – Mit dieser Vor- 1
stellung beginnt ein bekanntes Volkslied. Melancholisch den fortfliegenden Vögeln nachzublicken ist ein poetisches Urbild für die Sehnsucht des Menschen, dem Hier und Jetzt zu entfliehen. Diese Grundstimmung trägt auch Else Lasker-Schülers erstmals im Jahre 1917 erschienenes Gedicht mit dem Titel „Ein Lied".

Darin geht es um Liebeskummer: Die Sprecherin ist sehr traurig, beklagt ihren 2
großen Schmerz, möchte sich aber aus ihrer Niedergeschlagenheit befreien und 2.1
die Trauer überwinden. Auslöser für ihren Kummer ist die Zurückweisung durch ein hartherziges „Du".

Jeweils zwei Verse von recht unterschiedlicher Länge fügen sich zu insgesamt 2.2
neun Strophen. Das reimlose Gedicht ohne festes Metrum, bei dem die Kürze der Strophen das Lesen verlangsamt, wirkt in seinem schlichten, gedämpften **Tonfall erschöpft und kraftlos**. So spiegelt bereits der Grundrhythmus die Verfassung der Sprecherin wider. Erstaunlich ist unter diesem Aspekt der Titel, ist es doch schwer vorstellbar, die rhythmisch unregelmäßigen, **nicht durch Reim und Metrum gebundenen Verse** als „Lied" vorzutragen.

Inhaltlich ist das Gedicht klar eingeteilt. Drei Kriterien ergeben dabei die Un- 2.3
tergliederung in insgesamt **fünf Sinnabschnitte**, erstens die jeweils zusammengehörenden syntaktischen Einheiten, zweitens die Zeitstruktur und drittens die Modalität der Prädikate, also das Wechselspiel der Modalverben („müssen", „mögen", „wollen"). So erfährt man zunächst vom **gegenwärtigen Zustand** der Sprecherin und davon, was sie „muß", nämlich „weinen" (V. 2); sie ist völlig überwältigt von Trauer und dem Drang zu weinen ausgeliefert (Strophe 1). Dennoch artikuliert sie daraufhin das, was sie „möcht[e]" (V. 3): **Sie möchte sich** aus ihrer gegenwärtigen bedrückenden Gefühlslage **befreien** und wieder aufatmen, durchatmen (vgl. V. 5) können (Strophen 2 und 3). Doch gelingt ihr dies (noch) nicht: Der Klagelaut „O" (V. 7) unterbricht jäh den Gedanken an Leichtigkeit. In einem Vers, dessen Kürze und Schwere durch eine Reihe von Gedankenstrichen noch zusätzlich hervorgehoben wird, konstatiert sie, was ist: „[I]ch bin so traurig" (V. 7). „Mond" (V. 8), Nachthimmel und „Frühmorgen" (V. 10), von denen in diesem Abschnitt die Rede ist, geben Aufschluss über die zeitliche und räumliche Situierung des lyrischen Ichs, das sich mit seiner **Umgebung** auf besondere Weise verbunden fühlt und aus ihr **Trost und Hoffnung** schöpft (Strophe 4 und 5). Daraus gewinnt die Sprecherin offensichtlich Kraft und Mut, sich in der „Du"-Anrede (vgl. V. 11) direkt an den Verursacher ihrer Traurigkeit zu wenden und den Blick in die **Vergangenheit** zu richten auf das, was war, was ihre Traurigkeit letztendlich erklärt (Strophe 6 und 7). Der letzte Sinnabschnitt (Strophe 8 und 9) wiederholt und variiert noch einmal den zweiten (Strophe 2 und 3), also das, was die Sprecherin „[w]ill" (V. 16) und „möchte" (V. 17). Erneut bekräftigt sie ihren **Wunsch**, die

Last des Kummers hinter sich zu lassen und ihre Lebensfreude zurückzugewinnen. Mit diesem **hoffnungsvollen Blick in die Zukunft** schließt das „Lied". Somit zeichnet das Gedicht gleichsam ein **Psychogramm** der verschiedenen Phasen, der unterschiedlich gerichteten Regungen und Gefühlslagen, die die Sprecherin in ihrer Trauer durchläuft.

Dafür findet Else Lasker-Schüler eine **poetische Sprache**, die ihre Ausdrucks- 2.4
kraft insbesondere aus **Naturbildern** und deren eigenwilliger Setzung und Bewegung im Text-Raum schöpft. Gleich in der ersten Strophe, im ersten Satz, verschmilzt das lyrische Ich mit dem Landschaftsbild; die Gesetzmäßigkeiten des Raumes, die Kategorien Außen und Innen werden aufgelöst. So heißt es nicht: „Ich stehe am Wasser und weine", sondern „Hinter meinen Augen stehen Wasser, / Die muß ich alle weinen." (V. 1 f.) Die Ineinssetzung der Tränen mit der durch das Indefinitpronomen „alle" schier unendlich wirkenden Menge an Wasser zeigt das **Ausmaß der Trauer**; der jeweils am Versende hervorgehobene W-Laut („Wasser" – „weinen") macht die Wehklage in der Lautgestaltung hörbar.

Im nächsten Abschnitt des Gedichtes (Strophen 2 und 3) identifiziert sich die Sprecherin mit den **Zugvögeln**. Mit ihnen möchte sie „auffliegen" (V. 3), mit ihnen möchte sie „fort" (V. 4). Die hier verwendeten Richtungsangaben und das Verb eröffnen in aufstrebender Dynamik die **Höhe und Weite des Raumes**. Die Vorstellung von Leichtigkeit und Grenzenlosigkeit realisiert sich dabei auch in der Syntax, in der Ausdehnung des einen Satzes über zwei Strophen hinweg. Der sowohl körperlich als auch psychisch zu verstehende Wunsch danach, „mit den Winden / [i]n der großen Luft" (V. 5 f.) aufzuatmen, die Brust weiten zu können, verwischt erneut die Grenzen zwischen lyrischem Ich und dem Bildraum der Natur, denn er setzt das menschliche Atmen mit dem Wehen der Winde gleich. Das Innere der Brust wird zur Weite des Himmels. Zudem mag in der auffälligen Häufung der Präposition „mit" („[m]it den Zugvögeln", „mit den Winden", V. 4 f.) die **Sehnsucht nach einem Miteinander**, nach Gemeinschaft anklingen, da sich die Sprecherin in ihrer Trauer einsam und verlassen fühlt.

Doch ist sie in ihrem erbärmlichen Zustand nicht allein. Der mit einem „Gesicht" (V. 8) **anthropomorphisierte Mond** weiß um ihren Kummer und die Traurige bekommt die Zuwendung, nach der sie sich sehnt: Sie fühlt die Nacht als „sammtne Andacht" und den „nahende[n] Frühmorgen um [s]ich" (V. 9 f.). Der nächtliche Raum legt sich also wie ein schützender Mantel aus weichem, edlem Stoff um das lyrische Ich, die Atmosphäre ist geprägt von **religiös-feierlichem Ernst**, der herannahende Morgen verspricht Licht und gibt somit Hoffnung auf ein Ende der (seelischen) Dunkelheit.

Auf diese Weise gefestigt, ist die Sprecherin nun bereit, sich mit den vergangenen Ereignissen, mit den **Ursachen für ihren Schmerz** auseinanderzusetzen. Dabei bleibt sie im Bild der **Selbstidentifizierung als Vogel**, der (noch) unfähig ist, zu fliegen: Am „steinernen Herzen“ des geliebten Gegenübers „brachen“ ihre „Flügel“ (V. 11 f.) Das **Herz aus Stein** kontrastiert in seiner Härte und Schwere sowohl mit der luftigen Leichtigkeit des Vogelfluges als auch mit dem weichen Flor des nächtlichen Samtes und betont damit den krassen **Gegensatz zwischen dem Ich und dem Du**. Auch hier besteht die Wechselwirkung, zeigt sich das Verwobensein von Innen und Außen, wie die (sowohl kausal als auch temporal zu verstehende) Konjunktion zeigt: „Als“ (V. 11) die Sprecherin zurückgewiesen wird, ist die Verletzung dadurch so gravierend und existenziell, dass sich diese Katastrophe auf die Natur überträgt. Die Amseln fallen – dem ersehnten „[A]uffliegen“ (V. 3) entgegengerichtet – vom „Gebüsch“ (V. 14). Sind sie tot? Erfroren? Erstarrt? Der Text, der hier an biblisch-apokalyptische Motive erinnert, lässt nur Vermutungen zu. Der Vergleich der Amseln mit „Trauerrosen“ (V. 13) assoziiert Schönheit, aber auch den **Tod der Liebe**, der betrauert wird. Der Strauch mit den fallenden Rosen ergänzt auf subtile Weise das Landschaftsbild der Eingangsstrophe. So weckt das Wort „Trauerrosen“, ausgehend von der möglichen Analogie in der Wortbildung, die Assoziation von Trauerweiden und fügt diese Vorstellung jener aus den Versatzstücken „Wasser“ und „weinen“ (V. 1 f.) bestehenden Szenerie der Traurigkeit hinzu.

Die **letzten beiden Strophen** zeigen auffällige **Parallelen** zu den ersten beiden und führen damit umso deutlicher vor Augen, wie sich die Sprecherin in der Zwischenzeit innerlich gewandelt hat. „[M]uß[te]“ das lyrische Ich zuerst „alle“ Wasser „weinen“ (V. 1 f.), so „[w]ill“ nun „alles […] Gezwitscher […] wieder jubeln“ (V. 15 f.). Die Klanggestaltung greift den klagenden W-Laut der ersten Strophe auf und hebt den Vokal, nach kurzem Verharren (a-Laute: „[a]lles verhaltene“, V. 15), auf die Höhe **heller Fröhlichkeit** (wi-Laute: „Gezwitscher / Will wieder“, V. 15 f.). Zwar ist das „Gezwitscher“, das bei Anbruch des Tages einsetzt und damit das Bild des „nahende[n] Frühmorgen[s]“ (V. 10) fortführt, noch etwas „verhalte[n]“ (V. 15), doch nun hat die Sprecherin genügend Kraft, sich aus dem Zustand der Trauer zu befreien. Dies zeigen insbesondere auch die Modifikationen der letzten Strophe, die ansonsten weitgehend den Wortlaut der zweiten Strophe wiederholt. So endete der Vers „Immer möcht ich auffliegen“ (V. 3) oben mit einem den Lesefluss bremsenden Komma; das einleitende „Immer“ vermittelte den Eindruck eines „immer wieder“ zaghaft unternommenen, kläglichen Versuchs. Erst jetzt, am Ende des Gedichtes, stört kein Komma mehr das **Enjambement** (V. 17/18), kraftvoll holt die Sprecherin Schwung, um endlich ihr **Tief zu überwinden**. Aus dem fast schüchtern wirkenden „Immer möcht ich“ (V. 3) ist ein entschlossen **selbstbewusstes** „[I]ch möchte“ (V. 17) geworden.

Bemerkenswerterweise spielt erst in diesem letzten Teil das **Akustische** explizit 2.5
eine Rolle. Überlegt man, welche Geräusche nun eigentlich bis hierher hätten hörbar sein können, so denkt man an das Weinen, das gepresste Atmen, das Wehen des Windes, vielleicht das Rascheln und das dumpfe Geräusch der fal-

lenden Amseln, man denkt sich eine, der Verfassung des lyrischen Ichs entsprechende, verstörend-beklemmende Geräuschkulisse. Erst zum Ende des Gedichtes ist dann tatsächlich die Rede von Klängen, von dem (vorerst noch angestrebten) Jubel (vgl. V. 16) und von (im Moment noch verhaltenem) „Gezwitscher" (V. 15) – beides deutlich hörbare, heiter-positiv konnotierte Töne, die sich nun endlich **in selbstreflexiver Weise auf den Titel „Ein Lied" beziehen**. Damit lässt sich das „Lied" als Zielpunkt bestimmen, zu dem sich die Sprecherin nach all ihrem Kummer aufschwingen möchte. Das Lied ist also der **Inbegriff dafür, dass die Trauer überwunden ist**.

Bezieht man auch den **literaturgeschichtlichen Hintergrund** in die Betrach- 2.6
tung des Gedichtes mit ein, eröffnen sich weitere Deutungsperspektiven. Zum einen lassen sich, dem Erscheinungsjahr 1917 entsprechend, durchaus Elemente des **Expressionismus** entdecken, so etwa die intensive **Farbigkeit** des „Buntatmen[s]" (V. 5) und des „blauen Gebüsch[s]" (V. 14), die an die Malerei dieser Zeit erinnert. Auch die herabfallenden Vögel (vgl. V. 13 f.) passen in ihrer **apokalyptisch** anmutenden Bildlichkeit gut in das expressionistische Jahrzehnt. Jedoch deutet die zentrale Bedeutung des „Liedes" – und damit letztlich der **Poesie** – darauf hin, dass der Text in vielem auch an die Literatur der **Romantik** anknüpft. Das Bestreben, die Trauer in Dichtung zu verarbeiten, verweist ebenso auf das romantische Konzept einer Poetisierung der Welt wie der Wunsch, die „groß[e] Luft" (V. 6) – in der Synästhesie „[b]untatmen[d]" (V. 5) – mit Kunst zu erfüllen. Das eigene Selbst wird von der Sprecherin als Vogel poetisiert. Die Vorstellung, mit den Zugvögeln umherzuschweifen, entspricht der romantischen **Sehnsucht nach Weite** und Unendlichkeit. In dieser Lesart ist sogar die Szenerie um die Verletzung, die den großen Kummer ausgelöst hatte, romantisch eingefärbt: So ließe sich das „blau[e] Gebüsch" (V. 14) als Reminiszenz an das zentrale Symbol der „blauen Blume" verstehen. Romantischen Ursprungs ist schließlich auch die Wendung der poetischen Reflexion. Denn das „Lied" verweist sowohl im Titel als auch im Schlussteil, in dem der Jubel zum Ausweg aus der Trauer wird, auf sich selbst und **spiegelt sich** damit **in sich selbst wider**.

Einen ganz anderen Umgang mit Trauer, eine andere Darstellungsweise des **3**
Phänomens, zeigt Rainer Brambachs 1961 erschienener Kurzprosatext „Be- 3.1
such bei Franz". Doch lassen sich bei aller Verschiedenheit auch Parallelen erkennen. So steht in beiden Texten jeweils eine **Ich-Figuration** im Mittelpunkt, die **Trauer** erlebt. Während jedoch das lyrische Ich, ganz und gar mit der Bildlichkeit der Sprache verschmolzen, als Person nicht fassbar wird, ist der Ich-Erzähler des Prosatextes klar konturiert: Er ist ein Bauarbeiter, der seinem bei einem Unfall auf der Baustelle ums Leben gekommenen Arbeitskollegen Franz einen „Besuch" (vgl. Titel) auf dem Friedhof abstattet.

Ähnlich ist der **zeitlich-gedankliche Aufbau** der beiden Texte, beide spielen 3.2
mit der Lesererwartung, denn die klärende **Rückblende in die Vergangenheit** erfolgt jeweils **spät**. Zuerst richten sowohl das Gedicht als auch der Prosatext

den Fokus auf die Befindlichkeit des Subjekts und erst danach erfährt man den Grund für dessen Trauer, auf den auch der jeweilige Titel keine Rückschlüsse zulässt.

Dieser **Grund** ist allerdings jeweils ein anderer: Während die Sprecherin des „Liedes" an Liebeskummer leidet, ist der Ich-Erzähler in „Besuch bei Franz" mit dem Ereignis eines plötzlichen und für ihn „[u]nbegreiflich[en]" (Z. 17) Todes konfrontiert. 3.3

Die **Art der Darstellung** lässt einige gleiche Grundlinien erkennen, denn beiden Unglücksfällen ist das **Motiv des Fallens** eingezeichnet. Im Gedicht ist das Fallen der Amseln (vgl. V. 13) Ausdruck der Krise, im Erzähltext ist der Sturz vom Baugerüst die Todesursache. Bevor jedoch der Leser davon erfährt, wird die Abwärtsbewegung in ironischer Brechung antizipiert: So berichtet der Ich-Erzähler davon, wie der Verstorbene dem italienischen Vorarbeiter zu dessen großem Zorn vom Gerüst herunter auf den Kopf spuckte. Auch die **Naturdarstellungen** setzen sich aus ähnlichen Motiven zusammen. Denn die vom Baum herabsegelnden Blätter, der über die Gräber wehende Wind, die Buchshecke, an der sich die Blätter verfangen (vgl. Z. 1–3), und schließlich die „blauen Astern" (Z. 8) erinnern durchaus an die im Gedicht evozierten Winde „[i]n der großen Luft" (V. 5 f.) und an die vom „blauen Gebüsch" fallenden „Trauerrosen" (V. 13 f.). Im „Lied" jedoch wird die Sprecherin mit ihrer Umgebung eins, die Naturbilder repräsentieren ihr Inneres, ihren Gemütszustand. Dagegen hat die Naturdarstellung in „Besuch bei Franz" zunächst beschreibende Funktion. Sie bildet die äußere Umgebung ab und vermittelt ein konkretes, realistisches Bild des Friedhofs. Dennoch spiegelt sich in der Friedhofsstimmung die Trauer des Ich-Erzählers, ohne dass er dieses Gefühl explizit zur Sprache bringt. 3.4

Und genau hierin, im **Umgang mit dem Verlust**, liegt der wohl größte Unterschied zwischen den beiden Texten. Während die Sprecherin des Gedichtes die einzelnen Stadien ihres Kummers bewusst durchlebt und in der Naturbildlichkeit gewissermaßen präzise zum Ausdruck bringt, ist der Friedhofsbesucher nicht bereit oder in der Lage, Traurigkeit zuzulassen. So schützt er Unverständnis vor bei dem Gedanken daran, dass der italienische Vorarbeiter während der Beerdigung offen weinte (vgl. Z. 20 f.), obwohl er zu dessen Lebzeiten den groben Scherzen seines Arbeitskollegen Franz ausgeliefert war (vgl. Z. 10–14). (Auch im Motiv der Tränen berühren sich die beiden Vergleichstexte.) Stattdessen praktiziert der Erzählende ein betont unsentimentales Ritual, indem er „im Bogen über den Kiesweg" (Z. 7) spuckt und sich so an Franz und „seine Art" (Z. 10) erinnert, da der oft und gerne „spuckte" (vgl. Z. 10 f.). In diesem Zusammenhang findet der Protagonist noch einen zweiten Weg, um mit seiner Trauer umzugehen: Pointiert komisch erzählt er von der Situation, als Franz dem „Parlier […] präzise auf den Kopf" spuckte (Z. 11) und dem Zappelnden und Zeternden obendrein eine freche Provokation nach unten zurief (vgl. Z. 14); der Erzähler schließt mit der Feststellung, selten so gelacht zu haben – „die Welt verschwamm vor meinen Augen" (Z. 15) – in das Lachen mischen 3.5

sich, so scheint es, die Tränen der Trauer. Auch hierin liegt letztlich eine Gemeinsamkeit, nämlich im **selbstreflexiven Charakter** der beiden Texte. Hoffte das lyrische Ich, die Traurigkeit in einem „Lied" zu überwinden, so verarbeitet der Hinterbliebene in „Besuch bei Franz" seine Trauer im Erzählen von Erinnerungen, wodurch die Erzählung letztendlich auf sich selbst verweist.

Somit legen die beiden Texte beredtes Zeugnis darüber ab, wie erleichternd es sein kann, wie trostreich und hoffnungsvoll, **Trauer in Literatur zu verwandeln**. **4**

Deutsch Bayern – Abiturprüfung 2021:
Aufgabe 2: Interpretieren eines literarischen Textes

a) Interpretieren Sie den folgenden Ausschnitt aus Friedrich Schillers Drama „Wilhelm Tell"! (ca. 80 %)

b) Zeigen Sie ausgehend von Ihren Ergebnissen vergleichend auf, wie in einem anderen literarischen Werk ein Liebesbekenntnis gestaltet wird! (ca. 20 %)

Vorbemerkung
Schillers fünfaktiges Drama „Wilhelm Tell" handelt vom Freiheitsstreben eines Volkes am Beispiel des Befreiungskampfes der Schweizer Bevölkerung.
Die Haupthandlung um den legendären Helden und Schützen Wilhelm Tell zeigt diesen Freiheitskampf, der sich vor allem gegen die österreichischen Statthalter richtet, die die Schweizer brutal unterdrücken.
In einer Nebenhandlung wird das Schicksal des Schweizer Adligen Ulrich von Rudenz, der mit den österreichischen Unterdrückern kooperiert, und der österreichischen Adligen Bertha von Brunek dargestellt. In der folgenden Szene begegnen sich Bertha und Ulrich während einer höfischen Jagd.

Friedrich Schiller (1759–1805)
Wilhelm Tell (Uraufführung 1804)

Dritter Aufzug, Zweite Szene

Eine eingeschlossene wilde Waldgegend, Staubbäche[1] *stürzen von den Felsen.*
Bertha im Jagdkleid. Gleich darauf Rudenz.

BERTHA Er folgt mir. Endlich kann ich mich erklären.
RUDENZ *tritt rasch ein:*
Fräulein, jetzt endlich find ich euch allein,
Abgründe schließen rings umher uns ein,
In dieser Wildnis fürcht' ich keinen Zeugen,
Vom Herzen wälz' ich dieses lange Schweigen –
BERTHA Seid ihr gewiß, daß uns die Jagd[2] nicht folgt?
RUDENZ Die Jagd ist dorthin aus – Jetzt oder nie!
Ich muß den teuren Augenblick ergreifen –
Entschieden sehen muß ich mein Geschick,
Und sollt es mich auf ewig von euch scheiden.
– O waffnet eure gütgen Blicke nicht
Mit dieser finstern Strenge – Wer bin ich,
Daß ich den kühnen Wunsch zu euch erhebe?
Mich hat der Ruhm noch nicht genannt, ich darf

Mich in die Reih' nicht stellen mit den Rittern,
Die siegberühmt und glänzend euch umwerben.
Nichts hab ich als mein Herz voll Treu und Liebe –
BERTHA *ernst und streng:*
Dürft Ihr von Liebe reden und von Treue,
Der treulos wird an seinen nächsten Pflichten?
Rudenz tritt zurück.
Der Sklave Österreichs, der sich dem Fremdling
Verkauft, dem Unterdrücker seines Volks?
RUDENZ Von euch, mein Fräulein, hör' ich diesen Vorwurf?
Wen such' ich denn, als Euch auf jener Seite?
BERTHA Mich denkt ihr auf der Seite des Verrats
Zu finden? Eher wollt' ich meine Hand
Dem Geßler[3] selbst, dem Unterdrücker schenken,
Als dem Naturvergeßnen[4] Sohn der Schweiz,
Der sich zu seinem Werkzeug machen kann!
RUDENZ O Gott, was muß ich hören!
BERTHA Wie? Was liegt
Dem guten Menschen näher als die Seinen?
Gibts schönre Pflichten für ein edles Herz,
Als ein Verteidiger der Unschuld sein,
Das Recht des Unterdrückten zu beschirmen?
– Die Seele blutet mir um euer Volk.
Ich leide mit ihm, denn ich muß es lieben,
Das so bescheiden ist und doch voll Kraft,
Es zieht mein ganzes Herz mich zu ihm hin,
Mit jedem Tage lern ich's mehr verehren.
– Ihr aber, den Natur und Ritterpflicht
Ihm zum geborenen Beschützer gaben,
Und der's verläßt, der treulos übertritt
Zum Feind, und Ketten schmiedet seinem Land,
Ihr seids, der mich verletzt und kränkt, ich muß
Mein Herz bezwingen, daß ich euch nicht hasse.
RUDENZ Will ich denn nicht das Beste meines Volks?
Ihm unter Oestreichs mächtgem Zepter[5] nicht
Den Frieden –
BERTHA Knechtschaft wollt ihr ihm bereiten!
Die Freiheit wollt ihr aus dem letzten Schloß,
Das ihr noch auf der Erde blieb, verjagen.
Das Volk versteht sich besser auf sein Glück,
Kein Schein verführt sein sicheres Gefühl,
Euch haben sie das Netz ums Haupt geworfen –
RUDENZ Bertha! Ihr haßt mich, ihr verachtet mich!

BERTHA Tät ichs, mir wäre besser – Aber den
Verachtet sehen und verachtungswert,
Den man gern lieben möchte –
RUDENZ Bertha! Bertha!
Ihr zeiget mir das höchste Himmelsglück,
Und stürzt mich tief in Einem Augenblick.
BERTHA Nein, nein, das Edle ist nicht ganz erstickt
In euch! Es schlummert nur, ich will es wecken,
Ihr müßt Gewalt ausüben an euch selbst,
Die angestammte Tugend zu ertöten,
Doch wohl euch, sie ist mächtiger als ihr,
Und trotz euch selber seid ihr gut und edel!
RUDENZ Ihr glaubt an mich! O Bertha, alles läßt
Mich eure Liebe sein und werden!
BERTHA Seid,
Wozu die herrliche Natur euch machte!
Erfüllt den Platz, wohin sie euch gestellt,
Zu eurem Volke steht und eurem Lande,
Und kämpft für euer heilig Recht.
RUDENZ Weh mir!
Wie kann ich euch erringen, euch besitzen,
Wenn ich der Macht des Kaisers widerstrebe?
Ists der Verwandten mächtger Wille nicht,
Der über eure Hand tyrannisch waltet?
BERTHA In den Waldstätten liegen meine Güter[6],
Und ist der Schweizer frei, so bin auch ich's.
RUDENZ Bertha! welch einen Blick tut ihr mir auf!
BERTHA Hofft nicht durch Oestreichs Gunst mich zu erringen,
Nach meinem Erbe strecken sie die Hand,
Das will man mit dem großen Erb vereinen.
Dieselbe Ländergier, die Eure Freiheit
Verschlingen will, sie drohet auch der meinen!
– O Freund, zum Opfer bin ich ausersehn,
Vielleicht um einen Günstling zu belohnen –
Dort wo die Falschheit und die Ränke wohnen,
Hin an den Kaiserhof will man mich ziehn,
Dort harren mein verhaßter Ehe Ketten,
Die Liebe nur – die Eure kann mich retten!
RUDENZ Ihr könntet euch entschließen, hier zu leben,
In meinem Vaterlande mein zu sein?
O Bertha, all mein Sehnen in das Weite,
Was war es, als ein Streben nur nach Euch?
Euch sucht' ich einzig auf dem Weg des Ruhms,
Und all mein Ehrgeiz war nur meine Liebe.
Könnt ihr mit mir euch in dies stille Tal

Einschließen und der Erde Glanz entsagen –
O dann ist meines Strebens Ziel gefunden,
Dann mag der Strom der wildbewegten Welt
Ans sichre Ufer dieser Berge schlagen –
Kein flüchtiges Verlangen hab ich mehr
Hinaus zu senden in des Lebens Weiten –
Dann mögen diese Felsen um uns her
Die undurchdringlich feste Mauer breiten,
Und dies verschloßne sel'ge Tal allein
Zum Himmel offen und gelichtet sein!
BERTHA Jetzt bist du ganz, wie dich mein ahnend Herz
Geträumt, mich hat mein Glaube nicht betrogen!
RUDENZ Fahr' hin, du eitler Wahn, der mich betört!
Ich soll das Glück in meiner Heimat finden.
Hier wo der Knabe fröhlich aufgeblüht,
Wo tausend Freudespuren mich umgeben,
Wo alle Quellen mir und Bäume leben,
Im Vaterland willst du die Meine werden!
Ach, wohl hab' ich es stets geliebt! Ich fühls,
Es fehlte mir zu jedem Glück der Erden.
BERTHA Wo wär die sel'ge Insel[7] aufzufinden,
Wenn sie nicht hier ist in der Unschuld Land?
Hier, wo die alte Treue heimisch wohnt,
Wo sich die Falschheit noch nicht hingefunden,
Da trübt kein Neid die Quelle unsers Glücks,
Und ewig hell entfliehen uns die Stunden.
– Da seh ich Dich im echten Männerwert,
Den Ersten von den Freien und den Gleichen,
Mit reiner freier Huldigung verehrt,
Groß wie ein König wirkt in seinen Reichen.
RUDENZ Da seh ich dich, die Krone aller Frauen,
In weiblich reizender Geschäftigkeit,
In meinem Haus den Himmel mir erbauen,
Und, wie der Frühling seine Blumen streut,
Mit schöner Anmut mir das Leben schmücken,
Und alles rings beleben und beglücken!
BERTHA Sieh, teurer Freund, warum ich trauerte,
Als ich dies höchste Lebensglück dich selbst
Zerstören sah – Weh mir! Wie stünds um mich,
Wenn ich dem stolzen Ritter müßte folgen,
Dem Landbedrücker auf sein finstres Schloß!
– Hier ist kein Schloß. Mich scheiden keine Mauern
Von einem Volk, das ich beglücken kann!
RUDENZ Doch wie mich retten – wie die Schlinge lösen,
Die ich mir törigt[8] selbst um's Haupt gelegt?

BERTHA Zerreiße sie mit männlichem Entschluß!
Was auch draus werde – Steh zu deinem Volk,
Es ist dein angeborner Platz.
Jagdhörner in der Ferne.
Die Jagd
Kommt näher – Fort, wir müssen scheiden – Kämpfe
Für's Vaterland, du kämpfst für deine Liebe!
Es ist Ein Feind, vor dem wir alle zittern,
Und Eine Freiheit macht uns alle frei!
gehen ab.

Aus: Friedrich Schiller, Werke und Briefe in zwölf Bänden, herausgegeben von Otto Dann, Heinz Gerd Ingenkamp u. a., Band 5: Friedrich Schiller, Dramen IV, herausgegeben von Matthias Luserke, Frankfurt am Main 1996, S. 385–505, die eigentliche Textstelle S. 443–447

Worterläuterungen:
1 *Staubbäche:* Gischt sprühende Gebirgsbäche
2 *Jagd:* hier im Sinne von Jagdgesellschaft
3 *Geßler* ist ein Statthalter im Dienste der österreichischen Herrschaft, der die Schweizer mit besonders brutalen und menschenverachtenden Maßnahmen unterdrückt; er ist der direkte Gegenspieler des Freiheitskämpfers Wilhelm Tell.
4 *Naturvergeßnen:* hier im Sinne von: pflichtvergessen, seine Wurzeln verleugnend
5 *Zepter:* hier: österreichischer Kaiser, der seine Herrschaft über das schweizerische Territorium weiter ausbauen möchte
6 *meine Güter:* hier: grundherrschaftliche Besitztümer Berthas in der Schweiz
7 *sel'ge Insel:* Anspielung auf die Insel der Seligen der antiken Mythologie, wo Göttersöhne und Heroen unbekümmert in ewigem Frühling leben
8 *törigt:* abweichende Schreibung von töricht

Hinweise und Tipps

- ***Welche Aufgabenart liegt vor und wie sind die Teilaufgaben gewichtet?***
  Die Aufgabe gehört zur Untergruppe „Literarische Texte lesen, verstehen und interpretieren". Schwerpunkt ist die Interpretation, die von einer genauen Textlektüre ausgeht und das eigene Textverständnis darlegen und argumentativ absichern soll. In der Formulierung der b)-Aufgabe versteckt sich zudem ein erster ***Interpretationshinweis****, heißt es doch dort, dass die Textstelle ein „****Liebesbekenntnis****" enthält. Die* ***Gewichtung*** *der ersten Teilaufgabe mit 80 % signalisiert Ihnen, dass Sie den Großteil der Bearbeitungszeit der Analyse und Deutung der Dramenszene widmen sollen. Der folgende* ***Vergleich*** *mit einem anderen, selbst gewählten literarischen Werk legt die Textsorte fest (eben ein literarisches Werk, kein Film oder Hörspiel). Das muss beachtet werden.*
- ***Was verlangt die Aufgabenstellung?***
  Die Aufgabenstellung verlangt zunächst die genaue ***Erschließung*** *der Szene. Die Kriterien für die Erschließung und auch die Reihenfolge der Analyseschritte können Sie selbst wählen. Der* ***Inhalt*** *des Dialogs sollte möglichst* ***in eigenen Worten*** *wiedergegeben werden. Darüber hinaus müssen Sie auch den gedanklichen Aufbau sowie die* ***dramaturgische und die sprachliche Gestaltung*** *der Szene erfassen. Wie bereits erwähnt, gibt die Themenstellung in der b)-Aufgabe einen Hinweis darauf, dass es im Dialog um die* ***Beziehung*** *zwischen den beiden Figuren gehen muss. Dass das Liebesbekenntnis hier mit einer politischen Agenda verbunden wird, kann nur durch eine genaue Interpretation herausgearbeitet werden.*
  Die ***Vergleichsaufgabe*** *ist auf ein weiteres* ***literarisches Werk*** *bezogen. Dabei gibt es weder eine Gattungs- noch eine Epochenbegrenzung, d. h., dass neben einem weiteren Drama auch Gedichte und epische Texte verwendet werden dürfen. „Liebesbekenntnisse" sind in sehr vielen Werken zu finden, z. B. in Schillers „Don Carlos", in Goethes „Werther", in Kellers „Romeo und Julia auf dem Dorfe" etc. Bekannt und als Pflichtlektüre jeder Schülerin bzw. jedem Schüler geläufig ist natürlich Goethes „Faust"; vor allem die Doppelszene „Garten" zeigt die Annäherung zwischen Faust und Gretchen.*
- ***Wie kann ich meinen Aufsatz strukturieren?***
  In der ***Einleitung*** *kann ein Blick in die Epoche der* ***Weimarer Klassik*** *sinnvoll sein. Die Auseinandersetzung mit den Ereignissen der Französischen Revolution haben Autoren wie Goethe und Schiller dazu gebracht, neu über die Aufgabe von Literatur nachzudenken. Jetzt ging es nicht mehr um unmittelbaren Einfluss auf gesellschaftspolitische Entwicklungen, sondern um die Bildung der Menschheit zur Humanität. In Schillers späten Dramen kann man das sehr gut nachvollziehen. Die Beschäftigung mit geschichtlichen Ereignissen und Personen (Maria Stuart) und mit Staatsmythen (Wilhelm Tell) ist letztlich der Versuch, Menschen in entscheidenden Situationen zu zeigen, in denen sie sich dann jeweils richtig verhalten.*
  Das kann auch hier herausgearbeitet werden, indem ein Fokus auf die ***Verknüpfung von Pflicht und Neigung*** *gelegt wird. Aus diesen Überlegungen ergibt sich eine tragfähige* ***Interpretationsthese****. Sie dient dann als roter Faden für die Erschließung*

der Szene. Die Untersuchungsbereiche Inhalt und Aufbau, dramaturgische (Redeanteile, Regieanweisungen, Requisiten) und sprachlich-stilistische Mittel sowie die Dialoganalyse werden im Mittelpunkt Ihrer Untersuchung stehen.

Bei der ***inhaltlich-strukturellen Erschließung*** *der Szene, die sich üblicherweise an die Interpretationsthese anschließt, können Sie die* ***Abschnitte*** *des Dialogs zunächst knapp und in eigenen Worten zusammenfassen. Wichtig ist, dass Sie hier noch keine Textbelege oder wörtlichen Zitate einbauen. Die einzelnen Sinnabschnitte werden am Anfang oder Ende mit einem Hinweis versehen, der in Klammern die entsprechenden Versangaben nennt.*

Klären Sie zu Beginn Ihrer Interpretation die ***Gesprächssituation:*** *Erläutern Sie Gesprächszusammenhang (die Vorbemerkung gibt Ihnen dafür wichtige Hinweise), Anlass, Ort und Zeitpunkt des Gesprächs. Entscheiden müssen Sie dann, ob Sie die* ***sprachlich-stilistischen Beobachtungen*** *in die Interpretation integrieren oder in einem eigenen Punkt bearbeiten wollen. Um Wiederholungen zu vermeiden, bietet es sich an, gleich an dieser Stelle auffällige rhetorische Mittel zu benennen und in ihrer Funktion und Wirkung zu deuten. Da die sprachliche Gestaltung der Szene sehr dicht ist, sollten Sie sich auf zentrale Beispiele beschränken. Wichtig bei diesem Kernstück ist die argumentative Vorgehensweise. Dies bedeutet, dass Sie Ihre Thesen mit direkten oder indirekten Zitaten am Text belegen müssen. Eine literaturgeschichtliche Einordnung wird nicht verlangt, der Hinweis auf die oben erwähnte Verknüpfung von Pflicht und Neigung hilft jedoch, den Textauszug besser zu verstehen.*

Der ***Vergleich*** *mit einem anderen literarischen Werk schließt den Hauptteil ab; suchen Sie hierfür geeignete Vergleichsaspekte (z. B. Ort des Liebesgeständnisses, sozialer Status der Liebenden, Rollenverteilung, Reaktion des Gegenübers, Folgen des Geständnisses). Für den* ***Schluss*** *kann man sich auf die in der Literatur oft gewählte Thematik des Liebesbekenntnisses beziehen.*

Strukturierter Schreibplan

A Einleitung: Einfluss der Französischen Revolution auf das Menschenbild der Klassik

B Hauptteil:

1 Aufbau der Szene

2 Interpretation: Verknüpfung von inhaltlicher und sprachlicher Analyse
2.1 Begegnung von Bertha und Rudenz: gegenseitiges Versichern der Vertraulichkeit im Wald (V. 1–13)
2.2 Versuch von Rudenz, ein Liebesgeständnis zu machen, und Berthas Reaktion (Z. 14–34)
2.3 Berthas Offenbarung ihrer politischen Haltung und Anklage von Rudenz (Z. 35–74)
2.4 Verknüpfung von politischer Freiheit und Erfüllung des privaten Glücks (Z. 75–117)
2.5 Gemeinsame Vision: Eheglück in Schweizer Idylle (Z. 118–148)
2.6 Rückbesinnung auf die konkrete Handlungsnotwendigkeit (Z. 149–160)

3 Figurencharakteristik und Gesprächsanalyse

4 Dramaturgische Gestaltung und Bezüge zur Weimarer Klassik

5 Vergleich der Liebesbekenntnisse: Faust und Gretchen vs. Rudenz und Bertha
- Gemeinsamkeiten
- Unterschiede

C Schluss: Macht der Liebe

Lösungsvorschlag

Literatur ist der Spiegel ihrer Zeit. Dies gilt auch für die Epoche der **Weimarer Klassik**. Die führenden Autoren, allen voran Friedrich Schiller, hatten zunächst die **Revolution** im benachbarten Frankreich begrüßt, wurden aber bald von den brutalen und blutigen Entwicklungen dort abgeschreckt. Für die deutschen Autoren wurden dadurch die Ideen der Aufklärung infrage gestellt; statt eines politischen Umsturzes wollten sie mithilfe von Literatur ihre **Leser ästhetisch erziehen**. Im Vordergrund standen dabei Themen wie Humanität, die Vereinigung von Vernunft, Gefühl und Moral. Das Publikum sollte durch die Darstellung eines Ideals auf der Bühne zu in sich ruhenden, ausgeglichenen Menschen herangebildet werden. Friedrich Schiller greift diese Thematik des **richtigen moralischen Handelns** in seinem 1804 uraufgeführten Drama „Wilhelm Tell" auf: Darin schildert er nicht nur den Kampf des Schweizer Freiheitskämpfers Wilhelm Tell gegen die österreichische Unterdrückung, sondern spiegelt auch in der Handlung um Nebenfiguren die Verquickung von politischer und privater Geschichte. A

In der zu analysierenden zweiten Szene des dritten Aufzugs wird der Schweizer Adelige Ulrich von Rudenz von seiner angebeteten Bertha von Brunek, einer österreichischen Adeligen, davon überzeugt, nicht mehr mit den österreichischen Unterdrückern zu kollaborieren. Er findet am Ende der Szene zu einer humanen Position, indem er sein privates Glück mit dem politischen Auftrag des Freiheitskampfes verknüpft.

Die Szene kann auf der Inhaltsebene in **sechs Sinnabschnitte** gegliedert werden. Ausgangspunkt des Dialogs ist eine höfische Jagd, an der Rudenz und Bertha teilnehmen. In der Einsamkeit eines Waldes wollen beide dem jeweils anderen eine Eröffnung machen (Z. 1–13). Als Rudenz der adeligen Dame seine Liebe gestehen möchte, stößt sie ihn rüde zurück (Z. 14–34). Im Folgenden erläutert sie ihre ablehnende Haltung mit ihrer Sympathie für die unterdrückten Schweizer; Rudenz habe sich dagegen auf die Seite der Unterdrücker gestellt (Z. 35–74). Ihr Bekenntnis bewirkt bei Rudenz einen Sinneswandel, woraufhin beide einander ihre Liebe gestehen und die Abhängigkeit des privaten vom politischen Geschick diskutieren (Z. 75–117). Im Dialog entwerfen sie eine Vision ihres künftigen Eheglücks in der Schweiz (Z. 118–148). Bevor sie auseinandergehen, ruft Bertha den Geliebten erneut dazu auf, sich am Freiheitskampf seiner Heimat zu beteiligen (Z. 149–160). B 1

Die **Gesprächssituation** ist durch eine große Intimität gekennzeichnet: Abseits der Jagdgesellschaft treffen sich die beiden Adeligen im **Wald**. Die Szene beginnt damit, dass sich die Figuren vergewissern, allein zu sein, sodass sie sich nun gegenseitig Geständnisse machen können. Die knappe Regieanweisung zu Beginn der Szene verortet das Gespräch in einer abgeschiedenen, **symbolisch aufgeladenen Raumsituation**. Die „Waldgegend" ist „wil[d]", „Staubbäche stürzen von den Felsen" (Z. 1). Dieses Bild steht einerseits für die 2 2.1

Ursprünglichkeit der Schweiz, deren **Wildheit** sich auch im Aufstand gegen die Fremdherrschaft bemerkbar macht, andererseits aber auch für die **aufgewühlte Gefühlslage** der Figuren, die um die richtige Haltung ringen.

Bertha und Rudenz haben anscheinend schon länger das **Bedürfnis** verspürt, **miteinander zu sprechen**. Dies wird durch die Repetitio des Wortes „endlich" (Z. 3 und 5) verdeutlicht. Vor allem Rudenz scheint etwas sehr beschäftigt zu haben, was er mit einer Metapher, „Vom Herzen wälz' ich dieses lange Schweigen" (Z. 8), offenbart. Sein Ausruf „Jetzt oder nie!" (Z. 10) zeigt zudem die Dringlichkeit für das Gespräch auf.

Im **zweiten Sinnabschnitt** (vgl. Z. 14–34) will Rudenz die Gelegenheit nutzen, um Bertha seine Liebe zu gestehen, obwohl er davon ausgeht, dass er im Vergleich zu anderen Männern unterlegen sein wird. Mit einer Demutsgeste ordnet er sich zunächst seiner Gesprächspartnerin unter – betont durch eine rhetorische Frage (vgl. Z. 15 f.) –, gesteht dann aber mit einer Metapher Bertha ein „Herz voll Treu und Liebe" (Z. 20). Doch diese unterbricht ihn in seinen Schwärmereien und weist ihn zurecht, indem sie ihm mit einer antithetischen Frage seine Widersprüchlichkeit vorwirft: „Dürft Ihr von Liebe reden und von Treue, / Der treulos wird an seinen nächsten Pflichten?" (Z. 22 f.) Die **Gegenüberstellung der Trias Liebe, Treue, Pflicht** auf der einen Seite und **Treulosigkeit** auf der anderen Seite macht deutlich, wie sehr Bertha das Verhalten von Rudenz missbilligt. Sie hält ihm vor, mit dem Feind zu kollaborieren (vgl. Z. 25 f.), und formuliert dies hyperbolisch, indem sie ihn als „Sklave[n] Österreichs" (Z. 25) und als „Naturvergeßnen Sohn" (Z. 32) attackiert. Damit wird Rudenz als jemand charakterisiert, der seine Wurzeln verleugnet, als treuloser **Feigling und Verräter** am eigenen Volk, das grausam unterdrückt wird. 2.2

Solche Anklagen machen Rudenz sprachlos. Im **dritten Sinnabschnitt** (Z. 35–74) dominiert folglich Bertha die Unterredung: Sie bringt den bestürzten Mann in einen **Rechtfertigungszwang** und wirft ihm mit weiteren rhetorischen Fragen indirekt seine falsche Parteinahme vor (vgl. Z. 35–39), bevor sie ihre **Sympathie für die Schweizer Freiheitskämpfer** offenbart. Dabei personifiziert sie ihre Seele, die ihr „blut[e] um [das] Volk" (Z. 40) der Schweizer. Rudenz' Verrat an der Heimat wird so zu einem Verrat an ihr. Indem sie den unterdrückten Schweizern Unschuld, Bescheidenheit und Kraft zuspricht (vgl. Z. 38 ff.), lässt sie seine Zusammenarbeit mit dem „Feind" (Z. 48) umso verwerflicher aussehen. Allerdings deutet sie erstmals einen **emotionalen Zwiespalt** an, denn sie müsse ihr „Herz bezwingen, daß [sie ihn] nicht hasse" (Z. 50). 2.3

Bertha unterstellt Rudenz **Blindheit gegenüber der politischen Lage**. Anders als das Schweizer Volk, das sich auf „sein sicheres Gefühl" (Z. 58) verlasse, sei Rudenz getäuscht worden. Die Metapher, die kaiserliche Seite habe ihm „das Netz ums Haupt geworfen" (Z. 59), veranschaulicht diese Verblendung und variiert zugleich das Motiv der Knechtschaft (vgl. Z. 48, 54). Eine Antilabe

– das Sprechen beider Figuren innerhalb eines Verses – verdeutlicht den Gegensatz ihrer Ansichten (vgl. Z. 53/54), aber auch Berthas Dominanz in der Auseinandersetzung: Sie fällt Rudenz einfach ins Wort. Erst als er mit dem Ausruf „Bertha!“ (Z. 60) aktiv eingreift, nähert sich der Dialog allmählich einem **symmetrischen Gespräch** an.

Schließlich **offenbart** Bertha in einer Antithese – „Aber den / Verachtet sehen und verachtungswert,/ Den man gern lieben möchte“ (Z. 61 ff.) – ihre unterdrückte **Zuneigung** gegenüber Rudenz. Hier dreht sich das Gespräch. Seine Erschütterung zeigt Rudenz seinerseits in einer Antithese, die sein Wechselbad der Gefühle umschreibt: Bertha zeige ihm sein „Himmelsglück“ und stürze ihn gleich darauf wieder ins Elend (vgl. Z. 65 f.). Mit ihrer Gesprächstaktik will Bertha **Rudenz zu einem guten Menschen erziehen**. Seinen guten Kern, an den sie glaubt, personifiziert sie in der Formulierung, „das Edle ist nicht ganz erstickt“ (Z. 67) und müsse von ihr nur geweckt werden (vgl. Z. 68). Mit euphorischen Ausrufen bekundet Rudenz seinen Willen, der zu werden, den sie in ihm sieht (vgl. Z. 73 f.).

Als sich Bertha der Gefühle des Mannes sicher ist, verlangt sie von ihm nun, 2.4
im **vierten Sinnabschnitt** (Z. 75–117), eine Änderung seines Verhaltens. Geschickt **manipuliert** sie ihr Gegenüber, indem sie ihm als **Ausweg zeigt**, wie Rudenz ihre Zuneigung gewinnen kann: Sie fordert ihn auf, sich vom Kaiser zu lösen und für sein Vaterland zu kämpfen. Dabei erwähnt sie, dass sie selbst in Österreich in Gefahr sei. Denn sie befürchtet, vom kaiserlichen Hof, den sie als Wohnsitz der „Falschheit und [der] Ränke“ (Z. 95) dämonisiert, gegen ihren Willen verheiratet zu werden. Nur durch die Freiheit der Schweiz könne sie selbst Freiheit erlangen, da sie Besitz in dem Land habe und nach der Befreiung der Schweiz dort leben möchte. Mit ihrer Argumentation setzt Bertha die **Liebe in Beziehung zu ihrer Freiheit**, die wiederum **an die Freiheit der Schweiz gekoppelt ist**. Mit dem emphatischen Ausruf „Die Liebe nur – die Eure kann mich retten!“ (Z. 98) formuliert sie ihre Hoffnung auf eine Lösung des Konflikts durch Rudenz.

Ihre Enthüllung bringt Rudenz zu einer **monologischen Liebeserklärung**, in der er seine Vorstellung eines gemeinsamen Lebens skizziert (vgl. Z. 99–115). Die **emotionale Anspannung** seiner Rede offenbart sich in Interjektionen und Ausrufen (vgl. Z. 101, 107, 115). Auch er gebraucht Antithesen, um Gegensätze plastisch auszumalen. Die **Schweiz**, die er als „stille[s] Tal“ (Z. 105) umschreibt, kontrastiert er mit „der Erde Glanz“ (Z. 106); zwar riegelt die „undurchdringlich feste Mauer“ (Z. 113) der Alpen das Land ab, doch hat sie nichts gemein mit den von Österreichern geschmiedeten Ketten und steht nicht für Gefangenschaft. Vielmehr bildet sie einen **Schutz**, sodass sich paradoxerweise das enge Tal als „offen[er]“ (Z. 115) Himmel erweist. Rudenz’ emphatische Rede überzeugt Bertha davon, dass sie ihn für ihre Sache und die Sache der Schweiz gewonnen hat: Indem sie bei der **Anrede** zum vertrauten **„du“** wechselt, zeigt sie ihre zärtlichen Gefühle für ihn (vgl. Z. 116 f.).

Doch geht es dem Paar nicht nur um sein persönliches Glück: Im nächsten, dem **fünften Sinnabschnitt** (Z. 118–148), planen Bertha und Rudenz ihre gemeinsame Zukunft. Dabei verknüpfen sie die politische Vision mit der Erfüllung ihres privaten Glücks. Bertha hofft, dass Rudenz' Liebe sie vor dem Zugriff des kaiserlichen Hofs und einem ihr aufgezwungenen Gatten rettet (vgl. Z. 144 ff.). Das Paar ist sich sicher, in der Schweiz ein neues Leben beginnen zu können. Dabei wird die Darstellung der **Schweiz als Gegenentwurf zur weiten Welt** mit ihrer Falschheit und ihrem politischen Ränkespiel weiter ausgestaltet. Rudenz gibt sich **nostalgischen Erinnerungen an seine Jugend** in der Schweiz hin. Er weiß nun, dass er für sein Vaterland einstehen möchte. Mit Anapher („Wo", Z. 120 ff.), Parallelismus (vgl. Z. 120 ff.) und Hyperbel („tausend Freudespuren", Z. 121) verklärt er diese Welt als **Idylle**. Bertha ist angetan von Rudenz' Vision und stimmt in **die Idealisierung der Schweiz** zur „sel'ge[n] Insel" (Z. 126) ein, auf der Unschuld und Treue zu Hause, Falschheit und Neid dagegen nicht vorzufinden seien – die Tugenden bzw. Laster wirken durch die Personifikation wie überzeitliche Mächte. Die Liebenden beschreiben in inhaltlich sehr ähnlichen Versen ihre Vorstellung von der Zukunft. Dabei erhöht Bertha in einem Vergleich Rudenz zum „König" (Z. 135), der den Freiheitskampf anführt, was eigentlich einen Widerspruch in sich darstellt. Auch Rudenz erhebt Bertha, wenn er sie metaphorisch als „Krone aller Frauen" (Z. 136) bezeichnet, dabei bleibt er allerdings den **traditionellen Geschlechterrollen** verpflichtet: Sie solle ihm „[i]n weiblich reizender Geschäftigkeit, / In [seinem] Haus den Himmel [...] erbauen" (Z. 137 f.) und „[m]it schöner Anmut [ihm] das Leben schmücken, / Und alles rings beleben und beglücken" (Z. 140 f.). Im Reim der Verse ist die in Aussicht gestellte **Harmonie des häuslichen Lebens**, bei dem die Frau den untergeordneten Part spielt, bereits umgesetzt. 2.5

Gegen Ende der Szene, im **sechsten Sinnabschnitt** (Z. 149–160), besinnen sich die Figuren darauf, dass jetzt notwendigerweise **gehandelt werden müsse**. Rudenz fragt explizit nach einer Möglichkeit, seinen gefällten Entschluss umzusetzen und sich aus der politischen Verstrickung zu lösen. Eine konkrete Handlungsanweisung kann Bertha ihm nicht geben, doch sie verdeutlicht noch einmal, wofür er aufseiten der Aufständischen kämpft – für das Vaterland, die Freiheit und die Liebe (vgl. Z. 156 f.). Sie betont: „Es ist Ein Feind, vor dem wir alle zittern, / Und Eine Freiheit macht uns alle frei!" (Z. 158 f.). Durch die antithetische Kontrastierung von „Feind" und „Freiheit" wird explizit deutlich, dass der **Freiheitskampf für das eigene Volk legitim** ist und dass ein Rückzug in das private Glück keine Option darstellt. Da sich die Jagdgesellschaft nähert, also die äußere Welt in ihre Zweisamkeit eindringt, trennen sich die beiden. 2.6

Der Dialog der beiden Adeligen ist von **Gefühl und Vernunft** gleichermaßen bestimmt. Beide scheinen sich schon vor der Szene kennengelernt zu haben, jedoch sind sie zu Beginn noch unsicher, wie der andere jeweils einzuschätzen ist. **Bertha** tritt dabei als sehr **ehrliche und selbstbewusste Frau** auf, die **Rudenz** von ihren Ansichten überzeugen möchte. Dieser wiederum ist relativ 3 leicht **beeinflussbar** beziehungsweise einsichtig in Bezug auf die Argumente von Bertha. Hatte er bis zu dieser Szene auf der Seite der Österreicher und damit der Unterdrücker gestanden, erkennt er schrittweise seine Fehleinschätzung. Beide **Figuren entwickeln sich** im Verlauf des Gesprächs, jedoch Rudenz mehr als Bertha, da diese von Anfang an weiß, was sie will. Sie ist die **Impulsgeberin**, die ihre politischen Ziele geschickt mit ihren privaten Interessen zu verbinden versteht und Rudenz zu seiner Bestimmung führt, die dann auch ihr eigenes Glück bedingt.

Passend zu dieser Entwicklung gestaltet sich auch die Kommunikation zwischen den beiden. Von einem anfänglich höheren **Redeanteil Rudenz'** wandelt sich das Gespräch zu einem, das von **Bertha** vorübergehend **dominiert** wird. Als Rudenz sich aktiver einbringt, entsteht eine Art Schlagabtausch, bis die inhaltliche Harmonie zwischen den Figuren hergestellt ist und die **Redeanteile ausgewogener** werden.

Schillers „Wilhelm Tell" ist ein Musterbeispiel für die Dramenliteratur der 4
Klassik. Darin steigert sich üblicherweise die Handlung und läuft auf den Höhe- und Wendepunkt, die **Peripetie**, zu, die im **dritten Akt** liegt. Schiller hat in sein Theaterstück neben der Haupthandlung, in deren Mittelpunkt der Schweizer Nationalheld Wilhelm Tell steht, eine **Nebenhandlung** eingebaut, eben die Beziehung zwischen Bertha und Rudenz, die die politischen Zusammenhänge an einer privaten Liebe spiegelt. Haupt- und Nebenhandlung erfahren im dritten Aufzug die entscheidende Wende. Folglich ist auch die vorliegende Szene **steigernd** aufgebaut und entwickelt sich **dynamisch auf einen Höhepunkt** zu.

Der gesamte Dialog ist in **hoher Sprache** und im **Blankvers** verfasst und zeigt **Figuren hohen Standes** – gemäß den Forderungen des klassischen Dramas. Die am Schluss **gefundene Harmonie** spiegelt sich damit auch in der hohen Kunst des Verses und des Reims, der in Phasen hoher Emotionalität teilweise durch Stichomythie gebrochen wird.

Entsprechend der Kunsttheorie der Weimarer Klassik fordert Bertha das **Ineinssetzen von Pflicht und Neigung**. Nur derjenige, dem es gelingt, diese Einheit herzustellen, wird zum wahren und guten Charakter im Sinne der „Schönen Seele", wie Schiller in seinen ästhetischen Briefen schreibt. Die moralische Pflicht besteht im Kampf gegen die Knechtschaft und für die **Freiheit**, die als Naturrecht der Schweizer dargestellt wird. Am Ende des Dialogs gelangt auch Rudenz zu dieser Einsicht. Bertha konnte ihn durch ihre Argumente und das Versprechen, ihm ihre Liebe zu schenken, davon überzeugen, dass sein bisheriger Weg in die falsche Richtung ging. Hier zeigt sich der optimistische Glaube der Epoche an die **Kraft des Wortes**, die eine Verständigung und eine Besserung des Menschen ermöglicht.

Liebe ist ein zentrales Thema von Literatur, das Offenbaren der eigenen Ge- 5
fühle für einen anderen erweist sich dabei oft als Schlüsselmoment: Wie wird

das Gegenüber reagieren? Erwidert es die Zuneigung? Die **Liebesbekenntnisse** von Bertha und Rudenz können mit denen eines anderen literarischen Paares verglichen werden. Im Mittelpunkt von Johann Wolfgang von Goethes Tragödie „**Faust I**“ steht der frühneuzeitliche Wissenschaftler Faust. Zu Beginn des Dramas befindet sich der rastlose und unzufriedene Protagonist in einer existenziellen Krise, aus der er mit verschiedenen Entgrenzungsversuchen ausbrechen will. Ziel ist es, einen Augenblick zu erleben, den er sich „für ewig“ wünschen würde. So schließt er einen Pakt mit dem Teufel, Mephisto genannt, und verspricht diesem seine Seele, falls er je zu einem Augenblick sagen sollte: „Verweile doch, du bist so schön“. Der Teufel versucht nun, dem Gelehrten zu diesem Punkt der absoluten Zufriedenheit zu verhelfen. Auch die Liebesbeziehung zu Gretchen soll dazu dienen, **Fausts Streben zu befriedigen**.

Als Faust auf Gretchen trifft, ist er von der jungen Frau sofort **fasziniert**. Er wünscht sich, sie näher kennenzulernen, und schmiedet mit Mephisto einen Plan, der dann Schritt für Schritt umgesetzt wird. Sein Liebesgeständnis wird somit erst durch **teuflische Hilfe** ermöglicht. Es erfolgt in zwei Szenen, die beide in Frau Marthes Garten stattfinden.

Ebenso wie Bertha und Rudenz gestehen sich Gretchen und Faust in der **Natur** ihre Liebe, die hier nicht so wild und ungebändigt in Erscheinung tritt: Faust und Gretchen treffen sich in einem **Garten**. Dabei wird schnell klar, dass die beiden sehr **unterschiedliche Erwartungen** haben. Gretchen ist Faust verfallen, dieser sieht sie aber eher als **Objekt seiner Begierde**. Ebenso haben sie ganz unterschiedliche Wünsche für die **Zukunft**. Während sich Bertha und Rudenz eine harmonische, liebevolle Zeit miteinander bildlich ausmalen (vgl. Z. 130 f.), zeigt sich bei Gretchen und Faust ein anderes Bild. **Gretchen** erhofft sich eine **bürgerliche Familie**, sie möchte Faust heiraten und mit ihm ihr Leben verbringen. Wenn sie Faust von ihren Tätigkeiten im Haushalt und ihrer Pflege für die Schwester erzählt, will sie offenbar auch ihre Qualitäten als Ehefrau herausstellen. Doch Faust hat ganz offensichtlich andere Pläne; sein Erkenntnisdrang ließe sich nur schlecht mit der Selbstbeschränkung in einem Eheleben vereinbaren. Auch in Fragen der **Religion** finden beide Figuren **keine Übereinstimmung**. Während Gretchen kirchentreu ist, denkt Faust in freieren Glaubenskategorien, will aber mit seinem Pantheismus Gretchen nicht verschrecken. Sein Liebesbekenntnis ist eher ein **Mittel zum Zweck**, um seine sexuelle Begierde zu befriedigen. So drängt er auf eine gemeinsame Nacht. Sie will dagegen an seine Gefühle für sie glauben, auch wenn sie unsicher ist, was der vornehme Mann an ihr findet: Als Margarete eine Blüte zerpflückt, ist sie überglücklich, dass das Blumenorakel ein „er liebt mich“ ergibt.

Gretchen ist das **naive, kleinbürgerliche Mädchen**, das nicht besonders gebildet ist und damit im Vergleich zu Faust eher impulsiv und gefühlsgesteuert statt vernunftbestimmt agiert. Faust hingegen ist ein bestens ausgebildeter **Gelehrter**. Dabei wird ein klares **Machtgefälle** dargestellt, was sich zum Beispiel in seinem Liebesbekenntnis gegenüber dem gutgläubigen, verliebten Mädchen zeigt. Faust tritt souverän und wortgewandt auf und weiß auch zu **manipulieren**. Die Initiative geht von ihm aus: Er spricht Margarete auf offener Straße an, er besucht sie; Margarete hat dagegen den reagierenden Part.

Bei Schiller ist es die **Frau**, die den **Mann beeinflusst**. Doch während Faust dabei nur sein kurzfristiges Vergnügen verfolgt, hat Bertha ein edleres Ziel: Sie will Rudenz dazu bringen, sich zu seiner Heimat zu bekennen. So unterdrückt sie zunächst Rudenz' Versuch, ihr die Liebe zu gestehen, und ist erst offen für Gefühlsbekundungen, als er sich für die richtige politische Seite entscheidet. Auch in anderen Aspekten fällt die **Figurengestaltung von Bertha und Rudenz ganz anders** aus als bei Gretchen und Faust. Bertha wird als **adelige Frau** vorgestellt, die emanzipiert an einer Jagd teilnimmt. Im Verlauf des Gesprächs erfährt man von ihrer charakterlichen Stärke und ihrem **Selbstbewusstsein**. Es wird zudem erwähnt, dass sie eine ganze Reihe von edlen Verehrern hat und über einige Besitztümer verfügt. Rudenz, der ebenfalls adelig ist, wird anfangs negativ gezeichnet, entfaltet dann aber immer mehr Integrität. Er erscheint als **glaubwürdig** in seinen Gefühlen Bertha gegenüber. Beide Figuren sind am Ende der Szene **gleichgestellt**. Dennoch wird auch hier die **klassische Rollenverteilung** zwischen Mann und Frau angesprochen: Die Frau soll sich um den häuslichen Bereich kümmern und das Leben des Mannes angenehm gestalten.

Obwohl beide Werke ungefähr zur gleichen Zeit vollendet wurden, werden **Liebe und Partnerschaft verschieden** dargestellt. Während Goethe die tragische Geschichte Margaretes nur in ihrem kleinbürgerlichen Umfeld ansiedelt, greift Schiller in die große Politik aus: Die Liebe von Bertha und Rudenz ist untrennbar mit dem Schweizer Freiheitskampf verwoben. Auch die **Zukunftsaussichten** der beiden Paare sind einander entgegengesetzt: Faust zerstört mit seinem halbherzigen Liebesgeständnis das Leben Gretchens, Schillers Liebenden dürfte dagegen eine glückliche Ehe bevorstehen.

In „Wilhelm Tell" macht Berthas Liebe Rudenz zu einem besseren Menschen. **c**
Er erkennt sein fehlerhaftes Verhalten und beschließt, sich zu ändern. Seine Wandlung zeigt, wie viel Macht Liebe ausüben kann. Im positiven Sinn kann sie Menschen glücklich machen und zum Besseren verändern, doch im Negativen kann ihre Macht auch missbraucht werden, wie das Beispiel Fausts zeigt. Viele Menschen geraten der Liebe wegen in toxische Beziehungen. Das Ziel der Klassik, den Menschen zu Harmonie und Humanität zu erziehen, ist auch heute noch zeitgemäß. Gewalt, egal ob in einer Partnerschaft oder um politische Interessen durchzusetzen, ist nicht zu rechtfertigen.

Deutsch Bayern – Abiturprüfung 2021: Aufgabe 3: Interpretieren eines literarischen Textes

a) Interpretieren Sie den Ausschnitt aus Thomas Manns Roman „Buddenbrooks. Verfall einer Familie“! (ca. 70 %)

b) Zeigen Sie ausgehend von Ihren Ergebnissen vergleichend auf, wie die Demütigung einer Figur in einem anderen literarischen Werk gestaltet wird! (ca. 30 %)

Vorbemerkung

Thomas Mann erzählt in seinem Roman vom allmählichen Abstieg der reichen Kaufmannsfamilie Buddenbrook über mehrere Generationen hinweg. Senator Thomas Buddenbrook versucht, das Ansehen der Familie innerhalb der gehobenen bürgerlichen Gesellschaft der Hansestadt Lübeck sicherzustellen. Sein siebenjähriger Sohn Johann, genannt Hanno, der später das Familienunternehmen übernehmen soll, ist ein sensibles und musikalisches Kind, das jedoch auch häufig krank ist. Zur Feier des hundertjährigen Bestehens der Firma Buddenbrook im Jahr 1868 hat sich die Familie im Salon versammelt, im Anschluss werden viele Gäste erwartet.

Thomas Mann (1875–1955)
Buddenbrooks. Verfall einer Familie (erschienen 1901)

[…]

„Aber die Zeit vergeht“, sagte der Senator und ließ den Deckel seiner Taschenuhr springen. „Ich möchte Thee trinken. Wollt ihr mir Gesellschaft leisten? Das Haus wird nachher wie ein Taubenschlag …“

Seine Gattin, der Ida Jungmann[1] ein Zeichen gegeben hatte, hielt ihn zurück.

„Einen Augenblick, Thomas … Du weißt, Hanno muß gleich in die Privatstunde … Er möchte dir ein Gedicht hersagen … Komm her, Hanno. Und nun als ob niemand da wäre. Keine Aufregung!“

Der kleine Johann mußte auch während der Ferien – denn im Juli waren Sommerferien – Privatunterricht im Rechnen nehmen, um in diesem Fache mit seiner Klasse Schritt halten zu können. Irgendwo in der Vorstadt Sankt Gertrud, in einer heißen Stube, in der es nicht zum besten roch, erwartete ihn ein Mann mit rotem Bart und unreinlichen Fingernägeln, um mit ihm dies verzweifelte Einmaleins zu exerzieren. Zuvor aber galt es, dem Papa das Gedicht aufzusagen, das Gedicht, das er mit Ida auf dem Altan[2] in der zweiten Etage sorgfältig erlernt …

Er lehnte am Flügel, in seinem Kopenhagener Matrosenanzug[3] mit dem breiten Leinwandkragen, dem weißen Halseinsatz und dem dicken Schifferknoten, der unter dem Kragen hervorquoll, die zarten Beine gekreuzt, Kopf und Oberkörper ein wenig abgewandt, in einer Haltung voll scheuer und unbewußter Grazie. Vor zwei oder drei

Wochen war sein langes Haar ihm abgeschnitten worden, weil in der Schule nicht nur seine Kameraden, sondern auch seine Lehrer sich darüber lustig gemacht hatten. Aber auf dem Kopfe war es noch stark und weich gelockt und wuchs tief in die Schläfen und in die zarte Stirn hinein. Er hielt seine Lider gesenkt, daß die langen, braunen Wimpern auf die bläuliche Umschattung seiner Augen fielen, und seine geschlossenen Lippen waren ein wenig verzerrt.

Er wußte wohl, was geschehen würde. Er würde weinen müssen, vor Weinen dies Gedicht nicht beenden können, bei dem sich einem das Herz zusammenzog, wie wenn am Sonntag in der Marienkirche Herr Pfühl, der Organist, die Orgel auf eine gewisse, durchdringend feierliche Weise spielte … weinen, wie es immer geschah, wenn man von ihm verlangte, daß er sich produziere, ihn examinierte, ihn auf seine Fähigkeit und Geistesgegenwart prüfte, wie Papa das liebte. Hätte nur Mama lieber nichts von Aufregung gesagt! Es sollte eine Ermutigung sein, aber sie war verfehlt, das fühlte er. Da standen sie und sahen ihn an. Sie fürchteten und erwarteten, daß er weinen werde … war es da möglich, *nicht* zu weinen? Er hob die Wimpern und suchte die Augen Idas, die mit ihrer Uhrkette spielte und ihm in ihrer säuerlich-biderben[4] Art mit dem Kopfe zunickte. Ein übergroßes Bedürfnis befiel ihn, sich an sie zu schmiegen, sich von ihr fortbringen zu lassen und nichts zu hören, als ihre tiefe, beruhigende Stimme, die da sagte: Sei still, Hannochen, mein Jungchen, brauchst nichts hersagen …

„Nun, mein Sohn, laß hören“, sagte der Senator kurz. Er hatte sich in einen Lehnsessel am Tische niedergelassen und wartete. Er lächelte durchaus nicht – heute so wenig wie sonst bei ähnlichen Gelegenheiten. Ernst, die eine Braue emporgezogen, maß er die Gestalt des kleinen Johann mit prüfendem, ja sogar kaltem Blick.

Hanno richtete sich auf. Er strich mit der Hand über das glattpolierte Holz des Flügels, ließ einen scheuen Rundblick über die Anwesenden hingleiten, und ein wenig ermutigt durch die Milde, die ihm aus den Augen Großmamas und Tante Tonys entgegenleuchtete, sagte er mit leiser, ein wenig harter Stimme: „Schäfers Sonntagslied … Von Uhland[5].“

„Oh, mein Lieber, das ist nichts!“ rief der Senator. „Man hängt dort nicht am Klavier und faltet die Hände auf dem Bauche … Frei stehen! Frei sprechen! Das ist das Erste. Hier stelle dich mal zwischen die Portieren[6]! Und nun den Kopf hoch … und die Arme ruhig hängen lassen …“

Hanno stellte sich auf die Schwelle zum Wohnzimmer und ließ die Arme hängen. Gehorsam erhob er den Kopf, aber die Wimpern hielt er so tief gesenkt, daß nichts von seinen Augen zu sehen war. Wahrscheinlich schwammen schon Thränen darin.

„Das ist der Tag des Herrn“, sagte er ganz leise, und desto stärker klang die Stimme seines Vaters, der ihn unterbrach:

„Einen Vortrag beginnt man mit einer Verbeugung, mein Sohn! Und dann viel lauter. Noch einmal, bitte! ‚Schäfers Sonntagslied‘ …“

Das war grausam, und der Senator wußte wohl, daß er dem Kinde damit den letzten Rest von Haltung und Widerstandskraft raubte. Aber der Junge sollte ihn sich nicht rauben lassen! Er sollte sich nicht beirren lassen! Er sollte Festigkeit und Männlichkeit gewinnen … „Schäfers Sonntagslied …!“ wiederholte er unerbittlich und aufmunternd …

Aber mit Hanno war es zu Ende. Sein Kopf hing tief auf der Brust, und seine kleine Rechte, die blaß und mit bläulichen Pulsadern aus dem unten ganz engen, dunkelblauen, mit einem Anker bestickten Matrosenärmel hervorsah, zerrte krampfhaft an dem Brokatstoff der Portiere. „Ich bin allein auf weiter Flur", sagte er noch, und dann war es endgültig aus. Die Stimmung des Verses ging mit ihm durch. Ein übergewaltiges Mitleid mit sich selbst machte, daß die Stimme ihm ganz und gar versagte, und daß die Thränen unwiderstehlich unter den Lidern hervorquollen. Eine Sehnsucht nach gewissen Nächten überkam ihn plötzlich, in denen er, ein wenig krank, mit Halsschmerzen und leichtem Fieber im Bette lag und Ida kam, um ihm zu trinken zu geben und liebevoll eine frische Kompresse auf seine Stirn zu legen … Er beugte sich seitwärts, legte den Kopf auf die Hand, mit der er sich an der Portiere hielt, und schluchzte.

„Nun, das ist kein Vergnügen!" sagte der Senator hart und gereizt und stand auf. „Worüber weinst du? Weinen könnte man darüber, daß du selbst an einem Tage, wie heute, nicht genug Energie aufbringen kannst, um mir eine Freude zu machen. Bist du denn ein kleines Mädchen? Was soll aus dir werden, wenn du so fortfährst? Gedenkst du dich später immer in Thränen zu baden, wenn du zu den Leuten sprechen sollst? …"

Nie, dachte Hanno verzweifelt, nie werde ich zu den Leuten sprechen!

[…]

Aus: Thomas Mann, Buddenbrooks. Verfall einer Familie, S. Fischer Verlag, Frankfurt a. M., S. 531–534.

Worterläuterungen:
1 *Ida Jungmann:* Hannos Kindermädchen
2 *Altan:* eine Art Vorbau im Obergeschoss eines Gebäudes
3 *Matrosenanzug:* repräsentative Kleidung für Jungen in der zweiten Hälfte des 19. Jahrhunderts, v. a. im Bürgertum
4 *biderb:* veraltet für bieder, einfältig
5 *Uhland:* Ludwig Uhland (1787–1862), Dichter
6 *Portieren:* lang herabhängende Vorhänge

Hinweise und Tipps

- ***Welche Aufgabenart liegt vor und wie sind die Teilaufgaben gewichtet?***
  Die Aufgabe ist wie üblich zweigeteilt in die Teilaufgabe a), in welcher der Text interpretiert werden soll, und in die Teilaufgabe b), die aus einer Vergleichsaufgabe besteht. Der Schwerpunkt der Aufgabenstellung liegt dabei auf Teilaufgabe a), die mit 70 % in die Bewertung eingeht.
- ***Was verlangt die Aufgabenstellung?***
  *Die Teilaufgabe a) verlangt von Ihnen, dass Sie über **Inhalt und Aufbau** der Textstelle informieren, dass Sie **sinnvolle Erschließungskategorien** an den epischen Text anlegen und diesen **mit Blick auf die zentrale Fragestellung** – die Darstellung der Demütigung einer Figur (vgl. Teilaufgabe b) – interpretieren. Hierbei führen Sie aus, worin die Demütigung besteht, von wem sie ausgeht und wer sie erleidet.*

Dabei müssen Sie auf die Familienkonstellation und die Charaktere der Hauptfiguren achten, über die man im vorliegenden ***Romanauszug*** *schon einiges erfährt. Außerdem sollten Sie den zweiten Teil des Romantitels, also „Verfall einer Familie", nicht aus den Augen verlieren, wozu Sie Erläuterungen in der Vorbemerkung finden. Erst dadurch erschließt sich Ihnen, was die eigentliche Ursache für die dargestellte Situation ist und warum die Beteiligten so reagieren. Ausgehend von Ihren Ergebnissen sollen Sie dann in b) einen* ***Vergleich*** *mit einem anderen literarischen Werk vornehmen.*

– ***Wie gehe ich bei der Bearbeitung der Aufgaben vor und wie kann ich meinen Aufsatz strukturieren?***
Auch wenn eine formalisierte Gliederung in (alpha-)numerischer Form nicht mehr Teil der Aufgabenstellung ist, müssen Sie Ihren Text eingehend ***planen*** *und sinnvoll strukturieren, denn nur so können Sie die gedanklich komplexe Interpretationsleistung nachvollziehbar machen.*
Wählen Sie eine geeignete ***Hinführung*** *zum Hauptteil, der Interpretation mit anschließendem Vergleich. Hier können Sie Informationen aus der Vorbemerkung nutzen. Allerdings legt die beschriebene Situation es eigentlich nahe, von persönlichen Erfahrungen auszugehen. Gerade das Versagen in Prüfungssituationen – denn eine solche liegt hier vor – oder zumindest die Angst davor ist den meisten Schülern und Schülerinnen sicherlich vertraut, sodass sich leicht Anknüpfungspunkte finden, um Hannos Situation damit in Verbindung zu bringen und somit zum Text überzuleiten.*
Obwohl die Textstelle eine in sich geschlossene Episode schildert, zeigt sie einen Auszug aus einem umfangreichen Roman und muss daher ***in die Gesamthandlung eingeordnet*** *werden. Dazu nutzt man Informationen aus der Vorbemerkung, aber auch relevante Aspekte aus dem Textauszug. Hier bietet es sich an, die* ***äußeren Umstände des Gedichtvortrags*** *genauer zu beleuchten, denn dieser findet zu einem besonderen Zeitpunkt statt. Dabei können Sie sofort auf die* ***Beschreibung der Örtlichkeit*** *und die anwesenden* ***Figuren*** *eingehen, denn diese sind hier wichtiger als die (äußere) Handlung, die ja nur darin besteht, dass ein Kind ein Gedicht aufsagt und den Vortrag weinend abbricht. Daraus ergibt sich auch die Entscheidung, die äußere und die innere Handlung nicht zu trennen, denn das* ***eigentliche Geschehen des Romanauszugs liegt in der inneren Handlung****, nämlich der Demütigung des Kindes durch den eigenen Vater. Den Hauptteil Ihrer Interpretation macht die genaue* ***abschnittsweise Interpretation der Szene*** *aus, wobei Sie unbedingt eine bloße* ***Paraphrasierung vermeiden*** *müssen und stattdessen zeigen sollen, dass Sie den Text verstanden haben und* ***Zusammenhänge herstellen*** *können. Achten Sie dabei auch auf die* ***sprachlich-stilistischen und erzähltechnischen Besonderheiten*** *und denken Sie immer daran, diese stets in ihrer* ***Funktion und Wirkung*** *zu beschreiben. Da im Text eine* ***auffällige Leserlenkung durch die Zeitstruktur des Textes und das Erzählverhalten*** *erfolgt, ist es sinnvoll, diese beiden Aspekte nochmals resümierend zusammenzufassen, denn daran lässt sich eine* ***abschließende Interpretation*** *nahtlos anfügen.*

Durch eine geeignete Überleitung soll die ***Vergleichsaufgabe*** *möglichst logisch auf diesen (umfangreicheren) Interpretationsteil folgen, woraus eine geschlossene Darstellung entsteht. Sie sollen ein literarisches Werk heranziehen, in dem ebenfalls eine demütigende Situation gestaltet wird. Im Sinne des erweiterten Literaturbegriffs eignen sich hier zahlreiche Werke der deutsch- oder fremdsprachigen Literatur, worunter auch Filme fallen. Im vorliegenden Lösungsvorschlag wurde* ***Georg Büchners „Woyzeck“*** *herangezogen. Keinesfalls dürfen Sie sich nur auf einen Inhaltsüberblick beschränken. Finden Sie geeignete Vergleichskategorien, um beide Werke einander gegenüberzustellen. Es empfiehlt sich, Ihren Aufsatz mit einem Schlussgedanken abzurunden. Allerdings können auch die Ausführungen zum Vergleichswerk geeignet sein, die Thematik abzuschließen.*

Strukturierter Schreibplan

1 Prüfungsangst und Versagen vor Publikum als verbreitete Phänomene

2 Interpretation des Romanauszugs aus „Buddenbrooks“ von Thomas Mann

2.1 Zeitpunkt und äußere Umstände des Gedichtvortrags von Hanno Buddenbrook

2.2 Die anwesenden Personen und ihre Bedeutung für Hanno

2.3 Innere und äußere Handlung der Szene

- Ankündigung von Hannos Gedichtvortrag durch die Mutter (Z. 1–8)
- Exkurs: Erläuterung zu Hannos Privatunterricht (Z. 9–15)
- Detaillierte Beschreibung von Hanno (Z. 16–25)
- Vorbereitung des Jungen auf den Auftritt vor dem Vater und Reflexionen über sein vermutliches Scheitern (Z. 26–38)
- Wiederholter Versuch Hannos, mit dem Gedichtvortrag zu beginnen, mit Unterbrechungen und Kritik durch den Vater (Z. 39–63)
- Scheitern des dritten Anlaufs (Z. 64–74)
- Abschließende vernichtende Kritik durch den Vater (Z. 75–80)

2.4 Leserlenkung durch Zeitstruktur und Erzählverhalten

2.5 Zusammenfassende Interpretation:

- Unvereinbarkeit verschiedener Charaktere und Lebensmodelle
- Diskrepanz zwischen bürgerlichen Leistungserwartungen und künstlerischen Interessen

3 Vergleich der Demütigung von Hanno Buddenbrook durch seinen Vater mit der des Protagonisten im Fragment „Woyzeck“ von Georg Büchner

- Ausgangssituation für die Demütigung
- Art und Ablauf der Demütigung
- Reaktion des Gedemütigten auf das ihm zugefügte Unrecht

4 Schlussgedanke und Abrundung

Lösungsvorschlag

Prüfungsangst ist sicherlich den meisten Schülerinnen und Schülern nur allzu 1
vertraut, denn sie kommen während ihrer Schulzeit oft genug in die Situation, dass sie auf Abruf die Ergebnisse ihrer Vorbereitungen offenlegen müssen. Dabei können mündliche Prüfungen noch schwieriger zu ertragen sein, denn die öffentliche Bloßstellung und gegebenenfalls auch Demütigung aufgrund des eigenen Versagens erfolgt noch unmittelbarer als bei einer schriftlichen Prüfung. Im sicheren Rahmen des eigenen Zimmers schien es noch, als wäre es ein Leichtes, das vorbereitete Referat, die wohlüberlegte Präsentation oder den lang trainierten Gedichtvortrag flüssig und überzeugend abzuspulen, aber sobald prüfende Augen auf einen gerichtet sind, ist alles vorher Verfügbare wie weggeblasen. Auch Hanno, der siebenjährige Sohn von Senator Buddenbrook aus dem im Jahre 1901 erschienenen Roman „Buddenbrooks“ von Thomas Mann, in dem dieser den „Verfall einer Familie“ beschreibt, steht vor einer solchen Prüfungssituation und ist ihr nicht gewachsen. In der vorliegenden Textpassage soll er vor dem Vater ein Gedicht aufsagen, was aber angesichts dessen unerbittlicher Strenge und drückender Erwartungshaltung für das sensible Kind in einer demütigenden Niederlage endet.

Dem Zeitpunkt und den äußeren Umständen des Gedichtvortrags kommt 2
eine geradezu **symbolische und vorausweisende Bedeutung** zu, auch wenn 2.1
es nur um das Aufsagen eines Gedichts durch ein siebenjähriges Kind geht. Am betreffenden Tag wird das hundertjährige **Firmenjubiläum** der 1768 gegründeten Firma Buddenbrook begangen, sodass gespannte Erwartung hinsichtlich der Feierlichkeiten herrscht. Hannos Vater Thomas Buddenbrook ist das aktuelle Oberhaupt der wohlhabenden Kaufmannsfamilie, die seit Generationen in Lübeck ansässig ist. Im Roman wird der Abstieg der Familie beschrieben, dem der Senator offenbar gegensteuern will: Er hat es sich zur Aufgabe gemacht, seine angesehene gesellschaftliche Position um jeden Preis beizubehalten. Bevor die Festgäste eintreffen, möchte Thomas Buddenbrook mit seiner Familie noch Tee trinken, wobei ihn seine Gattin mit der Ankündigung überrascht, dass **Hanno** ihm ein **Gedicht aufsagen** werde. Außer dem Vater und der Mutter sind das Kindermädchen, Ida Jungmann, sowie die Großmama und Tante Tony (vgl. Z. 45) zugegen, sodass der Junge vor dem im Salon versammelten **Publikum** sprechen muss. Während er sich verschüchtert an den Flügel lehnen möchte, besteht der Vater darauf, dass er sich zwischen den Vorhängen auf der Schwelle zum Wohnzimmer positioniert (vgl. Z. 50 ff.), wodurch er auf einer Art Bühne steht. Damit kommt dem auf den ersten Blick nebensächlich erscheinenden Gedichtvortrag eine besondere Bedeutung zu, die sich auch in der Ausführlichkeit, mit der dieser beschrieben wird, niederschlägt.

Obwohl **die anwesenden Personen** außer dem Vater nur durch wenige Attri- 2.2
bute und Verhaltensweisen näher beschrieben werden, wird sofort klar, **welche Rolle sie für den Jungen spielen**. So steht ihm die **Mutter**, die offensichtlich in erster Linie „Gattin“ (Z. 5) ist, bei seiner schwierigen Aufgabe nicht bei,

auch wenn sie es ungeschickt versucht. Sie hat allerdings nicht viel Einblick in die Befindlichkeit ihres Sohns, denn durch ihre beruhigend gemeinte Aufmunterung „Komm her, Hanno. Und nun als ob niemand da wäre. Keine Aufregung!" (Z. 7 f.) schürt sie dessen Lampenfieber, statt es zu dämpfen. Hanno weiß, dass sie ihm genauso wenig zutraut wie der Vater und ihn mit dessen Augen sieht (vgl. Z. 32 ff.). Ein wenig verstanden fühlt er sich durch **andere Anwesende**, denn „die Milde, die ihm aus den Augen Großmamas und Tante Tonys entgegenleuchtete" (Z. 45 f.), macht ihm Mut, mit dem Vortrag zu beginnen. Am meisten aber tröstet ihn die **Anwesenheit seiner Kinderfrau Ida**, die mit ihm den Gedichtvortrag „sorgfältig erlernt" (Z. 15) hat und ihm nun aufmunternd „mit dem Kopfe zunickte" (Z. 35 f.). Allerdings ist es ein Unterschied, ob er mit ihr „auf dem Altan in der zweiten Etage" (Z. 14 f.) übt, also in einem privaten, vertrauten Raum, in dem er sich sicher fühlt, oder ob er im repräsentativen Salon vor einem größeren Publikum sprechen muss. Daher weckt der Anblick Idas in ihm auch das Bedürfnis nach Flucht und Trost, denn ihr muss er nichts beweisen und sie zwingt ihn nicht, Dinge zu tun, die ihn überfordern (vgl. Z. 36 ff.). Allerdings sind die genannten – übrigens allesamt weiblichen – Personen längst nicht so bedeutsam für Hanno wie **sein Vater, Senator Thomas Buddenbrook**. Dieser hat seinen Hanno genannten Sohn Johann für die Nachfolge im Familienunternehmen vorgesehen, weshalb er dessen Bildung mit großer Strenge überwacht. Dazu gehört, dass das Kind auch in den Ferien **Privatunterricht** erhält, eine Routine, die nicht einmal am Festtag des Firmenjubiläums unterbrochen wird (vgl. Z. 9 ff.). Die vorliegende Szene ist für Hanno eine **Prüfungssituation**, in der sich der Vater einmal mehr – denn es ist offensichtlich nicht die erste Prüfung dieser Art – ein Bild machen möchte von der Eignung seines Sohnes für eine Führungsposition und in der er einmal mehr enttäuscht wird.

Auffällig an der ausführlichen Darstellung der kurzen Episode, die in Echtzeit 2.3
nur wenige Minuten dauern würde, ist die **deutlich größere Bedeutung der inneren gegenüber der äußeren Handlung**. Die Szene lässt sich in **acht Sinnabschnitte** untergliedern. Am Anfang kommt es zu einem kurzen Gespräch zwischen Senator Buddenbrook und seiner Gattin, als diese ihm **Hannos Gedichtvortrag ankündigt**. Bevor Hanno „in die Privatstunde [muß]" (Z. 6), „möchte" (Z. 7) er seinem Vater ein Gedicht aufsagen. Dass dies offensichtlich nicht Hannos Wunsch, sondern vielmehr derjenige der Mutter ist, wird schnell klar. Bereits an dieser Stelle wird ein typischer Aspekt des Erzählverhaltens deutlich. Der Erzähler blickt hier von außen auf die Szene und achtet akribisch auf jedes noch so kleine Detail, das die beschriebenen Figuren kennzeichnet, wie z. B. den aufspringenden Deckel der Taschenuhr des ungeduldigen Vaters (Z. 1–8).

Im **folgenden Exkurs** (Z. 9–15) wird erklärt, dass Hanno wegen seiner mangelhaften Leistungen im Rechnen Privatunterricht bekommt, welcher ihm vor allem aufgrund der Person des Lehrers sehr unangenehm ist. Man hat Mitleid mit dem Kind, das in den Ferien bei einem ungepflegten Nachhilfelehrer „in einer heißen Stube, in der es nicht zum besten roch“ (Z. 11 f.), bleiben und „dies verzweifelte Einmaleins […] exerzieren“ (Z. 13) muss, wobei das Attribut „verzweifelt“ sich natürlich auf Hanno bezieht, für den der Nachhilfeunterricht eine Qual ist. Aber immerhin bekommt er als privilegiertes Bürgersöhnchen die Gelegenheit, seine Probleme im Rechnen mit der Hilfe eines Nachhilfelehrers zu lösen. In diesem und dem folgenden Abschnitt der Szene (Z. 16–25) **beschreibt der auktoriale Erzähler den Jungen sehr detailliert**, sodass der Leser eingenommen wird für das verschüchterte und überforderte Kind. Nach der Ankündigung der Mutter macht Hanno sich bereit, das Gedicht „Schäfers Sonntagslied“ von Ludwig Uhland vorzutragen. Er ist standesgemäß ausstaffiert und lehnt sich mit seinem Matrosenanzug, der traditionellen Kleidung für Knaben bürgerlicher Kreise um die Jahrhundertwende, Halt suchend an den Flügel. Der Junge wird ganz im Gegensatz zu seinem energisch und bestimmend auftretenden Vater als **zart und weich** charakterisiert: Er steht „voll scheuer und unbewußter Grazie“ (Z. 19) am Klavier. Auffällig sind seine zarten Gesichtszüge mit den langen Wimpern und seine lockigen Haare, die erst kürzlich geschnitten worden sind, weil sowohl Mitschüler als auch Lehrer darüber gespottet haben (vgl. Z. 19 ff.). Dieser verordnete Haarschnitt lässt sich als Symbol dafür lesen, dass man den Jungen ohne Rücksicht auf sein Wesen an die Konventionen anpassen will.

Mit den ersten Worten des nächsten Abschnitts, in dem man **Hannos Gedanken** erfährt (Z. 26–38), wird klar, dass der Gedichtvortrag wohl nicht wunschgemäß durchgeführt werden kann: **Hanno weiß, dass er weinen würde**, was schon allein am Inhalt dieses Gedichts liegt, „bei dem sich einem das Herz zusammenzog“ (Z. 27). Aufgrund dieser Überzeugung Hannos wird sich die Prophezeiung nahezu zwangsläufig erfüllen. Offenbar ist es nicht das erste Mal, dass der Junge in solchen Situationen in Tränen ausbricht, denn so reagiert er „immer […], wenn man von ihm verlangte, daß er sich produziere, ihn examinierte, ihn auf seine Fähigkeit und Geistesgegenwart prüfte, wie Papa das liebte“ (Z. 29 ff.). Die Klimax spiegelt die Qual wider, die derartige Prüfungen für Hanno bedeuten. Hier gibt der **personale Erzähler** zwar scheinbar die Innensicht wieder, doch die Reflexionen klingen nicht wie die authentischen Gedanken eines Siebenjährigen, sondern eher wie die eines Erwachsenen, der sich an seine Kindheit erinnert. Nicht nur Hanno rechnet mit dem Scheitern, sondern auch die Eltern, was man an ihrem jeweiligen Verhalten ablesen kann. Das heißt also, dass die Mutter ihn in eine Situation gebracht hat, von der sie selbst weiß, welche Herausforderung diese für Hanno darstellt, weil er bei ähnlichen Gelegenheiten offensichtlich schon öfter „versagt“ hat. Vor allem aber heißt es, dass der Junge seinen Eltern unterstellt, ohnehin ein Scheitern von ihm zu erwarten (vgl. Z. 32 f.). Das ermöglicht ihm aber auch, schon im Vorfeld aufzugeben. In einer rhetorischen Frage, die sich auch an den Leser richtet, fragt er (oder ist es der Erzähler?): „[W]ar es da möglich, *nicht* zu weinen?“ (Z. 34) Daher ist es naheliegend, dass sich Hanno nach Trost bei der verständnisvolleren Kinderfrau sehnt, bei der er „Hannochen, mein Jungchen“ (Z. 38), sein darf. Insgesamt nehmen diese Vorbereitungen auf den Gedichtvortrag und die Reflexionen des Jungen etwa die Hälfte der gesamten Textlänge ein.

Die eigentliche Handlung, nämlich der **Beginn des Gedichtvortrags** (Z. 39–51), erfolgt erst jetzt. Durch die **energische Aufforderung des wartenden Vaters** („Nun, mein Sohn, laß hören", Z. 39) wird sowohl der Junge aus seinen Überlegungen gerissen als auch der Leser durch den nunmehr erneut auktorialen Erzähler aus der Innenperspektive geholt. In der **unmittelbaren Konfrontation mit dem Vater** wird deutlich, wie schwierig Hannos Position in der Familie ist. Wenn sein kleiner Sohn ihm ein Gedicht aufsagt, dann nimmt Thomas sich zwar kurz Zeit dafür, doch von väterlichem Wohlwollen und Geduld ist nichts zu spüren. Anscheinend erwartet er auch nichts, was ihm gefallen könnte, denn er kann sich kein aufmunterndes Lächeln abringen, was der Erzähler mit „heute so wenig wie sonst bei ähnlichen Gelegenheiten" (Z. 40 f.) kommentiert. Seine ganze Haltung drückt Missbilligung aus, noch bevor das Kind zu sprechen beginnt: „Ernst, die eine Braue emporgezogen", betrachtet er seinen aufgeregten Sohn „mit prüfendem, ja sogar kaltem Blick" (Z. 41 f.). Das Stilmittel der Correctio entlarvt seine Unbarmherzigkeit. Kaum hat der Junge den Gedichttitel genannt, wird er auch schon unterbrochen und zurechtgewiesen, denn der Vater weiß besser, wie man effektvoll auftritt, und kommandiert Hanno mit Imperativen: „Frei stehen! Frei sprechen!" (Z. 49) Dann wird Hanno auch noch „zwischen die Portieren" (Z. 50) beordert, sodass er sich nicht mehr am Klavier festhalten kann, sondern deutlich ungeschützter vor der Zuhörerschaft steht.

Dass es „grausam" (Z. 59) ist, wenn er das Kind beim **anschließenden zweiten Anlauf** (Z. 52–63) sofort nach der ersten Verszeile wieder zurechtweist, weil Hanno die Verbeugung vor dem Publikum vergessen hat, ist dem Senator klar. Aber er will ihm ja auch beibringen, dass er „Festigkeit und Männlichkeit gewinnen" (Z. 61 f.) muss und „sich nicht beirren lassen" (Z. 61) darf, denn nur so kann er zu einem würdigen Nachfolger des Vaters werden. Daher hat er erneut etwas an seinem Auftreten und an der zu leisen Stimme auszusetzen, obwohl er erkennen kann, dass das Kind bereits erheblich verunsichert ist.

Aber beim **dritten Anlauf** (Z. 64–74) ist Hanno bereits durch die Bloßstellung aus der Fassung gebracht und die zweite Verszeile „Ich bin allein auf weiter Flur" (Z. 67) tut ihr Übriges. Da sich der Junge mit dieser Aussage identifiziert, bricht er in Tränen aus und muss den **Gedichtvortrag vorzeitig beenden**. Hier mischt sich die genaue Schilderung des emotionalen Auftritts mit einer gewissen **Ironie** seitens des Erzählers, der die Theatralik des Vorfalls überspitzt, was schon mit der eher flapsigen Formulierung „Die Stimmung des Verses ging mit ihm durch" (Z. 68) ausgedrückt wird. Auch Hannos „übergewaltiges Mitleid mit sich selbst" (Z. 68 f.) scheint der Erzähler kritisch zu sehen. Dabei wird Hannos „Sehnsucht nach gewissen Nächten" (Z. 70 f.), in denen ihn die fürsorgliche Kinderfrau pflegt, weil er krank im Bett liegt, breit ausgemalt. Am Ende gipfelt die Szene in dem theatralischen Bild, dass Hanno das verweinte

Gesicht auf die Hand legt, die sich an den Brokatstoff des Vorhangs klammert. Beim Leser löst diese Beschreibung eine durchaus ambivalente Reaktion zwischen Mitleid mit dem gedemütigten Kind und Amüsiertheit aufgrund der überspitzten Darstellung aus. Der Vater reagiert allerdings zornig. Mit mehreren rhetorischen Fragen macht er dem Jungen sogar Vorwürfe wegen seiner emotionalen Reaktion, die er für unmännlich hält, **ohne die geringste Anteilnahme für die Verzweiflung des Kindes** zu zeigen (Z. 75–80). Daher endet diese Szene mit der Erkenntnis Hannos, dass er ganz sicher nie den Anforderungen seines Vaters entsprechen werde.

Auffällig ist die **Lenkung des Lesers durch Zeitstruktur und erzählerische Gestaltung**. Mehrere Aspekte wurden oben bereits angesprochen. Insgesamt wird die Episode **weitgehend zeitdeckend erzählt**, wodurch der Leser den Eindruck gewinnt, direkt dabei zu sein. Allerdings ist nur ein **Teil des Vorfalls szenisch dargestellt**, nämlich das einleitende Gespräch zwischen Senator Buddenbrook und seiner Gattin. Dann folgen **drei Passagen, in denen Hanno Buddenbrook, der eigentliche Protagonist, näher charakterisiert wird**. Im Grunde geht es in allen drei Passagen (Z. 9–38) um Defizite des Jungen, durch die er die Erwartungen des Vaters nicht erfüllen kann: Er ist schlecht im Rechnen, was für den Spross einer Kaufmannsfamilie unhaltbar ist. Außerdem ist er äußerlich eher zart und fragil, geradezu mädchenhaft, wodurch er völlig anders auftritt als sein dominanter Vater. Und schließlich zeigt auch seine Selbsteinschätzung, dass er sich den Anforderungen nicht gewachsen fühlt. Durch diese **Verzögerung der eigentlichen Haupthandlung**, nämlich des Gedichtvortrags, wird beim Leser bereits eine **Erwartungshaltung** aufgebaut, die durch das Scheitern der Rezitation bestätigt wird. Der Vortrag selbst und die Reaktionen des Vaters werden wieder szenisch dargestellt, sodass der **Leser unmittelbar Zeuge des Vorfalls** wird und geradezu notgedrungen Partei für das so hart kritisierte Kind ergreift. Allerdings untergräbt der **Wechsel im Erzählverhalten** teilweise diese Empathie. Während der Leser in den personalen Passagen, wo die Gedanken und Gefühle des Jungen offenbart werden, zur Identifikation mit dem Kind verleitet wird, gibt es Stellen, wo ein objektiver Erzähler das Geschehen gleichsam zu sezieren scheint und sich ironisch davon distanziert. An anderer Stelle kommentiert ein auktorialer Erzähler das grausame Vorgehen des Vaters ganz offensichtlich kritisch, während gleich darauf der tränenreiche Zusammenbruch des Kindes ironisch geschildert wird. 2.4

Alles in allem entsteht beim Leser durch diese **komplexe Erzählweise** der deutliche Eindruck, dass hier mit Vater und Sohn **zwei völlig unterschiedliche, unvereinbare Charaktere und Lebensmodelle** aufeinanderprallen. Thomas Buddenbrook ist offensichtlich die Instanz, auf die alle anderen in der Familie ausgerichtet sind. Er hat in dem vorliegenden Auszug die meisten direkten Redeanteile und macht auch sprachlich seine **Dominanz** durch Imperative und Ausrufe deutlich (vgl. Z. 39, 48 ff., 57 f.). Während er in seinem Sohn vor allem den späteren Nachfolger in der Firmenleitung sieht, ist schon dem Siebenjährigen klar, dass er nicht der ist, den der Vater sich wünscht. Die Bemühungen 2.5

des Vaters, dem Kind möglichst früh beizubringen, wie man „zu den Leuten sprechen [soll]“ (Z. 79), scheitern. Daraufhin demütigt er den Sohn mit seinen vorwurfsvollen Fragen: „Bist du denn ein kleines Mädchen? Was soll aus dir werden, wenn du so fortfährst?“ (Z. 77 f.) Hanno zeigt mit seinem sensiblen Naturell so gar keine Führungsqualitäten. Er erkennt, dass er nie „zu den Leuten sprechen“ (Z. 80), also die Firma übernehmen wolle, was für einen Siebenjährigen eine bemerkenswert frühe Einsicht ist. Stattdessen zieht es ihn eher zur Kunst, was sich sowohl an seinen Reaktionen auf die Orgelmusik in der Kirche (vgl. Z. 28 f.) als auch auf das Uhland-Gedicht, „bei dem sich [ihm] das Herz zusammenzog“ (Z. 27), zeigt. Diese Metapher drückt seine Empfänglichkeit für künstlerische Eindrücke aus. Es ist ebenfalls kein Zufall, dass er sich in der Nähe des Klaviers sicherer fühlt als schutzlos dem Publikum preisgegeben. Damit verkörpern Hanno Buddenbrook und sein Vater eine Konstellation, die Thomas Mann in anderen Werken, z. B. in der Novelle „Tonio Kröger“, variiert hat, nämlich die **Diskrepanz zwischen bürgerlichen Leistungserwartungen und künstlerischen Interessen**.

Demütigungen gehören aufgrund ihres hohen Konfliktpotenzials zu den häufig 3
in der Literatur thematisierten Situationen. Da die Demütigung Hannos darin begründet ist, dass er die Erwartungen seines Vaters, den Fortbestand der Stellung der Familie zu sichern und einen geeigneten Nachfolger abzugeben, nicht erfüllt, handelt es sich um eine **Form des Vater-Sohn-Konflikts**.

Ganz anders ist die **Ausgangssituation für die Demütigung** bei Franz Woyzeck, dem Protagonisten von Georg Büchners berühmtem Dramenfragment „Woyzeck“, das mehr als ein halbes Jahrhundert vor dem Roman entstanden ist. Im Grunde genommen ist die Demütigung von Franz Woyzeck eine alle Lebensbereiche und Beziehungen umfassende. Als einfacher Soldat kann er seine Geliebte, Marie, nicht ehelichen, sodass diese mit dem gemeinsamen Sohn im Armenhaus leben muss. Aber er versucht zumindest, sie zu unterstützen, wozu er jede zusätzliche Möglichkeit, etwas zum kargen Sold dazuzuverdienen, nutzt. Er rasiert seinen Hauptmann, der ihn drangsaliert, und er stellt sich für erniedrigende medizinische Experimente zur Verfügung. Dennoch kann er nicht verhindern, dass ihm die schlimmste Demütigung widerfährt: Marie betrügt ihn mit dem Tambourmajor, der ihr mehr zu bieten hat und der Woyzeck körperlich überlegen ist.

Wenn man die **Demütigungen** Woyzecks mit derjenigen von Hanno vergleichen möchte, kann man mehrere besonders erniedrigende Szenen aus dem Stück herausgreifen, z. B. die Begegnungen mit dem „**Doctor**“. Woyzeck soll bei ihm eine Urinprobe abgeben, damit der Arzt seine dubiosen Experimente, deren Ergebnisse er veröffentlichen möchte, belegen kann. Untersucht werden die Auswirkungen einer einseitigen Erbsendiät auf den Versuchsteilnehmer Woyzeck. Im Grunde besteht die Demütigung bereits im Abhängigkeitsverhältnis zwischen Woyzeck und dem Doctor, denn Woyzeck verkauft seine körperliche Unversehrtheit, wovon der Arzt profitiert. Dieses Abhängigkeitsverhältnis ist zwar in seiner hierarchischen Form vergleichbar mit demjenigen von Hanno und seinem übermächtigen Vater, aber im Gegensatz zum Arzt will Thomas Buddenbrook mit seiner Demütigung eigentlich eine Art erzieherische Wirkung hervorrufen, auch wenn diese pädagogisch höchst fragwürdig ist. Er demütigt seinen Sohn also nicht, um ihn zu quälen, sondern weil er glaubt, dass seine Anforderungen diesem langfristig helfen würden. Der Arzt hingegen scheint geradezu sadistisch veranlagt zu sein und entlarvt sein dem hippokratischen Eid widersprechendes Verhalten mit jedem Wort, das er sagt. So beschimpft er Woyzeck, als dieser kein Wasser lassen kann, da er sich kurz davor bereits erleichtern musste. Doch der Arzt unterstellt ihm mangelnde Willensstärke und Unfähigkeit, sich zu kontrollieren. Ihm geht es offensichtlich nicht um den Patienten und dessen Wohlergehen, sondern nur um seine „sensationellen" wissenschaftlichen Ergebnisse. So freut er sich unverkennbar, als Woyzeck verwirrt wirkt und ihm von seinen – vermutlich durch die ungesunde einseitige Ernährung hervorgerufenen – Wahnvorstellungen erzählt, weil dieser damit ein interessanter wissenschaftlicher Fall wird.

Auch der **Hauptmann**, Woyzecks unmittelbarer Vorgesetzter, macht sich mehrfach über Woyzeck lustig, indem er ihn beim Rasieren durch irreführende Fragen auf die Probe stellt und sich über seine angebliche Dummheit amüsiert. Gemeinsam mit dem Arzt weidet er sich an der panischen Reaktion Woyzecks, als sie ihn zu ihrer Belustigung von dem Gerücht in Kenntnis setzen, dass Marie einen anderen Liebhaber hat. Damit erreichen sie, dass der verzweifelte Woyzeck Marie und den Nebenbuhler zur Rede stellt.

Der **Tambourmajor** spielt seine körperliche Überlegenheit gegenüber dem von seiner Diät geschwächten Kontrahenten gnadenlos aus. Als Woyzeck bei der Auseinandersetzung unterliegt, verlacht ihn der Kontrahent in aller Öffentlichkeit, was der unmittelbare Auslöser für Woyzecks Verzweiflungstat ist. Diese Freude an der Demütigung kann man Senator Buddenbrook nicht unterstellen, denn er würde sich ja nichts mehr wünschen, als dass der Sohn die Prüfungssituation erfolgreich übersteht. Das Versagen seines einzigen Sohnes trifft ihn wie eine eigene Niederlage. Eine Gemeinsamkeit ist aber die Gnadenlosigkeit, mit der er vorgeht. Sie ist fast noch schlimmer als die Gemeinheiten von Hauptmann, Doctor und Tambourmajor, denn immerhin ist er der Vater des Jungen und dieser noch ein kleines Kind.

Darin liegt aber ein weiteres wichtiges Vergleichsmoment der beiden Fälle von Demütigung, nämlich die **Reaktion des Gedemütigten auf das ihm zugefügte Unrecht:** Woyzeck ist durch seine Lebensumstände so determiniert, dass die umfassende Demütigung nicht von ihm zu bewältigen ist. Er kann sich an keinem seiner drei Peiniger rächen und Genugtuung für das ihm zugefügte Unrecht erhalten. Daher ist der tragische Ausgang unvermeidlich: Woyzeck tötet die Geliebte, also die wichtigste Person in seinem Leben. Das ist im Grunde ein Akt der Selbstzerstörung, denn ihm bleibt nun nichts mehr im Leben. Wie das Stück endet, ist von der Lesart des Fragments abhängig. Vermutlich stirbt auch Woyzeck, ob durch Selbstmord oder durch ein Gerichtsurteil, bleibt offen. Bei Hanno aber lässt der letzte Satz in der vorliegenden Szene hoffen, dass er es schaffen wird, seinen eigenen Weg zu beschreiten. Allerdings deutet das Wort „verzweifelt“ (Z. 80) darauf hin, dass es sich um einen leidvollen Prozess handeln wird. Ob das als zart und kränklich dargestellte Kind sich von den erdrückenden Erwartungen des Vaters lösen kann, kann erst der weitere Verlauf der Romanhandlung zeigen. Der Untertitel „Verfall einer Familie“ lässt aber vermuten, dass diese kein versöhnliches Ende nehmen wird.

Verallgemeinernd kann man daher sagen, dass die **charakterliche Disposition** 4
der jeweiligen Person und ihre **Lebensumstände** entscheidend dafür sind, ob eine Demütigung bewältigt und überstanden werden kann. Ob jemand daran zerbricht oder über sich selbst hinauswächst, ist von vielen Faktoren abhängig. Georg Büchner hat mit seinem Protagonisten Woyzeck eine Figur geschaffen, die für den Ruf nach sozialer Gerechtigkeit und das Recht des Einzelnen auf ein selbstbestimmtes Leben steht. Mit dieser gesellschaftspolitischen Forderung weist das Stück aus dem Vormärz weit über die Entstehungszeit hinaus. „Buddenbrooks“ ist ein Gesellschaftsroman, der nicht – wie das Büchner-Drama – gesellschaftspolitische Veränderungen zum Besseren anregen möchte, sondern überlebte Gesellschaftsstrukturen in ihrer Hinfälligkeit beschreibt. In beiden Fällen stehen die gedemütigten Figuren sinnbildlich für ihre jeweilige Epoche.

Deutsch Bayern – Abiturprüfung 2021: Aufgabe 4: Analysieren eines pragmatischen Textes

a) Analysieren Sie den Text von Teresa Koloma Beck hinsichtlich seines gedanklich-argumentativen Aufbaus, der sprachlich-stilistischen Gestaltung und seiner Intentionen! (ca. 70 %)

b) Setzen Sie sich anschließend mit der von der Autorin geäußerten Hoffnung auseinander, dass durch sprachsensible Kommunikation eine „Transformation diskriminierender Strukturen" (Z. 92) gelingen kann! (ca. 30 %)

Vorbemerkung
Teresa Koloma Beck ist Professorin für Soziologie der Globalisierung an der Universität der Bundeswehr München. Der folgende Text ist am 20. März 2020 auf ZEIT ONLINE erschienen.

Teresa Koloma Beck (geb. 1977)
Reden bedeutet Risiko (2020)

Vor einigen Jahren fragte mich ein Student in einer Sprechstunde, wie er in einer Hausarbeit die englischen Begriffe *African-Americans* und *Blacks* ins Deutsche übersetzen solle. Diese Frage mag trivial erscheinen, zumal sich in der einschlägigen Literatur leicht Antworten finden ließen. In der konkreten Situation jedoch erzeugte sie Anspannung auf beiden Seiten. Sichtlich nervös trägt der Studierende vor, was er über die Probleme dieser oder jener Begriffsverwendung weiß und warum er unsicher ist. Und auch mich selbst holt das Zuhören aus der Komfortzone. Denn in diesem Gespräch geht es um mehr als nur akademische Konventionen.

Die Frage nach angemessenen deutschsprachigen Bezeichnungen für nicht weiße Menschen ist zwischen uns keine wissenschaftlich abstrakte, sondern unmittelbar sozial relevant. Denn es geht um Begriffe, die – zumindest in ihrer weiten Auslegung – auch mich bezeichnen. Dieser implizite Kontext unseres Gesprächs bleibt unausgesprochen, sorgt aber dafür, dass uns beiden etwas unbehaglich zumute ist. Denn über die trivial erscheinende Frage nach den richtigen Begriffen kommt etwas Persönliches ins Spiel, das die ritualisierte Dramaturgie universitärer Sprechstunden durcheinanderbringt. Für einen Moment wird die Professorin als Teil einer von Stigmatisierung und Diskriminierung betroffenen Minderheit lesbar.

Für einen Moment sitzen wir uns nicht nur als Professorin und Studierender gegenüber, sondern auch als weißer Mann und nicht weiße Frau. Diese Gleichzeitigkeit gegenläufiger sozialer Asymmetrien unterbricht die Routinen des Sprechstundengesprächs. Plötzlich sind wir einfach zwei Menschen, geworfen in eine Kommunikationssituation, in der wir beide verletzlich sind. Wenn auch auf sehr unterschiedliche Art.

Ich selbst bin es nicht nur aus offensichtlichen Gründen. Rassistische Erfahrungen haben einige Jahre meines Lebens in einer Weise geprägt, dass ich das Thema wissenschaftlich lange Zeit vermied. Deshalb bin ich in der Situation nicht nur persönlich verletzlich, sondern für einen Moment auch professionell sprachlos.

Doch auch der Studierende hat sich angreifbar gemacht. Anstatt sich einfach auf Konventionen zu beziehen, fragt er nach meiner Perspektive, die notwendig nicht nur fachlich, sondern auch persönlich ist. Damit riskiert er Belehrung, Zurecht- und Zurückweisung. Er ist nervös, weil er nicht sicher sein kann, dass er in seiner Frage nicht schon ein verletzendes Wort ausgesprochen hat; weil es möglich ist, dass ich das Nachfragen selbst als unangemessen empfinde. Es gibt vielerlei Unsicherheiten und für uns beide steht etwas auf dem Spiel.

Darüber, was wie gesagt werden kann und wer wie bezeichnet werden sollte, wird in letzter Zeit wieder heftig gestritten. Zu Recht. Denn Sprache dient nicht nur der Verständigung. Sie beeinflusst, was wir denken und uns vorstellen können und damit auch, wie wir die Welt und uns selbst in ihr erfahren und wie wir uns anderen Menschen zuwenden können. In diesem Sinne ist Sprache hochpolitisch. Experimentelle psychologische Untersuchungen zeigen beispielsweise, dass die Verwendung des generischen Maskulinums[1] einen geringeren gedanklichen Einbezug von Frauen zur Folge hat als verschiedene gendersensible[2] Alternativen.

In der kritischen Auseinandersetzung mit stigmatisierender und diskriminierender Sprache geht es also – anders als die Gegner der sogenannten Political Correctness es häufig darstellen – um sehr viel mehr als persönliche Be- und Empfindlichkeiten. Es geht um Möglichkeiten sozialer und politischer Teilhabe. Diese sicherzustellen ist in Demokratien von zentraler Bedeutung. Darum ist die Debatte um angemessene Bezeichnungen richtig und wichtig.

Dennoch wird mir angesichts öffentlicher Kämpfe um nicht diskriminierende Sprache bisweilen unbehaglich zumute. Und zwar immer dann, wenn Debatten so geführt werden, dass der Eindruck entsteht, mit der Festlegung einer korrekten oder angemessenen Terminologie seien alle Probleme gelöst. Dabei fängt das Sprechen dann doch erst an!

Und Gespräche sind immer risikoreich – auch wenn sie auf diskriminierende Sprache verzichten. Diskriminierung ist ein soziales Phänomen, das nicht in Fragen der korrekten Adressierung und Bezeichnung von Personen aufgeht. Sie findet nicht nur statt, wenn rassistische, homophobe[3], antisemitische, misogyne[4] oder antimuslimische Witze gerissen oder Beleidigungen gerufen werden. Wenn im politischen Kontext von Diskriminierung die Rede ist, geht es um historisch gewachsene gesellschaftliche Strukturen, die die Erfahrung eines Teils der Bevölkerung einschneidend prägen, während sie für viele andere Menschen unsichtbar sind. Deshalb ist es immer möglich, dass das Sprechen über Diskriminierung Verletzungen in Erinnerung ruft oder neue erzeugt. Keine noch so nach allen Seiten abgesicherte Sprache kann das verhindern.

Der Kampf um angemessene Bezeichnungen sollte sich verbinden mit einem ebenso engagierten Eintreten für das risikoreichere Gespräch über jene historischen Erfahrungen und Prozesse, auf die diese Bezeichnungen verweisen. Sonst riskiert er, letztendlich jenen in die Hände zu spielen, die nichts sehnlicher wünschen, als diese Debatte endlich abzuschließen, um zur Tagesordnung zurückkehren zu können. Sich gegen

Diskriminierung einzusetzen heißt, an einer anderen, den gegenwärtigen Verhältnissen angemesseneren Tagesordnung zu arbeiten. Dazu ist es nötig, das Gespräch über Mechanismen und Erfahrungen der Diskriminierung in Gang zu halten.

Diese sind deutlich vielfältiger, als es die Begriffe, die wir derzeit verhandeln, suggerieren. Als Soziologin mit deutschem Pass, die das Glück hatte, die Wissenschaft zum Beruf machen zu können, bin ich im Alltag mit anderen Formen des Rassismus konfrontiert und habe auch andere Möglichkeiten, ihm entgegenzutreten oder auszuweichen, als Menschen, die beispielsweise ohne dauerhafte Aufenthaltsgenehmigung im Niedriglohnsektor arbeiten. Immer mal wieder werde ich in Gesprächen im privaten oder beruflichen Umfeld aufgefordert, als eine Art Zeugin über rassistische Erfahrung in Deutschland zu berichten. Dann versuche ich klarzustellen, dass ich zwar gern über meine persönlichen Erfahrungen Auskunft gebe, diese jedoch in keiner Weise repräsentativ sind; dass ein Gespräch mit mir keine abschließenden Antworten liefern, sondern nur ein Mosaikstein in einem Bild sein kann, das es zusammenzusetzen gilt. Rassismuserfahrungen sind vielgestaltig. Und die öffentliche Debatte über die Vielfalt des Phänomens hat in Deutschland eben erst begonnen.

Gespräche darüber sind anspruchsvoll, bisweilen sogar eine Zumutung. Sich darauf einzulassen, heißt, sich in Verletzlichkeit und Angreifbarkeit zu begegnen; es heißt, auszuhalten, nie genau wissen zu können, wo die wunden Punkte des Anderen liegen, und auch nicht, mit welchen eigenen wunden Punkten mich das Gespräch konfrontieren wird; es heißt, zuhören wollen und mehr Fragen als Antworten zu haben. Solche Begegnungen sind riskant. Und sie können scheitern. Doch wo sie gelingen, können Allianzen und Erfahrungen von Mitmenschlichkeit entstehen, die in der Arbeit an der langfristigen Transformation diskriminierender Strukturen eine wichtige Ressource darstellen.

Reden heißt Risiko. Doch werden wir nur im Miteinander-Reden etwas verändern können. Mir selbst fällt es sehr viel leichter, mit (begrifflichen) Unsicherheiten meines Gegenübers umzugehen als mit der Selbstgewissheit eines von der eigenen Korrektheit überzeugten Sprechers, der die grundlegenden Fragen für geklärt hält.

Dem Studierenden, der mich damals in meiner Sprechstunde mit seiner Frage überraschte, erklärte ich, dass schwarz ein auch im akademischen Kontext durchaus geläufiger Ausdruck sei, dass er *African-Americans* im englischen Original belassen könne und diese Festlegungen am Anfang seines Essays kurz erklären solle. Vor allem aber brachte ich meine Anerkennung dafür zum Ausdruck, dass er sich diese Fragen überhaupt gestellt, ihre soziale Relevanz erkannt und riskiert hatte, sie zum Gegenstand eines persönlichen Gesprächs zu machen.

Aus: Teresa Koloma Beck, Reden bedeutet Risiko, Zeit online 20. 03. 2020, https://www.zeit.de/kultur/2020-03/diskriminierende-sprache-stigmatisierung-rassismus-begriffe-linguistik-10nach9

Worterläuterungen:

1 *generisches Maskulinum:* Dieses bezeichnet die Praxis, die grammatikalisch männliche Form stellvertretend auch für nichtmännliche Personengruppen zu verwenden, z. B. Student – Studenten.

2 *gendersensibel:* Bei „gendersensibler Sprache“ soll durch spezielle Formulierungen oder Schreibungen gezeigt werden, dass Personen verschiedener Gruppierungen gemeint sind, z. B. Studentinnen und Studenten, Studierende, StudentInnen, Student*innen.

3 *homophob:* gegen Homosexuelle gerichtet

4 *misogyn:* frauenfeindlich

Hinweise und Tipps

- ***Welche Aufgabenart liegt vor?***
  Die Aufgabenstellung ist aufgeteilt in die Analyse eines pragmatischen Textes und einen Schlussauftrag. Der Schwerpunkt der Arbeit liegt auf der Sachtextanalyse, die b-Aufgabe hat den Charakter einer argumentierenden Auseinandersetzung mit dem angeführten Textzitat. Die Gewichtung der beiden Aufgabenteile ist mit 70:30 angegeben, die Sachtextanalyse sollte also gut doppelt so umfangreich sein wie der anschließende Erörterungsteil.
- ***Was verlangt die Aufgabenstellung von mir?***
  Der ***Operator „analysieren"*** *verlangt für den Sachtext die umfassende Untersuchung von* ***Inhalt und Aufbau sowie formaler und sprachlich-stilistischer Gestaltung****. Ihre Hauptaufgabe besteht darin, aus der gründlichen Arbeit am Text schlüssige Analyseergebnisse zu entwickeln, d. h. die Gedankenführung und Intention des Textes zu klären und vorzuführen, mit welchen sprachlichen Mitteln die Autorin ihre Absicht erreicht. Abschließend sollen Sie sich in einer* ***persönlichen Stellungnahme*** *mit der Hoffnung der Autorin auseinandersetzen, dass durch sensible Sprache Diskriminierung abgebaut werden kann. Ihre Sichtweise veranschaulichen Sie mit* ***selbstgewählten Beispielen*** *und gelangen dadurch zu einem überzeugenden eigenen Standpunkt bzw. zu einem abwägenden Urteil.*
- ***Wie gehe ich bei der Bearbeitung der Aufgabenstellung vor und wie kann ich meinen Aufsatz strukturieren?***
  Lesen Sie den Ausgangstext genau, am besten mehrmals, unter den ***Gesichtspunkten:*** *inhaltlicher Aufbau, Argumentationsführung und stilistische Mittel. Markieren Sie dabei farblich sprachliche Auffälligkeiten, notieren Sie sich spontane Erkenntnisse und Ideen an den Textrand. Planen Sie daraufhin Ihren Text sorgfältig und halten Sie Ihre Gedanken in einem* ***strukturierten Schreibplan*** *fest, der als Gerüst für Ihren Aufsatz fungiert. Als Orientierung für den Aufbau Ihrer Analyse dient die Aufgabenstellung, die das Vorgehen grob skizziert.*
  Um einen geschlossenen Eindruck zu erreichen, ist es wichtig, auch die ***Einleitung*** *auf das Thema des Textes abzustimmen. Im vorliegenden Fall bieten sich dabei Anknüpfungspunkte zu aktuellen Ereignissen, z. B. zur „Black-Lives-Matter"-Bewegung oder zu Aktionen für Diversität bei sportlichen Großveranstaltungen, an. Genauso kann ein persönlicher Einstieg über Diskriminierungserfahrungen, ein passendes Zitat zur Sprache oder unterrichtliche Kenntnisse über Kommunikationsmodelle erreicht werden.*
  In der ***Überleitung zum Hauptteil*** *sollten Sie die wichtigsten Rahmeninformationen (Autorin, Titel, Erscheinungsjahr) des Textes nennen sowie seine Kernaussage prägnant auf den Punkt bringen. Der Hauptteil Ihres Aufsatzes beginnt mit einer* ***strukturierten Inhaltsangabe****, die den gedanklichen Aufbau und die* ***Argumentationsstrategie des Textes*** *vorführt. Dabei gliedern Sie den Text in zusammengehörige Abschnitte und skizzieren die Bedeutung des jeweiligen Abschnittes für den Gedankengang. Wie bei jedem argumentativen Text arbeitet die Autorin dabei mit informierenden, behauptenden, begründenden und illustrierenden Anteilen. Hierzu bieten sich folgende*

__Leitfragen__ an: Welche Hauptthesen stellt die Autorin auf? Was sind die untergeordneten Thesen? Welche Begründungen und Beispiele werden aufgeführt? Was sind die Schlüsselstellen/Gelenkstellen des Textes, die die Gedankenführung bestimmen? Achten Sie darauf, die wesentlichen Thesen und die Beweisführung mit __eigenen Worten__ wiederzugeben, dadurch zeigen Sie, dass Sie den Text gedanklich durchdrungen haben.

Die Wirkungsabsicht des Textes ist oft untrennbar mit der __Textsorte__, dem Publikationsrahmen (z. B. Redemanuskript, wissenschaftliche Zeitschrift, Zeitung, Internet-Blog ...) und der Adressatenorientierung verbunden. Die Einordnung als Kommentar, Essay, Glosse oder Redemanuskript hilft deswegen bei der Analyse des Textes und deren Zielrichtung.

Das Erfassen der __Intentionen der Autorin__ geht mit der Analyse der __sprachlich-stilistischen Gestaltung__ einher. In diesem wesentlichen Teil Ihrer Arbeit sollen Sie zeigen, wie die Autorin ihre Haltung mithilfe von rhetorischen Mitteln verdeutlicht. Führen Sie an konkreten Beispielen am Text vor, wie die formale Gestaltung im Dienst der Aussageabsicht steht und was die Autorin mit welchem Stilmittel beim Leser erreicht. Achten Sie hier z. B. auf eine immer wiederkehrende __Metaphorik__ aus einem bestimmten Bildbereich oder __syntaktische Besonderheiten__. Verwenden Sie bei der Bezeichnung der rhetorischen Mittel und der Stilfiguren __Fachbegriffe__. Verlieren Sie sich aber nicht in Detailbefunden, sondern behalten Sie stets die Absicht des Textes im Auge. Am Ende der Analyse lassen sich die erarbeiteten Ergebnisse zu einer __abschließenden Würdigung des Textes__ zusammenführen. In jedem Fall müssen Sie Ihre Befunde mithilfe von __indirekten und direkten Textverweisen__ belegen. Achten Sie dabei auch auf eine korrekte Zitierweise und eine grammatikalisch saubere Einbindung der Textbelege in Ihre Darstellung.

Der __Schluss der Arbeit__ ist durch die __b-Aufgabe__ vorgegeben. Ihre __persönliche Stellungnahme zu dem vorgegebenen Teilaspekt__ „Transformation diskriminierender Strukturen durch sprachsensible Kommunikation“ erfordert nach dem textbezogenen Hauptteil eine eigenständige Argumentation. In der vorliegenden Aufgabenstellung ist eine Positionierung verlangt, bei der Sie mit konkreten Beispielen Möglichkeiten und Grenzen einer sensiblen Sprache bei Gleichberechtigung von Minderheiten diskutieren sollen. Zur begrifflichen Klärung des komplex formulierten Zitats empfiehlt es sich, das bei der Prüfung __zugelassene Wörterbuch__ zu nutzen. Die Argumente der Autorin können eigenständig weiterentwickelt oder auch infrage gestellt werden. Dieser weiterführende Auftrag schließt sich nahtlos an die Textanalyse an. Achten Sie hierbei auf eine entsprechende __Überleitung__. Ein separater Schlussgedanke ist nicht unbedingt nötig, ein Rückgriff zum Einleitungsgedanken rundet den eigenen Text jedoch meist gewinnbringend ab.

– ***Was muss sonst noch beachtet werden?***

Die Grundlage für Aufgabenformat IV und V bilden immer Texte zu den für das Fach Deutsch spezifischen Themen „Lesen und Literatur“, „Medien und Kommunikation“ sowie „Sprache“. Es zeigt sich in der vorliegenden Aufgabe, wie nützlich es ist, auf __Wissen aus dem Unterricht zum Thema „Tendenzen der Gegenwartssprache__“ und „__Sprache und Kommunikation__“ zurückzugreifen, um inhaltliche Querbezüge herzustellen bzw. eine fundierte eigene Meinung zum Thema zu formulieren.

Strukturierter Schreibplan

1 Einleitungsgedanke: Sensibler Umgang mit Sprache als Zeichen von „Wokeness“

2 Analyse des Textes „Reden bedeutet Risiko“ (2020) von Teresa Koloma Beck

2.1 Inhaltliche Struktur und argumentativer Aufbau des Textes

- Narrativer Einstieg: Konfrontation der Autorin mit der Frage eines Studenten nach der Übersetzung der Begriffe *African-Americans* und *Blacks* (Z. 1–8)
- Verdeutlichung durch Selbstoffenbarung der Autorin: Betroffenheit durch Zugehörigkeit zur „nicht weißen“ Personengruppe (Z. 9–23)
- Erläuterung der prekären Kommunikationslage: Erfahrungen der Autorin mit Rassismus einerseits und Unsicherheit des Studenten andererseits (Z. 24–34)
- Überleitung zur politischen Dimension des Themas: Illustration der Bedeutung von Sprache für die soziale Interaktion (Z. 35–42)
- Ausweitung des Themas: Bedeutung des sensiblen Sprachgebrauchs für die möglichst umfassende Einbeziehung aller (Z. 43–53)
- Einräumen der Problematik der Debatte: Gefahr der unreflektierten Übernahme einer neuen sprachsensiblen Begrifflichkeit einerseits und Hervorrufen von Diskriminierungserfahrung andererseits (Z. 54–63)
- Appell der Autorin: Notwendigkeit des kontinuierlichen Diskurses über Diskriminierung durch Sprache (Z. 64–71)
- Aufzeigen der Vielschichtigkeit des Problems anhand eigener Erfahrungen: Differenzierung der Betroffenheit nach sozialem Status (Z. 72–84)
- Aufgreifen des Appells: zentrale Bedeutung von Kommunikation über Diskriminierung trotz emotionaler Risiken (Z. 85–93)
- Persönliches Resümee: Plädoyer für eine kontinuierliche Suche nach sprachsensibler Begrifflichkeit im Austausch miteinander (Z. 94–97)
- Narrative Rahmung zur Ausgangssituation: Wagnis des Studenten als Beispiel für gelungene sprachsensible Kommunikation (Z. 98–104)

2.2 Bewertung des Textes als engagierter essayistischer Kommentar

2.3 Sprachlich-stilistische Gestaltung des Textes im Hinblick auf seine Wirkungsabsicht

- Narrative Passagen, antithetische Kontrastierung und persönliche Perspektive als Mittel eines anschaulichen und authentischen Zugangs zum Thema
- Begriffliche Objektivierung zur Verallgemeinerung des Phänomens und als Zeichen für professionelle Distanz
- Wechsel im Satzbau zur Unterstützung der Argumentationsführung und zur klaren Positionierung
- Fremdwortgebrauch und Wissenschaftssprache als Ausweis von Kompetenz
- Wortfeld „Kampf“ und anschauliche Bildlichkeit als Zeichen des Engagements für den Abbau von sprachlicher Diskriminierung

2.4 Zusammenfassende Würdigung der Verfasserintention: Bewusstmachen von verbaler Diskriminierung und Kommunikation darüber

3 Abschließende persönliche Auseinandersetzung: Möglichkeiten und Grenzen eines Abbaus von Vorurteilen durch sensible Sprache
- Klärung des Zitats „Transformation diskriminierender Strukturen" (Z. 92) durch sprachsensible Kommunikation
- Schaffen eines Bewusstseins für versteckten Rassismus im Sprachgebrauch
- Problematik einer Abwehr der künstlich erscheinenden Gendersprache
- Vorreiterrolle der Sprache für die Durchsetzung von Gleichberechtigung

Lösungsvorschlag

„Sprache ist die Quelle aller Missverständnisse" – sagt der Fuchs zum kleinen Prinzen in Antoine de Saint-Exupérys berühmtem Jugendbuch „Der kleine Prinz". Diese Feststellung erscheint zunächst widersinnig, da Sprache doch eigentlich das Kommunikationsmittel schlechthin ist und dadurch zur **Verständigung untereinander** beitragen soll. Andererseits macht dieses Zitat auch deutlich, dass Miteinander-Reden auf zwischenmenschlicher Ebene geschieht und beim Reden und Verstehen viel von persönlichen Befindlichkeiten mitschwingt. Wie Karl Bühler es mit seinem **Sender-Empfänger-Modell** so plastisch vorführt, beinhaltet Sprache eben nicht nur die **Informationsebene**, sondern hat auch eine **Offenbarungsfunktion**, die sehr viel mehr an Botschaften vermittelt als nur einen reinen Austausch von Fakten. So transportiert beispielsweise ein Sprecher, der bei der Benennung von Personen das Genderzeichen mitspricht, nicht nur, dass er damit sowohl die männliche als auch die weibliche Form, ja sogar ein diverses biologisches Geschlecht mitmeint, sondern demonstriert damit auch eine **politische Haltung**, die seit einigen Jahren mit dem Begriff **„Wokeness"** bezeichnet wird. „Woke" bedeutet dabei viel mehr als nur „aufgeweckt". Es beschreibt die erhöhte **Wachsamkeit für Diskriminierungen**, ein aktives Bewusstsein für Ungerechtigkeiten, Ungleichheit und Unterdrückung gesellschaftlicher Minderheiten – die auch durch einen unbedachten Sprachgebrauch geschehen können. Das Bemühen um einen sensiblen Umgang mit Sprache, die solche Missverständnisse zu vermeiden sucht, prägt aktuell den gesellschaftlichen Diskurs. 1

Dieses Themas nimmt sich auch die Soziologie-Professorin Teresa Koloma Beck in ihrem **Artikel „Reden bedeutet Risiko"** an, welcher am 20. März 2020 auf ZEIT ONLINE erschienen ist. In ihrem Text macht sie als unmittelbar Betroffene deutlich, wie wichtig eine **aktive Thematisierung von Ursachen und Formen einer Diskriminierung durch Sprache** ist. Im Mittelpunkt ihrer Ausführungen steht dabei ihr Plädoyer für einen beständigen Diskurs miteinander, der den Prozess einer **gesellschaftlichen Gleichstellung von Minderheiten** vorantreiben soll. Ihre optimistische These, dass durch sprachsensible Kommunikation eine „Transformation diskriminierender Strukturen" (Z. 92) gelingen könne, soll abschließend auch im Hinblick auf die aktuelle Kontroverse um einen adäquaten Sprachgebrauch diskutiert werden. 2

Teresa Koloma Beck beginnt ihren Online-Artikel mit einem Erlebnis aus ihrem Alltag als Universitätsdozentin, das als **anschauliches Fallbeispiel für die Thematik** dient. Bei einer Sprechstunde konfrontiert sie ein Student mit einer Frage zu seiner Hausarbeit. Sein Problem ist es, die Begriffe *African-Americans* sowie *Blacks* angemessen ins Deutsche zu übersetzen (Z. 1–8). Mit diesem **narrativen Einstieg** wird bereits deutlich, dass das Anliegen des Studenten für beide Beteiligten weit mehr bedeutet als nur eine sprachwissenschaftliche Nachfrage. Die prekäre Dimension dieser Situation wird deutlich durch die **Selbstoffenbarung der Autorin**, selbst Teil der „nicht weiße[n]" (Z. 19) Personengruppe und dadurch auch ganz persönlich von der Frage betroffen zu sein (Z. 9–23). Die für beide Gesprächspartner schwierige Kommunikationssituation erläutert Beck daraufhin vor dem Hintergrund ihrer **eigenen Erfahrungen mit Rassismus** einerseits und der Unsicherheit des Studenten bezüglich der Angemessenheit seines Anliegens andererseits (Z. 24–34). Dass er sich trotz eines möglichen Tadels an sie als Autoritätsperson wendet, würdigt sie als riskant und deswegen mutig. 2.1

Von diesem persönlichen Erlebnis **leitet die Autorin nun über zum Thema** ihres Artikels und stellt fest, dass Sprache nicht nur ein Mittel zur Kommunikation darstellt, sondern auch Gegenstand gesellschaftlicher Debatten ist und politisch brisant, da Sprache einerseits das Weltbild einer Gesellschaft abbilde, dieses aber auch gleichzeitig präge und verfestige. Als Beleg führt sie **wissenschaftliche Erkenntnisse** über die ausgrenzende Wirkung von nicht gendersensibler Sprache an (Z. 35–42). Davon ausgehend **bekräftigt** sie die Notwendigkeit einer Debatte über sensiblen Sprachgebrauch. Gleichzeitig **weist Beck dabei aber auch darauf hin**, dass mit politisch korrekten Begrifflichkeiten allein keine gesellschaftlichen Probleme gelöst werden. Mit Sorge verfolge sie solche Diskussionen, in denen eine allgemein gültige Sprachnorm als Lösung einer diskriminierenden und rassistischen Ausgrenzung suggeriert würde (Z. 43–53). Ihre **Warnung** vor einer solchen Vereinfachung des Problems **unterstreicht sie mit dem Hinweis**, dass Diskriminierung nicht nur durch verbale Angriffe geschehe. Die Ausgrenzung von Minderheiten sei nicht nur ein sprachlich vermitteltes, sondern ein gesellschaftlich-historisches Phänomen, dessen Dimension dem Großteil der Bevölkerung gar nicht bewusst sei. Dessen Thematisierung könne bei den Betroffenen alte Diskriminierungserfahrungen ins Gedächtnis rufen und so als verletzend wahrgenommen werden (Z. 54–63). Angesichts dieser Bedenken **appelliert die Autorin** an ihre Leserschaft, die Ursachen von Diskriminierung im Hinblick auf aktuelle Entwicklungen zu reflektieren und in einem dauerhaften Dialog zu **hinterfragen**. Ein rein formaler Abschluss der Debatte kommt für sie daher ebenso wenig infrage wie ein Vermeiden des Themas aus Angst vor unangenehmen Konfrontationen (Z. 64–71).

Wie unterschiedlich **die persönlichen Erfahrungen mit Rassismus in Deutschland** sein können, **veranschaulicht** die Autorin daraufhin mit Verweis auf ihre ganz spezielle Biografie. Als gesellschaftlich etablierte Akademikerin sei ihr Umgang mit persönlichen Angriffen ein völlig anderer als beispielsweise der von Geflüchteten ohne Aufenthaltsgenehmigung. Ihre Erlebnisse könnten deshalb nur einen Aspekt von Diskriminierung widerspiegeln und seien nicht repräsentativ für die große Bandbreite von unterschiedlichen Formen von Ausgrenzung und Herabsetzung (Z. 72–84).

Nach dieser **persönlichen Einlassung greift Beck ihren Appell wieder auf**, und gestaltet diesen zu einem **engagierten Plädoyer für das Miteinander-Reden**. Trotz der von ihr dargelegten emotionalen Risiken und der Unwägbarkeit eines Gesprächsausgangs ist es aus ihrer Sicht wichtig, sich dem schwierigen Diskurs auch in Zukunft zu stellen. Nur so könne man in einem langfristigen Prozess gemeinsam diskriminierende Strukturen überwinden (Z. 85–93). In einem **persönlichen Resümee** wirbt sie dafür, lieber die eigene Unsicherheit bezüglich des richtigen Wortes einzugestehen als sich zu sehr auf die politische Korrektheit des persönlichen Sprachgebrauchs zu verlassen (Z. 94–97). Abgerundet wird der Text durch Becks **Rückbezug** auf die eingangs thematisierte Übersetzungsproblematik. So schafft sie formal einen **narrativen Rahmen** und ordnet damit zugleich die Anfrage des Studenten als Beispiel gelungener sprachsensibler Kommunikation ein. Sie spricht ihm ihre Anerkennung für seinen Mut aus, dass er sich in diese heikle Lage begeben und mögliche persönliche Nachteile in Kauf genommen hat, indem er sprachliche Diskriminierung thematisiert hat (Z. 98–104).

Der Artikel der Wissenschaftlerin bewegt sich bezüglich des gedanklichen Aufbaus und der sprachlichen Gestaltung zwischen den **Textsorten Essay und Kommentar**. Der persönliche Schreibstil Becks bemüht sich dabei um intellektuellen Anspruch mit **wissenschaftlich exakter Begrifflichkeit** einerseits sowie um **leserorientierte Verständlichkeit** andererseits. Damit erreicht sie die Zielgruppe der gesellschaftspolitisch interessierten Leserinnen und Leser. Essayistisch erscheinen der **narrative Einstieg** und der **Wechsel der Stilebenen** in der Argumentationsstruktur, die eher assoziativ als Gedankenspaziergang angelegt ist. Merkmale eines Kommentars zeigen sich im **Aufgreifen eines aktuellen gesellschaftspolitischen Themas** sowie in der stark **appellativen Schlusspassage**. Genauso wird bereits in der **prägnanten Überschrift** die Position der Verfasserin eindrücklich auf den Punkt gebracht und das Thema des Textes mit einem **sloganartigen Motto** umrissen. Die **subjektive Perspektive**, die vor allem in der Beispielgebung und der Beweisführung eigene Erfahrungen mit einfließen lässt und auch die persönliche Betroffenheit der Verfasserin thematisiert, macht den Text zu einem sehr authentischen und engagierten Plädoyer für sensiblen Sprachgebrauch. Der persönlich gehaltene **Appell am Textende** und der **pointierte Rückbezug zum Eingangsbeispiel** unterstreichen den meinungsbildenden Anspruch des Textes. 2.2

Überzeugungskraft gewinnt der Artikel auch durch seine sprachliche Dichte und Anschaulichkeit, die mit einer Reihe von bewusst gesetzten Stilmitteln er- 2.3

zeugt wird. Ergänzend zu ihrem **wissenschaftlichen Anspruch**, der eine gebildete Leserschaft voraussetzt, bemüht sich Beck von Anfang an auch um die **Verständlichkeit ihres Textes** und richtet sich damit an einen breiten Adressatenkreis. **Veranschaulichende Formulierungen** (vgl. Z. 73 ff.) verleihen ihren Ausführungen Authentizität und Überzeugungskraft. Am eindringlichsten geschieht dies durch den unvermittelten Einstieg mit dem persönlichen Erlebnis einer bereits Jahre zurückliegenden Dozentensprechstunde (vgl. Z. 1 ff.). Mit dieser Erzählung führt Beck das Thema Sprachsensibilität in der „Ich-Form" als ihre ureigene Angelegenheit ein. Die persönliche Betroffenheit der Autorin wird durch den **Wechsel in die Zeitform Präsens** noch verstärkt (vgl. Z. 5 ff.), sodass mit dieser szenischen Vergegenwärtigung auch ein unmittelbarer Eindruck beim Leser erreicht wird. Das Risiko des Studenten in dieser für beide Gesprächspartner „verletzlich[en]" (Z. 27, 32) Kommunikationssituation wird mit dem **steigernd angeordneten Trikolon** „Belehrung, Zurecht- und Zurückweisung" (Z. 30 f.) eindringlich verdeutlicht. Mit einer **Antithese** beschreibt Beck, wie dadurch plötzlich aus dem Gespräch einer Professorin und einem Studenten das einer „nicht weiße[n] Frau" und eines „weiße[n] Man-n[es]" (Z. 19) wird. Dass dies für beide eine Grenzsituation darstellt, signalisiert das **ausdrucksstarke Bewegungsverb** „geworfen" (Z. 21). Diese Umkehrung der ursprünglichen Rollenverhältnisse erläutert Beck mit der Formel einer „Gleichzeitigkeit gegenläufiger sozialer Asymmetrien" (Z. 19 f.). Im vorliegenden Fallbeispiel wandelt sich das soziale Gefälle zwischen Professorin und Student zu einer ganz neuen Kommunikationsstruktur, nämlich zwischen zwei Menschen mit unterschiedlicher Hautfarbe. Die durch **anaphorische Wiederholung** der Wendung „Für einen Moment" (Z. 16, 18) als prekär betonte Ausgangssituation wird dabei nicht aufgelöst und das Interesse des Lesers wird bis zum Schluss durch einen **Spannungsbogen** aufrechterhalten.

Neben diesen **narrativen Elementen**, die den Text authentisch machen, folgt die **Syntax** des Artikels einem argumentativen Vorgehen, das mit **persuasiven Elementen** auf die Kraft der Überzeugung setzt. Bereits die Überschrift des Textes „Reden bedeutet Risiko" macht mit einem **lakonischen Aussagesatz**, der **durch eine Alliteration** unterstützt wird, eine klare Ansage, die im Schluss des Textes fast wortgleich wiederkehrt (vgl. Z. 94). Auch im zentralen Appell- und Argumentationsteil des Textes fallen neben den erläuternden Hypotaxen **kurze Aussagesätze** auf (vgl. Z. 36, 39, 45 f.). Thesenhafte Feststellungen wie „Solche Begegnungen sind riskant. Und sie können scheitern." (Z. 89 f., vgl. auch Z. 83 f.) leiten Becks Argumente ein oder schließen diese in schlussfolgernder Weise ab und verleihen ihnen dadurch Prägnanz. Die **deutliche Positionierung** erscheint gerade in den Passagen stilbildend, in denen die Autorin ihre Haltung zu den aufgeworfenen Fragen unmissverständlich zum Ausdruck bringt. So bekräftigt sie mit dem **elliptischen Zwei-Wort-Satz** „Zu Recht." (Z. 36) die Relevanz der Debatte um sensible Sprache. Dass Sprache auch eine wichtige Bedeutung für demokratische Prozesse erhält, wenn sie explizit Minderheiten mit einbezieht, bewertet die Autorin mit dem sich reimenden

Homoioteleuton als „richtig und wichtig“ (Z. 48). Den **appellativen Stil** unterstützt ein Imperativ, der den Leser im fast schon **pathetisch klingenden Ausruf** „Dabei fängt das Sprechen dann doch erst an!“ (Z. 52 f.) zum Umdenken auffordert. Die Klarstellung, dass die Diskriminierung weit über bloße Begrifflichkeiten hinausgeht, wird durch eine Vielzahl von **Wiederholungen** dieses Schlüsselbegriffs unterstützt (vgl. Z. 55, 59, 62, 69, 71).

Um ihrer Argumentation besonderen Nachdruck zu verleihen, bezieht sich die Autorin mit dem Hinweis auf den „geringeren gedanklichen Einbezug von Frauen“ (Z. 41) auf eine psychologische **Studie zur Genderlinguistik** (vgl. Z. 39 ff.), der ihr als Autoritätsbeweis dient, und entkräftet damit mögliche Gegenargumente von Kritikern der gendersensiblen Sprache. Sie selbst weist sich durch Verwendung **soziologisch-psychologischer** und **sprachwissenschaftlicher Fachbegriffe** wie „Stigmatisierung“ (Z. 16) oder „generische[s] Maskulinu[m]“ (Z. 40 f.) als kompetente Kennerin der Materie aus. Diese **professionell-wissenschaftliche Sichtweise** wird vor allem auch durch **unpersönliche Wendungen** deutlich, wenn Beck unmittelbar aus der sehr persönlich erzählenden Stilebene zu Beginn in eine distanziert unpersönliche Betrachtungsweise wechselt und ihre eigene Situation im **soziologischen Sprachduktus** analysiert, in der „die Professorin als Teil einer […] Minderheit lesbar“ (Z. 16 f.) wird. Die **explizite Markierung des Perspektivwechsels** betont die Dringlichkeit ihres Anliegens als gesamtgesellschaftliches Problem und verschafft diesem **allgemeingültige Legitimität**.

Neben dieser **bewusst gesetzten Fachsprache** nutzt die Autorin auch **anschauliche Bildlichkeit**, um Diskriminierungserfahrungen eindringlich zu beschreiben. Wie vielfältig die Formen von öffentlichen Diffamierungen sind, bringt Beck in einem **Asyndeton** von fünf aneinandergereihten Adjektiven zum Ausdruck: „rassistische, homophobe, antisemitische, misogyne oder antimuslimische Witze“ (Z. 57 f.). Dass ihre eigene Erfahrung mit Ausgrenzung nur eine Variante des vielschichtigen Problems darstellt, veranschaulicht sie mit der **Metapher** „Mosaikstein in einem Bild“ (Z. 82) und nimmt sich als Betroffene damit geschickt zurück, um die Erlebnisse der weniger privilegierten Leidtragenden noch stärker zu betonen. Die mit der Diskriminierung verbundenen negativen Emotionen der Betroffenen werden mit Begriffen bezeichnet, die aus den **Wortfeldern „Kampf“** stammen (vgl. Z. 28, 49, 64, 86 ff.). Das Bild des Kämpfens und des Angreifens zieht sich wie ein roter Faden durch viele Passagen des Textes. So verbildlicht Beck das Wagnis des Miteinander-Sprechens drastisch mit Wendungen wie „Verletzlichkeit und Angreifbarkeit“ (Z. 86), die notwendigerweise „auszuhalten“ (Z. 87) seien, ebenso wie das Berühren der „wunden Punkt[e]“ (Z. 88) beider Gesprächspartner. Dies steigert nicht nur die Dringlichkeit ihres Plädoyers für sprachliche Sensibilität, sondern schafft bei der Leserschaft auch Empathie für Opfer von Missachtung und Stigmatisierung. Mit dem positiven Bild von „Allianzen und Erfahrungen von Mitmenschlichkeit“ (Z. 91) und der Metapher der „Ressource“ (Z. 92) für die Zukunft setzt die Soziologin ein klares Signal für den Wert der Begegnung im Dialog.

Als „nicht weiße Frau“ (Z. 19) ist Teresa Koloma Beck unmittelbar von der Frage nach dem sprachlichen Umgang mit Rassismus und Diskriminierung betroffen. Dass das **persönliche Erleben von Ausgrenzung** nicht auch automatisch zur offensiven Thematisierung des Problems herausfordert, räumt sie selbst gleich zu Beginn ein. Trotz ihres distanzierten Blicks als Wissenschaftlerin ist auch sie hier „professionell sprachlos“ (Z. 27) und macht damit deutlich, mit welchen seelischen Belastungen und Verletzungen Betroffene zu kämpfen haben. Wenn sogar sie selbst als reflektierte Wissenschaftlerin das Thema aus Scheu „lange Zeit vermied“ (Z. 26), um wie viel tiefer sind dann die Spuren bei Betroffenen, die die Möglichkeiten einer sachlich-distanzierten Blickweise nicht haben. Ihr Hauptanliegen ist demzufolge die Sensibilisierung der Leserschaft **für die Vielfalt von Diskriminierung, insbesondere durch unbedachten Sprachgebrauch**. Angesichts der anschaulich vorgeführten Schwierigkeiten einer offenen Diskussion macht sie deutlich, wie wichtig der Diskurs über Möglichkeiten und Grenzen von sprachsensibler Kommunikation ist. **Die Achtsamkeit im sprachlichen Umgang miteinander** wird damit für sie auch zu einem gesellschaftlich-politischen Anliegen. Trotz ihres dezidiert sprachsensiblen Anliegens **warnt** sie jedoch vor einer „Selbstgewissheit“ (Z. 96) bei einer **Reduzierung dieses komplexen gesellschaftlichen Problems auf eine nur begriffliche Ebene**. Eine bloße formale Sprachregelung könne Rassismus und Stigmatisierung nicht beseitigen. So wird ihr Text zu einem empathischen Aufruf für einen respektvollen und aktiven Umgang miteinander und er ist ein Plädoyer für die Kraft des offenen Gesprächs im Bewusstsein des möglichen Scheiterns, denn „Reden heißt Risiko“ (Z. 94). 2.4

Das Vertrauen von Teresa Koloma Beck, dass durch sprachsensible Kommunikation eine „Transformation diskriminierender Strukturen“ (Z. 92) gelingen könne, mag manchem angesichts der aktuell recht hitzig geführten Kontroverse über Eingriffe in die deutsche Sprache etwas zweifelhaft erscheinen. Beck meint mit dieser Formulierung die Veränderung einer unreflektierten Sprechpraxis hin zu einer achtsamen Sprache, welche gesellschaftliche Minderheiten mit einbezieht und in einer respektvollen Weise bezeichnet. Dies beinhaltet die Hoffnung, dass dadurch auch **langfristig ein Abbau von tief verwurzelten Vorurteilen** geschehen kann. Anstatt bestimmte gesellschaftliche Gruppen durch – wenn auch meist unabsichtliche und unbedachte – diskriminierende Äußerungen herabzuwürdigen, könnte eine bewusst gebrauchte sensible Sprache zu deren gesellschaftlicher Integration beitragen. **3**

Die Idee, dass eine Änderung von Sprache auch eine Änderung von Denkmustern mit sich bringt, wurde bereits vor einigen Jahren bei der Debatte über **rassistische Sprache in Kinderbuch-Klassikern** angeführt. Die Kinderbücher „Pippi Langstrumpf“ oder „Jim Knopf“ stammen aus einer Zeit, in der mit Begriffen wie „Negerkönig“ nicht bereits das heutige Bewusstsein einer Diskriminierung verbunden war, sondern eine Vorstellung von Exotik hervorgerufen werden sollte. Dass Pippis Vater in der aktuellen Auflage von „Pippi in Taka-Tuka-Land“ nun ein „Südseekönig“ ist, wäre ein ganz konkreter Beitrag zur

„Transformation diskriminierender Strukturen". Sprache kann eine Form der Ausgrenzung sein, da sie **Vorstellungen vermittelt, die über Generationen hinweg weitergegeben wurden**. In der Alltagssprache haben sich über Jahrzehnte manche Redewendungen eingeschlichen, die schlichtweg diskriminierend und rassistisch sind. War der „Negerkuss" in der Jugend unserer Eltern ein gängiger Begriff für eine Süßigkeit, kann nicht erst seit der „Black Lives Matter"-Bewegung keiner diese Bezeichnung ohne Hintergedanken verwenden. Rassistisch belegte **Begriffe verfestigen Ungerechtigkeiten und zementieren Vorurteile** und deswegen geht es darum, historische Entwicklungslinien von diskriminierender Sprache – sei es in Bezug auf Geschlecht, Hautfarbe oder sexuelle Orientierung – überhaupt erst einmal wahrzunehmen und dann deren Auswirkungen in einer öffentlichen Debatte aufzuzeigen. Dieses **Bewusstsein für die Wirkungsmacht von Sprache** kann die eigene Wahrnehmung schärfen und ist eine Chance, um das Zusammenleben im Sinne von gegenseitigem Respekt und Toleranz zu verändern.

Manch andere aktuelle Diskussion über Sprachgebrauch lässt jedoch an der Hoffnung Becks zweifeln, dass durch eine Änderung der Sprache auch ein tatsächliches **Umdenken im Kopf der Sprecher erfolgt**. Insbesondere bei der öffentlichen und auch privaten Debatte über die **Gendersprache**, die die Gleichstellung der Geschlechter in der geschriebenen und gesprochenen Sprache praktiziert, hat man den Eindruck, dass sich gesellschaftliche Gräben momentan eher noch vertiefen. Eingriffe in alltägliche Routinen, wie es ja die Sprache als ureigenes Ausdrucksmittel des Menschen ist, rufen beim „Gewohnheitstier" Mensch naturgemäß heftige **Gegenreaktion und Ablehnung** hervor. Insbesondere wenn Veränderungen nicht als prozesshaft empfunden werden, sondern als **von außen verordnet**, verhindert dies eher Verständnis und Toleranz anstatt sie zu befördern. Das mussten auch schon einige Nachrichtensprecher erfahren, die beim Moderieren der Abendnachrichten gesellschaftliche Diversität und Gleichberechtigung in der gesprochenen Sprache zum Ausdruck bringen wollten und den Gender-Gap durch eine minimale Sprechpause artikulierten. Die Strategie der Medien, als Vorreiter einer Sprachentwicklung zu fungieren und dabei auf **einen Prozess der Gewöhnung** zu setzen, rief zunächst eine heftige **Abwehrreaktion in der Bevölkerung** hervor. Die darauffolgende parteipolitische Instrumentalisierung des Themas durch reaktionäre Gruppierungen und Parteien zeigt ebenfalls, dass Sprache hier nicht im Sinne einer Verständigung genutzt, sondern eher zur **Spaltung missbraucht** wurde. Außerdem ist zu bezweifeln, ob eine **vollständige Abbildung und Ausdifferenzierung** aller gesellschaftlicher Identitäten sprachlich überhaupt möglich ist. Die begriffliche Erweiterung der LGBT (Lesbian, Gay, Bisexual and Transgender)-Bewegung zur LGBTQIA*-Community, die nun auch queere, intergeschlechtliche, asexuelle und mit dem Sternchen alle weiteren Geschlechtsidentitäten mit zu benennen versucht, ist für viele eher **Zeichen einer gesellschaftlichen Fragmentierung** als der Weg zu einem selbstverständlichen Zusammenleben.

Denn bei all den Diskussionen um Gendersternchen oder Gender-Gap ist die **Haltung, die dahinter steht**, doch viel entscheidender als die adäquate orthographische Form oder Aussprache. Anstatt einander zu beobachten und auf vermeintliche sprachliche Fehler oder eine politisch unkorrekte Selbstoffenbarung des anderen zu lauern, sollte man sich zu zentralen gemeinsamen Grundwerten bekennen. Man kann auch für die gleichen Rechte von Mann und Frau kämpfen und trotzdem ein Sternchen inmitten eines geschriebenen Wortes ablehnen, weil man es als **unästhetisch und störend** empfindet. Sensible Sprache allein – das betont ja auch Teresa Koloma Beck – wird Gleichberechtigung und Abbau von Diskriminierung nicht erreichen können. Auf Worte müssen Taten folgen. Den in den Tarifverhandlungen benachteiligten Kassiererinnen an der Supermarkttheke bringt ein Gender-Doppelpunkt nicht die finanzielle Gleichstellung mit ihren männlichen Kollegen. Und solange Menschen mit anderer Hautfarbe auf dem Wohnungsmarkt immer noch viel häufiger Absagen bekommen als weiße Mitbewerberinnen und Mitbewerber, ist die bewusste Großschreibung des Adjektivs „Schwarz" als Ausdruck einer diskriminierungssensiblen Sprache auch nur ein bloßes Bekenntnis auf Papier. Allerdings nimmt Sprache ja für sich in **Anspruch, die Realität abzubilden**. Vielleicht schafft Sprache es bei konsequenter, aber unaufdringlicher Benennung einer Wunsch-Realität, dass diese irgendwann ganz selbstverständliche Wirklichkeit wird: Dass nicht nur auf dem Papier die Individualität des anderen berücksichtigt wird, sondern Achtsamkeit gegenüber Minderheiten auch wirklich gelebt und nicht nur sprachlich benannt wird.

Wenn der gewohnte Sprachgebrauch jedoch auf einmal verkrampft, weil man als Sprecher das Gefühl hat, ständig in einer Art von **Self-Monitoring** die eigene Sprache reflektieren und korrigieren zu müssen, dann wäre das tatsächlich eine Art von „Political Correctness", die dem liberalen und demokratischen Grundverständnis von sensibler Kommunikation zuwiderlaufen würde. Wenn die oberste Priorität darin besteht, nicht selbst als Rassist zu erscheinen, wird das Thema als Minenfeld empfunden. Trotz der gut gemeinten Absicht wäre die Folge dann die Ratlosigkeit, nicht mehr zu wissen, was man überhaupt noch sagen dürfe. Das Symbol für Diversität – der Regenbogen, der die Buntheit und Vielfalt einer Gesellschaft so passend widerspiegelt – ist als Naturphänomen auch nicht erzwungen und aufgesetzt. Er bricht sich ganz natürlich Bahn und erstrahlt im ganzen Farbspektrum der Sonne. Ein Verstummen aus Angst, falsch verstanden zu werden, darf also nicht die Antwort sein. Insofern ist dem Appell von Teresa Koloma Beck, trotz eines Risikos miteinander zu reden, uneingeschränkt zuzustimmen: Damit Sprache nicht die Quelle aller Missverständnisse ist, sondern **Brücke zum Verstehen des anderen**.

Deutsch Bayern – Abiturprüfung 2021: Aufgabe 5: Materialgestütztes Verfassen eines argumentierenden Textes

Bearbeiten Sie **eine** der beiden Varianten!

Variante 1:
Erörtern Sie Chancen und Risiken der vom Medienwissenschaftler Bernhard Pörksen als „Empörungsdemokratie" (M 1, Z. 10) bezeichneten Nutzung des Internets als Plattform für öffentlichen Meinungsaustausch!
Nutzen Sie dazu die folgenden Materialien M 1 bis M 9 und beziehen Sie eigene Wissensbestände und Erfahrungen ein!

oder

Variante 2:
Das Zeitungsprojekt „Werkstatt Demokratie" beschäftigt sich mit dem Thema „Empörungsdemokratie?!" und hat dazu aufgerufen, essayistische Beiträge einzureichen.

Verfassen Sie einen Essay, in dem Sie sich mit der vom Medienwissenschaftler Bernhard Pörksen als „Empörungsdemokratie" (M 1, Z. 10) bezeichneten Nutzung des Internets als Plattform für öffentlichen Meinungsaustausch auseinandersetzen! Nutzen Sie dazu die folgenden Materialien M 1 bis M 9 und beziehen Sie eigene Wissensbestände und Erfahrungen ein. Formulieren Sie eine geeignete Überschrift.

Ihr Essay soll etwa 1200 Wörter umfassen.

Zitate aus den Materialien werden dem Stil eines Essays entsprechend ohne Zeilenangabe nur unter Nennung der Autor*innen und ggf. des Titels angeführt.

Material 1

Bernhard Pörksen (*1969, Medienwissenschaftler), **Die große Gereiztheit. Wege aus der kollektiven Erregung** (2018)

[…] Jeder ist heute zum Sender geworden und kann barrierefrei öffentlich machen, was ihn bewegt. […]

Man findet kluge, analytische Kommentare, erhellende und unterhaltende Beiträge in großer Zahl. Es gibt inspirierende Debatten auf Twitter und Facebook, in Blogs und Kommentarspalten; man entdeckt relevante Information und banale Narration, Berichte über echte Missstände und abstruse Behauptungen, das sinnlose Spektakel und die berührende Geschichte. Und man stößt auf Hass, Polarisierung und das Geraune der Verschwörungstheoretiker, die ihr Denken gegen jeden Einfluss gepanzert haben. All diese Parallelöffentlichkeiten sind simultan präsent. […]

Was [mit Empörungsdemokratie] gemeint ist, wird deutlich, wenn man die massenmedial organisierte, vordigitale Mediendemokratie als eine Art Kontrast- und Vergleichsfolie benützt. In der Mediendemokratie alten Typs besaßen publizistische Großmächte maximale Deutungs- und Inszenierungsautorität. Diese konnten – noch vor dem Kulturbruch der Digitalisierung und der Verbreitung von Web-2.0-Technologien – darüber entscheiden, was überhaupt als wichtig gelten konnte, wer in welcher Weise gehört wurde, welche Präsentationsmuster akzeptabel schienen. Es gab klar erkennbare, institutionell fassbare Zentren des publizistischen Einflusses in Gestalt von Zeitungen, Radio- und Fernsehsendern. Hier waren klassische Leitmedien Taktgeber der Themensetzung und Journalistinnen und Journalisten die Gatekeeper. Sie ordneten die Vielfalt der Informationen, sie sortierten die Inhalte, sie entschieden über ihre Bedeutung und Publikationswürdigkeit. […] Das Publikum war vergleichsweise passiv, trat primär als Konsument in Erscheinung und tauchte im eigentlichen Prozess der Kommunikation allenfalls als Schlusslicht auf. Wer mit einem Artikel oder einer Sendung nicht einverstanden war, konnte sich bei dem jeweiligen Medium beschweren; sehr viel mehr blieb ihm nicht an Interaktions- und Interventionsmöglichkeit. […]

Der Netzpublizist Sascha Lobo vertritt die Auffassung, dass die Mediendemokratie – trotz der massiven Grenzverletzungen im Boulevardjournalismus – in der Summe eine Sphäre der Mäßigung darstellte, eine Welt der präzise und überlegt dosierten Gefühlsregungen. Emotionalität wurde in einem vergleichsweise statischen System von Darstellungsformen präsentiert und domestiziert, die klar zwischen Information (Nachricht) und Kommentar (Meinung, durchaus mit emotionaler Färbung) unterschieden. In der Medienwirklichkeit unserer Tage sei, vor allem getrieben durch die sozialen Netzwerke, das Primat der Emotion bestimmend geworden, nicht jedoch das der Information. […] Die Deutungsmacht der Wenigen wird damit zum erbittert ausgefochtenen Meinungskampf der Vielen. […] Es ist damit nicht mehr das einzelne Leitmedium, das regiert; an seine Stelle tritt das Wirkungsnetz, der Verbund, der gleichermaßen redaktionelle und soziale Medien umfasst und das Gegeneinander in ein sich wechselseitig stimulierendes Zusammenspiel überführt. Publizistische Macht verliert damit die feste Adresse und die institutionalisierte Form. […] Die Räume des Diskurses sind im Übergang von der Mediendemokratie zur Empörungsdemokratie allgemein zugänglich geworden. […]

Aus: Bernhard Pörksen, Die große Gereiztheit. Wege aus der kollektiven Erregung, Carl Hanser Verlag München 2. Aufl. 2018, S. 63–70.

Material 2

Jochen Schimmang (*1948, Schriftsteller), **Empört euch nicht** (2014)

[…] Die Empörung, die Indignation, ist nach Meyers „Großem Konversations-Lexikon" von 1905 „Entrüstung, gerechter Unwille über eine unwürdige, vom sittlichen Gefühl verurteilte Handlung". Der Empörte ist also moralisch im Recht, jedenfalls glaubt er das. Das ist ein Gestus, der in manchen Fällen verständlich ist, aber selten weiterhilft. […]

Nehmen wir die Enthüllungen, die Edward Snowden[1] uns über die NSA[2] […] beschert hat. Dafür müssen wir Dank sagen, doch nicht, weil sie uns moralisch erzürnen, sondern weil sie konkrete Informationen liefern, also vom bloßen Meinen zum Wissen weiterschreiten. Denn eine Ahnung muss doch jeder, der nicht völlig unbedarft ist, schon zuvor gehabt haben, dass die Augen der Dienste auch auf ihm ruhen. […]

Empörung bringt da nicht viel, wohl aber Aufklärung. Eben das ist der Schritt vom bloßen Meinen zum Wissen. Den macht man nicht, indem man der Bundeskanzlerin […] fernsehgerecht eine Liste mit Unterschriften überreicht und die eigene Meinung darüber kundtut, wie abscheulich man das alles findet, sondern indem man seinerseits Informationen beschafft und an die Öffentlichkeit bringt. […]

Aus: Jochen Schimmang, Empört euch nicht; Heinrich Böll Stiftung (16. 10. 2014)
https://www.boell.de/de/2014/10/16/empoert-euch-nicht (aufgerufen am 13. 04. 2020)

Worterläuterungen:

1 *Edward Snowden:* Informatiker, der als sogenannter Whistleblower die weltumspannenden Überwachungspraktiken der US-Geheimdienste offenlegte

2 *NSA:* National Security Agency, amerikanischer Auslandsgeheimdienst mit dem Auftrag weltweiter Überwachung zur Terrorismusbekämpfung

Material 3

Vieleck der journalistischen Qualität (2016)

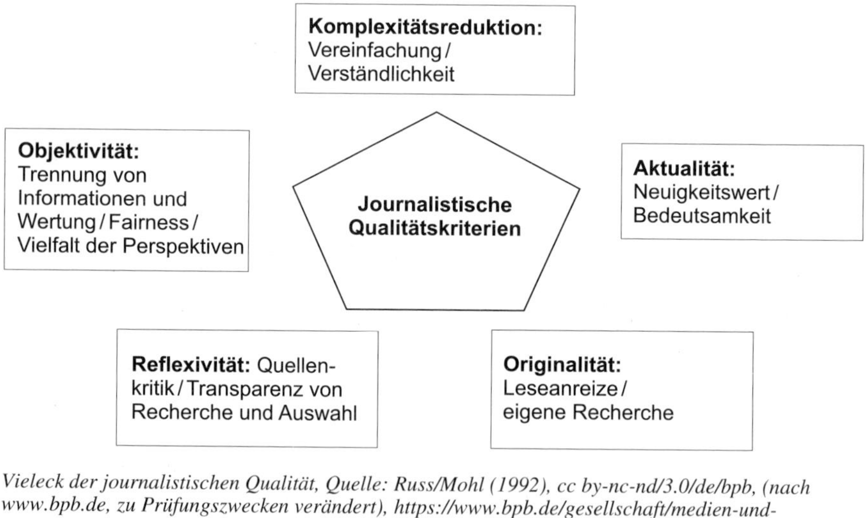

Vieleck der journalistischen Qualität, Quelle: Russ/Mohl (1992), cc by-nc-nd/3.0/de/bpb, (nach www.bpb.de, zu Prüfungszwecken verändert), https://www.bpb.de/gesellschaft/medien-und-sport/medienpolitik/236435/medien-und-gesellschaft-im-wandel?p=all

Material 4

Cornelius Janzen (Journalist), **Das Phänomen Shitstorm** (2013)

Der Shitstorm macht vor niemandem Halt, trifft Mächtige und Ohnmächtige – auf Facebook, Twitter oder via E-Mail. Wer einmal ins Visier des digitalen Mobs gerät, den trifft die Empörung meist mit voller Wucht.

„In dem Moment fühlt es sich an, als wäre man durch ein Loch im Bürgersteig mitten in die Hölle reingefallen", sagt Blogger Sascha Lobo. Er selbst wurde bereits mehrmals Zielscheibe von Empörungswellen im Internet. 2009 machte der Blogger für den Telekommunikationsriesen Vodafone Werbung – obwohl sich das Unternehmen zuvor für Netzsperren[1] stark gemacht hatte. Lobo erhielt daraufhin rund 40.000 digitale Zuschriften. „Lobo, du Vodafone-Nutte", „hoffentlich hängen sie dich auf, du Verrecker". Schmähungen, Beleidigungen – Lobo reagierte, indem er für dieses Phänomen den Begriff Shitstorm erfand. Das bereut er heute.

„Der Begriff Shitstorm ist hochproblematisch", glaubt er, „weil er jede Kritik sofort als fäkalen Sturm darstellt, als sinnlose beleidigende Empörung. Das ist nicht nur für die Leute, die empört sind, schlecht, sondern über kurz oder lang auch für den Adressaten dieser Empörungswelle – denn, wann immer ich so tue, als sei Kritik nicht so substanziell, sondern beleidigend, nehme ich mir selbst die Chance, daraus zu lernen."

[…] Doch wie entwickeln sich Shitstorms – und wer steckt dahinter? Daniel Graf von der Züricher Werbeagentur „Feinheit" klärt auf: „Das eine sind die einfachen User, die einen Shitstorm erzeugen können. Das kann eine nichtintendierte Handlung sein, in einem komplexen System, eben ein Schmetterlingseffekt[2]. Der zweite wichtige Akteur sind professionelle Nichtregierungsorganisationen, die Kampagnen nach dem Billard-Prinzip starten, mit einem viralen Video eine große Öffentlichkeitswirkung erreichen. Der dritte Effekt sind Medien, die auch einen Shitstorm auslösen können, weil einzig sie die Möglichkeit haben, ein Thema aus dem Social-Media-Umfeld auf eine höhere Flugbahn herauszukatapultieren, damit das wirklich eine Breitenwirkung entfacht."

Der frühere Pressesprecher von Amnesty International berät heute Menschenrechts- und Umweltorganisationen, zeigt ihnen, wie sie gezielt Shitstorms lancieren. „In der Regel", so Daniel Graf, „stecken hinter Shitstorms Akteure, die ein klares Ziel verfolgen, die Druck auf einen Konzern ausüben möchten und dafür die Mobilisierung der Leute brauchen. Deshalb sind die Shitstorms ein Billardeffekt, die von professionellen Akteuren angestoßen werden und dann eine Öffentlichkeit bringen, die das Thema auf die Agenda setzt." […]

Aus: Cornelius Janzen, Das Phänomen Shitstorm (04. 04. 2013)
http://www.3sat.de/page/?source=/kulturzeit/themen/168814/index.html (aufgerufen am 03. 03. 2018)

Worterläuterungen:

1 *Netzsperren:* freiwillige oder staatlich angeordnete Maßnahmen von Internetprovidern, mit denen die Erreichbarkeit von Teilen des Internets eingeschränkt wird

2 *Schmetterlingseffekt:* Phänomen, dass selbst kleinste Aktivitäten, wie etwa der Flügelschlag eines Schmetterlings, weitreichende und unvorhersehbare Folgen haben können, wie etwa das Auslösen eines Tornados

Material 5

Dieter Nuhr (*1960, Kabarettist), **Wir leben im digitalen Mittelalter** (2015)

[…] Es geht hier schon lange nicht mehr um Meinungsfreiheit. Es geht um Meinungshoheit. In den seltensten Fällen kommt es zum Austausch von Argumenten. Die Regel ist, dass die Vernichtung der abweichenden Meinung angestrebt wird, meist durch Überwältigung, Etikettierung[1], Beleidigung. […]

Der Zivilisation fehlt in der Anonymität des Virtuellen ihre wichtigste Grundlage: die Haftbarkeit des Einzelnen. Die Erfindung des Individuums als haftbare, sein eigenes Handeln verantwortende Person war die Voraussetzung für die Errichtung der bürgerlichen Gesellschaft und ihrer großen Errungenschaften: Rechtsstaatlichkeit und Menschenwürde. Die anonymen Massenaufläufe im Internet entheben den Einzelnen aus der bürgerlichen Verantwortlichkeit.

Die pöbelnde Masse tritt heute wieder selbstbewusst als Handelnder auf. Die Anonymität des Internets bedeutet insofern einen zivilisatorischen Rückschritt in Richtung Faschismus und Mittelalter, Pogrom und Hexenverbrennung. Es ist die Aufgabe der kommenden Jahrzehnte, unter den Akteuren im Internet eine Kultur der Aufklärung zu schaffen, um die digitale Welt in ein bürgerliches Zeitalter zu überführen.

Aus: Dieter Nuhr, Wir leben im digitalen Mittelalter, FAZ 17. 07. 2015
http://www.faz.net/aktuell/feuilleton/medien/dieter-nuhr-ueber-shitstorms-digitales-mittelalter-13706268.html?printPagedArticle=true#pageindex2 (aufgerufen am 14. 04. 2020)

Worterläuterung:
1 *Etikettierung:* hier im Sinne von gezielter Abwertung durch Pauschalisierung

Material 6

Oliver Schopf (*1960), **Karikatur zum Phänomen „Shitstorm“** (2014)

Und nun die Aussichten für unsere Politiker

Material 7

Hannah Beitzer (*1982, Journalistin), **Wir alle sind der Shitstorm** (2015)

[…] Es ist natürlich wahr, dass im Netz nicht alle so differenziert diskutieren, wie sich das manch ein Journalist, Politiker, Prominenter wünscht. Das hat unter anderem damit zu tun, dass hier gesellschaftliche Gruppen aufeinander treffen, die sich normalerweise nicht begegnen, dass sich Menschen mit unterschiedlichem Bildungs- und Informationsstand einbringen. […]

Auf der anderen Seite scheinen sich viele derjenigen, die sich über Shitstorms beklagen, gar nicht bewusst zu sein, in welch einer privilegierten Situation sie eigentlich sind. „Diejenigen, die sich über den ‚rauen Ton' beschweren, sind oft genug auch jene, die sehr daran gewöhnt sind, dass ihre Stimme gehört wird (wie z. B. Journalist_innen) und selbst bei Widerspruch ihre Relevanz nicht grundsätzlich in Frage gestellt wird", schreibt etwa Autorin Lucie in dem feministischen Blog *Kleinerdrei.*

[…] Der Shitstorm ist damit, wenn man so will, kein Beitrag zur Debatte im feuilletonistischen Sinn, sondern eine Form von politischem Aktivismus, ein Weg, bestehende Machtverhältnisse in Frage zu stellen. […]

Aus: Hannah Beitzer, Wir alle sind der Shitstorm; SZ vom 18. 07. 2015
http://www.sueddeutsche.de/digital/kritik-an-dieter-nuhr-wir-alle-sind-der-shitstorm-1.2572238
(aufgerufen am 14. 04. 2020)

Material 8

Akteure und Instrumente der Meinungsbildung im Internet (2018)

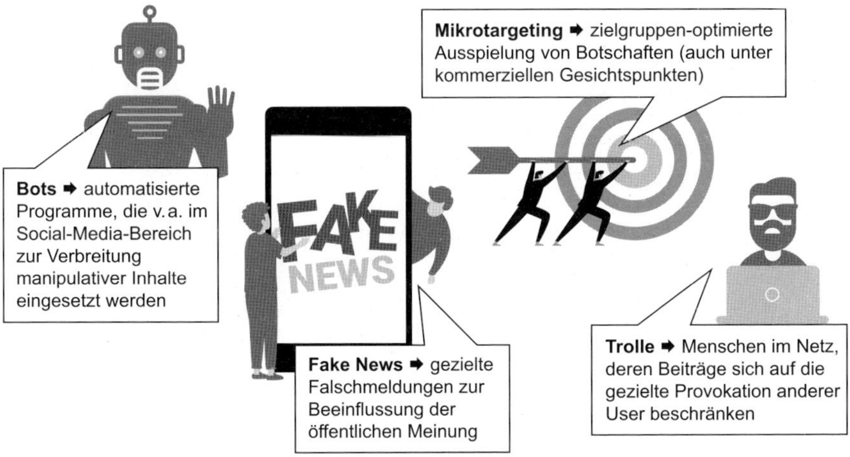

© Friedrich-Naumann-Stiftung für die Freiheit, Aus der Publikation: Politische Meinungsbildung im Netz (2019), Grafiken: COMDOK GmbH

Material 9

Jana Anzlinger (*1988, Journalistin), **Lieber Schaum vorm Mund als keine Ahnung** (2020)

[…] Wenn Bürger gegen ein Unrecht aufbegehren, ist das nicht „Hysterie“, sondern „Empörung“. Der Unterschied zwischen den beiden Begriffen zeigt, wie Sprache die Wahrnehmung beeinflusst: „Hysterie“ ist übertrieben, „Empörung“ ist geboten. Sie darf oder muss sogar mit deutlicher Sprache ausgedrückt werden. Solche Sprache vermittelt Dringlichkeit und übt Druck aus. Sie manifestiert Haltung. Und sie trennt echte von falschen Katastrophen. Sprache macht Politik. […]

Wenn die Protestierenden von der „Klimakatastrophe“ und ihrer „gestohlenen Zukunft“ sprechen, verwenden sie bewusst apokalyptische, aber nicht unpräzise, Rhetorik. Sie führt dazu, dass das Thema nicht weniger ernst, sondern im Gegenteil ernster genommen wird. […]

Wer sachlich argumentiert, kann das mit dramatischen – nicht aber dramatisierenden – Worten ausdrücken. Was Sachlichkeit verbietet: Formulierungen, die verletzen oder ausgrenzen. […] Die Erhitzung der Erde ist eine Krise. Und wenn über die gesprochen wird, kann ein wenig Empörung nicht schaden.

Aus: Jana Anzlinger, Lieber Schaum vorm Mund als keine Ahnung; SZ vom 06. 03. 2020 https://www.sueddeutsche.de/politik/sprachemachtpolitik-bundestag-diskurs-empoerung-kommentar-1.4832183 (aufgerufen am 16. 04. 2020)

Hinweise und Tipps

- ***Welche Aufgabenart liegt vor?***
  Aufgabe V bietet die Wahl zwischen ***zwei Varianten*** *der Argumentation. Einmal soll die Themenfrage (Nutzung des Internets als Plattform für den öffentlichen Meinungsaustausch in der „Empörungsdemokratie“) abwägend, d. h. antithetisch, erörtert werden (Chancen und Risiken). Variante 2 bindet die Argumentation in einen konkreten Zusammenhang (für ein Zeitungsprojekt mit dem Namen „Werkstatt der Demokratie“) ein und verlangt einen Essay mit ca. 1200 Wörtern. Für beide Varianten liegt umfangreiches* ***Material zur Auswertung*** *vor: Zwei Grafiken, eine Karikatur und sechs Texte setzen sich mit Fragen des gegenwärtigen Journalismus auseinander.*
- ***Was verlangt die Aufgabenstellung von mir?***
  Zunächst sollten genaue ***Definitionen*** *vorgenommen werden: Der zentrale Begriff der „Empörungsdemokratie“ kann, wie es in M 1 gemacht wird, gut erklärt werden, wenn man ihn der „Mediendemokratie“ gegenüberstellt. Die* ***Argumentation*** *muss in jedem Fall abwägend angelegt sein, d. h. Vor- und Nachteile bzw.* ***Pro und Kontra*** *gegenüberstellen. Zudem verlangt die Aufgabenstellung die Berücksichtigung der* ***Materialien****, die deshalb inhaltlich ausgewertet werden müssen; darüber hinaus sollen auch Ihre* ***eigenen Kenntnisse*** *zur Materie einfließen. Dies ist wohl am ehesten machbar, wenn Sie auf der Beispielebene immer wieder eigenes Wissen einfügen.*
- ***Wie gehe ich bei der Bearbeitung vor?***
  Eine intensive Beschäftigung mit den neun Quellen ist sinnvoll und ein guter Einstieg in das Thema. Im Hinblick auf die eigenen Erfahrungen wird vorausgesetzt, dass Sie sich mit dem Thema „Öffentlichkeit im Medienzeitalter“ auseinandergesetzt haben. Entwicklungen der „Mediendemokratie“ könnten im Deutschunterricht der Oberstufe eine Rolle gespielt haben. Zudem verfügen Sie sicherlich über ***Erfahrungen*** *mit Nachrichten und Meinungsbildung in den sozialen Netzwerken. Nach der* ***Analyse der Materialsammlung*** *können Sie deshalb in den Vorarbeiten auch eine* ***Mindmap*** *zum Thema anlegen, in die Sie einerseits die zentralen Aspekte der Materialien, andererseits eigene Erfahrungen aufnehmen.*
- ***Wie kann ich meinen Aufsatz am besten strukturieren?***
  Die ***Einleitung*** *muss bekanntlich zum Thema hinführen. Das Thema bietet aktuelle Anknüpfungspunkte: Zwar ist die Bedeutung der Presse für die Demokratie oft herausgestellt worden, doch ist sie im Moment umstritten, weil immer wieder Meinungen kursieren, die der Presse einseitige Berichterstattung vorwerfen.*
  Im ***Hauptteil*** *müssen Sie dann die* ***beiden Seiten der Themenfrage*** *abhandeln. Aus eigener Erfahrung und aus den vorgelegten Materialien lassen sich für das Pro und das Kontra genügend Argumente ableiten. Vermeiden Sie pauschale Aussagen, sondern argumentieren Sie* ***differenziert*** *und stützen Sie die Argumente durch geeignete Beispiele. Schließen Sie Ihre Ausführungen unbedingt mit einem* ***Fazit*** *ab, in dem Sie Ihre eigene Sicht formulieren.*
  Seit der Abiturprüfung 2017 wird in Bayern eine formale Gliederung (z. B. alphanumerisch) nicht mehr verlangt. Trotzdem ist die Strukturierung des eigenen Aufsatzes von zentraler Bedeutung. Eine ***Strukturskizze*** *sollte allein deshalb beigelegt werden, weil sie im positiven Sinn die Bewertung des Aufsatzes beeinflussen kann.*

– ***Was muss sonst noch beachtet werden?***
Das Besondere an der Aufgabe ist die Auswahl zwischen zwei Varianten. Ein ***Essay*** *muss den* ***Ort der Veröffentlichung*** *(hier: ein Zeitungsprojekt) und den* ***Adressaten*** *(die Leserinnen und Leser) berücksichtigen. Da die Vorgabe den Text auf 1200 Wörter begrenzt, müssen Sie großes Gewicht auf die* ***sprachliche Gestaltung*** *legen. Nicht alle Argumente können auf diesem knappen Raum ganz ausgearbeitet werden. Ihr Text sollte informieren, meinungsbildend wirken, aber auch unterhalten. Essayistisches Schreiben verlangt, dass neben informierenden Passagen gestaltende, schildernde Elemente und rhetorische Mittel, z. B. Ironie, genutzt werden, um den eigenen* ***Standpunkt*** *auch* ***sprachlich pointiert darzustellen****. Davon sollten Sie auf jeden Fall Gebrauch machen, allerdings müssen Sie auch darauf achten, dass Essays in der Sache überzeugend angelegt sein sollten. Ihr Text muss also trotz aller gestalterischen Freiheit, trotz Abschweifungen und Exkursen einen* ***roten Faden*** *aufweisen, der es dem Lesepublikum erlaubt, Ihren Ausführungen zu folgen.*

Variante 1

Strukturierter Schreibplan

A Einleitungsgedanke: Demokratie und Öffentlichkeit (über den Zusammenhang von Presse, Pressefreiheit und Bürgergesellschaft)

B Hauptteil

- I. Empörung/Empörungsdemokratie (vs. Mediendemokratie); Kriterien für guten Journalismus
- II. Die Risiken des Internets als Plattform für den öffentlichen Meinungsaustausch
  1. Fehlende Qualitätskontrolle der Nachrichten
  2. Emotion statt Ratio (Sensationsgier)
  3. Fehlende Verantwortlichkeit
  4. Shitstorm statt Argumentation
  5. Algorithmen statt gesellschaftlicher Relevanz
  6. Gefährdung der Demokratie: Fake News, Extremismus
- III. Die Chancen des Internets als Plattform für den öffentlichen Meinungsaustausch
  1. Teilhabe der Vielen
  2. Aktivierung der Bürgerinnen und Bürger
  3. Schwarmintelligenz

C Abschluss/Fazit: Internet nutzen, aber mit Augenmaß

Lösungsvorschlag

Seit 1993 wird am 3. Mai der Internationale Tag der Pressefreiheit gefeiert. Mit diesem A
von den Vereinten Nationen ins Leben gerufenen Aktionstag soll daran erinnert werden, dass die freie Presse und der öffentliche Austausch von Meinungen ein wesentlicher Pfeiler freier, demokratisch verfasster Gesellschaften ist. Man spricht deshalb auf die öffentlichen Medien bezogen auch von der „**vierten Gewalt**", die eine Kontrollfunktion im Gefüge der politischen Organisationen innehat. Neben Legislative, Exekutive und der unabhängigen Judikative, die die Gewaltenteilung sicherstellen, hat die Presse nicht nur die Aufgabe, über alle Bereiche des politischen und gesellschaftlichen Lebens zu informieren und Meinungen auszutauschen bzw. zu präsentieren, sondern eben auch, die Arbeit der Regierung und alle anderen wirtschaftlichen und gesellschaftlichen Entwicklungen kritisch zu begleiten. Nicht in allen Ländern ist aber gewährleistet, dass die öffentlichen Medien ihre Aufgabe unbeeinträchtigt erfüllen können. Autokratische Systeme neigen dazu, die Pressefreiheit zu unterminieren. Die Funktion des Journalismus wird allerdings auch von einer ganz anderen Seite infrage gestellt, nämlich von den **Möglichkeiten und Angeboten des Internets**. Dank der um sich greifenden Digitalisierung ist der öffentliche Meinungsaustausch nicht länger ein exklusives Privileg der Presse, sondern in die Hände von vielen gelegt. Diese Entwicklung soll im Folgenden kritisch beleuchtet werden. Dabei steht der Begriff der „**Empörungsdemokratie**" im Mittelpunkt der Überlegungen, den der Medienwissenschaftler **Bernhard Pörksen** 2018 in die Diskussion eingebracht hat (vgl. M 1). Pörksen stellt dabei die „Empörungsdemokratie" der sogenannten „Mediendemokratie" gegenüber. Bevor die Chancen und Risiken der Nutzung des Internets als Plattform des öffentlichen Meinungsaustauschs erörtert werden, sollen deshalb die beiden Begriffe definiert werden.

Die **Vorgaben für Qualitätsjournalismus** ergeben sich bis heute aus insgesamt fünf B
Kriterien, denen sich gute Journalisten verpflichtet fühlen (vgl. M 3): Die Bericht- I
erstattung in den Medien muss erstens **objektiv** sein bzw. es muss gewährleistet sein, dass Information und Meinung erkennbar getrennt werden. Zweitens haben Journalisten die Aufgabe, komplexe Sachverhalte **verständlich** darzustellen. Das kann es notwendig machen, Zusammenhänge auch mal vereinfacht aufzubereiten (Komplexitätsreduktion). Drittens kümmert sich die Presse um **aktuelle Ereignisse** und nimmt sie in die Berichterstattung auf, wenn sie auch bedeutsam für die Leserinnen und Leser sind. Journalisten recherchieren vor Ort, befragen Beteiligte, forschen nach und garantieren damit, dass Aussagen auf Fakten beruhen. Die **Originalität** der so entstandenen Berichte ist das vierte Kriterium des Qualitätsjournalismus. Schließlich geht es fünftens darum, stets die **Quellen** der Nachricht zu **prüfen** und bei Recherche und Auswahl **Transparenz** zu gewährleisten.

Lange Zeit war der öffentliche Meinungsaustausch eine Sache der **klassischen Leitmedien**, also der Zeitungen, der Radio- und TV-Sender. Man kann sich die Arbeit der Journalisten wohl am besten vorstellen, wenn man an einen Trichter denkt: Aus der Vielzahl der Ereignisse werden relevante Informationen herausgefiltert, Hintergründe analysiert und die Zusammenhänge aufbereitet. Was relevant ist, definierten lange Zeit die Verantwortlichen der Presse, die man deshalb auch als „**Gatekeeper**", also als Torwächter, bezeichnete. „Sie ordneten die Vielfalt der Informationen, sie sortierten die Inhalte, sie entschieden über ihre Bedeutung und Publikationswürdigkeit." (Pörksen, M 1, Z. 19 ff.) Die Leser bzw. Hörer nahmen die Beiträge der Journalisten zur Kenntnis, konnten dabei auch unterschiedliche Perspektiven berücksichtigen, selbst eingreifen konnten sie aber nicht. Sieht man von der Form des Leserbriefs ab, gab und gibt es eigentlich nur noch die Möglichkeit, die Zeitung abzubestellen oder den Sender nicht mehr einzuschalten. Die **eingeschränkte Interaktion** ist für Sascha Lobo, den bekannten Netzpublizisten, eine Erklärung dafür, warum die traditionellen Medien eher **kein Ort für aufgeregte Debatten** sind (vgl. M 1, Z. 26 ff.).

Das alles hat sich mit der **Digitalisierung** grundlegend geändert. Gatekeeper gibt es zwar grundsätzlich schon noch (schließlich existieren die klassischen Medien weiterhin), aber neu ist die Tatsache, dass heute „[j]eder […] zum **Sender** geworden [ist] und […] barrierefrei öffentlich machen [kann], was ihn bewegt" (Pörksen, M 1, Z. 1 f.). Pörksen stellt als Folge dieser Entwicklung ein großes **Nebeneinander** beim öffentlichen Meinungsaustausch fest. Es steht der seriöse und gut vorbereitete Kommentar neben der eklatanten Falschmeldung, der Bericht über Missstände neben der Verschwörungstheorie. Auffällig dabei ist, dass in den Netzmedien **Emotionen** oft **unkontrolliert** hochkochen. So wird aus der Mediendemokratie schnell eine **Empörungsdemokratie**. Dazu kann man sich in zweifacher Weise positionieren: Entweder man lehnt diese Entwicklung rundherum ab oder man versucht, auch die Chancen der Veränderung zu sehen und damit zu arbeiten. Beide Seiten sollen im Folgenden etwas näher beleuchtet werden.

Es ist mit Sicherheit ein großer Nachteil der Meinungsbildung im digitalen Zeitalter, II
dass der Filter fehlt und wirklich **jeder seine Meinung kundtun** kann. Durch die tech- 1
nischen Möglichkeiten der digitalen Plattformen wie Twitter, Facebook, Instagram oder neuerdings Telegram wird jeder Nutzer gleich zu seinem eigenen Nachrichtensprecher. Das hat Folgen: Ob die Aussagen, die man hier liest, wahr oder falsch sind, kann man nur beurteilen, wenn man sie selbst kritisch prüft. Derjenige, der sie einstellt, hat sich ja nicht auf die erwähnten Qualitätsstandards verpflichtet. Und eine **Kontrolle** der geposteten Inhalte durch die jeweiligen Plattformen **gibt es nicht** bzw. nur in sehr eingeschränkter Form. So kann sehr schnell behauptet werden, dass Bill Gates Corona in die Welt gesetzt habe, um Impfstoffe verkaufen zu können, oder dass es eine Hygieneverordnung verbiete, nach 22 Uhr in den eigenen Garten zu gehen.

Diese Willkür oder besser gesagt diese „Alles ist erlaubt"-Haltung trägt viel dazu bei, 2
dass es zunehmend eine Verschiebung weg von der Information hin zur **Emotion** gibt. So scheinen viele User nur das Ziel zu verfolgen, vor allem die **eigene Empörung zum Ausdruck zu bringen**, und dabei wären aufwendig recherchierte Fakten nur hinderlich. Man kennt dieses Phänomen vom sogenannten Stammtisch. Hier werden oft Behauptungen aufgestellt, die man in seriösen Presseorganen nie und nimmer äußern würde. Wichtig ist bei dieser Form der Meinungsbildung, dass abweichende Haltungen nicht gerne gesehen werden. Genauso scheint die virtuelle Welt auch zu

funktionieren: In der Netzgemeinde formieren sich große Gruppen, denen es darum geht, die **eigene Meinung als einzig richtige** herauszustellen und jede Abweichung zu sanktionieren oder die Gegenseite zu diffamieren. Der Kabarettist Dieter Nuhr bezeichnet diese Entwicklung sogar als Rückschritt ins (digitale) Mittelalter. Er hat beobachtet, dass im Netz oft keine Argumente mehr ausgetauscht werden, sondern „dass die Vernichtung der abweichenden Meinung angestrebt wird, meist durch Überwältigung, Etikettierung, Beleidigung“ (M 5, Z. 3 f.), den Grundlagen für die Emotionalisierung.

Grundvoraussetzung für diese Kultur der Empörung ist für ihn die Tatsache, dass die 3
Beteiligten in der Regel **anonym** bleiben und damit **keinerlei Verantwortung** für ihre Äußerungen übernehmen müssen. Man kann sich nämlich ganz gut in einer „pöbelnde[n] Masse“ verstecken, wie Dieter Nuhr erkannt hat (M 5, Z. 11). So überrascht es auch nicht, wenn im Netz die verrücktesten Ideen und Theorien kursieren und sich rasend verbreiten. In einer ernsthaften Diskussion würde niemand behaupten, dass die Bundeskanzlerin in Wirklichkeit ein Echsenwesen sei, das zusammen mit einer Gruppe von weiteren Außerirdischen die Weltherrschaft übernehmen wolle. Im Internet gibt es solche Verschwörungstheorien sehr wohl. Hier geht es ganz offensichtlich nicht um den Austausch von gut begründeten Meinungen, sondern eher um private Fantasien, die umso mehr Klicks und das heißt **Aufmerksamkeit erzeugen**, je schräger und absurder sie sind.

Eine Folge dieser Anonymität ist vermutlich auch das Phänomen des **Shitstorms**. Der 4
Begriff selbst ist von dem oben erwähnten Blogger Sascha Lobo als Reaktion auf eine eigene Erfahrung erfunden wurden: Als er vor gut zehn Jahren Werbung für Vodafone gemacht hat, sah er sich mit ungefähr 40 000 Zuschriften konfrontiert, die zum Teil jede Zivilisiertheit vermissen ließen. Er wurde als „Nutte“ beschimpft, ihm wurde Gewalt angedroht („hoffentlich hängen sie dich auf, du Verrecker“, M 4, Z. 9 f.). Seit dieser Zeit werden immer wieder Menschen von Shitstorms überrollt, so vor Kurzem der Radiomoderator Matthias Matuschik, der sich wenig professionell mit einer Schimpftirade gegen eine koreanische Popband geäußert hatte. Die tausendfache Reaktion der Fans und die teilweise harten Drohungen gegen Matuschik hatten aber mit einer argumentativen Auseinandersetzung nichts zu tun, allein die schiere Masse der Tweets – weit über eine Million Mal wurde der entsprechende Hashtag international geklickt – zwangen Moderator und Sender zu einer Entschuldigung. Besonders hart trifft diese Form der Meinungsbildung die **Regierenden**. Das haben auch Karikaturisten erkannt, wie das Beispiel von Oliver Schopf aus dem Jahr 2014 zeigt. Zwischen Facebook und Twitter braut sich hier im Regierungsviertel eine erhöhte „Shitstormgefahr“ zusammen. Damit müssen die Politiker heute offenbar leben (vgl. M 6).

Ein wichtiger Aspekt bei der Bewertung der Meinungsbildung im Internet darf nicht 5
vergessen werden: Es sind nicht nur einzelne Bürgerinnen und Bürger, die sich ungefiltert und verantwortungslos über Wichtiges und Unwichtiges auslassen, sondern oft auch **maschinelle Prozesse**, die in den Diskurs eingreifen. So gibt es zum Beispiel sogenannte **Bots**, automatisierte Programme, die vor allem im Social-Media-Bereich wirksam werden (vgl. M 8). Vereinfacht gesagt geht es bei diesen Programmen darum,

menschliche Aktivitäten vorzutäuschen und damit z. B. Trends zu setzen. Im politischen Bereich können Bots dann zur Anwendung kommen, wenn Meinungen und Themen platziert werden sollen. Der **Algorithmus** übernimmt dabei die Funktion der Verbreitung bestimmter Einstellungen. Parteien müssen vor jedem Wahlkampf die Frage klären, ob sie sich dieses Instruments bedienen wollen oder wie sie damit umgehen sollen, dass der politische Gegner (oder unbekannte Akteure) mithilfe von Bots in den Wahlkampf eingreift. Es gibt den begründeten Verdacht, dass im amerikanischen Wahlkampf 2016 und in der Diskussion über den Brexit die Meinungsbildung auch computergesteuert manipuliert wurde. Damit entfernt sich der politische Diskurs sehr weit von der zwingenden Idee eines argumentativen Austauschs über die bessere Politik.

Ein **erstes Fazit** zum Thema Meinungsbildung im Internetzeitalter fällt kritisch aus. 6
Wenn Falschnachrichten auf der gleichen Ebene stehen wie geprüfte Informationen, wenn empörtes Stammtischgerede millionenfach geteilt und anonym verbreitet wird, dann **leidet die Demokratie**. Die momentan zu beobachtende Zunahme von extremen Positionen, ja sogar von rassistischen oder antisemitischen Äußerungen ist ein Zeichen dafür, dass die Meinungsbildung die Ebene des argumentativen Austausches verlassen hat und so die Suche nach der besten Lösung verhindert wird. Dennoch muss man bei der Verurteilung des Internets als Desinformationsmedium vorsichtig sein. Das Netz ist eine programmierte Maschine und wenn etwas falsch läuft, dann stehen dahinter Menschen, die eine Absicht verfolgen. Man kann aber das **Internet auch produktiv und im Sinne der Meinungsfreiheit nutzen**. Dies soll im Folgenden umrissen werden.

Traditionelle Medien sind, so eine These, eine Angelegenheit der gebildeten Mittel- III
bzw. Oberschicht. **Teilhabe am Meinungsbildungsprozess** war lange Zeit dieser 1
Elite vorbehalten. Mit den Möglichkeiten des Internets wurde der **Kreis derjenigen, die sich politisch informieren und auch äußern können, enorm erweitert**. So hat sich zum Beispiel weltweit eine Bewegung etabliert, die das Ziel hat, Regierenden auf die Finger zu schauen und gegebenenfalls Dokumente zu veröffentlichen, um bestimmte Entscheidungen besser zu verstehen. Solche Formen der **Enthüllung** sind nicht unumstritten, belegen aber deutlich, dass es im Netz nicht nur um Empörung, sondern sehr wohl auch um **Aufklärung** geht. Der Schriftsteller Jochen Schimmang hat diesen Zusammenhang bezogen auf den Whistleblower Edward Snowden erläutert (vgl. M 2) und festgestellt, dass mit solchen Aktionen der „Schritt vom bloßen Meinen zum Wissen" getan werden kann (M 2, Z. 11 f.). Die öffentliche Meinungsbildung braucht Informationen, und diese Informationen können durchaus auch über Internetplattformen verteilt werden, gerade dann, wenn sich klassische Medien entweder nicht trauen, Geheimnisse aufzudecken, oder wenn die Aufbereitung in den klassischen Medien zu lange dauern würde.

Natürlich werden nach den Veröffentlichungen im Netz alle Menschen zu den präsen- 2
tierten Informationen eine Meinung entwickeln und vermutlich ihre eigene Einstellung nicht immer nur wohl überlegt und argumentativ überzeugend entfalten, sondern teilweise ihrer **Empörung** darüber deutlich Ausdruck verleihen. Man könnte, wie die

Journalistin Hannah Beitzer 2015 geschrieben hat, die geäußerten Ansichten aber auch ernst nehmen und darin eine „Form von politischem Aktivismus“ sehen, der „bestehende Machtverhältnisse in Frage […] stell[t]“ (M 7, Z. 13 f.). Jeder hat nun die Möglichkeit, die Stimme zu erheben und Einfluss auszuüben. Früher hat man gerne gesagt, ein guter Politiker müsse dem Volk aufs Maul schauen können. Das ist jetzt sogar einfacher geworden, weil sich viele Menschen ungeschminkt in den politischen Prozess einbringen. **Unterscheiden** muss man dabei selbstverständlich diejenigen, die ihre Empörung ehrlich äußern, von jenen, die gezielt provozieren wollen. Diese sogenannten **Trolle** (vgl. M 8) tragen zum öffentlichen Meinungsaustausch nichts bei, sondern manipulieren ihn sogar.

Man sollte auch nicht grundsätzlich davon ausgehen, dass die Meinungsäußerung im 3
Netz von negativer Qualität ist, nur weil sie nicht in einem klassischen Medium stattfindet. Natürlich wird im Internet viel Unsinn verbreitet und es gehört zu den zentralen Aufgaben der Schule, die Heranwachsenden zu lehren, wie man echte von falschen Informationen unterscheiden kann. Trotzdem muss bei der Beurteilung des Wahrheitsgehalts von Aussagen anerkannt werden, dass sich durch die Teilnahme so vieler Menschen am Meinungsaustausch auch eine **Schwarmintelligenz** bildet oder zumindest bilden könnte. Wir kennen das Prinzip aus der Welt der **Wikipedia**. Das digitale Lexikon erreicht deshalb eine so hohe Glaubwürdigkeit, weil alle Nutzer potenzielle Korrektoren der Aussagen sein können. Ein Artikel in Wikipedia muss sich quasi ständig dem Urteil der User aussetzen und kann fortlaufend verbessert werden. Dies müsste auch im Austausch der Meinungen funktionieren. Wenn so viele Menschen an einem Thema interessiert sind und in den unterschiedlichen Foren kommunizieren, ist die Wahrscheinlichkeit hoch, dass **richtige Informationen eingespeist** werden und eben doch die richtigen Schlüsse daraus gezogen werden. Die Journalistin Jana Anzlinger hat diesen Gedanken noch etwas weitergesponnen und dafür plädiert, eine richtig verstandene Empörung zuzulassen – solange sie von der Hysterie abgegrenzt werden kann. Es geht ihr darum, dass empörte Äußerungen manchmal notwendig sind, um die **„Dringlichkeit“ eines Themas hervorzuheben** (M 9, Z. 5). Am Beispiel der Erderwärmung zeigt sie, dass es eben kein Fehler ist, in drastischen Bildern über das Thema zu sprechen. Nur wer die Apokalypse an die Wand malt, kann erreichen, dass das Problem wirklich ernst genug genommen wird: „Die Erhitzung der Erde ist eine Krise. Und wenn über die gesprochen wird, kann ein wenig Empörung nicht schaden.“ (M 9, Z. 13 f.)

Egal wie man zur „Empörungsdemokratie“ steht, an einer Erkenntnis wird man nicht C
vorbeikommen: Im digitalen Zeitalter bildet sich die Öffentlichkeit ihre Meinung anders als in der Zeit davor. Soziale Medien und Plattformen sind ein Fakt. Die Nachteile, die sich aus dieser neuen Form der (politischen) Diskussion ergeben, wurden ausführlich dargestellt. Es geht um Fragen der fehlenden Kontrolle und damit einhergehend um die Unsicherheit über den Wahrheitsgehalt von Aussagen. Emotionen schieben sich oft in den Vordergrund und die rationale Argumentation bleibt zuweilen auf der Strecke. Das Problem verschärft sich, wenn die Meinungsbildung sogar von Algorithmen gesteuert wird, wenn also Programme über die Richtung der Diskussion be-

stimmen. Natürlich können diese Aspekte in der Ballung dazu führen, dass **demokratische Prozesse behindert** und durch Verschwörungstheorien, Fake News und extreme Positionen beschädigt werden.

Es sollte bei aller Kritik aber nicht vergessen werden, dass digitale Medien es vielen Menschen ermöglichen, sich zu artikulieren. Dies könnte zu einer **erhöhten und aktiven Teilhabe am politischen Meinungsbildungsprozess** führen – den braucht jede Demokratie dringend. Man muss dann aber auch darauf vertrauen, dass viele Stimmen viele Perspektiven abbilden, die sich in der Summe dann wieder auf eine argumentativ abgesicherte Sicht einigen können. Die **Entwicklung einer Gegenöffentlichkeit** ist **nicht das Ende der Demokratie**, sondern der Anreiz für die politischen Entscheidungsträger, es besser zu machen.

Und wie gesagt: Ein Zurück zu einer Zeit, in der Meinungsbildung ausschließlich im Radio, Fernsehen oder in den Zeitungen organisiert wurde, wird es nicht geben. Also müssen die modernen Medien genutzt werden. Mit Augenmaß.

Variante 2: Essay

Schreibplan

A Einleitungsgedanke: „Lügenpresse" – traditionelle Medien unter dem Druck der Straße und der Netzgemeinde
B Argumentative Entwicklung
1 „Empörung" als Stichwort der digitalen Zeit – Auswirkungen auf die Meinungsbildung/Empörungsdemokratie vs. Mediendemokratie
2 Gründe für Herausbildung einer „Empörungsdemokratie":
2.1 Anonymität
2.2 Fehlende Verantwortung
2.3 Steuerung durch Algorithmen
2.4 Unkontrollierbarkeit des Internets
3 Vorzüge des Internets für die Meinungsbildung
3.1 Aktualität
3.2 Thematische Offenheit
3.3 Ausweitung des Publikums
3.4 Aktivierung einer breiten Masse: Impulse für den demokratischen Diskurs
C Fazit: Aufklärung, modern gedacht

Lösungsvorschlag

Empört euch – aber mit Verstand!

„Lügenpresse!", „Lügenpresse!", „Lügenpresse!" – so schallt es bei manchen Demonstrationen bestimmter Gruppierungen den Vertretern von Zeitungen und Fernsehsendern entgegen. Die Stimmung bei solchen Veranstaltungen ist durchaus hitzig, da ist es dann fast egal, ob sich die Demonstranten gegen die Einwanderungspolitik der Regierung wenden oder gegen die Anti-Corona-Maßnahmen. Fragt man die Beteiligten nach den Gründen der Gereiztheit, kommt sehr häufig der Hinweis, dass man sich in seiner Meinungsfreiheit eingeschränkt fühle, dass man deswegen auf die Straße gehe, weil man seine Meinung endlich mal deutlich sagen möchte und dies in den klassischen Medien nicht möglich sei. Die würden nämlich von oben gesteuert – was immer mit „oben" gemeint ist. A

Dieser Entwicklung, die in den letzten Jahren eine enorme Dynamik entfaltet hat, B
verpasst der Medienwissenschaftler Bernhard Pörksen das Label „**Empörungsdemokratie**" und stellt sie der alten „**Mediendemokratie**" gegenüber. Die Gegenüberstellung ist durchaus erklärungsbedürftig, denn für Pörksen ist die zentrale Ursache für die zunehmende „Gereiztheit" und die „kollektive Erregung" die **Entwicklung der sozialen Medien:** Im digitalen Zeitalter kann jeder seine Meinung ungefiltert zum 1

Ausdruck bringen, in der „alten" Medienwelt der Zeitungen und des Fernsehens gibt es diese Möglichkeiten nicht.

Das Internet als Plattform für den öffentlichen Meinungsaustausch – Daumen hoch oder Daumen runter? Für das Zeitungsprojekt „Werkstatt Demokratie" ist diese Frage auch deshalb so wichtig, weil es einen unmissverständlichen **Zusammenhang zwischen der öffentlichen Meinungsbildung und demokratischer Politik** gibt. Wenn Meinungen heute vor allem durch das Internet gemacht werden, dann muss sich jeder, der Interesse am Fortbestand eines demokratisch verfassten Gemeinwesens hat, mit den Eigenheiten des Netzes und den Eigenheiten seiner Nutzer auseinandersetzen.

Wer die Kommunikation im Internet länger beobachtet, erkennt, dass soziale Medien 2
den **Stammtisch ins Unendliche vergrößern**. In der traditionellen Form des Stamm- 2.1
tisches sitzen vier, fünf, sechs Personen im Wirtshaus an einem Tisch und lassen sich über Gott und die Welt aus. Das ist dann sicher weder politisch korrekt noch immer argumentativ gut abgesichert. Aber egal, denn niemand hört zu. In den globalen Räumen des Internets ist Letzteres schon mal nicht möglich. Alle lesen potenziell mit und somit werden grobe Sprüche und viel Unsinniges in Windeseile und weltweit verbreitet. Während aber der Stammtischler sehr wohl weiß, dass er in der Öffentlichkeit besser vorsichtig agiert und auf abgesichertes Wissen zurückgreifen sollte, kann der User in der Welt der sozialen Medien seine Äußerungen gar nicht mehr einfangen, selbst wenn er das wollte. Dass er es gar nicht darauf anlegt, resultiert vor allem aus der **Struktur der Netzkommunikation** – sie ist oft **anonym**, d. h., es äußern sich Nicknames, die für das Gesagte nicht geradestehen müssen.

Dieter Nuhr, der bekannte Kabarettist, hat die Folgen davon mit aller Deutlichkeit for- 2.2
muliert: „Der Zivilisation fehlt in der Anonymität des Virtuellen ihre wichtigste Grundlage: die Haftbarkeit des Einzelnen". Und damit **fehlt** etwas, was die Face-to-Face-Kommunikation notwendig auszeichnet: **Verantwortung für das Gesagte**. Die entfesselte **kollektive Erregung** findet ihr Ventil im sogenannten **Shitstorm**, der inzwischen ein lästiger Begleiter der Politik geworden ist, aber im Grunde jeden treffen kann. Sascha Lobo, dem nachgesagt wird, dass er den Begriff überhaupt erst erfunden hat, hat schlimme Erfahrungen gemacht, als er für ein Telekommunikationsunternehmen in die Werbung einstieg und daraufhin in Tausenden von Posts heftig angegangen wurde. „Hure" war dabei nur ein Beispiel für die verbalen Entgleisungen, die solche Shitstorms ausmachen. Dass es Menschen gibt, die sich geradezu über ihre gezielten Provokationen im virtuellen Raum definieren, sei nur am Rande erwähnt. Mit solchen Trollen kann man umgehen, ärgern tun sie einen trotzdem.

Neben diesen wenig erfreulichen Erscheinungen muss bei der Betrachtung des Inter- 2.3
nets als Meinungsbildungsmedium noch ein Punkt besonders hervorgehoben werden. Es sind nicht immer Menschen, die hinter den Botschaften stecken. Die **Algorithmisierung des Lebens** hat hier lange schon Einzug gehalten, denn es gibt **Programme**, die bestimmte (politische) Haltungen und Informationen an ausgewählte User schicken und damit deren Meinungen beeinflussen. Das klingt verrückt, funktioniert aber in der Wirklichkeit schon so gut, dass selbst demokratische Parteien zumindest überlegen,

auf die Technik zurückzugreifen. Mit diesen **Bots** (also Robotern) wurde der amerikanische Wahlkampf 2016 infiltriert und auch in Zukunft muss man sich darauf einstellen, dass hinter politischen Nachrichten, die über den Facebook-Account kommen, Programme stehen. Aus der Werbung kennt man das schon lange: Zielgruppenoptimierte Botschaften werden hier auf den Browserverlauf abgestimmt, wer also öfter nach bestimmten Namen von Fußballspielern googelt, wird vermutlich bald ein supergünstiges Angebot für ein Trikot auf seinem Rechner haben. Auch dieses sogenannte **Mikrotargeting** machen Programme möglich.

Das Netz ist nicht nur deshalb ein Ort der **Unkontrollierbarkeit**. Angesichts des stetig 2.4
wachsenden Ozeans an Posts, Tweets, Blogs ist an Prüfung oder gar Zensur nicht zu denken. Das muss man nach der anfänglichen Euphorie inzwischen festhalten. Es hieße aber, das Kind mit dem Bade auszuschütten, wenn man die positiven Seiten, die das WWW gerade für die Meinungsbildung hat, einfach ignorieren würde.

Vergleicht man nämlich Kriterien für Qualitätsjournalismus mit den Möglichkeiten 3
des Internets, kommt man doch auf eine erstaunliche Übereinstimmung. Es ist vor 3.1
allem ein Aspekt, der charakteristisch für das Netz ist und gleichzeitig ein Qualitätskriterium für guten Journalismus: **Aktualität**. Und es ist nicht zu bestreiten, dass dieses Kriterium im Netz erfüllt wird, vielleicht sogar zielgenauer als in den klassischen Medien. Das Internet ist schnell, d. h. aktuell. Ohne diese Schnelligkeit würde es vermutlich das **Phänomen des Whistleblowers** nicht geben. Erkenntnisse über illegale Praktiken können zwar auch über Zeitungen veröffentlicht werden, aber die rasche Verbreitung solcher Nachrichten und vor allem der intensive Austausch darüber findet doch vor allem in den sozialen Medien statt. Den Vorteil der Schnelligkeit und der Aktualität kennen wir aus der eigenen Lebenswelt, wenn z. B. die Frage geklärt werden muss, wie die Abiturzeitung konzipiert werden soll. In der WhatsApp-Gruppe finden sich schnell Lösungen für auftretende Probleme. E-Mails schreiben dauert länger.

Zudem kann im Internet **alles Thema** werden. Nicht länger bestimmen Journalisten 3.2
klassischer Medien, was nachrichtenwürdig ist und was nicht. Nicht länger sind sie die Türsteher, die einer Meldung die Verbreitung verweigern: „Kommst hier nicht rein!“ Und so wird die **Welt der News** zwar unübersichtlicher, aber auch **offener und bunter**. Das Netz ist nicht einfach der Ort, an dem nur Fake News publiziert werden, sondern ein Medium der Information und der Diskussion. Es geht nicht immer bloß um „Empörung“, sondern auch darum, Informationen weiterzugeben und damit „Wissen“ zu erzeugen, wie der Schriftsteller Jochen Schimmang feststellt.

Die Tatsache, dass das Publikum u. U. sich über den gesamten Erdball erstreckt, muss 3.3
auch nicht grundsätzlich negativ gesehen werden. Oft sind nämlich in den klassischen Medien die Informierten unter sich: Der Studienrat liest den Kommentar des Journalisten und diskutiert das Problem mit seinem Nachbarn, dem Hochschullehrer, und dessen Tochter, die in der Firma Abteilungsleiterin ist ... Das Netz dagegen **bringt Menschen aus den unterschiedlichsten Gesellschafts- und Bildungsschichten sowie Erdteilen zusammen**. Da muss dann auch mal mit der Holzhammermethode verhandelt werden, aber deshalb dürfen diese Stimmen nicht einfach ausgegrenzt werden,

denn sie stellen den gesellschaftlichen Normalfall dar. In unseren gentrifizierten Städten leben die Menschen gerne in ihren Blasen, im Internet können alle zusammenkommen und sich austauschen.

Und so wird dann selbst der Shitstorm zu einer „Form von **politischem Aktivismus**, 3.4
ein Weg, bestehende Machtverhältnisse in Frage zu stellen", so die Journalistin Hannah Beitzer bereits 2015. Die Ausweitung des Publikums bedeutet so gesehen eben auch eine **Aktivierung der Vielen**, die Teilhabe einer großen Masse am Meinungsbildungsprozess, die eine entscheidende Grundlage für demokratische Prozesse darstellt.

Im besten Fall kann so das hehre Ziel der Aufklärung erreicht werden: Habe Mut, dich C
deines eigenen Verstandes zu bedienen. Beim Selberdenken war vielleicht immer schon auch Unsinniges dabei. Es ist aber nicht ausgeschlossen, dass im Internet in der **Summe ein Meinungsbild** entsteht, das ernst genommen werden sollte. Man muss sich ja nicht wundern, wenn der ein oder andere auf Twitter & Co dabei deutlich wird. Hier werden oft auch zentrale Fragen der Gegenwart verhandelt, z. B. die Klimakatastrophe. Und wenn es im wörtlichen Sinne um Tod oder Leben geht, gibt es durchaus Gründe dafür, apokalyptische Szenarien zu entwerfen. Das wusste schon Lessing, der in seinem Drama „Emilia Galotti" die Gräfin Orsina sagen lässt: „Wer über gewisse Dinge seinen Verstand nicht verliert, der hat keinen zu verlieren." **Empörung** ist also in manchen Fällen **notwendig** – wenn der Verstand dabei nicht ausgeschaltet wird.

Deutsch Bayern
Abiturprüfung 2022

Um Ihnen die Prüfung 2022 schnellstmöglich zur Verfügung stellen zu können, bringen wir sie in digitaler Form heraus.

Sobald die Original-Prüfungsaufgaben 2022 freigegeben sind, können sie als PDF auf der Plattform **MyStark** heruntergeladen werden (Zugangscode vgl. Farbseiten vorne im Buch).

Prüfung 2022

www.stark-verlag.de/mystark